哥哥，我爱你
BROTHER I LOVE YOU

葛云紫 —— 著

图书在版编目（CIP）数据

哥哥，我爱你 / 葛云紫著. -- 北京：西苑出版社，2013.5
ISBN 978-7-5151-0333-4

Ⅰ.①哥… Ⅱ.①葛… Ⅲ.①言情小说-中国-当代 Ⅳ.①I247.5

中国版本图书馆CIP数据核字（2013）第069069号

哥哥，我爱你

作　　者	葛云紫
责任编辑	刘　荔
出版发行	西苑出版社
通讯地址	北京市朝阳区和平街11区37号楼
邮政编码	100013
电　　话	010-88637122
传　　真	010-88637120
网　　址	www.xiyuanpublishinghouse.com
印　　刷	北京中印联印务有限公司
经　　销	全国新华书店
开　　本	640mm×960mm　1/16
字　　数	180千字
印　　张	18
版　　次	2013年5月第1版
印　　次	2013年5月第1次印刷
书　　号	ISBN 978-7-5151-0333-4
定　　价	35.00元

（凡西苑出版社图书如有缺漏页、残破等质量问题，本社邮购部负责调换）

版权所有　　翻印必究

世事无常,生死迅速,挚爱深情却被雨打风吹!

　　人心难测,悲欢如梦,聚散离合不过过眼烟云……

内容提要

  沉浸在幸福婚姻中的苏雨,由于杨逸的突然离世而悲伤欲绝,然而家人却开始了对她这个外来媳妇的算计:大伯子让几千块钱的丧葬费对不上账,并迅速霸占了她在老家的房产;大姑子以打着帮助她的名义低价开走了她新买的汽车;公公婆婆带着大伯子的孩子住到她的家里;一向尊重她的小姑子也站到了父母的一边,打探她的收入。婆婆监视着她的一举一动,偷听她的电话,翻找她的存折,一次次要求她放弃女儿的抚养权。公公上厕所不关门,半夜三更潜入到她的房间,扬言死都要死在她家里。巨大的丧失、悲痛、迷惘让她迷失在感情的漩涡之中,有人因她鸡飞狗跳,有人因她割腕自杀,她再也没有遇到一个可以肆无忌惮地叫"哥哥"的人。而亲人的防范、监视、看管、干涉、阻挠,又让她举步维艰,无法进退。为了平静、安宁、自由的生活,她在出嫁与出家之间纠结,然而她终于做出了一个勇敢而重大的抉择……

第一章

苏雨一手提着一无纺布兜蔬菜,一手拎着一串钥匙,哼唱着歌,欢喜地上楼,来到家门口,抬起拎钥匙的手便按门铃。她边按门铃便嚷嚷道:"哥哥开门呀,为妻回来了!"

杨逸听到门铃响,赶紧从电脑前起身,伸了一个懒腰,就来开门,他打开门,看到苏雨手里提着钥匙,就说:"你安的什么心啊,你拿着钥匙呢还叫门!"

苏雨一脸坏笑地说:"我喜欢,你奈我何?"

杨逸说:"我能奈你何?如果我不在了,看谁给你开门去!"

苏雨不无得意地说:"你如果不在了,我立马找个男人给我开门!你信不信?"

杨逸接过苏雨递到面前的蔬菜,一脸怀疑地说:"在这个世界上,恐怕除了我,再没男人能容你吧?"

苏雨撇嘴说:"我就那么不济?喊!我告诉你杨逸,想容我的男人多了去了,我都懒得让他们容,他们还不配容我!"

这下轮到杨逸得意了,他说:"我知道,你只稀罕我容你对不对?但是,哥哥求你个事成不?"

苏雨拿腔捏调地说:"什么事?你求吧。"

杨逸说:"能不直呼我大名吗?"

苏雨先是"啊"了一声,紧接着就笑得捧腹,她说:"我以为杨老所求是什么了不起的大事呢,没想到你就求这个?哈哈哈哈!"

杨逸有点不好意思,但是他还是表扬了苏雨一下,他说:"这'杨老'听起来也很舒服,不过,为时过早了,等为夫我退休了,再这么称呼吧。"

苏雨故意逗杨逸说:"等你退休了,我就你叫老杨头,多朴实,多亲切,对不对啊杨逸?"

杨逸说:"哥哥求你了,叫哥哥!我最喜欢你叫我哥哥,你叫我杨逸的时候,我怎么听怎么别扭!"

苏雨不想再逗杨逸了,事实上,她并没有叫杨逸大名的习惯,在她还没有与他正式见面之前,她就叫他哥哥。那个时候,她还在河南一家私人的小报社帮忙,工作之余,不停地写稿投稿,而作为编辑的杨逸,恰好看到了,于是,他就写信给她,就打电话给她,她起先叫他杨老师,后来聊得熟了,她就叫了他哥哥。哥哥是一个美好的称谓,从未被娇宠过的苏雨,每一次叫杨逸哥哥的时候,都能感受到一种被娇宠的感觉,她渴望这种感觉。

苏雨不逗了,她说:"哥哥,你记住了,别人不可能给你别扭,别扭都是你自己找的!"

杨逸嘿嘿一笑把苏雨揽到怀里,一边往屋里走一边说:"尽管你这句话说得我莫名其妙,但是我记住了,以后,我再也不自找别扭了!"

杨逸把那个"再"字加了重音,而且又拉得特别长,进到屋里,杨逸把蔬菜放下,把苏雨按到沙发上,接了一杯水递给她,并坐在她身边,呵呵笑着看着她喝水。

杨逸看到苏雨的头顶两根短短的白头发翘立着,就伸手把那两根白头发往她的其他头发中间掖了掖,感慨地说:"老婆辛苦了!小小年纪都有白头发了。"

苏雨白了杨逸一眼说:"我辛苦还不是为了这个家?"

杨逸点头频频:"对对对,你是我们家的顶梁柱,你如果倒下了,天就塌了。不过再怎么着也不能把白头发给拔了,这样会伤害毛囊的。"

苏雨说:"哟,我什么时候成了家里的顶梁柱了?你嘴巴越发甜了哦。"

杨逸嘟着嘴巴凑到苏雨面前,苏雨做惊恐状,迅速地用手掌掩住了嘴,忽闪着眼睛,望着杨逸说:"你要干吗!非礼啊?"

杨逸龇牙咧嘴，一脸坏笑地说："让你检测一下我的嘴巴到底有多甜！"

说着就要亲吻苏雨，就在这时，在阳台上写作业的宝儿推开阳台的玻璃门，不无醋意地撇嘴望着杨逸和苏雨。

杨逸不好意思起来，只好把苏雨放开了，然后一本正经地对宝儿说："不好好写作业，搞什么偷窥啊？"

宝儿歪着头，望了一眼杨逸，又望了一眼苏雨说："你们都一把年纪的人了还亲嘴儿，搞得跟小男生小女生似的，也不害臊。"

苏雨眨巴着眼睛说："你这个臭孩子怎么说话呢，谁一把年纪的人了？我，我，我才……"

宝儿追问道："你才什么？没话可说了吧？"

苏雨不理会宝儿，仰着脸问杨逸："哥哥给我掐指算算，为妻我今年才多少岁？"

杨逸一本正经地掰了掰手指，念念有词地道："再过三个月，才是你十八岁的生日。"

苏雨得意地对宝儿拧了拧脖子，并且对她翻了翻眼睛，以一副十分得意的样子说："不服气了吧，你娘我还不到十八岁呢，哼哼哼哼。"

宝儿赶忙做呕吐状："你就臭美吧！再过三个月，就是你三十一岁的生日，别以为我是好哄的，我又不傻。普天之下，也就我老爸一人嗲你！"

苏雨很是骄傲地道："普天之下，你老爸一人嗲我就足够了，别人想嗲我，你娘我还不给他们这个机会呢。"转脸嗲嗲地问杨逸："是不是啊，哥哥？"

杨逸起身欲走，临走时说："是，你们娘俩在这里斗吧，我走了。看看我不在的这一会儿，天下乱成什么样子了，哎，这世道真是让人操心，就没有一个太平的时候！"

苏雨一把拉住杨逸说："再坐一会儿，我倒要看看没有你，天下能乱成什么样子！再说了，天下大势再怎么乱都是有规律的。无非是你杀我伐，胜者为王败者为寇，合久必分分久必合，要你操心？"

杨逸没有坐下来，他仍然要走，苏雨只好松开了他的手说："你不只是染上了网络综合征，你还染上了信息综合征！你这样下去怎么行啊，真是让为妻我发愁！"

杨逸一边回书房一边说："咱这叫与时俱进，家事国事天下事事事关心，不像某些人，不听广播，不看报纸，不写微博，不查资料不收稿子也不上网，且又厚古薄今，谈玄说妙，恨不得回到刀耕火种茹毛饮血的社会中去！"

苏雨无奈起身，拎着蔬菜边往厨房走边说："我这叫返璞归真，明心见性，你就随波逐流吧！我做饭去！"

在厨房，苏雨一边哼唱着不成调的歌曲，一边打开天然气灶，烧水，然后择菜、洗菜、切菜、炒菜。

在阳台，宝儿已经写完了作业，开始画画，她画了三个小人手拉着手，然后在三个小人儿的脚下分别做了说明，胖胖的那个小人儿下面写了一个爹字，瘦瘦的小人儿下面写了一个娘字，在中间那个不胖不瘦的小人儿下面写了一个宝字。

而在书房，杨逸上网、喝茶，有一搭没一搭地在QQ上和赵蕾聊天。桌上的手机这时候响了起来，是他最喜欢的黄梅戏《天仙配》。

杨逸拿起手机一看，是张总编打来的电话，他有些纠结，既开心又担心，开心的是，这可能是一个好消息，担心的是，这可能是一个坏消息。不管是好消息还是坏消息，都是无法逃避的，他还是很快就接了电话。他说："张总编好……审核通过了……年薪十五万……能接受能接受……不坐班好啊……让我周一报到啊……经常出差这个您让我考虑一下……得考虑……虽然我和我老婆不是新婚燕尔而是老夫老妻了，但是，十一年来，我们从来就没分开过……那行，我再考虑考虑，再跟我老婆商量商量，周一给您答复……"

杨逸从没有像今天这么兴奋过，他失业快半年了，终于找到了一份让他感到满意的工作了，他觉得自己充满了力量，他赶忙扭着胖胖的身子快步走到厨房，欢快地对正在做饭的苏雨说："老婆，天下事业，得久必失，失久必得，猜猜谁给我电话了？"

苏雨看着杨逸如此开心，知道他有好消息，而对杨逸来说，能让他兴奋成这个样子的好消息无非是工作的事情有了着落，但是她仍然故意地调戏他说："是赵蕾那姑娘约你吃饭吧，那你赶紧去呗，别让人家姑娘久等了。"

杨逸摇头晃脑地说:"庸俗了吧?小气了吧?矫情了吧?你又不是不知道,赵蕾约我吃饭,我去过几次,不都是被我果断地坚决地给拒绝了?没有拒绝的那两次,一次带着宝儿,一次要带你你不去,我才自己去的,来回路上和吃饭的时间,总共不到两个小时我可就摆驾回宫了。"

杨逸的摆驾回宫让苏雨又笑了一个捧腹,她说:"还摆驾回宫?那臣妾不去,还不是不想当电灯泡?你们眉来眼去的,臣妾在那里岂不是妨碍了你们?"

杨逸故作委屈地说:"为夫冤枉,为夫何时与人家赵蕾眉来眼去了?你可以把生活写进小说里,但是你可不要把小说写进生活里,会乱了套的。闲话少叙,书归正传,猜猜谁给我电话了?"

苏雨让杨逸不要再卖关子了,她说:"杨老,你就赶紧告诉我吧,是人家张总编请你做主编了对不对呀?"

杨逸开心地点了点头说:"年薪十五万哦,你不是不想上班了吗,等哥哥我上任之后,你就大胆地辞职,哥哥我有钱了,哥哥我养你!"

尽管苏雨知道,以杨逸的脾气和个性,这个工作不一定做得久,但是她仍然说:"那是,老公养老婆天经地义,为妻我肯定欣然受之,当仁不让。"

苏雨本是希望杨逸开心的,没想他因为她的这句话失落了,他说:"这些年,我经常失业,短则三四个月,长则大半年,我没能养家,没能养你,反倒让你养家,让你养我了!我知道,这些年你把工资卡交给我,你的稿费让我收取,你买最便宜的衣服,你不用化妆品,你不和同事们去逛街,都是因为我不能挣钱,你节俭不说,你还怕我自卑,你处处在照顾着我……"

苏雨见杨逸失落,赶忙说:"有吗?我可一点都不觉得,咱十来年的交情了,你还不了解我?我对衣服啊化妆品啊逛街啊那些个一点兴趣都没有,吾师庄子说了'朴素而天下莫能与之争美'。眼下是我比你多挣了那么几个钱,但是,我没有潜力了啊,我已经使了最大的力气了,但你不一样的,你是块被黄土掩埋住的金子,你把身上的那些土一抖搂,肯定大放光彩的!说真的,我的后半生可都指望着你呢。"

杨逸听苏雨这么说,并没有感到开心,而是更加的沉重了,他喃喃了一句:"后半生……后半生……眼睛一闭一睁,一天儿过去了,眼睛一闭不睁,一辈子过去了!后半天的事都说不好,别说后半生了。"

苏雨不知道杨逸是怎么了,她担心自己的任何言辞都会让杨逸不快,于是,菜还没有炒好,就大声冲客厅喊女儿:"宝儿,赶紧洗手吃饭喽!"

吃完晚饭,宝儿打开电视机看动画片。

苏雨洗完了锅碗,收拾完厨房,来到客厅对女儿说:"宝儿,跟为娘一起散步去吧。"

像往常一样,苏雨的要求又被宝儿拒绝了,她说:"我不去,我要看电视。"

苏雨最不希望看到宝儿沉迷在电视机前,她说:"饭后百步走,能活九十九,走吧,为娘求你了!"

宝儿还是不愿意去,她知道杨逸最不爱散步,通常总是拒绝苏雨要他去散步的要求,于是她说:"你哥哥去我就去。"

苏雨知道杨逸不会陪自己去散步,他实在太懒了,不愿意运动,刚吃完饭他就坐到了电脑前,但是她仍然抱着一线希望,对着书房大喊:"哥哥,出来!"

杨逸动作夸张地扭着胖胖的身体来到客厅,滑稽可笑,令苏雨和宝儿捧腹。

杨逸点头,身子前倾于苏雨面前,做拱手状:"敢问夫人有何指教?"

苏雨一本正经地说:"陪夫人散步去。"

杨逸一听,立刻皱了眉头说:"又是散步!夫人,散步很没意思的,不去,你带杨家大小姐去吧。"

苏雨生气地戳指着杨逸和宝儿肥嘟嘟的肚子说:"你看你们,跟某种动物似的,吃饱了不是躺着就是坐着,身体都肿成这样了,我不嫌你们难看,不嫌你们衣服难买,我担心的是你们的身体,你们明白我为妻、为娘的苦心不?"

杨逸抱住躺在沙发上看动画片的宝儿温柔而慈祥地说:"宝儿爱爹不?"

宝儿不说爱,也不说不爱,她说:"爹是不是有事情求我啊?"

杨逸欢喜地在宝儿脸蛋上"吧唧"亲了两口说："宝儿真聪明。宝儿最乖了，陪我媳妇儿去散步吧，爹就不去了，爹真的不想去，爹真的很累。你看，我媳妇儿她一个人不远千里嫁到我们这里来，孤苦伶仃的，怪可怜的，你就陪陪她吧。你看的这个木偶剧还是我媳妇给你买的呢。"

宝儿无奈地说："好吧，把电视机给我关了吧，看在你给我当了十年爹的分上，我陪你媳妇儿，陪你夫人，陪你老婆散步去。哎对了，你媳妇叫你哥哥，你怎么不叫你媳妇妹妹呢？"

杨逸捏了捏宝儿的鼻子说："我喜欢怎么叫就怎么叫，你管得着啊？"

苏雨和宝儿散了一个多小时的步，宝儿回到家就困倦得难以支撑，勉强刷了牙，脸都顾不上洗就睡觉了，苏雨弄来水给宝儿洗了脸和脚，然后倚靠在书房的门口，深情而心疼地望着电脑前的杨逸。

她说："哥哥，如果我没有猜错的话，除了吃饭和上厕所之外，今儿一整天你都在电脑前坐着吧？"

杨逸回答："你没有猜错，但是我有什么办法呢，这就是我的生活。再说，一天不学习赶不上苏雨啊，有你这个榜样在，我岂敢松懈，宝儿睡了？"

苏雨走到杨逸背后，将双手插进他蓬松而柔软的头发里，一边按摩一边说："睡了。"

杨逸仰靠在椅背上，享受着苏雨的按摩，苏雨给杨逸按摩了头，然后又按摩了肩膀，杨逸觉得挺舒服，他说："你也早点洗洗睡吧。"

苏雨说："我想陪陪你。"

杨逸捏了捏眉头，耸了耸肩膀，叹息着说："陪吧，陪一天少一天。"

苏雨纠正杨逸说："怎么说话呢，应该是陪一天多一天才对。"

杨逸不以为然地说："你还是学佛之人呢，这个道理都不懂，其实，人活着就是一个不断丧失，或者说不断放下的过程，什么都放不下的人，到头儿来只能放下一切。"

苏雨这下可算是抓住杨逸的把柄，有理由反驳他了，她说："你既然懂得，怎么还不放下？放下吧，别干了，我们把房子一卖，回老家种花种菜，多好。"

杨逸说："人活在这个世间，总是有着太多的身不由己，身不由己地被父母带到了这个世界上，又身不由己地死去。"

苏雨觉得今天的杨逸有些奇怪，他的话总是让她觉得有什么不对，至于哪里不对，她又完全不知道，于是她诧异地问道："哥哥，你今天格外深刻啊，我可记得昨天你在感慨人生的时候，还说佛所教导的放下很消极，今天怎么了，顿悟了？"

杨逸没有回答，他不再捏眉头，而是双手并用，按揉起了太阳穴。

苏雨看到杨逸疲倦的样子说："哥哥，关机休息吧，我求你了。"

杨逸答应了，但是并没有做出行动，而是继续看新闻，继续把他认为有价值的信息记录在工作本上，继续有一搭没一搭地和赵蕾聊天。

苏雨不想强迫杨逸，他脾气不好，她不想惹他生气，她走到杨逸背后的书架前，翻着书，忽然看到相册，就一本一本地拿出来，放在杨逸面前，觉得不妥，就拿湿巾在地板上擦了一片地方，将好几本大大小小的相册放下，继而盘坐在地板上。杨逸将自己正用着的靠垫递给苏雨。苏雨把靠垫塞到屁股底下，翻看相册。

苏雨正在翻看的这本相册是她自己的。她看到她上小学时唯一的一张照片，照片中的她穿着运动服，高高地扎着两只辫子，与两个女同学在青青的麦地里规规矩矩地站着，每人手里握着一支塑料假花，但每个人都很灿烂地笑着。

苏雨把照片从相册里抽出来举给杨逸说："哥哥，你看这娃，好傻是吧？"

杨逸接过苏雨手里的照片笑着说："这娃，傻得很可爱。"

苏雨把照片要回来，重新插进相册，继续翻看。杨逸端起茶杯，发现空了，问苏雨："给哥哥倒杯水可否？"

苏雨站起身，接过杨逸递过来的杯子，去客厅倒水，回来，将水放在杨逸手边，重新坐下，继续翻看相册。

有几张照片让苏雨陷入沉思，她把那几张照片抽出来，放在地板上，咬了一下嘴唇，很是感慨地说："这几大本相册，太占地方了，不如把一部分人的相片清理掉算了，留着也没有意义。"

杨逸阻拦道："可别扔，怎么会没有意义呢，不管甜蜜也好，悲伤也好，毕竟是成长历程中的一个片段，是情感历程中的一个情节。"

苏雨说："有些人，恐怕是一辈子都不可能发生任何的交汇了，依我看，扔了算了。"

杨逸说："还是留着吧，特别是当你老了，看到这些相片，你的回忆才不至于干巴巴的，才会有迹可循啊。"

苏雨点着头，拿起地板上的两张照片递给杨逸说："你还记得这两张照片上的人是谁吗？"

杨逸接过照片，看了一眼说："如果我没有记错的话，这位西装革履的男士，他应该叫陈小河，一个陪你走过两年迷惘青春的人，严格意义上说呢，你们谈过一场朦胧的、深刻的柏拉图式的精神恋爱。这一张呢，则是他的妻子和女儿的合影，确切地说，你当年爱上的是一个有妇之夫。"

苏雨仰着脸哈哈大笑："哥哥，能不能别再提那一茬？当时，我根本就不知道陈小河是有妇之夫，如果不是他老婆写信并寄照片给我，我还蒙在鼓里呢。"然后她几乎是咬牙切齿地痛斥："陈小河就是一个骗子！十足的骗子！卑鄙！无耻！小人！"

杨逸说："相信陈小河也不是存心要欺骗你，也许他确实过于贪恋与你相爱的那份感觉，如果他知道和你一起生活的感受是如此美好的话，我想他应该会奋不顾身的。"

苏雨问杨逸："你老人家是不是吃醋了啊？"

杨逸瞥了一眼地板上的另外几张照片，一张是在他之前的徐灿，一张是在他之后的李启铭，这两个人物他都见过，他哈哈大笑："我连徐灿的醋都不吃，连李启铭的醋都不吃，我还会吃陈小河的醋，为一个你连他鼻孔朝上还是朝下都不知道的人？不过，说真的，他们二人之中，我对李启铭的印象还是挺好的，至于徐灿，你放弃他的追求，接受我的追求是一个正确得不能再正确的决定，我总感觉他心胸不够宽广，报复心太重。"

苏雨想起多年以前经历过的两段短暂的感情，觉得恍惚，又觉得歉意，她说："提什么徐灿，提什么李启铭，我除了与李启铭还保持着不咸不淡的联系之外，徐灿早已经消失在茫茫人海啦。不过，徐灿确实对我够意思，月薪八百块，给我寄五百，剩下的三百块当中呢，要吃要喝要穿,还要每周寄挂号信,打长途电话给我。可更有意思的还是李启铭,他真的好欣赏我哦。"

杨逸说:"不管是陈小河也好,徐灿也好,李启铭也好,还是哥哥我杨逸也好,在你的生命当中,都不过是过客而已。唯一的差别也许是,有的倏忽而过,有的刻骨铭心,但不管是倏忽而过的,还是刻骨铭心的,到头来,都会尘归尘土归土。"

苏雨深以为然地点头说:"哥哥,你的话大有深意呢,我得好好地悟一悟。"

苏雨的话音还没落,杨逸忽然双手抱头,口里丝丝地倒吸着冷气。

苏雨惊异而惶恐地问:"哥哥,你怎么了?"

杨逸说:"我的头,忽然很痛,很痛,像是……像是要炸裂开了似的。"

苏雨从无奈的叹息到愤怒,她说:"哥哥,我已经求了你几次了,我再求你一次,把电脑关了吧,休息吧,新闻是看不完的,选题是找不完的,学习和工作是重要,但最重要的是我们这个身体,有了这个身体,我们才可以学习和工作啊。可是你呢,你太不乖了,我什么都听你的,可是你却什么都不听我的!你关机,必须!"

过了一会儿,杨逸松开双手,恢复常态说:"奇怪,不痛了。"

苏雨心疼地说:"不痛也不能再上网了!我求你了,好不好?"

见杨逸还是没有关机的意思,苏雨只好站起来,站在杨逸的身后,晃动着他的肩膀撒娇道:"哥哥,我求你了,答应我,快点答应我,关机!"

杨逸只好关网页,关QQ,关电脑,拍着按在自己肩膀上的苏雨的手说:"好,听你的,我什么都听你的!"

苏雨兴奋地跳起来,从背后勾住杨逸的脖子,把头放在杨逸的肩膀上,开心地问:"你说的都是真的吗?"

杨逸在苏雨的额头上亲了一下说:"当然是真的。"

苏雨一直想把房子重新装修一下,这个房子住进来就是这个白墙水泥地,她总觉得太简陋了,她一直希望能重新装修一下,但是杨逸始终不同意,他把她挣的钱买了车,她却是不喜欢车的,她说:"那,房子重新装修的事也听我的吗?我就这一个梦想。"

苏雨已经做好了被杨逸再次拒绝的准备，但是杨逸却无比郑重地说："刚才还说要回老家种菜种花呢，这会儿又要重装房子，可见修炼得还不够。"

苏雨说："你不回去，我一个人怎么回？我得在这里陪你的。"

杨逸说："好吧，从今往后，这个家里的一切事情都听你的，包括装修房子的事，一切事情我都不管了，我决定放手，全面地，彻底地放手。"

苏雨摇头撇嘴说："我信不过！"

杨逸说："你这个信不过我，那个信不过我，我品质就这么差？"

为了让苏雨信得过，杨逸拿起笔在工作本上匆匆写着什么，写完之后撕下来，打开抽屉，拿出印章印泥，用印章沾了印泥，郑重地盖了上去，拿起来看了看，又把大拇指沾了印泥，按上，然后，将纸递给苏雨说："白纸黑字印章还有手印，这回你放心了吧？"

苏雨拿过来，一本正经地对着纸朗声念道："保证书！我杨逸从今日起，将一切权力郑重交付于苏雨，不得以任何理由，不得以任何借口越权、夺权。空口无凭，特此保证！保证人杨逸，二〇一一年八月二十六日。"

苏雨忍不住哈哈大笑，她把书架上的一个木质盒子拿下来，放在杨逸面前，打开，然后把厚厚的一沓保证书拿出来，一张一张展示给杨逸看，她说："你写的借条和保证书都可以结集成书了哦。"

杨逸看着那些他签字画押的借条和保证书不好意思地笑了，他说："不说钱的事，这辈子我到底是欠了你的。"

苏雨说："咱这交情谈什么欠不欠的。"说着，就将盒子放回书架，又将相册放回书架，放好相册之后，她才发现地板上的陈小河以及他妻女的照片，徐灿与李启铭的照片。她捡起来，将李启铭的照片塞回相册，其他的照片，她都不动声色地撕了，然后丢到了废纸篓里。

苏雨去了卫生间，双手托腮坐在马桶上，表情很是纠结，很用力，很为难的样子。她自语道："活到如今，我终于明白，人生最幸福的事情，不是名车豪宅，不是锦衣玉食，不是众星捧月，不是鲜花掌声……而是……而是……"

杨逸已经爬上了床，让自己躺好，从床头柜上拿起收音机，打开，

哥哥，我爱你

调台，放稳。拿出手机看网络小说。听到苏雨在隔壁卫生间里的感慨，忍不住笑问："那请问，人生最幸福的事情是什么呢？"

苏雨说："人生最幸福的事情莫过于，每天都能顺顺利利地大便！"

杨逸大笑："真是精辟啊！一语道破天机，人生之事，最重要的是，细想来，无非吃喝拉撒睡！"

苏雨委屈地大喊："哥哥，我想拉臭臭，可是臭臭不出来！你之前都很积极的，今天居然懒了！是不是要我求你？"

杨逸丢下手机，鲤鱼打挺似的起床，快步走到卫生间门口，接过坐在马桶上的苏雨的手，一根手指一根手指的拉拽了起来，全部拉拽上一遍之后，又重复一遍，反复如此。

杨逸解释说："不是我懒，实在是，我不能给你拉一辈子的手指啊！万一，万一哪一天我先你而去，你怎么办？所以，以后，你得靠自己，不能事事都依赖我了！"

苏雨霸道地盯着杨逸说："先我而去？你想得美，我不准！我缠你一辈子！"

杨逸就笑着说："能被你缠一辈子真好，可惜啊……"

苏雨觉得不大舒服，她觉得杨逸今天总说丧气话，她说："不要感慨啦哥哥。我问你，这个光荣而艰巨的工作，你日复一日，月复一月，年复一年，做了快三年了吧，你真的不觉得烦吗？"

杨逸笑笑说："习惯了。"

苏雨问："你真的不觉得臭？"

杨逸说："习惯了。"

苏雨又问："你真的不觉得恶心？"

杨逸还是回答："习惯了。"

苏雨不悦起来，她说："你回答的真是没劲儿，说句'我爱你'就那么难？"

杨逸说："爱，不需要总挂在嘴上的吧，你已经感受到了不是吗？"

苏雨凝望着杨逸的眼睛，笑，无比郑重地说："哥哥，我爱你。"

杨逸很知足地笑着说："你不说我也知道，你说了我更开心。"

苏雨纠结的、用力的、为难的表情慢慢地展开了,她长吁了一口气说:"好了,臭臭都出来了,你睡觉去吧。"

杨逸回到床上,继续听广播,继续在手机上看网络小说。

苏雨洗手,对着镜子臭美,然后大喊:"哥哥,给我把热水器打开,我要洗澡澡。"

杨逸又爬起来去厨房,打开热水器的天然气开关和阀门。做完这些,抱着胳膊倚在卫生间门口对面的墙壁上,温柔而深情地望着苏雨。

苏雨看了杨逸一眼说:"没事了,你回去睡觉吧。"

杨逸说:"怎么会没事呢,我等着给你搓背呢。"

苏雨很感动,她深情地说:"哥哥,你真好,每次洗澡都给我搓背,简直就是我的御用搓澡工。"

杨逸淡淡地说:"承蒙夸奖,我只是做了一点自己应该做的事情而已,我倒觉得你跟着我这些年,吃了不少苦。"

苏雨脱衣服,一件一件扔到杨逸怀里,试水温,然后掩住卫生间的门说:"我不觉得跟着你吃苦啊。"

杨逸抱着苏雨的衣服,透过卫生间门上的玻璃窗看苏雨洗澡,他说:"这些年,我工作上总是不顺,经常失业,你没有嫌弃过我,还把工资和稿费都交给我。而我呢,却没能让你过上一天的好日子。"

杨逸这么一说,苏雨确实觉得有点委屈,不过,她并不后悔,相反她很感动,她说:"哥哥,瞧你说什么呢,你不是准备周一答应去做那份工作吗?年薪十五万哪,你一年顶我几年哦!"

杨逸不无感伤地说:"谁知道会是什么情况呢?"

苏雨劝慰道:"不用担心啦,哥哥你是不鸣则已一鸣则惊人,他们是不会不要你的,除非你不想干。我还不了解你,这些年,没有一次是人家炒你鱿鱼,都是你炒人家鱿鱼。这叫什么呀,这叫有气魄,我天天都小心翼翼地谨谨慎慎地,我就怕老板炒我鱿鱼。"

杨逸说:"在这个世界上,除了你,再没人看好我了。"

苏雨也感慨:"在这个世界上,除了你,也再没有人看好我了。我就是一个初中肄业生,可你总是以我为荣,到哪里都把我带着,从不嫌弃我。"

杨逸笑着纠正苏雨："是初中肄业生，我的媳妇儿。"

苏雨知道自己是初中肄业生，在十一年前，杨逸第一次纠正她的时候，她就记住了。但是她故意念成肆业生。

杨逸把苏雨的衣服丢到卫生间隔壁自己房间的床上，然后进到卫生间给苏雨搓背，苏雨双手撑在墙壁上，弓着背，低着头。杨逸手戴搓澡巾给苏雨搓背。

苏雨说："脏不脏？"

杨逸说："脏死了，泥条条好粗！"

苏雨说："你嫌弃我了？"

杨逸说："我哪会嫌弃你，这些年，你没有嫌弃我已经是我的福分了。"

苏雨哼哼了两声说："谅你也不敢嫌弃我，当年，如果不是我动了恻隐之心，大发慈悲收留你，现在你肯定还在打光棍呢！"

杨逸说："那是肯定的！自从认识了你，我妻子有了，孩子有了，房子有了，车子有了。总之，这辈子，我知足了！"

苏雨忍不住哈哈大笑："你太容易满足了吧，你还差一个小妾不是？"

杨逸喜欢苏雨和他开这种玩笑，这种玩笑让他觉得很受用，也因为苏雨这样，他对她的爱更深了，她从不翻查他的手机，他回来晚了，她也从不追究他跟谁在一起，有女的请他吃饭，她甚至提醒他多带点钱，他知道没有哪个女人能像苏雨那样爱自己。他开玩笑地说："十分认同！要不，咱把赵蕾那姑娘纳了？"

苏雨说："严重支持！不过，我们得说好了啊，我们一家人的衣服得她洗，饭得她做，卫生得她打扫，你闺女宝儿得她接送，早晚呢，还得给我这个做姐姐的请安。"

杨逸说："赞成！最重要的是工资还得上交。"

苏雨说："罢了，工资就不用上交了，就赵蕾每月那仨瓜俩枣，说真的，我还真没看上，还是留着她自己花吧，人家姑娘能爱上咱也不容易。"

杨逸给苏雨搓澡完毕，将搓澡巾取下，递给苏雨。苏雨取下花洒，对着杨逸就喷，杨逸逃也似的跑回自己的房间。

苏雨洗完澡，裹着浴巾端着半盆水放在杨逸的床边叫杨逸："老爷，辛苦您洗个脚吧。"

杨逸不起来，只是把两只脚伸到脚盆里，苏雨蹲下来给杨逸洗脚。

苏雨一边给杨逸洗脚一边说："哥哥，明天是周六，我们和宝儿一起去爬山吧？"

杨逸连犹豫都没有犹豫就断然回绝道："不去，荒山野岭的没意思。"

苏雨说："巍巍大秦岭，神秀终南山，怎么是荒山野岭呢，你有点文化好不好，还名记呢。要知道，天下修道，可是终南为冠的呀，再说，自古至今，咏叹终南山的诗词佳句比比皆是。"

杨逸来了兴致，他要考考苏雨，他说："都什么诗词佳句啊，说来哥哥听听。"

苏雨清清嗓子说："唐朝有个叫祖咏的你知道吧，他在《终南望余雪》一诗中就说'终南阴岭秀，积雪浮云端'。"

杨逸并不知道唐朝有个叫祖咏的诗人，见苏雨说出，他就点头。

苏雨说："李世民你知道吧，他在《望终南山》一诗中赞叹终南山说'重峦俯渭水，碧嶂插遥天'。"

杨逸忍俊不禁，他说："李世民？我还不清楚呢，就是那唐太宗吧？"

苏雨白了杨逸一眼说："王维你知道吧，他在终南山隐居了很多年的，他那首著名的《山居秋暝》写的多好啊。"

杨逸于是开口吟诵："空山新雨后，天气晚来秋。明月松间照，清泉石上流。竹喧归浣女，莲动下渔舟。随意春芳歇，王孙自可留。"

苏雨说："再比如说那个唐宋八大家之首的韩愈，为什么发出'云横秦岭家何在，雪拥蓝关马不前'的感慨呢？还不是不舍得走？"

杨逸哈哈大笑说："知道韩愈为什么发出这么悲凉的感慨吗？"

苏雨说："被贬了心情不爽呗。"

杨逸放下手机，望着苏雨说："话说在公元819年的正月吧，这个唐宪宗，命这个宦官，从这个法门寺塔中呢，将释迦牟尼佛的一节指骨舍利迎入宫廷供奉，并且呢，送往各寺庙，要官民敬香礼拜。韩愈看到这

哥哥，我爱你

种盲目的信佛行为呢，便写了一篇《论佛骨表》的文章，劝谏并阻止唐宪宗这样的一个决定，他指出呢，信佛对国家无益，而且自东汉以来信佛的皇帝都短命。结果可想而知了，触怒了唐宪宗，韩愈差一点就被处死了。经宰相裴度等人说情，最后，唐宪宗给了韩愈一个小面子，留了他一条命，贬他为潮州刺史。"

苏雨感慨："韩愈愚痴啊，没有领悟佛法真谛，对佛法存有偏见，不如人家王维、白居易、苏轼根器深厚。"

杨逸接着道："韩愈呢，接诏后不能在长安久留了，当天就收拾行李，辞别亲友，找辆马车，携带家眷及几个仆人匆匆上路。韩愈一出长安，一场铺天盖地的大雪就降临了，即刻掩盖了古道尘土，淹没了蓝田秦岭古道的高塬与沟壑。当韩愈一行进入秦岭深山的蓝关时，车轮陷在那个大雪覆盖的古道沟岔之中，任凭驭手怎样挥鞭呼喝，几匹老马只是仰天长嘶，再也不能举蹄前行。韩愈呢，望着群山峻岭的旷野，陷入了前所未有的困境。据说就在他万般无奈之时，看见远处一匹快马飘然而至，你猜马上坐着的是何人？"

苏雨沉思了一会说道："既然是飘然而至，自然是一个神仙喽。"

杨逸说："可不，马上坐着的竟是韩愈的侄孙韩湘，知道韩湘吧？"

苏雨说："八仙之一的韩湘子喽。"

杨逸点头继续说："韩愈百感交集，他看着韩湘，面对群山，吟出了《左迁至蓝关示侄孙湘》这一千古名篇。"

苏雨点头说："明白了。《寻隐者不遇》中'松下问童子，言师采药去，只在此山中，云深不知处。'这首诗里面的山就是指终南山。不过，跑题了啊，哥哥，我要说的是，明天我们一起爬山吧，我肯定给你拍好多好多好帅好帅的照片，我求你好不好？"

杨逸见苏雨如此恳切，不想扫了她的兴，于是说："好吧，看在你如此恳切的分上，哥哥我答应你了。"

苏雨兴奋地扑到杨逸身上，捧着杨逸的脸，无比深情地望着，然后在他粉嫩的红唇上吻了一口，继续深情地望着杨逸说："哥哥，我爱你。"

苏雨回到卧室，看着宝儿熟睡的样子，温柔一笑，在宝儿的额头上吻了一下。苏雨在床上躺下，拿起昨晚尚未看完的书，正要看，床头柜上的手机响了，她拿过手机一看，是文晓打来的。

苏雨很兴奋地说："姐姐……啊？时间又改了？不是说好九月十五号的嘛……您老人家确定是九月三号在歙县会合？确定了我好跟哥哥说。确定了？成，那意思是，我得九月一号就出发？……我这里没问题，跟哥哥招呼一声就可以拔腿走人了……成，没问题，好，一言为定，九月三号，歙县，不见不散！"

挂了电话，苏雨兴奋地跳下床，大喊着冲到杨逸房间，趴在杨逸床上，双手托着下巴望着杨逸说："哥哥，刚刚文晓来电话了，她把我们见面的时间改到九月三号了，也就是说，九月一号晚上我就得出发。没几天的时间了。"

杨逸问："这回又往哪里跑？"

苏雨嘿嘿一笑："什么心思都瞒不过哥哥的眼睛，这回是去皖南，歙县。"

杨逸说："你们早都约好了吧？"

苏雨嘿嘿笑着点头。

杨逸说："你呀，每一次都是先斩后奏！"

苏雨得意地说："不管我是先奏后斩，还是先斩后奏，结果都是一样的嘛，我知道你疼我，爱我，从不干涉我，从不阻拦我的对不对？"

杨逸说："你是谁呀，你是我们家里的老大，谁敢干涉你，阻拦你啊，简直就是太岁头上动土！"

苏雨不好意思地说："你才是我们家老大呢！论年龄，我不是老大；论身高，我不是老大；论体重，我不是老大；论……"

杨逸说："论矫情，你是我们家老大！"

苏雨白了杨逸一眼说："想夸我直接夸我，何必绕那么大弯子呢。"

杨逸在手机上百度了一下，皱着眉头把百度的结果给苏雨看，他说："西安没有直达歙县的车，目前你有三个方案可选：一，从杭州转；二，从宣城转；三，从南京转。"

苏雨说："我知道，我从南京转，张玄梧说了，到南京的话，他会陪同我去歙县，张玄梧还说了，去歙县的路费他包了。"

对于杨逸来说，张玄梧还是一个陌生的名字，苏雨第一次提到，于是他问："张玄梧，哪里毛神？"

苏雨说："刚在一个QQ群里认识的，一个信佛的男人，除此之外，我对他一无所知！"

杨逸说："信佛不信佛我都不担心，我担心的是你这小身子骨能经得住这长途颠簸不？"

苏雨保证说："哥哥放心，生死由命，富贵在天！该发生的，挡也挡不住，不会发生的，求也求不来！"

杨逸的脸色，因苏雨的这句话，无比凝重起来。

第二章

　　早晨，厨房内，苏雨将熬好的玉米糁粥盛出来，将煮鸡蛋捞出来，将凉拌小菜等端到餐桌上。然后喊杨逸和宝儿起床，但是杨逸和宝儿一点动静都没有，她再喊，杨逸传过来一个很不耐烦的声音说："别喊了，你自己去！"

　　苏雨不知道杨逸的脾气从哪里来的，她有些不快，但是她仍然温和地对杨逸说："哥哥，你昨天可是答应过我的，今天要跟我一起爬山的，不许再像以前一样老食言了啊，不然我会鄙视你的。"

　　杨逸已经醒来，在床上躺着，他头发蓬乱，眼睛通红，脸色青灰，一副败象。他很烦躁，但是他并没有发火，他对苏雨说："你自己去吧，或者把宝儿带上，我真不想去。"

　　听了杨逸的回答，苏雨有些失望，但很快，她便恢复了淡然。一直以来，杨逸一直是这个样子的，她都习惯了，她只是担心他的身体，但如果她哄劝和恳求都不管用，她也不会强迫他，她不想惹他生气，她深知，生气对身体更不好。于是，她只好自己坐下来吃早餐。

　　但是，苏雨还是不死心，她觉得杨逸这样下去不行，于是她说："哥哥，你真没劲啊，说话不算数。"

　　杨逸有些烦躁，他声音不再温柔，而是变得生硬，他说："不要总烦我，你自己去吧，相机的存储卡、电池我昨晚都给你装好了！"

　　苏雨听了杨逸的话，皱了皱眉头，刚要愠怒，默默地念叨了一句'我很平静'，就让自己恢复了平静。

　　吃完早餐，苏雨来到客厅，看到杨逸已经在沙发上坐着，她皱着眉

哥哥，我爱你

头看了看杨逸的脸，觉得他今天的样子有点反常，有点可怕，究竟哪里反常，哪里可怕，她实在不明白。正在她思索的时候，宝儿打着哈欠，揉着眼睛，从卧室走了出来。

苏雨希望宝儿能陪自己去爬山，她说："宝儿，刷牙、洗脸、吃饭，完了之后跟为娘一起去爬山吧？"

宝儿向杨逸走去，坐到杨逸怀里说："不去，我跟爹在家。"

苏雨觉得他们真是无趣，很失望地说："我真受不了你们父女俩，懒得像某种动物。"

杨逸抚摸着宝儿的头发对苏雨说："别唠叨了，赶紧走吧。"

苏雨换好休闲衣服和登山鞋，背上相机就出发，临出门，张开双臂，要求和杨逸拥抱一下。杨逸把宝儿推开，站了起来，张开双臂，将苏雨拥入怀中。

苏雨说："哥哥，现在一别，得晚上才能相见，山里恐怕没有信号，我大概不能随时向你汇报我的情况，但是请你放心，我有菩萨保佑，我会平安归来的。早餐都准备好了，你和宝儿记得吃！还有，你千万千万不要在电脑前待太久，身体要紧，如果你有个三长两短，我也不要活了。"

杨逸在苏雨的背上拍了拍，捧着苏雨的脸在她的额头上吻了吻说："没有我，你会活得更好，玩得开心点。"

苏雨点头："我知道了。哥哥，我爱你！"

杨逸又拍了拍苏雨的背，无比深情地："我更爱你。"

苏雨以为自己听错了，她追问杨逸道："你刚才说什么？"

杨逸重复说："我更爱你！"

苏雨笑了，她说："真是太阳从东边落下了。"

杨逸说："那就让太阳从东边落下去一次吧。"

阳光从楼道里的窗子射进来，苏雨表情凝重地站在楼道上，回过头望了家门一眼，她好像忘记了什么似的，想要返回来，但随即，又觉得并没有忘记什么。

苏雨自语道："这是一个再平常不过的早晨，也将是一个再平常不过的白天，佛说人生无常，平平淡淡的生活罢了，能无常到哪里去呢。"

苏雨走后，杨逸在卫生间刷牙、洗脸，宝儿上厕所。

宝儿对正在洗脸的杨逸说："我娘没拉臭臭就跑了，等到晚上，就不好办了，又得你哼哧哼哧给她拉半天的手指。"

杨逸郑重地说："以后，你给你娘拉手指吧。"

宝儿一脸恶心状地说："咦？我才不要，臭死了！还是你给她拉吧。"

杨逸说："宝儿乖，以后要听你娘的话。"

宝儿不屑地说："我娘说话总不靠谱，还是爹说话靠谱，我听爹的！"

杨逸说："好，那你听我的话，以后你要给你娘拉手指！"

宝儿一脸无奈地说："爹如果忙得顾不上的话，我也只好代劳了！"

杨逸洗完脸，并没有去吃早餐，他的脸色更加难看了，是那种发绿的暗，眼睛更红，但是他却全然不知的样子，他端着一杯茶，边嗅边坐到书桌前，翻看一堆报纸。他将看过的报纸丢到地上。

而在客厅，宝儿坐沙发上看木偶剧《派特和麦特》，派特和麦特这对邻居的搞笑故事，让宝儿笑得前仰后合。

苏雨已经下了公交车，等候开往终南山的车，阳光很刺眼，温度也很高，苏雨一手在额前搭凉棚，一手掏出手机看时间，手机显示的时间是十一点，而开往山下的车还没有影子。她走到车站旁边的小吃店，本想坐下来吃午餐，但发现车来了，于是就匆匆买了烧饼。车一来，她提着烧饼上了车。

阳光从阳台上照射进来，宝儿觉得阳光刺眼，最重要的是让电视机屏幕看起来灰蒙蒙的，宝儿将门拉上，又将帘子拉上，于是，客厅就变得暗了许多。杨逸从书房走出来，站在宝儿面前，呆呆地望了宝儿一会儿。

杨逸问："宝儿，中午想吃什么？"

宝儿回答："面。"

杨逸从裤子口袋里掏出零钱递给宝儿，说："那，你下去给咱买面条去吧。"

宝儿不想一个人去，就说："我们一起去吧？"

杨逸说："爸爸不想去，宝儿乖，宝儿一个人去。"

宝儿无可奈何地关掉电视机，关掉DVD，拿着钱，就出门去了。

杨逸在宝儿背后叮咛道："要养成出门带钥匙的习惯。"

宝儿不以为然地说："你在家呢，我带钥匙干吗？我不带！"

杨逸说："爸爸不可能永远都在家。"

宝儿说："爸爸，你知道吗？你今天真的好啰唆。"

杨逸诧异起来："我？啰唆？"

宝儿一字一顿地对怔怔的杨逸说："我，要，出，门，了！"

经过一个多小时的颠簸，苏雨在终南山脚下下了车，她掏出手机，看了看，有信号，很欢喜地打电话给杨逸，这是她从认识杨逸以来就养成的习惯，每天至少打三个电话给杨逸，而其间还不算杨逸主动打给她的，算下来，他们一天，起码要通上四五次电话，短则十几分钟，长则半个多小时。她知道杨逸在家，她就没有打他手机，她认为手机有辐射，于是，她就打了家里的固定电话。

书房中的杨逸，放下手中的报纸，站起来，想去客厅接电话，就在他站起来的那一刻，头一晕，栽倒在地。固定电话响了一遍又一遍。

苏雨一边往山的方向走，一边欣喜地看着雄壮秀丽的终南山，一边继续打电话，始终无人接听，她一脸诧异地自语道："臭哥哥，难道是出去了？我不信我还找不着你了！"

苏雨拨打杨逸的手机。

杨逸的手机在书桌上唱着水木年华的《墓志铭》：我有两次生命，一次是出生，我有两次生命，一次是遇见你。我爱这世界，因为我爱你，我爱这世界，因为你爱我……

杨逸在地板上直挺挺地躺着，身下是他看过的凌乱的报纸。

一个手机号无人接听，苏雨又拨打了杨逸的另外一个手机号码。

书桌上，杨逸的另一个手机也响了，唱着黄梅戏的《天仙配》：树上的鸟儿成双对，绿水青山带笑颜……我耕田来你织布，我挑水来你浇园……

杨逸在地板上直挺挺地躺着，身下是他看过的凌乱的报纸。

苏雨挂了手机，一脸的失落，她不快地自语："臭哥哥，出门居然手机都不带。"

苏雨已经走到进山的门口，门旁一间老旧的房屋，挂着一块木板，上面写着：售票处。苏雨掏出记者证，售票人员手一摆——放行。

苏雨开始爬山。但就在她刚爬了一个坡，在大约五米远的地方，一只下山的狗停了下来，一副很凶恶的样子盯着她。苏雨站住，然后蹲下，对着狗笑，狗一直盯着她，苏雨面露惊异之色。她之前独自爬山，从没有感到恐慌过，但今天她感到恐慌了，而她并不知道自己究竟恐慌的是什么。

杨逸在地板上直挺挺地躺着、昏迷着，脸色更绿更暗。

楼下。宝儿提着面条，提着青菜，仰着头望着自家窗口，一声声地叫着："爸爸，爸爸，爸爸，你的宝儿回来了。"

没有得到应答的宝儿，自语道："咦，怎么不见爸爸出来，难道是上厕所了？"

宝儿继续喊："爸爸，爸爸，爸爸——"

还是没有得到爸爸的应答，宝儿噘着嘴巴，很无奈地上楼。

宝儿来到家门口，按门铃，无人应答；敲门，无人应答；踢门，无人应答。

宝儿生气地叫嚷："爸爸，你到底在干吗呀？你快点开门啊！"

杨逸无法再开门，他在地板上直挺挺地躺着、昏迷着，脸色更绿更暗。

宝儿给苏雨打电话，一个机械的声音回应：您拨打的电话不在服务区。宝儿打家里的电话，在门外就能听到电话铃声，但却无人接听。宝儿又打杨逸的两个手机，她隐约地听到两个手机的铃声从家里传了出来。宝儿气得直跺脚，她只好给杨敏打电话。

此时的宝儿已经很委屈，她哭着对杨敏说："姑姑，我被锁在门外了，我妈妈去爬山了，我爸爸明明在家的，可是就是不给我开门，你有我家的钥匙，你来帮我开门吧。"

杨敏正在做饭，她告诉宝儿："你爸爸可能是下去买菜了，你耐心地等一等。"

宝儿只好站在门口等，等了不知道多久，仍然不见爸爸回来；她坐下来又等了许久，还是不见爸爸回来，无奈之下，她又给杨敏打电话。

她委屈而又愤怒地哭着说:"姑姑,我爸爸买菜怎么那么久啊,都两个小时了,还不来,我好饿,你快点来吧。"

正在睡午觉的杨敏说:"那好吧,你等着,姑姑现在就来。"

但是,杨敏并没有立刻起床,她在床上又躺了一会,拉开窗帘,看着窗外还很炙热的太阳,又是摇头,又是叹气。

街上,公交车站牌下,杨敏在等公交车,来了一辆,人特别多,杨敏放弃了,继续等下一辆。杨敏一边等车一边用手机上QQ聊天。

宝儿不见杨敏过来,手提着面条和蔬菜倚靠在门上哭:"爸爸,你到底去哪了啊,家里的电话没人接,你的两个手机也都在家里,你到底去哪儿了,怎么不跟我说一声呢!你从来就没这样过,我找不到妈妈,也找不到你,爸爸,我真的好害怕啊!"

然而,宝儿并不知道,一直宠爱她的爸爸,直挺挺地在地板上躺着、昏迷着。

苏雨在爬山,她的满满一壶水已经喝完了,她正口渴。当她转过一个山角,终于看到绿树掩映下的一座小小的寺庙,她欣喜地走上前去。进了山门,便见到一位老和尚在门旁生火做饭。

苏雨想讨点水喝,就合掌施礼道:"师父好。"

老和尚看了苏雨一眼念了一句阿弥陀佛。苏雨也只好念了一句阿弥陀佛。

还没等苏雨开口讨水,老和尚便问道:"爬山还是拜佛?"

苏雨不知道该怎么回答,她既非为了爬山,也并非为了拜佛。她就是厌倦了城市的熙熙攘攘,就是想到山里走一走,听听鸟语,闻闻花香。

老和尚并不在乎苏雨回答与否,他继续问道:"读过什么经?"

苏雨只好回答:"《心经》《坛经》《金刚经》,其中,只《心经》能背诵。"

老和尚问:"懂了吗?"

苏雨如实回答:"似懂非懂。"

老和尚问:"观自在菩萨在行深般若波罗蜜多时,照见了什么?"

苏雨想提讨水喝的事,但一直没有机会,只得仍然恭敬地回答:"五蕴皆空。"

老和尚问："五蕴指什么？"

苏雨心情有点烦躁，她不知道自己的烦躁来自哪里，但是她就是烦躁，她忍耐着回答："色、受、想、行、识。"

老和尚说："色即是空。空即是色。受即是空。空即是受。以此类推。想、行、识亦复如是。全部是空，你还执著什么？"

苏雨诧异而不解地说："我？我没执著什么呀？"

老和尚眼皮一塌，往灶里添了几根木柴说："人生无常啊，只有想得开，看得破，放得下，才能得解脱。"

老和尚无比慈悲地看着苏雨。苏雨若有所思，若有所悟，但是又不知道思了什么，悟了什么，确切地说，她觉得心情格外沉重。老和尚的这些话似乎不是平白无故说的，似乎暗示着什么，或许只是她太敏感了？她将相机、相机包、保温瓶放在门旁的一个凳子上，仰头望着湛蓝的天空，望着天空中飞过的鸟儿，望着山，望着不远处潺潺流过的泉水，不禁生出感慨："天是天，山是山，水是水。"

老和尚接着道："人已不是那个人了。"

苏雨望了老和尚一眼，觉得老和尚的话大有深意，但又实在不能明白他究竟所指的是什么。她说："师父说得像是一个谜语。"

老和尚说："没有什么可迷的，都是假象，都是空。"

苏雨正不知如何说，冒出来一个登山者，登山者站在简陋破败的寺庙门前观望着。

老和尚对登山者说："想歇脚，屋里有凳子，口渴了，壶里有水。"

登山者笑着说："还是老师父了解我，正是来歇脚和讨水喝的。"

登山者进入老和尚房里往自己的杯子里倒水，在门口，看到苏雨放在凳子上的保温瓶和相机，他拿起相机，对着蓝蓝的天空，和几只悠闲的飞鸟，按下快门。

登山者饶有兴趣地问道："你登山就这两样装备？"

苏雨说："足够了。"

登山者把苏雨的相机翻来覆去地看，看了机身，看了镜头，然后看苏雨一路上所拍摄的东西。

登山者夸奖道："拍得不错啊，角度都很好。"

哥哥，我爱你

苏雨说："我不懂拍摄技巧，哥哥，哦，我老公说我除了审美，几乎可以说对摄影是一无所知。"

登山者说："你老公是做什么的？摄影师？"

苏雨骄傲地说："我老公啊，他是记者。"

登山者问："是摄影记者吗？"

苏雨摇头说："懂摄影，但他是财经记者，不过，其他类型的新闻他也写得很好。"

登山者问："他多大年纪？"

苏雨回答："风华正茂。"

登山者感慨道："一个人爬山多寂寞多孤独呀，他怎么没跟你一起来呢？"

苏雨说："他不想来。"

老和尚将煮好的面盛到碗里，端进房里，放在小桌子上，出来将燃烧正旺的柴灭了，慈悲地望着苏雨说："他来不了。"

登山者很诧异地问老和尚："人家来不来得了，老师父你怎么知道？"

老和尚并不回答，回到房里，坐下吃饭。登山者进了殿堂，上了三支香，然后合掌跪拜。

苏雨最不屑于做烧香拜佛的事，她提起桌上的开水瓶往自己的保温瓶里倒满了水，又倒了一杯水慢慢喝。

杨敏气喘吁吁地上到七楼，看到哭成泪人的宝儿，长长地叹了口气，随即掏钥匙准备开门。宝儿看到杨敏，哭得更厉害。

宝儿哭着说："姑姑，你怎么才来啊。"

杨敏没有解释自己怎么才来，她告诫宝儿道："记得以后出门带钥匙。"

宝儿重重地点头说："中午我下去的时候，爸爸也是这么跟我说的。"

杨敏把宝儿从地上拉起来，拍打了一下宝儿屁股上的灰尘，掏出湿巾，把宝儿满是泪痕的脸擦干净哄劝道："宝儿不哭了，笑个给姑姑看。"

宝儿笑了。杨敏开了门。

杨敏进了门，就坐到客厅沙发上休息。

宝儿则跑到阳台、卧室、厨房、卫生间到处喊："爸爸！爸爸！爹！爹！父亲！父亲！"

杨敏被宝儿对杨逸的称谓逗笑了，她说："还皇阿玛呢，别叫了，你爸如果在家能不给你开门？一定是有急事出去了，没来得及跟你打招呼，你就耐心地坐下来等着吧。"

宝儿说："我爸爸出门从来没有忘记带手机过，有再急的事，他都会告诉我一声，这种事情从来没有发生过。"

杨逸在地板上直挺挺地躺着，依旧昏迷着。

宝儿来到书房，看到躺在地板上直挺挺昏迷着的杨逸，惊恐万分，她大喊："爸爸！爸爸！爸爸你怎么了？爸爸你醒醒！"

杨逸不回答，也不像睡着的样子，这让宝儿更加害怕，她赶忙喊杨敏："姑姑，姑姑，你快来看啊，快看我爸爸他怎么了？他躺在地板上，怎么叫都叫不醒！"

杨敏不慌不忙地走过来，见杨逸直挺挺地躺在地板上，脸色异常难看，她这才慌了神，赶紧蹲下来，托起杨逸的头叫喊："哥！哥！哥你醒醒！哥你怎么了？"

见杨逸不回答，杨敏已经感到事态的严重性，她哭着打电话："120，快！救命啊！我哥昏过去了！"

时间已经到了下午的四点，苏雨准备下山，老和尚拿出几本讲佛法的书给苏雨，苏雨双手接过，鞠躬致谢。

老和尚叮嘱道："好好读，细细想，慢慢悟。"

苏雨将书放进相机包里，装好相机，背上保温瓶，合掌谢过老和尚，就要下山。

老和尚居然把她叫住了，他说："等一下，我找根杖给你。"

老和尚到房里找杖，却找不到，又到房外找杖。

苏雨不需要什么杖，她说："师父，不用麻烦了，我不用杖的。"

老和尚意味深长地说："下山的路不好走，得有个杖撑着你点。"

老和尚继续找杖，终于在屋角的一堆柴火堆边，找到了一根一人多高的棍子,他将杖递到苏雨手中说:"将杖放在山脚下的寺门口吧,下次再来可以再用,不过,别进去,有师父招呼,也别进去。"

苏雨接过杖,谢过,老和尚将苏雨送至山门,看着她下山。苏雨下山很远,见老和尚依然立在山门目送着自己,于是转身合掌,鞠躬拜别。老和尚方转身回寺。

苏雨从保温瓶里倒了杯水来喝,手机响了,尽管信号不好,但是,她还是听到手机里传来的杨敏异常凝重的声音:"嫂子,你快回来,我哥昏过去了,我将他送到医院了。"

苏雨手里的杯子掉到了地上,水洒了,杯子咕噜噜滚下山去。

苏雨飞速下山。

下山的路不好走,由于山路就在河边,有时甚至需要踏着河里的石头而过,所以又湿又滑。苏雨多次险些摔下去。

苏雨虽然读经,但是她并不喜欢念佛,确切地说,她是一个怀疑主义者,她无法确信圣人们的话究竟有没有信仰的必要,但是她仍然一路不停地念佛,她念南无阿弥陀佛,念南无本师释迦牟佛,念南无大悲观世音菩萨,她临时抱佛脚,她知道自己的祈祷源自内心的脆弱。

医院。杨逸被医护人员急匆匆地从救护车里抬下来,推到急诊室,挂水、输氧,做着急救工作。杨敏拉着宝儿紧跟着医护人员,神色紧张、慌乱、恐惧。

苏雨神色更是异常地紧张、慌乱、惊惧,她在候车亭等车,但是却不见一辆公交车开来,她急躁不安,觉得自己不能再这样等下去了,她伸手去拦截回城的车辆,却没有人理会,她肆无忌惮地流着眼泪对着呼啸而过的大小车辆哭喊:"求求你们了,停一停,帮帮我!"

来来往往的车辆依旧呼啸而过,终于有一辆车停了下来,是她要等的公交车。

公交车上,苏雨流着眼泪给大哥苏雷打电话,给姐姐苏雪打电话,给好友文晓打电话,以急切的,甚至是命令的语气要求着他们:"给我准备钱,尽你所能,越多越好,马上,立刻,打我卡上,我急用!"

苏雷刚回到家,还没等他反应过来,苏雨就挂了电话,他对母亲说:"苏雨怎么神神叨叨的,还让我给她准备钱,也不说个数目,也不说做什么用。"

苏雪当时在做饭,也很诧异,但是并没有当回事。

只有文晓,她非常担心苏雨的状况,她见苏雨匆忙挂了电话,她又回拨过来急切地问道:"发生了什么事,你病了?"

苏雨为了不制造紧张气氛,就说:"没事,都好好的,你给我准备着就是了,也许能用上,也许用不上。"

文晓就开始翻箱倒柜找自己的存折、现金和银行卡,她拿着笔加来加去,还不到五千块。她见王鹏飞回来,就问王鹏飞:"给我五千块钱。"

王鹏飞累了一天,回到家就是张口问他要钱的,他没好气地说:"我还想让你给我五千块钱呢。"

医生办公室里,杨敏拉着宝儿,站在医生的面前,流着眼泪恳求着医生:"黄医生,我求求您了,不能耽搁了!赶紧采取措施吧!"

黄医生保持着职业的理性说:"手术风险很大,必须患者的妻子签字!"

杨敏哭着打电话给苏雨说:"嫂子你快点回来,等着你签字给我哥做开颅手术呢。"

苏雨在公交车上,她无比惊惧地问:"什么?开颅?你确定要开颅吗?我不敢想,这个真的太可怕!还有没有别的办法?"

一车的人都望着苏雨。

医生办公室里,杨敏把手机递给黄医生,吸溜着鼻子说:"黄医生,你跟我嫂子说,我说不明白。"

黄医生接过杨敏递过来的手机对苏雨说:"开颅是唯一的办法。"

苏雨问黄医生:"你保证开颅不会出问题?"

黄医生说:"我不能保证。我只能告诉你两件事:一、开颅是唯一的办法。二、任何的手术都是有风险的。"

苏雨恳求道:"医生,我求求你了,哥哥不能有任何的意外,我离了他没法活!你要知道你救的不是一条人命,而是两条!"

一车的人继续看着苏雨。

黄医生表情凝重地说:"我唯一能保证的是,我会尽自己的全力让这个意外尽可能地不要发生,但是我不能保证它不会发生。"

苏雨无力地仰靠在座位上说:"那就听医生的,开颅吧!"

哥哥,我爱你

　　黄医生将手机还给杨敏,苏雨对杨敏说:"我现在到不了,既然开颅是唯一的办法,那只好开颅了,你是妹妹,你签字,不能再耽搁!"
　　杨敏怒气冲冲地埋怨苏雨道:"已经因为你耽搁了!如果你在家,如果你没有去爬山,我哥也不会在地板躺几个小时!如果我哥有个三长两短,你就是罪魁祸首!"
　　尽管杨敏大苏雨两岁,但杨敏从来没有以这样不敬的口气同她说过话,苏雨知道杨敏是由于太紧张太担心造成的,她并不计较,她流着泪恳求地说:"都是我的错,我求你,赶紧签字吧!"
　　杨敏无奈,只好用颤抖的手签下了自己的名字。
　　宝儿一直看着这一切,肚子空空的她,难过的不只是杨逸躺在了病床上,她更因为连午饭也没有吃到而伤心。
　　苏雨在公交车上焦躁不安,但无济于事,她把手腕上的檀木串珠取下来,握在手里,一边默默念佛一边默默地一个一个地捻。这是她竭尽全力让自己不要慌乱的唯一的办法,尽管这办法并没有让她达到平静的目的。她用克尔效应,她告诉自己:"我很平静。"但是她还是无法平静下来。
　　她不敢想杨逸即将发生的一切情形,即将发生的一切都悬而未决,而悬而未决是让人恐惧的,所以她只好回忆过去,回忆是美好的。

　　在超市收银台外,卖手镯、手链、项坠的摊子前,苏雨拿起绿檀串珠戴到手腕上深深地嗅,然后放在杨逸的鼻下问他:"哥哥,你闻闻,真的是檀木的香味儿呢。"
　　杨逸问:"喜欢吗?"
　　苏雨说:"好喜欢。"
　　杨逸说:"喜欢就买。"
　　苏雨撇撇嘴说:"五十块,好贵的。再说我们刚刚买了别的东西,剩的钱不够了。"
　　杨逸打开钱包,看了看,钱包瘪瘪的,里面只有两张十元纸币。
　　苏雨满不在乎地说:"算了吧,下次再说,又不是什么必需品。"
　　杨逸从购物车里把衬衣拿出来,很得意地冲苏雨挤了一下眼睛说:"你等着,哥哥有办法。"

杨逸拿着衬衣去了退货处。杨逸回来后，就买下绿檀串珠给苏雨戴上。

杨逸看苏雨很欢喜，不无得意地说："哥哥我很有办法吧？"

苏雨感动地挽住杨逸的胳膊说："那当然，也不看是谁的人。不过，哥哥，你其他的衬衣都旧了，而且瘦了，你急需要一件衬衣的。"

杨逸将苏雨肩膀上掉下来的一根头发捏掉说："衬衣下次再买也没什么要紧的！别人家的媳妇儿要的是金的，是银的，是钻石的，我媳妇儿要一个木头的我再不买，那真是太过分了。"

苏雨望着杨逸："哥哥，我爱你！"

杨逸很甜蜜地说："我知道呢。"

苏雨说："那你说你爱我。"

杨逸瞅了瞅一电梯的人悄悄地说："我不说。"

苏雨知道杨逸是不好意思，但她故意逗他说："为啥不说，我就是要你说。"

杨敏的电话打破了苏雨的回忆："嫂子，你到哪里了啊？我哥在手术室了。"

苏雨默默祈祷："哥哥，你一定要好好的，你说过，你要活九十七岁的，你说过，你要安顿好我你才走的。"

苏雨又陷入了回忆。

苏雨躺在杨逸的身边看一本心理学方面的书，里面有一篇习惯与寿命关系的测试，她拿着笔不停地打着对号和错号，算下来，她兴奋地在床上翻来翻去，对杨逸说："我能活九十一岁的，哎呀，原来我算的我能活八十五，八十五我都很满足了，没想到又多活了六年。我得给你测试测试。"

杨逸是不信这些的，他说："不用测试了，我必须得活九十七。"

苏雨眨巴着眼睛说："九十七？太老了吧？再说，你不能太贪心了，你活九十一，同我一样大，就足够了。"

杨逸因为苏雨不会算账而哈哈大笑说："现在知道不好好上学的后果了吧，连这么简单的数学题都不会做，我比你大六岁，如果我活

哥哥，我爱你

九十一，就得比你早死六年。你老年丧夫，孤苦伶仃，日子怎么过？所以，我必须活到九十七才行，把你安顿好了我才能走。"

杨逸躺在手术台上，冰冷的手术器械，医生护士十几人凝重的表情，使气氛格外地紧张。

苏雨赶到医院，看到手术室外等待着的不只有杨逸的妹妹杨敏，还有杨逸的姐姐杨娜，当然，宝儿也在。她冲出电梯，抱住宝儿，忍不住落泪。

杨娜劝慰苏雨道："不哭了，从小到大，杨逸连感冒都很少得过，他身体很好的，肯定能扛过来。"

杨敏以愤恨的目光盯着苏雨说："医生说是高血压引发的脑溢血，你口口声声说爱我哥，你怎么爱的？他高血压了你都不知道！他喜欢吃肥肉，你为什么不阻拦他？他无节制地上网，你为什么不阻拦他？他熬夜，你为什么不阻拦他？他不爱锻炼，你为什么不想办法把他弄出去走走？你倒好，自己去爬山！你是不是就巴望着我哥死了你再找一个啊？"

杨娜将咄咄逼人的杨敏拉到椅子上坐下说："好了，别说这不吉利的话，你哥从小就犟，他听过谁的话啊！"

杨敏不服气地说："我哥他谁的话都不听，但是他听我嫂子的话，在大街上，我嫂子的鞋带散开了，我嫂子把脚往我哥面前一伸，我哥就蹲下来给她系鞋带！每天早上，我哥把宝儿送到学校，本来可以直接去上班的，可是我嫂子还睡着懒觉，我哥怕她不吃早饭，就买了早餐回来……"

杨敏指着苏雨愤愤地说："你凭良心说，这些年，你有多少早餐是在床上吃的？"

苏雨无语凝噎，杨敏所说的，电影一样在她的脑海里闪过。

在大街上，苏雨的鞋带散开了，她把脚伸到杨逸面前说："哥哥，没看见我鞋带散开了？系上！"

杨逸蹲下来给苏雨系鞋带，由于胖，脸居然憋得通红。

在床上。杨逸把早餐放在床头上叫苏雨起床："媳妇儿，起床用膳！"

苏雨看了一眼早餐说:"真是一根筋,这个类型的早餐,我吃了一个星期了,你不能给我换换啊?"

杨逸不好意思地笑着说:"你说你喜欢吃的!"

苏雨说:"我喜欢吃,你就天天让我吃?"

杨逸举手发誓说:"明天一定换,一定换!"

想到这些,苏雨觉得头晕,她非常地后悔,不用杨敏责备她,她已在内心不住地责备自己了,她仔细地回想了被她忽略的细节:昨天晚上,杨逸忽然双手抱住头说头痛。今天早上,杨逸的眼睛是红的,脸色是青灰的。

苏雨不想辩解什么,她感觉到自己的无力,她说:"都是我的错。我应该阻拦他吃肉,应该禁止他熬夜,应该杜绝他长时间待在电脑前,应该强行把他带出来锻炼……但是,他不听话,我不想惹他生气,我就没有强迫他。"

杨敏说:"你不要狡辩,你就是没有尽到一个做妻子的责任!"

苏雨不想与杨敏纠缠,她认为纠缠这些毫无意义,她忽然想到公公也是有高血压的,但是公公直到现在还活得很好。她问杨娜:"爸就有高血压的对不对?"

杨娜说:"对,爸就有高血压,我也有高血压。"

苏雨勉强笑了一笑,她说:"爸六十多岁了,活得好好的,哥哥也会没事的!"

杨娜点头对苏雨和杨敏说:"对,杨逸会没事的,所以,杨敏,不要责怪你嫂子了。"

手术台上,杨逸依然昏迷着。任凭医生紧张忙碌着打开他的头颅。

黄医生吩咐助手:"继续降压!"

方医生紧张地回答:"血压太高了!没见过这么高的血压,居然二百多。"

手术室外。墙壁上的黑色石英钟,在苍白的荧光灯下,慢吞吞地走着,发出咯噔咯噔的揪心的声响。似乎每一秒都被无限地拉长了。

时间漫长得让苏雨发疯,她已经预感到了不妙,她内心充满了恐惧,她不知道失去杨逸,她怎么活,她浑身颤抖、发冷、发麻,她哆哆嗦嗦地念佛、求佛。而之前，她最不屑于做的就是这个，她对此的认识是，当一个人求佛的时候，当一个人祈祷的时候，是他最为无助和最为虚弱的时候。然而，此时的苏雨不得不承认，自己深深地处在一个巨大的无助与虚弱之中。

尽管做了一切的努力，但苏雨仍然无法使自己平静下来，她颤抖得更加厉害，哆嗦得更加厉害，终于，她支撑不住了，面向窗口跪了下来，合掌磕头："大慈大悲的观世音菩萨，救苦救难的观世音菩萨，保佑哥哥的平安吧！"

杨敏和杨娜都哭了，两人揩着泪水上前将苏雨搀扶起来。

杨娜安抚苏雨道："别这样，杨逸会没事的。"

杨敏在杨娜的劝说之下，此刻的情绪已经稳定了下来，她对自己刚才对待苏雨的态度感到后悔，她惭愧地说："嫂子，我刚才不该跟你发脾气，我是太紧张太害怕了，你别跟我计较，别让我哥知道，不然他肯定会骂我，肯定不会原谅我的！"

时间漫长得像是凝固了一样，墙壁上石英钟的时针终于指向了凌晨两点。"手术中"标识的灯灭了，苏雨冲到手术室门口，哆哆嗦嗦地低声唤着杨逸："哥哥，你一定好好的。"

手术室的门打开了，黄医生换鞋，苏雨对开门的方医生合掌鞠躬，她急切地紧张地问："医生，手术一定很成功对不对？"

黄医生淡然一笑说："手术确实很成功！"

苏雨听说这个消息，她甚至给黄医生鞠了一躬，她说："辛苦您了！"

黄医生合掌还礼说："应该的，应该的。"

医生、护士将杨逸推出手术室，苏雨看到杨逸，漂亮的头发被剪了，头上缠满了纱布，纱布上沾着血迹，他的脸十分苍白，在氧气罩下，大口地呼吸。苏雨心疼到了极点，她想握住杨逸的手，想在他的耳边说话，然而却没有人给她这个机会，大家手忙脚乱地把杨逸推进电梯间，推到重病监护病房。

重病监护病房内，医生护士在里层，苏雨、杨敏、杨娜、宝儿等在外层，将病床上的杨逸成椭圆形围住。黄医生冲苏雨等人摆摆手说："家属都出去，到病房外候着去吧。"

杨敏拉着宝儿走出病房。苏雨没有动，杨娜拉住她的胳膊，要她也出去。

苏雨恳求医生道："我不出去，让我待在这里，我要看着他！"

方医生说："你出去吧，你在这里对我们的救治工作是个影响！"

苏雨继续恳求医生："我保证不哭，我静静待着，让我在！"

方医生说："请你配合我们的工作，还是出去吧。"

杨娜将苏雨拽了出去。

重病监护病房外，苏雨对着病房的门，流着泪，手掌盒盖在鼻口之上，自语："哥哥，对不起，你受苦了！从昏倒到现在，你一定很孤独，很害怕，都是我不好，我应该哪里都不去，我应该时刻都在你身边！"

宝儿眯着困倦的眼睛走到苏雨身边，抱住她的腰，将头埋在她的腹部。苏雨把宝儿的头揽住，一遍一遍地抚摸着。杨娜和杨敏坐在长椅上，表情木然。

不多会儿，方医生从病房里走了出来说："留下一个人就行了，其他人都回去吧，毕竟这不是一天两天的事，都累垮了，谁来照顾病人呢？"

苏雨要求留下，她对杨娜说："你们把宝儿带回家，让我留下来！"

杨娜没有同意，她说："还是让我留下来吧，你们都先回去，听话！"

苏雨摇着头，倔强地说："我不！我得陪着哥哥，不然哥哥会难过的。"

杨娜考虑到明天晚上就得回去，她有一摊子生意要忙，并没有时间在这里看护杨逸，所以她说："听话，你和杨敏带着宝儿回去吧，明天晚上我就回去了，我那边确实很忙，所以我今天陪着，你明天陪着，再说，以后绝大部分的时间都得你陪着呢。"

宝儿抬起困倦的眼睛，央求苏雨道："妈妈，我们回家吧，我好困啊。"

杨敏也劝苏雨道："嫂子，方医生都说了，这不是一天两天的事，你身体也不好，你不能累垮了，先回家睡觉吧。"

苏雨只好被杨敏和宝儿搀扶着回去了，她没有想到，此生，她再也没有机会，陪在杨逸的身边了。

第三章

黎明。医院。病房。

杨逸呼吸急促,脑部再次出血。医生在奋力抢救。

黄医生说:"血压太高,导致第二次出血,必须得进行二次手术,快通知家属!"

方医生查看杨逸瞳孔说:"瞳孔在扩散,还有必要二次手术吗?"

黄医生无力地说:"尽力吧!"

方医生叫醒了走廊长椅上打盹的杨娜说:"叫患者配偶来签字,需要二次手术。"

杨娜迷迷瞪瞪地"啊"了一声,随即恐慌起来:"二次手术?二次手术风险很大的吧?"

方医生说:"没有办法,患者的血压太高,导致了二次出血。"

杨娜赶紧掏出手机拨打电话,通知苏雨。

家中。苏雨卧室。苏雨和宝儿还在睡着,但是苏雨并没有睡熟。她忽然惊惧地从床上坐起来,大口地呼吸,并且觉得胸闷,她不停地抚摸自己的胸口。显然,她是做了噩梦,受到了惊吓,但究竟做了什么梦,她却怎么也记不起来。她看了看身边,宝儿依然睡得很香,她低头在宝儿的额头上吻了一下。就在此时,电话响起,苏雨接电话,可是她什么也没有说就挂了电话,她用颤抖的手胡乱地穿衣服,胡乱地穿鞋子,衣服穿反了,鞋子穿反了,她把两只手合起来搓搓、甩甩,但是她的手依然颤抖得厉害。

苏雨几乎失常,她转来转去,不知道自己要做什么,她一直喃喃着:"哥哥,你受苦了!但你是最棒的,是最勇敢的,是最坚强的,你一定能挺住的!无论如何,你必须活着!哥哥,我绝不允许你有任何的意外!你可是答应我要活九十七的,你才三十七,你还有六十年的光阴要度过呢!你不能死!我不许!"

杨敏也醒来了,她从杨逸的房间来到客厅,看着失神的苏雨在客厅里转来转去,就问道:"是不是姐的电话?我哥怎么了?"

苏雨说:"你哥没事,你哥好好的。"

杨敏见苏雨东一头西一头地在走来走去,便问:"嫂子,你找什么?"

杨敏的这句话把苏雨给问住了,她反问杨敏:"我找什么?你知道我找什么吗?"

杨敏流下了泪水,她知道杨逸的情况不妙,不然苏雨不会这样,她说:"嫂子,你什么都别找了,我们到医院去吧。"

苏雨忽然想起自己要找纸笔,她找到纸笔,匆匆给宝儿留言:"宝儿,妈妈在医院,你起床后刷牙、洗脸、锁好门窗,到医院来,乖,我爱你。"

苏雨已经无法正常走路,几次差点从楼梯上摔下来,杨敏咧嘴便哭,她只好搀着苏雨。

终于到了医院,苏雨呆呆地站在黄医生的面前,黄医生坐在会议桌前,面前有纸有笔。

黄医生表情凝重地对苏雨说:"第二次手术风险很大,轻者可能是植物人,重者可能根本无法抢救过来,作为家属,必须做好心理准备!"

苏雨神情恍惚,浑身发抖,牙齿打颤,几乎无法站立。

杨敏抱住苏雨,掉着眼泪,轻轻地叫着苏雨:"嫂子。"

黄医生说:"如果做好了接受任何结果的心理准备,就赶快签字吧。"

苏雨去拿笔,但是拿不住,杨敏将笔拿起来递到她手里,她却怎么握都握不住,笔掉了下来。杨敏捡起笔,又递到她的手里,她还是没有握住,又一次掉了下来。

正当杨敏再一次捡起笔递到苏雨手里的时候,方医生旋风一样推门进来摇摇头，叹息说："不用签字了！"

杨敏惊喜地问："方医生，是我哥没事了？"

方医生叹息道："我的意思是说，没有签字的必要了。"

苏雨手中的笔再一次掉了下来，她转过头，盯着方医生，身子晃了又晃，杨敏搀扶不住，杨娜上来搀扶。

苏雨盯着方医生问："为什么没有必要了？"

方医生叹息说："病人已经，已经走了！"

苏雨无比疑惑地问道："走了？走到哪里去了？"

方医生不知道该如何回答，他是一个年轻的医生，生死离别的场面他见过，但是见得并不多，他不知道该怎样表达患者的离世，他只好说："到另外一个世界去了。"

苏雨无法相信方医生的话，她觉得这是方医生跟她开的玩笑，她追问道："另外一个世界？另外一个世界是哪个世界？"

方医生知道苏雨受了刺激，一时无法接受亲人的离世，他说："我不知道。我没去过。这个问题太深奥了。"

黄医生看了苏雨一眼，摇了摇头，叹息着对杨敏杨娜说："我见你们两个还清醒理智，我需要跟你们交代清楚，事实已经是这样了，我知道你们都很悲痛，都很难接受，我现在说什么也都无济于事，也根本安慰不了你们。不管你们有多悲痛，但是这是医院，绝对不能在医院哭，这对其他病人会造成非常负面的影响！我们会被病人投诉的！还有，人已经死了，细菌已经产生，你们再悲痛再不舍，都不可以伏在死者身上！还是那句话，死的已经死了，活着的还得活着，节哀吧！"

方医生补充道："天气炎热，太平间也不易久待，还是尽快联系车辆，拉走吧。"

在医院的后院。太阳正冉冉升起，温度在逐渐地升高，城市开始喧闹起来，路边早餐摊主的叫卖声，来往行人急促的脚步声，此起彼伏的手机铃声，隔壁小区广场里的老人们穿红着绿挥剑舞扇之后哈哈大笑声……然而咫尺之遥，死亡已经发生了，这让苏雨觉得异常恍惚。

两个护士推着杨逸的尸体往太平间的方向走着，两个护士的表情是习以为常的漠然，她们将杨逸的尸体推到太平间之后，就退出来，站到院里的一棵松树下，一个发短信，一个聊天。可能是遇到什么有趣的事，时不时会露出微笑甚或是忍俊不禁。

　　杨娜打电话联系车辆，她以一个小生意人的精明在跟人家谈价格，但是她并没有谈妥，对方也精明，把价格压得很死。

　　杨敏则哭着给家里打电话，向父母报丧。

　　苏雨不知道自己该做什么，她站在太平间门外看着蒙着脸的杨逸，她几次想掀开看看，但是她几次都把手缩了回来。她无法相信会在太平间这样的地方守着杨逸，她退出了阴森可怖的太平间。

　　她看着两个护士谈笑风生，觉得恍惚不已，她真的想找个人问问，到底发生了什么事情。

　　杨娜打完了电话，联系好了车辆，接下来就是等待车辆的到来，她走到苏雨身边问："火葬还是土葬？"

　　苏雨一脸疑惑："嗯？"

　　杨娜只好重复问道："火葬还是土葬？"

　　苏雨这次不疑惑了，但是她只回答了一个哦字。

　　苏雨陷入了回忆。

　　晚上，在杨逸的房间，两人在床上躺着，杨逸举着手机看网络小说。苏雨看书，梭罗的《瓦尔登湖》。

　　苏雨发现了两句让自己触动的话，她说："哥哥，给你念两句我特别喜欢的话吧。第一句，在别人的铜钱中，你生了，死了，最后葬掉了。第二句，我们已经在尘世造好府邸家宅，随后就建造冢墓坟地。"

　　杨逸放下手机，沉默了一会儿，然后才说："这个叫梭罗的，总结的倒也很到位，人生大抵如此！"

　　苏雨说："我在想，真的有必要这样下去吗？为什么不可以过自己想过的那种生活呢？"

　　杨逸说："人是生活在社会的规则之下的，所以人的言语行为，应该符合这个社会的规则，这种生活，也只有梭罗一个人过得，如果人人都过得了这种生活，更多的问题也就凸显出来了。"

　　苏雨说："人，生生死死，死死生生，好像没什么意思，如果我死了，我就火葬，看能不能像佛陀那样烧出一些舍利来。"

　　苏雨的妄想把杨逸逗得哈哈大笑，他说："我可没你境界高，如果我死了,我就土葬,入土为安嘛,而且是土葬在我的家乡渭北高原之上,那可是生我养我的地方,我要落叶归根!"

杨娜见苏雨恍惚,声音不免大了,她说:"我问你话呢,杨逸是火葬还是土葬?你得拿个主意啊!"

苏雨从回忆中走出来:"哦,土葬!哥哥希望土葬!"

杨娜吃惊地看着苏雨,问道:"你们居然谈过这个问题?也就是说,杨逸发病当天的状况你是了解的,但是你没有在意,你还是去爬山了?当时杨敏说你,我还不让她说,我现在很怀疑,你是不是故意的?"

苏雨没有回答杨娜的话,她什么都不想说,杨逸的突然离世让人无法接受,她认为杨娜的反应是可以理解的,就像之前杨敏抱怨她是可以理解的一样。然而她并不曾想到,不只是杨敏和杨娜对她发生了抱怨,公公婆婆更是有心结难以解开,他们认为杨逸的死,苏雨是罪魁祸首。当然,这都是后来的事。

苏雨走进了太平间,走到杨逸的尸体面前,看着盖得严严实实的杨逸的尸体笑了一下,她说:"平时老蹬被子,今天不蹬了?"

宝儿来了,杨敏看到宝儿,抱住宝儿就哭:"我可怜的娃啊!"

宝儿不知道杨逸已死,不知道自己从此之后再也没有父亲,她疑惑而伤感地问杨敏:"姑姑,我爸爸怎么了?怎么不在病房里,在这里做什么啊?"

杨敏掏出面纸,擦了眼泪,擤了鼻涕,吁了口气,定了定神说:"哦,你爸爸睡着了!"

宝儿看着大人的表情都不对,大家的眼睛都红红的,都流着泪,她便疑惑地问道:"那我爸爸还会醒吗?"

杨敏说:"他醒不来了。"

宝儿的泪水在眼眶里旋了一会,终于扑簌簌地掉下来,她看了两个姑姑被泪水浸泡的红肿的眼睛,似乎了解了所发生的事情。她问道:"我爸爸是不是死了?"

杨敏将头扭到一边,哭着告诉宝儿:"你爸爸没死!"

苏雨看见宝儿过来,她走出太平间,走过来抱住宝儿,紧贴着宝儿温热的身体，苏雨觉得自己还活着。

宝儿流着泪，伤感地问苏雨："妈妈，我爸爸是死了吗？"

苏雨将宝儿的泪水抹掉说："很多人认为是这样，但我不认为是这样。"

宝儿继续问："那你的意思是我爸爸他还活着？可是他在哪里呢？"

宝儿指着太平间追问道："是在那里吗，可是他为什么不起来，他为什么不说话？为什么对我们的哭泣无动于衷？"

苏雨不知道如何跟宝儿谈这个问题，她自己都无法将自己支撑住，她还要支撑宝儿，她从没有像现在这么虚弱过，她告诉宝儿："说爸爸死了，不一定是正确的，或许正确的是，爸爸只是变了一种形态在活！"

宝儿流着泪水摇着头说："我听不懂！我只是觉得很难过，我再也见不到爸爸了。"

苏雨若有所思地说："你能见到的，我也能见到，起码在我们的梦里。我打个比方吧，就像水变成了云，云变成了雨，雨蒸发又变成了云，云又变成了雨。它其实还是水，只是形态不同罢了。就像，哦，就像我之前给你读过的《风到哪里去了》中的故事一样，这个世界真的就是这样循环着，没有什么会不见了。"

车辆到来了，大家手忙脚乱地将杨逸的尸体推上车，苏雨上了车，宝儿上了车，杨敏上了车，杨娜上了车，大家围着杨逸的尸体而坐，流着泪水。

经过两个多小时的颠簸，终于回到了杨逸的老家。车尚未停下，已经有村民围拢过来，鞭炮响起，杨逸的父母听到鞭炮声，立刻就在窑洞里呼天抢地地恸哭起来。苏雨没有哭，她静静地流着泪。

有弄冰棺的，有忙着给杨逸穿衣服的，有布置灵堂的，有支桌子放板凳的，有扛着铁锹去地里挖墓穴的，有把杨逸的照片拿到镇上放大做成遗相的。

苏雨看着大家忙，很恍惚，觉得像一场梦，或者说像看一场电影，很虚幻的感觉。

灵堂布置好后，苏雨看着杨逸的遗像苦涩地笑了："哥哥，你真帅！那边，肯定会有好些女孩子追的！"

宝儿进来了，上香，然后蹲下来烧纸钱，跪在地上磕头！然后伤心地哭。

苏雨问宝儿："你怎么又哭了呢？"

宝儿说："我在外面，那些人在谈论我们，说我爸爸年纪轻轻的就死了，说我爸爸死得很可惜，说最可怜的是我，一个才十岁的小孩，就没了爸爸。我爸爸死了！我再也不会有爸爸了！一个没有爸爸的孩子是可怜的，我难过！"

苏雨不想让宝儿难过，她问宝儿："你知道庄子吧？"

宝儿是知道庄子的，苏雨给她讲过庄子的几篇经典的文章，她说："是那个梦见自己变成蝴蝶，又怀疑蝴蝶变成了自己的庄子吗？"

苏雨说："是呢。妈妈给你讲一个发生在庄子身上的故事吧。庄子的妻子死了，庄子的朋友惠子听说之后，心里很难过。他便急急忙忙向庄家赶去，想对庄子表示一下哀悼之情。可是当他到达庄家的时候，眼前的情景却使他大为惊讶。只见庄子岔开两腿，像个簸箕似地坐在地上，手中拿着一根木棍，面前放着一只瓦盆。庄子就用那根木棍一边有节奏地敲着瓦盆，一边唱着歌。惠子先是发愣发呆，继而渐渐生出了不满，最后愤愤不平了。他怒气冲冲地走到庄子面前，庄子抬头看了他一眼，依旧敲盆、唱歌。惠子忍不住了指责庄子。说庄子的妻子跟庄子一同生活了这么多年，为他养育子女，操持家务。现在她不幸去世，庄子不难过、不伤心、不流泪倒也罢了，竟然还要敲着瓦盆唱歌！不觉得这样做太过分吗！庄子听了，这才缓缓地站起身。惠子朝他脸上一看，方才觉得自己刚才的话有点过火。怎么能说庄子一点也不伤悲呢？他的脸上，现出一层淡淡的悲切，眼圈也红着。庄子就告诉惠子，当妻子刚刚去世的时候，他何尝不难过得流泪！只是细细想来，妻子最初是没有生命的；不仅没有生命，而且也没有形体；不仅没有形体，而且也没有气息。在若有若无恍恍惚惚之间，那最原始的东西经过变化而产生气息，又经过变化而产生形体，又经过变化而产生生命。如今又变化为死，即没有生命。这种变化，就像春夏秋冬四季那样运行不止。现在她静静地安息在天地之间，而他却还要哭哭啼啼，这不是太不通达了吗？所以止住了哭泣。"

宝儿哭着摇头说："我不懂。如果生和死是一样的，为什么一个人出生，大家都是那么高兴，为什么一个人死了，大家都是那么悲伤？可见生和死是不同的。"

苏雨将油灯的捻子挑了挑，说："也没有什么不同，生即是死，死即是生。"

苏雨看似在安抚宝儿，实则是在安抚自己，然而不管她怎么安抚，她的悲伤都是那么真实。

太阳很大，天很蓝，初秋的热气涌动着，有成群的麻雀从一棵树上飞到另一棵树上，从一个屋顶飞到另一个屋顶。

车来车往。人来人往。

鞭炮声声。花圈一个一个送进来。

杨娜来到杨逸的灵堂前，提醒苏雨："告诉杨逸的同事、同学、朋友了吗？"

苏雨摇摇头说："没有，我也不想说。"

杨娜说："不想说也得说，还有你的同事、朋友也得说。你们之前给出去那么些份子钱，不说的话，不都白给了？还有，全村子的人都看着呢，杨逸的领导、同事，你的领导、同事，都是有头有脸的人物，这会让杨逸很有面子。"

苏雨怔怔地问杨娜："一个死人还会在乎面子吗？"

杨娜说："死人是不会在乎面子的，但是活着的人是在乎面子的，死人的面子就是活人的面子！"

苏雨不解地仰着头说："为了活人的面子，连死人都要利用上吗？"

杨娜很不快地说："我怎么跟你说不明白呢，你是外省人，你不懂这里的规矩，你现在只需要听话就行了。"

苏雨只能听话了，离开杨逸，她不但是痛苦的，不但是悲伤的，她还是无助的，她只好打电话告诉杨逸的领导、同事、朋友。只好打电话告诉自己的领导、同事、朋友。

广州。荣生艾灸馆。文晓正在给客人做艾灸。同事阿坚看着文晓的手机在震动，就接了。

阿坚拿着电话悄悄地来到文晓身边，把手机放在文晓的耳边。

文晓看了一眼床上躺着的客人，低声接电话。

文晓眼睛瞪圆了，嘴巴张圆了，她握着艾条的手，抖了起来。

文晓惊叫道："怎么可能？不可能！前天还好好的呢！"

文晓失了手，她把正在燃烧着的艾条戳到了客人的肚脐上，痛得客人猛地从床上坐起来，伸手要打文晓。可是哪里还有文晓的影子，她早跑了出去，冲进老板办公室，以不容分说的口吻冲正在老板椅上打电话的女人说："荣姐，给我一个星期的假！"

荣姐正在讲电话，见文晓如此冒失地跑进来，很生气，她用温柔的声音挂了电话，之后便是一副愤怒的表情："文晓，你这是在跟我请假吗？"

文晓理直气壮地说："对！"

荣姐说："那好。我没有假给你！"

文晓勇气十足地说："无所谓，你给不给都不要紧，反正这个假我要定了！"

荣姐见文晓如此强硬，她便缓和了态度说："文晓啊，你是知道的，这段时间生意很忙的，等生意不很忙的时候，我多给你几天假，让你出去好好玩一玩！"

文晓说："我不管你生意忙不忙，我必须得走！"

荣姐说："你这态度可不好，你不怕我炒了你的鱿鱼吗？"

文晓不容荣姐答应，就紧接着说："就这样吧荣姐，我一周后回来！"

说完，文晓就走了。刚出了荣姐办公室的门，刚才被文晓用艾条不小心灼痛的客人就气咻咻地找来了，任阿坚怎么拉都拉不住。

阿坚倒退着挡在怒气冲冲的客人面前，用粤语极力安抚："不要生气嘛，文晓真不是故意的啦，她最好的朋友的老公突然病故了，她情绪激动也是可以理解的了！您是常客，您了解文晓的啦，您赶紧躺下来，我给您涂点药膏您就不痛了！"

客人仍然还是很愤怒，当然也很执拗，他去推阿坚，他说："今天你说什么都不行的，这种不敬业的员工，非炒了她不可！不然，她要赔偿我精神损失费！我来你们这里做艾灸是为了享受的，不是为了受苦的。"

阿坚冲正拉开架势要迎战的文晓咧嘴挤眼，示意她趁机赶紧离开，一切由他应付。文晓瞪着客人，气得胸脯一起一伏，眼睛里似乎也能冒出火来。忽然，她冲着客人冲了过去，没有防备的客人因此被文晓撞到了一边，客人打了一个趔趄，正要去追文晓，被阿坚拽住。

火车站。文晓急切地排队买票，由于正处在学生即将开学的时候，人流量很大，队伍排得很长，这让文晓着急的一会就伸出脑袋去看一下队伍，并且数一下自己的位置。数了一次又一次，前面居然还有二十几位，文晓失去了耐心，她跟自己前面的人讨好而夸张地笑着低语、点头、合掌、鞠躬，低声说了一些什么。然后，文晓就站到了刚才那个人的前面。文晓又同站在自己前面的人讨好而夸张地笑着低语、点头、合掌、鞠躬，低声地说着什么。然后，文晓又站到了那个人的前面。文晓对前面的一个又一个的人如法炮制，但前面的人不买账，文晓瞪了那个人一眼，低声说："什么人，一点都不懂得怜香惜玉！"文晓跳过面前的人，同下一个人商量，那个人点头同意，文晓越过去站到了更前面。

轮到文晓，文晓急切地对售票员说："最近一趟开往西安的火车！"

售票员问："无座要不要？"

文晓毫不犹豫地说："要！"

售票员继续问道："三十多个小时，你确定要？"

文晓想骂售票员真啰唆，但是她忍住说："要！"

西安火车站。夜。文晓一个人在这个陌生的城市，这还是有生以来的第一次，她想过自己会来西安，但是她从来没有想到她来这里是为了奔丧。出了火车站，文晓抬头看了一眼车站所显示的时间，凌晨十二点。

手机滴滴响了一下，文晓掏出手机看到了苏雨的短信："太晚了，在西安住一夜，明早过来，安全第一。"

文晓合了手机，冲车站广场上的出租车招手，她不认为自己有必要在西安住一下，她非常急切，她恨不得立刻就出现在苏雨的身边。

文晓几乎没有任何的耽搁，她伸手招了一辆出租车，冲司机说了目的地，司机摇摇头，就将车开走了。

文晓走到另一辆出租车前，冲司机说了目的地，司机摇摇头，也将车开走了。

文晓急得直跺脚，甚至爆了粗口："妈妈的，奶奶我又不是不给钱！"

文晓又走向别的出租车前，冲司机说了目的地，司机正要摇头，文晓不管三七二十一，打开车门就坐了上去。

司机说："太晚了，而且你要去的那地方，不但太远，而且路况真的很差，我没法去的，你是乘客，我要对你负责的。"

文晓抱着胳膊，一副无赖相："你看着办，反正我不下车，你可以叫警察呀，我巴不得警察来，我就告诉警察你拒载。"

司机倒也是一个好说话的人，他说："不是我要拒载，我真的没法去！再说，天黑路远，真的不安全。大小姐，还是请下车吧！"

文晓撒泼："我不管！反正我必须立马赶过去！我一个女人都不怕天黑路远，你一个男人还怕天黑路远吗？"

司机给了文晓一个建议，他说："明天早上坐大巴，只需要几十块，现在打车，得几百块钱，几十块和几百块，你不会算账啊？你可想好了。"

文晓不觉得这有什么好想的，她说："别啰唆，你要多少，我给多少，咱不差钱。"

司机现在也基本想通了，反正都是挣钱，再说了，他一个大男人还怕一个小女人不成，于是就伸出三个手指说："你这等于包车，过桥费你付，三百块。"

文晓一听两个小时的车程就要三百块，惊叫道："你打劫啊？"

司机说："那算了，你下车！"

文晓无奈："好，我给！"

出租车行进在高速公路上。

司机说："你胆子真不小，不怕我那个什么你？"

文晓说："你哪个什么我？你是打算劫财呢，还是劫色？"

司机说："你真爽快！两个我都想劫。"

文晓说："我要财没财，要色没色，所以，我没什么好怕的。"

司机说："你好像不是本地人？"

文晓说:"别废话!好好开你的车!"

惨白的路灯下,苏雨伫立在村口的一棵树旁,表情呆滞地望着远处摇晃不定的车灯由远而近。陪同在身边的是杨逸的大哥杨勤,他见苏雨在夜的凉风里瑟瑟发抖,就揽住她的肩膀,随即又松开,他说:"杨逸在,你是我弟妹,杨逸不在,你是我亲妹妹,别怕。以后有什么事,你别一个人扛着,你跟哥说,哥会竭尽全力地帮助你的。"

虽然杨逸的离世,让苏雨无限悲伤,但杨勤的这句话还是让她感到了些许的温暖和感动。

出租车终于在苏雨面前停了下来。文晓急切地从车里下来,快步走到苏雨面前,紧紧地抱住了苏雨。从见了苏雨的那一刻起,文晓就一直挽着苏雨的胳膊,片刻不离左右。

苏雨哭,文晓陪着哭。苏雨笑,文晓却没有办法赔着笑,而是哭得更厉害。她不是哭杨逸的离世,她是哭苏雨,她觉得苏雨的命真苦。

第二天,阳光明媚,晴空万里,人们七手八脚地将冰棺抬到院子中的棺材前,将杨逸的尸体从冰棺中抬出来,小心地放进棺材里。苏雨表情呆滞地看着这一切。文晓生怕苏雨发生意外,她紧紧地搀扶着她。

吊唁者陆陆续续而来,陆陆续续而去,有的举着花圈,有的拉着黑色条幅,他们一个一个对着杨逸的遗体鞠躬,一个一个与苏雨握手,一个个让她节哀顺变。

有一只苍蝇,嘤嘤嗡嗡地飞过来,落在杨逸的额头上,苏雨赶紧去赶苍蝇。

丧礼主持人把苏雨拉到一边,苏雨的母亲、大哥、姐姐、妹妹、妹夫等人都围拢过来。丧礼主持人悄声对苏雨说:"人心隔肚皮,人走茶凉的事我见得多了,你别只顾着伤心,人既然死了,再伤心都是没有用的。"

苏雨的大哥苏雷表示认同,他赶忙掏出香烟,递给丧礼主持人说:"这里的规矩我们也不懂,还拜托你多提点。"

丧礼主持人接了香烟,苏雷赶忙掏出打火机给点上。丧礼主持人吐了一口烟圈对苏雨说:"在不久前,我们村子里有一个男人外出打工,因为一场意外而死了,和杨逸一样年轻,他们也有一个孩子,是一个男孩。当时,他妻子无法相信这个事实,一直沉浸在悲痛当中,所有

哥哥，我爱你

的一切全凭公公和婆婆的安排，前来吊唁的人很多，而她神思恍惚，从没有过问礼金的事，包括娘家给的五千块钱也作为礼金上到了账本上。对于她的婆家，她完全地相信，一点心眼都没留，结果葬礼结束之后，她的公公婆婆对她的态度转变很大，他们把她的孩子留下了，而把她赶出了家门。他们说，他们的儿子在，她是他们的媳妇，如今他们的儿子不在了，她便不是他们的媳妇了。就这样，这个可怜的女人，被扫地出门了，她走的时候，几乎是身无分文。刚死了丈夫，又失去了孩子，实在悲惨，但是作为局外人，除了表示同情，并不能改变什么对不对？所以，为了减少这种悲剧的发生，我冒着得罪人的风险给你提个醒，希望引起你足够的重视。"

苏雨没有心思听这些，丧礼主持人只好把苏雷拉到一边悄声说："等下你们就别上礼了，你们把钱给孩子，这样保险点，人心难测，不得不防啊。"

苏雷就把一万块钱给了宝儿，丧礼主持人对着话筒让宝儿给舅舅磕头，宝儿给苏雷磕头的时候，正在屋里号啕的婆婆忽然从床上跳下来，急火火地走出院子，来到现场说："不行不行，给孩子的钱是给孩子的钱，上礼的钱是上礼的钱，两码事，礼钱还是得上的。"

苏雷没有理会，他对苏雨说："你趁早做好离开西安的准备，回去之后，把房子一卖，带着宝儿走人，我在武汉，你想到武汉就到武汉，不想到武汉，你也可以去别的地方，就以你这软弱的性格，你是斗不过他们的。"

苏雨觉得每一个人都是那么理性，理性得让她感到绝望，她对苏雷说："杨逸尚未入土，你就跟我谈这个问题，你不觉得自己太过分了吗？"

苏雷一副无可奈何的样子叹息道："当局者迷旁观者清，我这个清的旁观者给你这个迷的当局者指点迷津，你居然这个态度，好了，就当我什么都没有说。不过，我把话撂在这儿，你绝对会被他们逼到无路可走，你别看他们老了，别以为老人都是慈祥的，老年人因为积累了很多的人生经验，会变得非常狡猾。到那个时候，你就知道你哥我的话是对的还是错的了！"

文晓对苏雷的话是很认可的，她劝苏雨道："我知道你很难接受，你不愿意相信人心难测，不愿意相信世态炎凉，但是生活就是这样，你可以保证自己不是那样的人，但是你无法保证别人不是那样的人。人与人之间的关系本来就非常的脆弱和微妙，何况，你们之间又存在利益上的相争，所以，我的立场和大哥的立场是一样的，我也认为，你既然争不过，斗不过他们，最好的办法，就是走为上，趁他们还没有开始行动的时候。要记住，任何时候，都是先下手者为强！"

苏雷对文晓的一番话赞叹不已，他在赞叹文晓的同时，自然免不了对苏雨又是一番说教，他说："你看看人家文晓，人家就比你大了一岁，你看人家文晓把问题看得多透彻，把这个社会，这个生活的真相看得多清楚。就是你，我的傻妹妹，你就等着被别人骗了还帮别人数钱吧。"

苏雨无语凝噎，她觉得异常地难过和悲哀，她说："我真的不想过那种要去防范、算计的日子，你们还是不要说了。"

苏雷以恨铁不成钢的语气对苏雨说："生活不可能因你的意志而改变，你不想防范，你不想算计，但是别人防范你，算计你啊我的妹妹。害人之心不可有，防人之心不可无，你必须学会保护自己啊。"

文晓说："大哥说得对，我们不去伤害别人，但是我们也绝对不能允许别人伤害我们！为了避免被别人伤害，我们必须得给我们自身拉起围墙。"

苏雨表现地很执拗，她流着泪说："我是你们的亲人，你们为我着想，我公公婆婆是我的亲人，我是不是也应该为他们着想，他们老年丧子，他们的滋味会好受吗？他们的痛苦会比我少吗？你们只看着我的丈夫死了，你们却没有看到他们的儿子死了！我和他们都经历了这么大的丧失，这么大的悲痛，我怎么可以再在他们的伤口上撒盐呢？你们听听，你们仔细地听听，我公婆从得知杨逸去世，两个人一直在哭，哭得嗓子都哑了！他们失去了儿子，我再让他们失去孙子，你们觉得我这样做合适吗？"

文晓心软了，她为自己没有站在苏雨的立场而是站到了她的对立面而歉疚了，她不再是抱着苏雨的胳膊，而是将苏雨整个地抱在了怀里，她流着泪说："但愿你单纯这个世界就单纯。"

苏雷说："她再单纯，这个世界都不可能单纯。我来到这个世界三四十年了，上学、打工、当兵、转业、工作我什么人没有见过？什么事没有经过？生活就是尔虞我诈，就是钩心斗角，就是你死我活，没有一点头脑，没有一点手段，没有一点狠心，根本就没有办法在这个社会上生活！当然，如果你们认为被人欺压，被人宰割，被人当猴耍也是一种生活的话，我真的就没话可说了。"

苏雨此时觉得每个人都很可笑，尔虞我诈，钩心斗角，你死我活，有什么意义吗，她说："有什么可争的，有什么可斗的，到最后还不是像哥哥一样死掉？"

苏雷简直拿苏雨没有办法，他说："好了好了，我什么都不说了，我现在说什么恐怕你都听不进去，你不但听不进去，你甚至还会心生反感，认为我离间你们婆媳之间的感情。算了算了，就当我没说，等南墙把你的头撞得头破血流你就知道了。"

文晓本还想站在苏雷的立场上让苏雨清醒起来，但是她见苏雨悲伤、难过，便怎么也开不了口，她对苏雷说："可能我们这个时候跟她谈这些确实是不合时宜的，等过段时间，苏雨缓过来了再说吧，有时候，有些事情还是有例外的。"

苏雷说："能有什么例外？我们看到前面是个火坑，拉着她不让跳，可是她非要跳！"

文晓说："例外还是有的，就像苏雨单纯，老天就让他遇到了杨逸，杨逸把她保护得很好，疼爱她、宠惯她……"

苏雷打断文晓的话说："能有几个杨逸让苏雨遇见？唯一的一个还给死了！"

苏雨的母亲蹲在地上，抱着年幼的孙子，不住地掉着眼泪，苏雨的姐姐、姐夫、妹妹、妹夫或蹲或站，听着他们的谈话。苏雨的母亲正想表达一下自己的意见时，要盖棺了，苏雨赶忙跑过来，这是一个重要的时刻，她不想错过，她怕后悔，但是她的在场，也无法避免地让她后悔了。文晓也抱着苏雨的胳膊跟过来，她们流着泪看着杨逸，确切地说，是看着杨逸的尸体，彻底地从她们的眼前消失。

抬棺人喊了一声起的号子，棺材就被抬了起来。

苏雨再一次被盛大的悲伤吞没，她没有力量再做别的，围观的人都看着她，纷纷议论着，有的说："男人都死了，她居然哭都不哭一声，心够硬的。"有的说："平时回来见他们总是手拉着手哥哥妹妹地叫，这下没哥哥叫了，也不见她难过。"有的说："难过什么呀，说不定心里正高兴呢，男人一死，房子、车子都是她一个人的了，这么年轻，回头还能再找一个。"

　　文晓挽着苏雨，她的身子晃了又晃，文晓只好用尽所有的力气将她抱住。

　　文晓自然听到了人们的议论，她很气愤，她是不允许任何人在她面前伤害苏雨的，她瞪着议论着的人们，然后将一口唾沫啐到他们的面前，愤然地大声地诅咒道："再在这里说三道四，小心烂掉你们的舌头！"

　　那几个议论苏雨的妇女，就停止了她们说三道四，却翻着白眼，偷偷地小声地啐着文晓。

　　文晓知道，出殡的时候，是最需要表演的时候，作为妻子一定要哭得异常惨烈，才能赢得众人的同情，她见苏雨不哭，很是急切，她低声说："你哭，你哭啊，你听见没有，你给我哭！"

　　苏雨哭不出来，她只是不停地掉着眼泪。她把所有的力气都用来承载杨逸的死亡所带给她的悲伤的打击，她没有多余的力量去哭。

　　文晓流着泪在苏雨的胳膊上狠狠地掐了一下，苏雨不觉得痛。

　　文晓有了主意，她沉痛地在苏雨的耳边说："苏雨啊，你爱了十一年，也爱了你十一年的哥哥没了，死了，不管你怎么叫他，他都不会回应了，不管你怎么找他，你都找不到了！从此以后，你再怎么便秘也没人给你拉手指了，你洗澡再没有人给你搓背了，你上班下班再也没有人送你接你了；从此以后，再也没有人同你谈古论今，谈天说地了；你去图书馆，你去爬山，再晚回来也没有人给你留饭了……你这个可怜的孩子啊，这个世界上最疼爱你，最不嫌弃你，最以你为荣的男人死了……"

　　苏雨终于哭了，哭一声，久久不见下一声，文晓慌忙掐苏雨的人中，苏雨才哭了出来。如此反复，直到再也看不到送葬的队伍为止。

第四章

杨逸下葬后的当天下午,苏雷一行人就都回去了。

杨勤也要回去,文晓看着满院子狼藉,觉得他这个时候回去不合适,她就说:"大哥又不是上班的,早一天晚一天要什么紧,起码把家里这摊子安排妥当了再走吧?"

杨勤当然要说明自己离开的理由,他说:"最近生意还不错,我一天能挣百十块钱呢,为了杨逸这事我都耽搁了几天了,不能再耽搁了。"

文晓讽刺地说:"哟,一天百十块,几天了,那得几百块了吧?那损失可真不少,那得赶紧回!"

杨勤又不傻,他自然听出了文晓话里的嘲讽,他说:"你能几千里远的路程,赶来参加我弟弟的葬礼,我很感谢你,我们全家都感谢你,你什么时候走跟我说一声,我来接你,然后把你送上车。"

文晓受宠若惊的表情里面透露着鄙夷,她说:"不敢不敢,我怎么敢劳大哥的大驾,不能耽误了大哥的生意啊?为了把亲弟弟安葬了,都耽搁了几天了,损失了几百块钱了,赶紧回去载客拉人,好弥补回来,不然的话,怕是整夜都睡不踏实。"

被文晓嘲讽了的杨勤,尴尬地笑笑,灰着脸上了他的面包车,上了车他才对文晓说:"你的嘴巴真是不饶人,不过,你是客人,是苏雨的朋友,又几千里路来给我弟弟奔丧,你说什么我都不会跟你计较,我对苏雨怎么样,不是靠我说几句大话就能证明的,路遥知马力日久见人心。"

杨娜一直惦记着自己的生意，见杨勤走，很想搭他的顺风车一程，她提着包走到了车前，就要拉开车门，听到院子里妈妈又忽然发出一阵号啕，她就不忍心了，关上车门，手一摆，就让杨勤走了。

杨敏也是因为心疼父母，而坚持留了下来。

文晓又陪了苏雨两天，被阿坚左一个电话右一个电话地催，不管阿坚怎么催，她都坚决要再陪陪苏雨，但是阿坚的电话不催了，王鹏飞打电话催了。王鹏飞，一个生怕文晓变心而哪里都不让她去的男人，如果不是苏雨的事情，而是文晓别的朋友，文晓铁定是出不来的。文晓所有的朋友当中，能让王鹏飞认可的，也只有苏雨一个。王鹏飞手忙脚乱地给躺在床上的小女儿小米用温水擦脸擦肚子擦脚，进行着物理降温。小米又哭又闹，喊着要妈妈。王鹏飞只好打电话告诉文晓："小米生病了，都几天了，还在发着高烧，小米害怕打针，根本不去医院，我真是没有办法了，你赶紧回来吧，你再不回来，家里真要出人命了。"

小米发烧是真的，但并没有发了几天，而是刚发生，他只是为了让文晓早一点回来，而进行了夸张。

无奈之下，文晓也离开了，临走，她又抱了抱苏雨，本想冷静着不哭的，但是仍然忍不住泪流满面。

头七那天，杨勤回来了，他把家人都叫到一起，以一家之主的口吻宣布要开一个家庭会议，他说："杨逸的这个事情发生得实在太突然了，我们谁都没有料到他会走到这一步，杨逸的死，给我们每一个人的生活都带来了不同程度的影响。首先，赡养爸妈的重担就落到了我一个人的身上，这个让我觉得很有压力，但是，我先把这个压力放在一边，最重要的问题是苏雨和宝儿的……"

杨勤问苏雨："你打算以后怎么办？我是说生活的各个方面。"

还没等苏雨说话，他紧接着就说："我认为那车是不能卖的，刚换的，卖了实在太可惜，你说呢？"

公公抹着泪水和鼻涕说："不能卖，杨逸的东西都保留着，烂掉都要保留着。"

婆婆也抹着泪水和鼻涕说："杨逸是不在了，但是这个家得在，一切都必须和杨逸在时一样，就好像，就好像杨逸出远门了一样，我们都在家里等着他回来一样。"

哥哥，我爱你

杨娜说："不卖吧，苏雨要养宝儿，要养房子，还要养车，压力会不会大了点？再说，苏雨不会开车，放着也是放着，而车这个东西，开着还不容易坏，放着是最容易坏的。"

杨敏难过地说："压力是大了一点，但是压力再大，大家想办法，反正我的意见是，我哥的东西不能给别人。"

杨勤说："我也认为卖掉不合适，如果苏雨觉得压力大，我就把车开回来，我来养着，放在西安我总觉得不安全。"

杨娜说："你有了一辆车了，再把杨逸的车弄回来，还不是要闲置一个？我倒是需要一辆车的。"

杨敏说："你和我姐夫也没有一个会开的，再说，你的家离你的店不过几百米，需要什么车？走路不过十分钟而已，你这么胖，就当锻炼身体了。"

杨娜说："我其实并不需要一辆车，我还不是为了给你嫂子减轻点负担？她一个人又要养孩子又要养房子，哪里还有精力养车子？你大哥已经有了一辆车，再来一辆，还不是问题？你觉得我不需要，要不你开走？"

杨敏说："你明知道我不会开，陈建设在公交公司每天都有车开，弄回去一辆车，还得上保险，还得买车位，也麻烦得很，我不要！"

杨勤对杨娜说："姐，那你把杨逸的车开走吧，多少给苏雨一点钱就是了。"

杨娜说："回头到二手车市场估估价，这样，苏雨也不会认为我占了她的便宜。"

杨勤擅自做主，他手一摆说："没有必要搞那么麻烦，你直接把车开走，到时候把你给杨逸垫付的手术费，还有我在杨逸丧事上垫付的一千多块的费用直接一扣。"

苏雨想问杨勤，除了她，谁有权利决定她的车是卖是留，但是，她却什么意见也没有表达，她的身体在场，她的灵魂并不在场，她满脑子想的都是生与死，她非常困惑、不解、茫然、无助。

而倚靠在她身边的宝儿，难过、悲伤，对每一个要开走她们家车的人又充满着敌意。

车的问题就这样安排了，杨娜以五万块的价格将车开走。车的问题解决了之后，杨勤拿出计算器，一沓收据、发票，坐在一声不吭的苏雨对面说："哥得给你清一下账。"

苏雨不说话，杨勤把一沓收据、发票推到她面前继续说："你看看，这些都是杨逸丧事的花销，从冰棺、桌椅板凳、碗筷、车辆、棺材、烟酒等乱七八糟的一切都在这里。哦不，我得跟你说清楚，厨师是免费的，你嫂子饭店里一个熟人，如果你在外面请的话，还不得几百块？这几百块给你省下了。我算了一下，收到的礼钱去掉开销，你还欠了我一千六百二十块，去掉零头，等于你还欠我一千六百块，这个不急，等你什么时候手头宽裕了什么时候还我。"

苏雨不能不说话了，她清楚地记得杨勤五年前借了杨逸一笔钱买基金尚未归还，她说："我记得大哥五年前买基金，跟哥哥借过钱，四千还是五千？"

不等杨勤说什么，婆婆就接过话说："一码归一码的，再说，如果不是杨敏怂恿，不是你们借钱给你大哥，你大哥也不至于套进去。"

杨敏辩驳："我怂恿我大哥买基金的时候是什么形势，是我大哥迟迟疑疑磨磨唧唧，过了半年之后才下手，那个时候，捡破烂的老太太都去买基金了，不套进去才怪呢。"

苏雨本来可以辩驳的，但是她没有辩驳，她现在的状态是游离的，她思考的问题已经脱离了物质本身，她在想："人活着为了什么？怎样活着才算有意义？杨逸难道就这样死了吗？除了悲痛之外，他的死亡还给我们带来了什么"

苏雨紧紧地抱着宝儿，她给了宝儿力量，宝儿也给了她力量。

杨勤还要对账，却意外地有四千多块钱对不上账，他不免紧张了，他不停地说："让我再好好算算，啧啧啧，这个问题究竟出在哪里了呢？"

苏雨盯着杨勤看，杨勤躲避了苏雨的目光，他用手背擦拭了几下额头，开始将一串又一串的数字在计算器上反复地加来减去，但结果仍然有四千多块钱对不上账。

不只是杨勤急了，婆婆更是急了，她对苏雨说："对不上账也是正常的，这种事就是乱事，有些遗漏也是在所难免的，你大哥这些天，忙里忙外，什么事情不是他操心？桌椅板凳、盘碟碗筷、迎来送往都是他操心,你们经常不在家,村子里一个熟人都没有,人家来帮忙,还不都是看你大哥的面子?不是我夸你大哥,没有你大哥在,杨逸都埋不到地里去。"

苏雨觉得婆婆说这些话真是此地无银三百两,她觉得既可笑又无聊,她说:"大哥辛苦了,不用再对账了,几千块钱而已,遗漏也是在所难免的。"

杨勤如释重负地嘘了一口气,不尴不尬地说:"大哥不是要你感谢,只要你不埋怨大哥就行了。你嫁到杨家十来年了,大哥什么人,你是清楚的。杨逸在,你是我弟妹,杨逸不在,你就是我亲妹妹,以后,你看大哥的表现。至于这账,我肯定能对上,只是杨逸走得太突然,我心里接受不了,神思恍惚,可能有些账目遗漏在什么地方了,我回头好好找找。"

苏雨没有兴趣看杨勤的假惺惺,也没有兴趣看婆婆一贯毫无原则的偏心,她带着宝儿出去了,到了另外一孔窑洞之后,看着桌子上杨逸的遗像发呆。

文晓回到了家,小米是扁桃体发炎引起的发烧,并不像王鹏飞说的那样严重,她把白萝卜切成片煮成水,给小米喝了下去,同时又用温水给小米擦洗身子,没两天,炎症就消除了,烧也退了。

她回到了荣生艾灸馆,到了荣姐办公室,虽然苏雨的事还让她难过,但是她仍然挤出笑容对老板说:"荣姐,我来了!"

荣姐说:"你还来干什么?"

文晓说:"我来上班啊。"

荣姐说:"你不用上班了!"

文晓说:"我好像没有超假吧?"

荣姐说:"你被解雇了!"

文晓点着头,恨恨地说:"算你狠!不过我不后悔,但你会后悔的!"

荣姐不屑地说:"行啦,别啰唆啦,另谋高就去吧。"

文晓情绪低落地走出艾灸馆,阿坚追出来说:"文晓,虽然被炒了鱿鱼,但是我依然佩服你,有你这样的朋友,真是很难得!我也希望你能多陪陪苏雨的，但是，荣姐她……"

文晓拍了拍阿坚的肩膀，笑了笑，甩头发走人。走出几步，忽然返回到阿坚面前说："阿坚，有件事情我得拜托你。你帮我留意着年龄在三十五岁左右的看着顺眼的男客，好好跟他们聊，想办法把他们的资料套出来，最重要的是联系方式。"

阿坚诧异地问："你要干吗？"

文晓说："不要你管，我有用就是。"

阿坚说："你想给苏雨物色男人是不是？如果是的话，我劝你省省吧，苏雨现在可以说是最悲痛的时候，你这样做无疑是在她的伤口上撒盐！"

文晓说："你个屁孩子懂什么？你不要站着说话不腰疼，你知道现在苏雨有多苦？"

阿坚从钱包里掏出一千多块卷了卷塞到文晓手里说："你一个人也花不了多少钱，你拿着，先过渡一下，工作的事情我也会帮你留意着。"

文晓被阿坚感动，但是她没有要阿坚的钱，她把钱拍到阿坚手里说："你什么都好，就是年纪太小，你为什么是八八年的而不是七八年的，甚至是六八年的？"

阿坚一脸诧异，文晓说："如果你是七八年的或者六八年的，我就……"

阿坚问："你就要拿我怎么样？"

文晓说："我就可以尊敬地称你一声阿坚哥啦。"

文晓这才发觉，虽然自己在表面上坚守着传统女性的那一套，但是她的内心深处一直都没有停息对一段理想感情的渴望。

文晓虽然失业在家，虽然被王鹏飞奚落，但是她并没有后悔，她现在满脑子想的都是苏雨的事，她们从十几岁就认识，到现在，十七八年的友谊了，她很了解苏雨。她对王鹏飞说："苏雨，一个单纯到不谙世事的人，没有一个男人在身边照顾，肯定是会吃亏的。她在那个家庭当中，就如同一只虎口中的羔羊，时时刻刻都充满了危险。"

王鹏飞沉浸在那些冗长、拖沓、肤浅，甚至低俗的电视剧中，可能是没有听到文晓的话，也可能是不屑于回答，总之，他没有任何的反应。

之前被奚落，现在又遭遇冷脸的文晓愤愤地道："为什么死的是苏雨的丈夫，为什么死的不是我的丈夫！"

文晓的这句话声音很小，但还是被王鹏飞给听到了，他的反应很迅速，也很激烈，他又开始喋喋不休地罗列文晓的缺点，他说："你邋里邋遢的，你吃这么胖，你没有工作，我都没有嫌弃你，你这个臭女人，你良心被狗吃了你居然诅咒我死？我告诉你，我现在是没有钱，等我发达了，等我成了百万富翁，我要做的第一件事情，就是把你这个满身赘肉性欲低下的臭女人垃圾一样甩掉……"

文晓一直忍着让自己不要发火，但是她终于没能忍住，她从床上跳起来，指着王鹏飞好一顿羞辱与谩骂："你个王八蛋你还嫌弃我？你还想甩了我？老娘我告诉你，就你那熊样儿，你这辈子都发达不了，还百万富翁？我呸！你给百万富翁提鞋，就你那二等残废的个头，百万富翁都嫌你不体面！不是看在你是我两个孩子的爹的分上，我根本不可能跟你过到现在，我早把你踹了，你又不是不知道，追求老娘的男人哪个像你一样是个草包！"

王鹏飞当然不允许文晓这样侮辱自己，他把手里的遥控器往地上一摔，又将脚边的一只凳子踢翻在地，冲到床前，举起拳头，但文晓的手里已经抓到了武器——一手一个痒痒挠，一手一个捶背器，正张牙舞爪地对着王鹏飞跃跃欲试。

王鹏飞见状，知道自己瘦弱的身板也不大可能是文晓的对手，他就愤愤地咒骂着文晓甩门而去。

见王鹏飞离开，文晓才丢掉武器，躺到床上哭，然后她难过地打电话给已经回到家的苏雨说："一个人有一个人的好，两个人有两个人的烦，我跟王鹏飞那狗日的吵架了，你没见他刚才那熊样，还说等他发达了，要把我当垃圾一样甩了，说真的，我真是恨不得他死。只有他死了，我的这种备受折磨的、备受煎熬的、备受屈辱的日子，没有自由的日子，才会结束，我才可能做我自己！"

苏雨把宝儿哄睡了，可是她却睡不着，她把自己关在书房里，抱着相册，看杨逸的照片，看着看着，就笑了，笑着笑着，就哭了。

苏雨望着空荡荡的家，抹掉眼泪对文晓说："如果哥哥能活着，我再给他找个贤惠的,能把他的衣服熨平的、叠整齐的、会换着花样做饭,还能把饭做得很好吃的,我把什么都给他,我净身出户都可以。可是哥哥走了,再也回不来了,你和姐夫离婚都可以,但是你不能希望他死。"

文晓觉得,苏雨失去了杨逸并不是最惨的,她说:"杨逸陪了你十一年,你们好的都不像夫妻,你也没有什么可悲伤的,你看看我,虽然他活着,我却没有一天的好日子过,倒不如他死了干净。"

不几天,杨娜带着一个朋友来了,杨敏也来了,杨娜坐在客厅苏雨的对面,笑着说:"我来提车了,但是,我还有账跟你算算。"

杨娜把一张写着密密麻麻数字的纸递给苏雨,苏雨接过来,看了一眼,还给杨娜。

杨娜说:"当时你去爬山了,你没有在,杨敏打电话给我,我就打车过来了,这个一百多块的费用就算了,杨逸的手术费是我垫付的,回去包车我垫付的,回去之后,我给了家里一千块钱用作杨逸的丧事,这些我都得扣除了。还有杨勤的一千六百块,这个是他托我办的,至于他之前欠你们的,你回头找他要。车钱是五万块,这些扣除之外,我算了一下,应该给你四万。"

说着,杨娜打开包,将四捆一百面额的人民币递给苏雨让苏雨数数。

苏雨懒得数,杨敏就拿过来数,数完了之后递给苏雨说:"四万,刚刚好。"

然后杨敏对杨娜说:"姐,你在家都算好了,这么巧,刚好四万?"

杨娜就笑了,很得意地说:"算好了,但是我自己算不行,我得跟你嫂子算,免得为了钱的事情搞得不愉快。说真的,我们其实并不需要一辆车,我还不是见你嫂子为难,想帮她解决点实际问题。"

杨敏说:"怎么?我姐夫骂你了?"

杨娜叹息说:"可不嘛,你姐夫说,没有一个会开的,把车弄回来怎么办,你看我把我朋友带来,就是让她帮我把车开回去的。"

杨娜的朋友对杨敏和苏雨笑笑,杨敏回了笑,但苏雨没有,她笑不出来。相反,她非常难过,杨逸为了换这辆车,激动了几个晚上,钱不够,苏雨找自己的姐姐苏雪借了一万,到现在还没有还。

杨敏说:"我姐夫就是小气,我二哥买这车的时候,裸车就花了七万多,加上保险、坐垫、洗车器等差不多八万块钱呢,他五万块钱开走一个几乎全新的车,他居然得了便宜还卖乖。"

苏雨难过,尽管她在竭力地控制,但是她仍然没能控制住流出泪水。

杨娜见状,劝慰苏雨说:"你也别难过,你们的车是花了七万多新换的,是还没来得及开,但是车这种东西是消耗品,买回来就贬值,到了二手车市场,说不定给不了这个价的。"

苏雨从一沓钱中,数出了两千递给杨敏说:"这是你的。"

杨敏接过钱拿在手里说:"早一点晚一点不急的。"

苏雨说:"这回,我不欠你们任何人的钱了吧?"

杨娜和杨敏同时说:"不欠了。"

杨娜走了,临走,将杨逸的电脑抱出来,对苏雨说:"这台旧电脑,放着也是放着,我拿回去看看能不能转手卖掉。"

她抱着电脑又瞅了瞅,发现阳台上放着一堆洗涤用品,有沐浴液、洗衣液、洗发水等,她就问苏雨:"单位刚发的?"

苏雨没有回答,她就对杨敏说:"给我提几桶,你嫂子和宝儿两个也用不了那么多,回头过期了怪可惜的。"

杨敏问苏雨:"嫂子,那我给姐拿几桶?"

苏雨说:"随便。"

杨敏就提了五六桶,杨娜问杨敏:"你不要了?"

杨敏说:"上次我嫂子给我了,我还没有用完呢。"

杨娜哈哈笑着说:"其实我的也没用完,我不是想着有车呢吗,方便。"

苏雨没有说什么,现在的她觉得什么都不重要,人都死了,要东西做什么呢,谁想拿什么就拿什么吧。送走了杨娜和杨敏,苏雨关上门,靠在门上闭上眼睛,许久才起身离开。

苏雨上班。打开电脑,登录QQ,看与杨逸的聊天记录。看着看着,就笑了，笑着笑着，就哭了。有同事推门进来，苏雨赶紧把眼泪擦了。

有许多的留言，其中就有张玄梧的。苏雨点开张玄梧晃动着的QQ头像。

张玄梧问："来过歙县了吗？"

苏雨敲下一个字发过去："没。"

张玄梧居然在线："出了意外？"

苏雨不觉得有什么可隐瞒的，她回复："是。"

张玄梧："怎么？"

苏雨："哥哥走了。"

张玄梧诧异了，他搔了一下脑袋，然后敲下两个字："哥哥？"

苏雨回："老公。"

张玄梧就发了一下呆，然后他表情凝重地说："去最近的寺院，为哥哥超度一下吧，这也是我们能为哥哥所做的最后的事情了，至于程序，问客堂便知。"

苏雨忍不住感动，掩住嘴巴，眼泪珠子一样落下来，她把她的感动打电话告诉文晓："张玄梧真是让人感动。"

苏雨缓步走到寺内，来到客堂处。穿着居士服的居士坐在办公桌前，苏雨问询，居士就如此这般地交代了一番。

苏雨谢过之后，就走了出去，再回来，两只手里分别提着一大兜供果、香、黄表纸，交到客堂居士处。

师父们敲钟、念经，穿着海青的居士们念经。苏雨在一位师父的指点下，拈香，顶礼，跪拜。

师父居士们在几只大炉子前继续念经，有居士将黄表投入到铁炉内，点燃。有居士将一桶斋饭围绕着铁炉泼洒一周。苏雨不明白所做的这一切都是什么意思，但是她也不需要知道，待黄表燃尽，念经完毕，她才出了寺院。

此时夕阳西下，落日的余晖洒在苏雨的脸上，她淡然一笑，心情清爽了许多。她在网上对张玄梧表示感谢，她说："我不知道哥哥是否被超度，但是可以肯定的是，我被超度了，我有一种从没有过的轻松。所以，我谢谢你。"

张玄梧说："哥哥肯定被超度了，我坚信。"

苏雨坐在电脑前不慌不忙地做着工作，同事们在一边有说有笑，他们所谈论的都是当下的热门，热门的电影、电视剧，热门的婚恋观点，热门的明星们的八卦，热门的衣服、化妆品等。

她们也会谈一谈佛，谈一谈道，谈一谈上帝，表明自己虽然生活在这个俗世当中，但是还是有信仰的，还是追求精神生活的。她们谈到佛、谈到道、谈到上帝的时候，会偶尔问问苏雨的看法和意见。

有一回，她们因为佛陀、老子两个两千多年以前的人物而起了争论，有的认为佛陀最优秀，有的认为老子最优秀。后来她们中的一个人问苏雨："苏雨，你好像什么书都读，你好像谁都不排斥，你说说谁最优秀？"

苏雨认为争论本身就是无聊的，佛陀是佛陀，老子是老子，怎么比较？于是她回答说："孔子最优秀。"

于是，她们就不争论了，她们都被苏雨的回答逗得哈哈大笑，她们说："一听这妞儿就心不在焉，我们谈的可是佛陀和老子哦。"

她们让苏雨说说理由，苏雨知道，她太沉闷了，大家想把气氛活跃一下，尽管她不喜欢，但是她还是觉得有必要配合。她说："孔子曰，朝闻道夕死可矣，而佛即是道，道即是佛，孔子那么有学问，能发出朝闻道夕死可矣的慨叹，他还不够优秀吗？"

张玄梧将店里的事务交给了店员，然后对大家说："这一次，我会出去个把月，我相信，你们会有和我在时一样好的表现。"

店员们让老板放心，张玄梧手里握着几个牛皮纸信封，给每一个人发了一份说："有你们在，我是最放心的，这是这个月的奖金。"

安排好了一切，张玄梧就回到家，收拾了几样简单的行李就出了门，他坐在开往火车站的出租车里，打开手机QQ，留言给苏雨说："我将越长安西去青海，如有机缘，可以一聚。"

苏雨正好在线，她回了一个随缘，觉得不妥，又把自己的手机号码敲了上去。她虽然不是一个好客的人，但是她感觉不错的人，她还是愿意见一见，何况，她对张玄梧有好感。她对文晓如是说："他的谈吐不俗，虽是个体户，但并非唯利是图，他热爱爬山、旅行，坚信因果，又乐善好施，最重要的是，他帮我解开了一个心结。"

文晓说:"最重要的是他直接称杨逸为哥哥对不对?"

苏雨说:"对呀。"

文晓说:"关键是,你得问问他有没有老婆。"

苏雨说:"你想到哪里去了呢?我说我要恋爱了吗,我说我要嫁人了吗?我就是认识了一个可交的朋友,这个人,哥哥也是知道的,我们之前的歙县之约,张玄梧还说要我们到南京,他包我们去歙县的路费的。"

文晓非要看看张玄梧长什么样子,不知道为什么,她会存有这种偏见,她对生意人的人品总是信不过。

苏雨只好将张玄梧的照片在网上传给文晓,文晓一看,大摇其头,她告诉苏雨:"这厮一对贼溜溜的小眼睛,一看就不是好东西,你最好给我离他远一点!"

苏雨没有反感过文晓什么,但是文晓的这一点让她反感了,她不快地质问文晓:"你什么意思啊你,见有人喜欢我你不舒服是不是?"

文晓在喝水,因为苏雨的这句话,喝呛了,她说:"见人喜欢你我高兴还来不及,我为什么要不舒服?我就是见张玄梧这个人不舒服!说实话,他给我的感觉很不好,相由心生,我看人是很准的,不说别的,就他那对小眼睛,就闪烁着狡黠的光!我可以说,他结交你的目的绝对不单纯,他肯定是想趁你寂寞的时候,趁你虚弱的时候占你便宜!"

苏雨觉得文晓真是大惊小怪,她说:"我有什么便宜可占?你怎么把谁想的都那么恶毒呢?你就是看有人喜欢我不舒服!你觉得不舒服,是因为没有人喜欢你!"

文晓气得几乎要把正在喝水的杯子砸到地板上,她说:"苏雨,你是臭孩子,你说话不凭良心,喜欢你姐姐我的人都能排成排了,只是你姐姐不能理他们,不是我要对你破烂姐夫忠贞,我只是觉得性是脆弱的,是浅薄的,精神的交流才是最高级的享受!"

苏雨说:"你享受你的吧,我也在享受我的,我就是喜欢他,不只是因为他称杨逸为哥哥,更重要的是他救了我。你在我面前说他的坏话就是在伤害我!"

苏雨不容文晓解释就挂了电话,文晓气得在房间里转了几圈,然后她冷静了下来,她反思了一下自己对苏雨的态度,她觉得自己如此干涉

哥哥,我爱你

苏雨确实是自己的不对,她赶忙又打电话给苏雨道歉。

绵绵细雨中,张玄梧在火车站广场上等候着苏雨。
绵绵细雨中,苏雨在火车站寻找着张玄梧。
看到熟悉的火车站,苏雨想起十一年前,初次来西安的情形。
十一年前,头发很短,面色黝黑,形体瘦弱,一身休闲装扮,背一个牛仔布包的苏雨从出站口走了出来。

她对着西安的天空笑了笑,九月的下午,有大太阳。尽管一切都在悬而未决之中,但她的内心充满了欢喜与希望。她与杨逸通了不足半年的书信与电话,不曾见过面,彼此在书信与电话当中也不曾透露过各自的长相与体型,是黑是白,是胖是瘦,是高是矮,完全无知,他们在书信与电话里谈的都是精神。

苏雨走到公用电话处给杨逸打电话:"哥哥,我到了,你在哪里?"

杨逸走在熙熙攘攘的人群中,握着小灵通,一边和苏雨讲电话,一边泰然地走着。

隔着熙熙攘攘的人群,杨逸看到了苏雨,他说:"别动,我看见你了。"

苏雨正诧异,一扭头,便见人群中一个穿黑色上衣,头发蓬松微卷,面色白净的男人朝自己走来。人群刹那之间变得恍惚而虚幻,只杨逸格外地清晰。杨逸来到了她的面前,递给她一杯酸奶,接过她的包,背上,拉着她就走。

苏雨手里的手机响了,她从甜蜜的回忆中走了出来:"师兄,哦,蓝色上衣,红色背包,好的。"

苏雨在人群中寻找着身穿蓝色上衣,身背红色背包的男人。

张玄梧终于出现在苏雨的视野里,她走上前,见张玄梧头发上落了一层细细密密的雨珠,便从包里掏出一把雨伞递给张玄梧。

张玄梧接过伞,却不打开,任凭雨淋,他说:"小雨,淋着倒也很好。"

苏雨只好把自己的伞往张玄梧的头顶擎,但是,过了一会儿,苏雨觉得这样打伞挺别扭,在张玄梧的建议下,她干脆收了伞,陪张玄梧慢慢地在初秋的蒙蒙细雨中走着。

边走边聊,蒙蒙雨雾当中,他们远去的背影。

苏雨说了很多自己和杨逸的故事,张玄梧很认真地倾听,不曾有一次打断,只是在需要的时候,他点了点头。

张玄梧说话的方式,在某些细节上,让苏雨很恍惚,张玄梧的语气真的像极了杨逸。

当他们看到清真寺高举在空中的星星与月亮的标识,张玄梧问苏雨:"知道为什么是星星和月亮吗?"

苏雨回答:"不知道啊。"

张玄梧就得意了,他问:"想知道吗?"

苏雨说:"想知道呢。"

张玄梧继续卖关子道:"真想知道吗?"

苏雨说:"真的想知道呢。"

卖了一通关子之后,他才告诉苏雨问题的答案。这一点像极了杨逸,当苏雨不知道而请教于他,他总是得意地在苏雨面前卖关子,他会说:"想知道吗?"

苏雨说:"想知道呢。"

他就说:"真想知道吗?"

当苏雨回答真的想知道呢,他才把他所知道的告诉给苏雨。

在这一刻,苏雨发生了恍惚,她在张玄梧把答案告诉她之后,她叫了他声哥哥。

苏雨的这一声哥哥,让张玄梧感动,他爽快地应了一声:"哎——"

张玄梧的这一声哎,让苏雨感动,她又欢快地叫了他一句:"哥哥——"

张玄梧又爽快地回应了,虽然他知道自己是杨逸的一个替代,但是他愿意做这个替代,如果这个替代能让苏雨从失去杨逸的悲痛中走出来的话。

苏雨陪着张玄梧,走了一条街又一条街,陪着他体验西安刚刚开通的地铁,陪着他逛兴庆公园,在公园里,张玄梧帮助苏雨认识了许多她不认识的植物,像三叶草、连翘、腊梅,他们还在草地上捡了许多的三角枫和五角枫。

张玄梧告诉苏雨:"在老家,我有一个茶园,里面种了很多的树,我不砍他们,尽管他们已经可以卖很多钱,我就是喜欢看着他们一点一点地成长,成长是一个很美的过程。"

晚上,他们在街边喝啤酒,当然不会把自己喝醉,他们吃小吃,当然不会把自己吃撑,他们聊天,当然不会聊到很晚。张玄梧第二天一早的飞机。

正在他们喝得正欢,吃得正欢,聊得正欢的时候,文晓打电话给苏雨,问苏雨:"你是不是跟张玄梧在一起?"

苏雨实话实说:"是啊,我正和哥哥一起吃饭聊天呢,怎么,羡慕我了?"

文晓不理会苏雨,却让张玄梧接听,苏雨将手机递给张玄梧,只见他对着电话点头,只听他回答"嗯",这样过了七八分钟,张玄梧才把手机递给苏雨。

苏雨问文晓跟张玄梧说了什么,文晓说:"我没说什么,就交代了那厮几句。"

临走,张玄梧对苏雨说:"你知道你的朋友跟我说什么了吗?"

苏雨摇头说:"不知道,她没告诉我。"

张玄梧说:"她真疼你,她怕你吃亏,她怕你被我欺负,她警告我,不管你说什么,我只需静静地倾听,不能有任何的非分之想,更不能趁火打劫。"

苏雨觉得可笑,她问张玄梧:"你对我会有非分之想吗?你会趁火打劫吗?"

张玄梧不好意思地说:"我不敢!你像梅花一样冰清玉洁,我总担心自己不小心说出的一句话就把你玷污了。再说,我是佛弟子,持五戒的,一不杀生,二不偷盗,三不妄语,四不邪淫,五不……"

苏雨说:"五不饮酒,师兄犯戒了哦。"

张玄梧说:"一点点啤酒而已,佛祖菩萨不会怪责的,济公都说了'酒肉穿肠过,佛祖心中留'。何况,我是一个素食者。"

苏雨说:"你只记住了济公的前两句,却忘记了济公的后两句。"

张玄梧并不知道还有后面句,他说:"愿闻其详。"

苏雨说:"济公说,'酒肉穿肠过,佛祖心中留,你若敢学我,肯定下地狱!',济公非一般人物,所以,他有非一般的行为。"

张玄梧觉得和苏雨聊天是一件很享受的事情,他还没有认识一个与他交谈起来畅通无阻的女人。而且,这个女人又远远高于自己,但是却毫无炫耀的意思。

第二天一早,苏雨还在睡梦中,张玄梧却已经到了机场,他在登机之前发了一条短信给苏雨。

苏雨被张玄梧的短信叫醒了,她拿过手机一看,张玄梧在短信中说:"我要飞了,向着那彩云之南的大理国,你梦想中的闲适去处。"

张玄梧上了飞机,飞机起飞了。

苏雨回短信给张玄梧:"只可惜段王爷与段公子不在,无人招待你。"

张玄梧回道:"只要苍山在,只要苍山的雪在;只要洱海在,只要洱海的月在。"

张玄梧每到一处,就把所看到的风景,所吃到的美食,所认识的有趣的人,用手机拍了照片,然后发彩信给苏雨,并附言道:"我要让你像亲自来了一样。"

苏雨看到张玄梧发给的彩信真是开心,大理的蓝天与白云,大理的山川与河流,大理的房屋与街道,大理的人们与美食……那是杨逸去世之后,苏雨最幸福的一段时光。

但这段时间非常短暂,半个月后,张玄梧结束了云南之旅,回到了南京,回到南京之后,他像换了一个人似的,他不再浪漫,不再诗意,他一本正经起来。他忙他的生意。

苏雨很失落,也很受伤,就打电话向文晓倾诉,文晓觉得张玄梧伤害了苏雨,她最受不了这个,她义愤填膺地说:"从一开始我就知道那王八蛋不是一只好鸟,你非说他是一只好鸟,现在看清楚他的庐山真面目了吧?不过,你别难过,那王八蛋还不配,他就是一个过客,而且是擦肩而过的那种过客。"

苏雨不无伤感地说:"他越是这样,我越是觉得他可爱,哥哥就是这样,自制力挺强的,轻易不会为谁所动。"

文晓说:"你行啦啊,不要再在我面前提张玄梧一个字,我看不起他！他跟杨逸一点都不像，杨逸出去采访、开会、吃饭都把你带上，总是以你为荣，总是很骄傲地把你介绍出去，总是说我家苏雨怎么怎么着，你再看张玄梧那王八蛋，他何曾在你面前提过他的老婆？"

苏雨忽然意识到这一点，张玄梧从来没有一次提过他的妻子，她多大，从事什么工作，对他好不好，他只字未提。苏雨说："或许，或许他没有老婆呢。"

文晓说："没有老婆你也不能嫁给他，他不配！你看那厮一对贼溜溜的小眼睛，一看就不像是一个好东西。"

苏雨认为文晓太武断，她说："你又没见过他，你天天说他坏话，你什么意思啊？你是不是喜欢上他了？你如果喜欢上他了，你跟妹妹我说一声，我可以给你牵线搭桥的！"

文晓虽然正在吃饭，但还是做呕吐状，让一边吃饭的大米小米都恶心的不行，大米居然端起碗离开了餐桌，到自己的房间去吃了。王鹏飞很不快地瞪着文晓，文晓回瞪了王鹏飞一眼，继续与苏雨讲电话："我呸！就张玄梧那样儿的，你姐姐我还真看不上，你把照片发给我的时候，我就怎么看怎么不顺眼，你瞧他那双小眼睛，狡猾的很着呢。再说，你现在很寂寞，你还是接受不了杨逸离开的现实，你把对杨逸的思念都寄托在了张玄梧的身上。可是妹妹啊，我之所以总在你面前说他的坏话是因为他用他的理智伤害了你，他应该对你温柔一点，哪怕是骗骗你，只要让你开心我都不会恨他，我知道你会走过去，但是他没有这样做！他先是温柔、浪漫，让你充满幻想，但是很快他就换了另外一副德行！"

苏雨霸道地说："他什么德行我都喜欢！"

苏雨的话让文晓连饭都吃不下去了。

第五章

苏雨下班回到家,发现家里有人吵吵嚷嚷的,她打开门,看见杨敏在,公公在,婆婆在,杨勤在,杨勤三岁的女儿妞妞在,以及一只看不出是白是黄的脏兮兮的猫也在,客厅里堆满了大包小包的。

苏雨觉得太突然了,没有一个人告诉她他们要来,杨敏擅自打开了她家里的门,这让她觉得不舒服。虽然她心里不舒服,但是她仍然恭敬地挨个招呼了他们,然后说:"来之前怎么没跟我打个电话,我一点准备都没有。"

听了苏雨的话,婆婆很不高兴地说:"我来我儿子家给你打什么招呼?你是不是不欢迎我们来啊?"

苏雨赶忙解释说:"没有,怎么会不欢迎,我不是那个意思。"

婆婆咄咄逼人地说:"你就是那个意思。不过我不管你什么意思,你什么意思都不要紧,我来我儿子家,谁也没有权利把我撵走!"

苏雨望了大家一眼,然后说:"我什么意思都没有,如果你们非认为我是这个意思,或者那个意思,我也没有办法。"

公公坐在沙发上,对苏雨充满了敌意,摆出一副老爷的姿态和口吻问苏雨:"先不管你什么意思,我现在要说说我的意思。听说,杨逸出事的那天,你爬山去了?"

苏雨看了杨敏一眼,杨敏赶紧说:"你看我做什么呀,我说的都是实情,你敢说我哥出事的那天,你不是去爬山了?你敢说我哥出事的那天,你去上班了吗?"

苏雨知道,杨敏把什么都告诉了公公婆婆,甚至可以说是添枝加叶，她不想撒谎，也没有撒谎的必要，她说："是，我去爬山去了，我没有去上班，那是周六。"

公公当下就红了脸，就瞪了眼睛，他用食指对着苏雨点来点去说："我跟你说，如果你不去爬山，杨逸就不会死！杨逸之所以死，都是你造成的！星期六，你不在家好好待着，不想着给杨逸洗洗衣服做做饭，你去爬什么山？你太不像话了！你只顾着自己快活，你不管别人的死活！还有，是你同意医生给杨逸开颅的？"

苏雨又看了杨敏一眼，杨敏又一次反应激烈，她迅速地辩解道："是你来不了，是你让我签字的，也就是说，这是你的决定，不是我的决定，所以跟我无关！"

苏雨点头，对杨敏说："是，是我让你签字的，但是你应该知道，医生说除了开颅之外没有别的办法。我不知道你怎么跟他们说的，但是我希望你说话能凭着良心。"

公公气咻咻地说："不凭良心的是你！脑袋都扒开了还能活吗？谁让你让医生给杨逸开颅的？谁给你这个权利了？我跟你说，如果不开颅，杨逸也不会死！"

苏雨不想辩解法律给了她这个权利，她虽然生气，但是也能理解公公所受到的打击，于是她平静地说："我再解释一遍，医生说开颅是唯一的办法！作为病人的家属，我只能听医生的！"

公公听苏雨这么说，更是义愤填膺了，他说："医生？现在的医生都什么东西，哪里有一个救死扶伤的，眼睛都盯着病人的钱，医生的话能信吗？"

苏雨觉得没有办法再跟公公交流下去，她说："送到医院，不相信医生，那么我应该去相信谁？相信你吗？还是相信我自己？再说，手术都存在着风险，没有谁能保证哪一种方法可以确保杨逸活下来。"

公公想着教训教训苏雨，她低眉顺眼地接受就完了，没想到她狡辩，他气得脸红脖子粗，他不停地摆着手说："你不要再狡辩了，事实都明摆着，杨逸死都是你害的！当初，你刚进我们家门，我听说你是安徽人，我就不同意，几十年前，我被安徽人骗过，安徽人没一个好东西！我让杨逸把你甩了，可是杨逸不听话，不听老人言吃亏在眼前，看看，果然验证了我的话吧。"

苏雨起先还觉得公公可怜,现在更觉得公公可恨,似乎还不只是可恨,还很可悲,简直没有理智可言。她真的不屑于再跟他们说话,但是她觉得又很有必要让他明白,他这样无知是可笑的,她说:"杨逸的死亡只可能跟我这一个安徽人有关,不可能跟其他的安徽人有关,一棍子打死一片的做法是可笑的。"

公公见苏雨不服气,叫嚷的声音更大了,他说:"你就是丧门星,如果我儿子不是娶了你,他肯定活得好好的,我儿子之所以这么年轻就死了,都是你方的,十几年前你第一次到我家,我就看你一脸的晦气相!"

苏雨觉得公公真是不可理喻,她连反驳的兴趣都没有了,她觉得跟这样的人一般见识简直是对自己尊严的辱没,所以,她说:"好,我就是丧门星,我一脸的晦气相,可你们为什么不离我远远的?你们为什么不请自来?"

苏雨的这话不但惹怒了公公,惹怒了婆婆,也把杨勤和杨敏给惹怒了。

除了妞妞之外,他们几乎是群起而攻之,公公说:"你什么意思?要赶我们走吗?"

婆婆说:"你什么权利赶我们走?房子是我儿子买的!房产证上写的是我儿子的名字!我儿子一走,你在这里称王称霸了?"

杨勤说:"你真是不像话,没大没小的,别说爸妈就是说你几句,就是打你一顿,你也不应该是这个态度!"

杨敏说:"爸妈都这么大年纪的人了,你以为他们愿意来啊,这楼上楼下的要走几十层楼梯,连一个熟悉说话的人都没有,他们之所以来,还不是为了照顾你们!你非但一点感激之情都没有,还要赶他们走,你什么人啊?"

公公又横加指责,横加诋毁了一番,见苏雨沉默,觉得自己胜利了,就不再说什么。

公公不说了,婆婆又开了口,她对苏雨说:"你也别不高兴,我养了四个孩子,其他三个都好好的,偏偏杨逸死了,这说明什么问题?这说明你这个做媳妇的没有把我儿子照顾好!他喜欢吃肥肉,哪一次你好好地让他吃过,哪一次你不是横加阻拦?我儿子买电脑,你横加阻拦,我儿子买电视,你横加阻拦,我儿子买冰箱,你横加阻拦,总之是我儿子买什么你都没有痛痛快快地支持过，我儿子死这么早，八成也都是被你给气死的！"

苏雨仍然保持着沉默，她离开客厅，去了书房，坐在书桌前，看着相框里的杨逸的照片发呆。

婆婆见苏雨没有理会自己，觉得颜面受到了损伤，她因此更加不快和委屈起来，她甚至因此红了眼圈，掉了眼泪。她几乎窝了一肚子的气不知道如何撒出去，猫喵呜喵呜地跳到了茶几上，把妞妞奶瓶里的热乎乎的奶打翻在地，她就追着猫去打，然后指桑骂槐地说："你个不要脸的东西，你还反了你了！"

杨勤起身来到书房，以质问的口吻对正在发呆的苏雨说："你这是什么态度？咱爸咱妈刚过来你就甩脸子给他们看？你还是编辑呢，你当的什么编辑？不知道尊老爱幼？居然连这点素养都没有！"

苏雨不想搭理杨勤，她觉得他不配跟自己说话，她一直都比较尊重他，但是，他并不值得尊重。

杨勤又说："我跟你说，为了来照顾你们，爸妈把家里的牲口都卖了，从没有离开过农村的人，从没有离开土地的人，把他们熟悉的、赖以生存的东西都放下了，他们做了这么大的牺牲，就是认为杨逸死了，你一个人要养孩子，要养房子不容易，他们以为他们的到来你会很高兴，可是你看看你，从进门的那一刻起到现在，你脸上一丝笑容都没有，你还埋怨我们来不跟你打招呼，一家人打什么招呼？你自己也是农村出身，你矫情什么呀？"

苏雨问："你们几乎是全家出动，就是来指责我的吗？指责我没有用，如果你们认为杨逸的死与我有关，或者说，如果你们认为是我害死了杨逸，那么你们可以到法庭说去！你们把我告了，最好让我坐牢，那样的话，这房子就是你们的了。"

杨勤的脸上挂不住了，他说："谁想你的房子了？再说这房子也不是你的，我是我弟弟杨逸的，我弟弟没有留下遗嘱，按照法律规定，这房子父母也是有继承权的，孩子也是有继承权的，你才占了多少啊你，你喊什么喊？"

苏雨让杨勤出去，她说："不要在我面前大呼小叫，我叫你大哥是给杨逸面子，但人的面子最终还是自己给的！"

杨勤指着苏雨说:"我们之所以对你客气,也是看在杨逸的面子上,你最好给我收敛一点,别太过分了!"

苏雨不屑一笑,她让杨勤出去,杨勤不出去,苏雨撩起上衣对杨勤说:"我要换衣服了!"

说着,苏雨做着要脱衣服的样子,杨勤气得动了动嘴唇,丢下不可理喻四个字,愤愤离去。

婆婆在客厅里追着那只脏兮兮的猫,那只猫受到了惊吓,就飞速地躲闪、逃窜,跳到了沙发上,跳到了电视机上,跳到了柜子上,最后纵身一跃,居然跳到了吊灯上。它蹲在吊灯上,眼露凶光,发出呼噜呼噜的声音。婆婆低矮的个子根本够不到吊灯,于是抓起门口垃圾桶边的扫帚,举着去打猫。

可能是婆婆的动作太滑稽了,逗得杨敏和妞妞大笑,笑声太响亮,他们根本就没有听到门铃声,宝儿在门外不停地按着门铃。

苏雨听到了门铃声,她赶忙起身去开门,宝儿一脸委屈地进了门。

看到宝儿,公公婆婆叫着宝儿,就把大包小包解开,手也不洗,就把饼干、果冻、薯条拿给宝儿吃。

宝儿见到爷爷奶奶很欢快,见到妞妞更欢快,她走过去抱着妞妞就亲。这让苏雨既欣喜又无奈,她知道,虽然杨逸死了,但是她与公公婆婆之间,仍然是有联系的,宝儿就是他们之间的纽带。不管他们对她的态度如何,她不看在杨逸的面子上,也得看在宝儿的面子上,她不能对他们怎么样。

婆婆因见了宝儿高兴,便缓和了口气对苏雨说:"没有人要指责你,我们这次来,就是为了照顾你和宝儿的,为了照顾你和宝儿,我们把家里的牛啊猪啊羊啊都卖掉了。为了来照顾你和宝儿,我们把妞妞也带来了,你看宝儿见到妞妞多开心啊。"

苏雨原本以为,妞妞是跟杨勤一起来的,还会和杨勤一起回去,她没有想到,妞妞这一来,就是没有打算回去的。她看了一眼在拍手唱歌的妞妞,很不是滋味,她不喜欢这样的生活,但是她不能说什么,她默许了公公婆婆以及妞妞的到来。

吃了午饭,杨敏离开了,杨勤也得回家了,临走,公公把杨逸卧室的电视机抱出来对杨勤说:"把这个捎回家。"

杨勤把电视机抱下了楼，放到了车里，又上楼来。

公公一个柜子一个柜子地打开，找了好多瓶高档的白酒、茶叶，递给杨勤说："这些也捎回家。"

婆婆打开衣柜，把一床包装还没有拆除的太空被取出来递给杨勤说："把这床被子也拿回去，给军军用。"

宝儿阻拦道："这被子是我舅舅上次来参加我小姨的婚礼给我妈妈买的，买了两床，用了一床，我妈妈说这床给我用的，我还舍不得用呢，我谁也不给。"

婆婆哄劝宝儿说："你现在还小，还用不到，拿回去给你哥哥用，你哥哥都成大小伙子了，等你长大了，奶奶再给你买。"

宝儿还是不肯，婆婆就冲宝儿翻了白眼："你这孩子怎么这么不听话！听话！再不听话奶奶就不爱你了！"

宝儿委屈地哭，苏雨听到宝儿哭，走过来，把宝儿拉过来说："没有你奶奶就没有你爸爸，没有你爸爸就没有你，听你奶奶的话，这床被子就送给她了。"

宝儿哭着说："不是我奶奶自己用，是我奶奶拿给我哥哥用。"

苏雨说："她爱给谁用就给谁用，我们不必管那么多，也管不了那么多。"

苏雨拉着宝儿刚走到书房门口，就发现杨勤在书房的书架前翻来翻去，最后挑了一摞子走出来，苏雨站在门口不动，杨勤说："这些书，放着也是放着，我拿回去看。"

苏雨看了一眼杨勤怀抱中的一摞书，指着杨逸贴在书架上的声明说："这是杨逸的书，你问问杨逸让不让你拿。"

杨勤瞥了一眼杨逸贴在书架上的声明，声明上说：可以看，但不可以带走！他说："我不是外人，我是杨逸的哥哥，杨逸是我的弟弟，他的就是我的。"

苏雨最厌恶的就是杨勤这一点，好像谁欠他多少似的，她说："杨逸还有十几万的银行贷款呢，也是你的吗？"

杨勤问苏雨："你什么意思？你住着房子还想让我给你还房贷，以为我脑子进水了是吧？"

苏雨说："我的意思是说，这些书你看不懂的，拿回去也不过是为了装点一下门面而已，腹有诗书气自华，胸无点墨，只靠装点是无济于事的。"

杨勤本来并不喜欢看书，他更喜欢打牌，打麻将，他瞅了一眼书，然后又瞅着苏雨，以一种鄙夷的口气问："你看不起我是不是？我告诉你，我是到处没找到工作，我是开面包车拉人送货，但我怎么说也是大学生，倒是某些人，初中都没有毕业！"

苏雨说："也真是奇怪，大学生找不到工作，倒是我这个初中肄业生，从没有为工作发愁过，什么世道啊。"

杨勤不屑地说："你那是瞎猫碰到了死耗子，这个世道就是这样，没本事的人鸡犬升天，有本事的人怀才不遇。"

苏雨说："看上什么就拿什么吧，看上多少就拿多少吧，最好都拿走，拿走了这些东西，就发财了。"

杨勤也不理会苏雨，他抱着书就走了，公公又是提又是扛，婆婆一手拉着妞妞，一手提着太空被，杨敏一手提了两大桶洗衣液，都下了楼。杨敏让宝儿帮忙提，宝儿拒绝了，她留在了家里，坐在沙发上气呼呼地翻白眼。

苏雨走出来，宝儿埋怨道："土匪一样，见什么拿什么！"

苏雨对宝儿说："不许说这种话，再说，那些东西对我们来说，也没有太多的用处，拿走就拿走吧，省得占地方。"

原本清静的生活从公公婆婆以及妞妞的到来，被完全扰乱了。

苏雨在看书，妞妞跑过来叫："二妈，你在干什么呀？"

苏雨说："在看书啊，你出去跟姐姐玩吧。"

妞妞就生气了，她气呼呼地说："姐姐在写作业，姐姐不跟我玩，你在看书，你也不跟我玩，你二妈就不是一个好东西！"

苏雨皱了眉头，妞妞才三岁，她甚至还无法转换一下人称，这话显然不是妞妞的原创，不是公公说的，就是婆婆说的，她把原话搬了来。苏雨很生气，但是她又觉得没必要跟一个小孩子生气，小孩子的话都是大人教的，她说："妞妞乖，骂人是不好的，以后不许骂人了哦！"

妞妞仍旧气呼呼地嘟囔着小嘴说："你二妈就不是一个好东西！"

苏雨把妞妞提到门口关上书房的门，妞妞因此哭了起来，她踢打着门继续骂道:"你二妈就不是一个好东西!"

苏雨不理会。宝儿正趴在客厅写作业,听妞妞骂自己的妈妈,就很愤慨,她抓起橡皮砸到妞妞的脑袋上说:"你妈才不是一个好东西呢,你爸也不是一个好东西,你哥也不是一个好东西,你也不是一个好东西,你们全家都没有一个好东西!"

一个橡皮并不算痛,但是妞妞摸着脑袋,哭号得更厉害了,她不再骂苏雨,而是学着宝儿的话骂宝儿:"你们全家都没有一个好东西!"

婆婆听到后,赶紧走过来,将宝儿呵斥住:"你多大,妞妞多大?你十岁了,妞妞才三岁,妞妞不懂事你也不懂事吗?"

说着赶紧把妞妞抱起来,扒拉着妞妞细软的发黄的短发查看着,没有看到什么,她就一边给妞妞擦眼泪一边哄妞妞道:"以后不许这样说你二妈了,你二妈是个好东西!"

宝儿不快地纠正道:"奶奶,你和妞妞说的都不对,我妈妈她不是一个东西……"

还没等宝儿把后面的说完,婆婆就接过去,笑嘻嘻地说:"这不是我说的,这可是你说的,你说得太对了,你妈妈她就不是东西。"

宝儿皱着眉头,不耐烦地辩解道:"我说我妈妈不是一个东西,我妈妈是一个人!"

苏雨在书房,任凭祖孙三人在客厅闹,她依然看自己的书。

但是婆婆的话让苏雨听不下去了,她声音低了许多说:"你妈是个人不假,但你妈妈不是一个大人。"

宝儿就问婆婆说:"你的意思是我妈妈是个小人?"

苏雨听不下去了,她把书合上,走出了书房,抱着胳膊坐到了沙发上,她盯着婆婆一字一句地说:"妈,没必要这样的吧?你如果觉得我哪里不好,你直接骂我,甚至你直接打我,没有必要借着宝儿和妞妞的口,宝儿才多大?妞妞才多大?父母是孩子最好的老师,我们就是这样教育她们的吗?你读过几年的书,能读书能看报,我认为你比一般的乡下老太太要通情达理,可是你做了什么呢?你以为这样就能离间我和宝儿之间的感情了吗?"

婆婆不好意思地瞅了一眼苏雨,抱着妞妞出去了,临走,她嘟囔道:"你看你,多大点事,我就是逗两个孩子玩,又不是真要骂你,你当着两个孩子的面,把我当孩子一样训斥,你不觉得过分吗?你也知道父母是孩子最好的老师,你现在怎么对待我,回头宝儿也会怎么对待你!"

苏雨说:"你也知道我不应该当着孩子的面说这些?你也知道小孩子都在学大人的样子?可是你做了什么呢?你在妞妞的面前骂我,在宝儿的面前骂我,你觉得这样很有意思吗?你卖了牲口锁了门来西安,是来照顾我们,还是为了跟我们找别扭?"

婆婆无话说了,她抱着妞妞就走了出去,"嘭"的一声关了门,在楼道里,她气哼哼地对妞妞说:"你二妈就不是一个好东西!"

妞妞因此就在婆婆的怀里笑得乱颤,婆婆险些就踏空了。

苏雨在电脑前写作,妞妞跑过来叫:"二妈,你在干什么呀?"

苏雨看了妞妞一眼,她对这个像极了杨勤的孩子没有一点好感,相反,她很厌烦,这种厌烦让苏雨自己都觉得自己心胸狭隘,大人是有心机的,但孩子是单纯而无辜的。苏雨很快调整好自己,对妞妞的态度仍旧是温和的,她说:"妞妞乖,出去玩,二妈要干活呢。"

妞妞不出去,她翻着眼睛,撅着嘴说:"我要看喜羊羊,我要看灰太狼。"

苏雨不再理会,继续写作,妞妞就一屁股坐在地上哭闹:"我要看喜羊羊,我要看灰太狼,我要看喜羊羊,我要看灰太狼,你二妈就不是一个好东西……"

婆婆听到妞妞的哭闹声,匆忙赶来,把妞妞从地板上拽起来吵嚷道:"走!跟我出去!看不见人家正忙着吗?"

公公听到妞妞的哭闹声,也匆忙赶来了,他批评苏雨道:"让娃儿看一会喜羊羊灰太狼能耽误你多少事?"

苏雨抬头看见墙上杨逸的照片,照片上的杨逸正对着她笑,她默默地关了自己正在进行的工作,而是打开了喜羊羊与灰太狼的视频让妞妞看,她则离开了。

然而,不多会,她就听到"啪"的一声闷响,当她急匆匆赶过来的时候,发现她的笔记本电脑已经掉到了地上,她赶忙去查看,情况很不妙,居然黑屏了,任她怎么打都打不开。

苏雨只是无奈地望着妞妞,还没发火,妞妞就哭了,她从椅子上下来，边哭边跑边叫："爷爷，奶奶，我二妈瞪我……"

婆婆叫嚷着冲了过来，公公也叫嚷着冲了过来，婆婆质问苏雨："有什么大不了的，拿出去修修不就行了，有必要对一个三岁的孩子大呼小叫的吗？"

苏雨蹲在地上，一边弄电脑一边问："我大呼小叫了吗？"

公公问："你没大呼小叫，孩子怎么会哭成那样？你瞪孩子干什么？"

苏雨不再说什么，正如俗话说的那样，老人无理占三分，何况，她不知道她跟他们吵，究竟能吵出一个什么名堂！她只好沉默，沉默是金，沉默是息事宁人的一剂良药！

电话铃声响了，宝儿正要接，被婆婆制止了，她说："别接，你伯伯打来的，等下他挂断，我打给他。"

宝儿不明白这其中的缘故，就问："为什么呢？"

婆婆说："小孩子别问那么多。"

宝儿忽然明白了过来，她说："我伯伯打过来，是我伯伯掏话费，你打过去是我妈妈掏话费。"

婆婆冲宝儿摆了摆手说："去去去，写你的作业去！"

铃声响了两下就不响了，婆婆这才拿起话筒，按了杨勤的手机号码，一问，果然是杨勤打来的。婆婆坐到了沙发上，一副要聊很久的架势，她问了杨勤生意如何，问了刘芳工作如何，问了军军学习如何，然后开始汇报妞妞的情况："妞妞啊，好着呢，能吃能睡，小嘴可会说了。"

杨勤要和妞妞说话，婆婆就把妞妞抱到膝盖上，让妞妞跟杨勤说话，婆婆教一句，让妞妞说一句。就这样，一聊就是四五十分钟，直到妞妞在婆婆的怀里睡着了，婆婆才准备挂电话。

婆婆正要挂电话，苏雨觉得很有必要说几句，她把话筒接过来，说了妞妞将她的电脑摔坏的事，她认为妞妞在这里非长久之计，她说："大哥，你觉得妞妞在我家里是长久之计吗？"

杨勤反问苏雨："爸妈去照顾你们，妞妞没人带，你说怎么办？"

苏雨说："那让他们两个回去一个带妞妞吧。"

杨勤赶忙就否决了，他说："这不行，爸妈不能分开，他们必须在一起，少年夫妻老来伴，你忍心让他们这么大年纪了还没有伴吗？"

苏雨说："那让他们都回去吧，宝儿十岁了，她上学不需要接送，我的工作也比较有弹性，我能照顾她。"

杨勤很不高兴地说："你还是想把爸妈赶走，我就想不明白了，你的心怎么这么狠？他们在那里照顾你们，居然还成了你的眼中钉肉冲刺了？"

苏雨说："没有谁是我的眼中钉肉冲刺，今天妞妞把我的笔记本电脑摔坏了，对我的工作造成了很大的影响，如果是宝儿在你家这样，请问你会作何感想？"

杨勤明知道宝儿不可能到他家去，所以他说："我很高兴，你让宝儿来我家，我保证管她吃管她住，还管她衣服穿。"

苏雨以为杨勤会表示点歉意，或者宽解一下她，告诉她妞妞在这里不过是暂时的行为，但是杨勤没有表示一丝一毫的歉意。

苏雨说："大哥，我是希望大家能和睦相处，妞妞在这里不是长久之计，我可以忍她三个月，但是我不能保证自己能忍她三年，我希望你能想想好。"

杨勤却说："连一个三岁的孩子你都容不下，你还能容得下谁？你的电脑摔坏了，只能说明你的电脑质量不好，再说，旧的不去，新的不来，你再买一个就是了，一个笔记本电脑也值不了几个钱的。"

苏雨没想到杨勤不但毫无歉意，居然还责备她，她不但觉得委屈，且觉得愤怒，她恨不得像一个泼妇那样把杨勤臭骂一顿，但是她不能，她一不是那样的人；二，她必须顾念着他与杨逸的兄弟之情。她说："大哥说的真是轻巧，我七千块的电脑还质量不好？大哥的意思是说我活该了？"

杨勤质问苏雨："一个三岁的小孩子懂什么？你如果把电脑放好的话，她能抱起来摔了吗？她有这份力气吗？还是你没有放好！我告诉你，任何时候，发生了任何事情，都不要埋怨任何人，一定要从自身找原因。电脑摔坏的事责任都在你自己，不要推到一个三岁孩子的身上，这很滑稽，很可笑的你知道吧？"

杨勤的话真是让苏雨无语了，她不想再跟他辩解下去，她说："好，是我的错，是我的电脑质量不行，是我没有放好，是我活该！"

如果杨勤就此打住，继续开自己的车，苏雨还不至于无礼，但是他却冷冷地说了一句："你就是活该！"这让苏雨几乎崩溃，她对杨勤不再有尊敬，她有的只是敌意，她没有再叫杨勤大哥，而是直接叫了他的名字，

哥哥，我爱你

　　她说："杨勤，你给我记住了，你不要看我孤儿寡母的好欺负，你很清楚哥哥对我和宝儿的感情，你不让我们好过，哥哥也不会让你好过！"

　　苏雨的不敬，让杨勤愤怒，而愤怒让杨勤出了车祸，他把一个骑自行车的人撞了，自行车撞坏了，但人没有事，只是在摔倒的过程中擦破了一点皮。但是那个人躺在地上哎哟哎哟地叫着痛。

　　杨勤只好带着那个人去医院，杨勤去拉他，他不起来，他告诉杨勤他摔坏了，起不来了。杨勤要打120，那个人不让他打，那个人要求杨勤赔他一笔钱，杨勤一向胆小怕事，想着送到医院，可能也不会少花，于是就同意赔钱。那个人要求一千块，杨勤还到五百，那人不同意，他干脆把身子移了移，移到杨勤的车轮底下。

　　杨勤没有办法，把钱包里的钱都掏出来，不够，只好打电话给刘芳，刘芳骑着电动车给杨勤送钱，气得她将钱砸到杨勤怀里就走。杨勤给了那个人一千块钱，那个人才从车轮下面爬起来，拍了拍身上的尘土，骑上自行车就走。

　　杨勤几乎可以说是被人讹诈了一千块钱，这让他很不舒服，他把这一笔账都记在了苏雨的头上，他打电话告诉婆婆："如果不是苏雨跟我吵架，我也不会生气，如果我不生气，也不会走神，如果我不走神，也不会撞到人，如果我不撞到人，也不会损失这一千块钱，这一千块钱，够我半个月挣的了！"

　　挂了杨勤的电话，婆婆就甩了脸子给苏雨，她说："我小儿子被你害死，你还想把我大儿子害死吗？你明知道他开车，你还打电话跟他吵架？"

　　苏雨白了一眼婆婆，对于她的无理取闹不加理会。

　　导致杨勤撞到别人的其实并不单单是苏雨对他的不敬，而是他自己心里有鬼，他在昨晚做了一个梦，他梦到苏雨带着宝儿哭哭啼啼地走了，杨逸就找到他质问他这个大哥是怎么当的，要求他把苏雨和宝儿找回来，可是杨勤无论如何都找不到苏雨和宝儿，杨逸就拽着杨勤去见阎王，杨勤挣扎着不去，于是他把自己挣扎醒了。然而从起床之后，杨勤就一直是想这个梦究竟预示着什么，他还没有想出一个眉目，苏雨如此诅咒他，让他一下子就恐慌起来。

第六章

婆婆每天带着妞妞，做饭，而公公没有事情做，不是看电视，就是睡觉，有时候也出去跟小区外收废品的、修理自行车的、补鞋的聊一聊。

但是，毕竟有很多的时间无处打发，而他因为是打着照顾苏雨和宝儿的旗号来的，又必须拿出一点照顾她们的样子来，他买买菜、买买米、买买面，带来的几百块钱很快就花光了。

花光了，他不好意思问苏雨要，他很发愁，婆婆只好想办法，她去找社区，要求社区解决这个问题，她带着妞妞，找到社区，哭哭啼啼地说："我儿子没了，媳妇受了刺激，丢了工作，精神都不正常了，还有病，这两个孩子都还小，要吃要喝，政府不能看着我们穷人不管吧？再说，我们不是问政府要吃要喝，我们就是想请政府给我们一个事情做，我们凭我们的双手养活自己……"

婆婆这一招果然管用，热心的王主任就给这个打电话，给那个打电话，终于在附近的一家医院给公公安排了一个收拾垃圾的工作，月薪一千块，另外还能捡拾一些纸箱子之类的废品卖。

从来没有上过班的公公，从来没有拿过工资的公公，有生以来第一次上班了，开心得不得了，每天回来都把自己在医院里的见闻说了又说。谁死了，谁生了，谁把胎盘买了吃了，谁在医院躺着儿女为了争夺财产在一边打架了，诸如此类。

公公说这些倒还不要紧，但是他隔三差五就带着同事回来，那些和他一样在医院给人家清扫垃圾的老头儿，坐下来大声聊天不说，还抽烟，整个屋子搞得乌烟瘴气。

哥哥，我爱你

苏雨终于忍受不住，她被浓重的烟味呛得直咳嗽，她只好提醒公公的同事，抽烟对身体不好，希望其能将烟掐灭。公公的同事没有把烟灭掉，而是直接告别了，后来，公公再邀请人家，人家就拒绝了，人家说："你欢迎有什么用，你儿媳妇不欢迎，烟都不让抽！"

公公觉得很没有面子，阴着脸回到家，就在客厅里嚷嚷："长幼有序，尊卑有序，我还没死，我死了你再当这个家吧！"

苏雨正在书房写作，不明白公公说这些话是什么意思，她就没有理会。公公见她没有反应，就继续嚷嚷道："我带同事回来，人家抽烟，你在那吭吭地咳嗽，还要人家把烟掐了，你什么意思啊，你明摆着撵人家走。好了，这下合了你的意了，人家不来了！"

苏雨觉得公公挺过分的，像一个泼妇似的喋喋不休，为了让公公能尽早地闭嘴，她只好走了出去，她对公公说："我又没赶他走，我身体不好，受不了烟味，你跟他解释一下不就成了吗？你是我爸，你不向着我就算了，你怎么还为了一个外人而责备我呢？"

公公说："你还知道我是你爸？你知道我是你爸你居然让我在同事面前丢这么大的面子？"

苏雨并不是没有脾气的人，她发了火："面子值几个钱？丢了能死人吗？你不吭声就把乱七八糟的人带到我家里来，我没说你就算给你面子了！"

公公见苏雨的声音居然比自己的还大，就更不得了了，他语无伦次地嚷嚷的更厉害了，婆婆赶紧从卧室走出来，呵斥苏雨："你爸说你两句能怎么着？你不知道他高血压是不是？你是不是想把他气死？"

婆婆的这招果然管用，苏雨一下就无语了，她默默地回到书房，默默地坐到电脑前，默默地盯着杨逸的照片发呆。

文晓一边忙着给自己找工作，一边忙着给苏雨找男朋友。她打电话给苏雨："你现在需要一个揪手，揪手你懂吗，就像女人出去总要背一个包，哪怕没有什么需要装的东西，包就是女人的一个揪手。你的揪手是一个男人，这个男人要爱你，不能伤害你，等你从失去杨逸的悲痛中走了出来，这个揪手就失去了价值，你就可以把他丢掉。"

苏雨不想让文晓插手自己的事，她拒绝文晓说："我不需要。我有师兄就够了。"

不提张玄梧文晓还不生气，提起张玄梧，她就气不打一处来，她说："张玄梧那厮，不是一只好鸟，他到西安，到青海，到贵州，到云南，这一个月的时间，他简直像出笼的小鸟一样自由自在，和你谈天说地。可是他奶奶的，一回到南京，完全变了一个人，你的短信他都不回了，人家到家了，人家有老婆孩子了，于是人家就收敛了。"

对于文晓的这一点，苏雨是反感的，认为她过于武断，她不曾见过张玄梧，对他并不了解，在不了解一个人的情况之下就评判一个人显然是不客观不公正的，她说："这多正常啊，这才是好男人呢，如果他天天追着在我面前说他老婆的坏话，我早不理他了！"

文晓见动摇不了苏雨，就说："你把张玄梧那厮的电话给我，QQ号码给我，我会会他。"

苏雨将张玄梧的QQ号码和手机号码给了文晓，文晓不是在QQ上同张玄梧聊，就打电话同张玄梧聊，不管怎么聊，她对张玄梧的印象就是不好，她总在苏雨面前说张玄梧的坏话，她说："张玄梧那厮，我三言两语就把他看穿了，不是一只好鸟，你看他那双小眼睛，贼溜溜的跟耗子似的，狡猾着呢。我给你找个单纯的，哦，对了，我想起来了，陈小河，你还记得他吧？十五年前……要不，就是李启铭，他现在还单身吗？"

苏雨告诉文晓："李启铭还在单身，前年他到西安来，还见了一次，只是逢年过节的发条短信问候一下。至于陈小河，在哥哥出事的前一天晚上，我们还谈起过，我还把陈小河的照片给撕了。"

文晓信誓旦旦地说："就陈小河了，我给你找他，我公安局有朋友，肯定能找到他，我把那家伙揪出来，陪你度过这个寒冬。"

苏雨赶忙阻拦说："没必要，你又不是不知道，人家是有老婆孩子的，我找人家做什么？找伤害去吗？"

文晓说："十几年过去了，或许离婚了呢？或许死了呢？再说，有我在，他敢伤害你！他如果伤害你，你看我敢不敢把他的皮给扒了？"

苏雨不想让文晓插手，她告诉文晓："你别管了，我自己找，我自己找好不好？"

苏雨只是搪塞文晓，她并没有去找陈小河，她不知道寻找陈小河的意义在哪里。然而，她没有去找陈小河，却在朋友的婚礼上遇到了多年

哥哥,我爱你

不见的徐灿,当时,徐灿就坐在隔壁的餐桌上,刚好面对面。苏雨一抬头,看见有一个人在看自己,觉得这个人很面熟,后来想起这个人就是在杨逸之前追求她,而她也没有拒绝,发生了一段短暂恋情的徐灿。见徐灿盯着她看,她就朝徐灿笑笑,徐灿就低头与身边的人说了几句什么,然后喝了几杯酒,然后又盯着苏雨看了几眼,然后才红着脸喷着酒气走过来问道:"你是苏雨吧?"

十一年过去了,徐灿并没有太多的变化,非但不见老,反而看起来比当年还精神了许多,但是苏雨并不喜欢徐灿这种说话的口气,如果他是肯定的语气而不是疑问的语气,她会像遇到老朋友那样和他攀谈。但是徐灿没有,她也只好淡淡地故作不知地说:"我是苏雨,您是哪一位呢?"

徐灿显然不高兴,他酸不溜溜地说:"真是贵人多忘事啊,连我你都不认识了?"

苏雨是记得徐灿的,但是她仍然摇头说:"也不是什么贵人,只是人多事杂,时隔久远,一时想不起来了呢,方便的话,提醒我一下,我试试看能不能想起来。"

徐灿不只是提醒,他要让苏雨愧疚,要让她后悔,他说:"一个为了让你过上体面而光鲜生活去边疆打工的男人;一个月薪八百块给寄五百块的男人;一个听说你来西安就满西安寻找你的男人;一个为了找你大冷天像乞丐一样睡在天桥底下的男人……知道我是谁了吧?"

苏雨若有所思地点头说:"似乎是有这么一个人物曾经出现在我的生活中,但真的很遗憾,真的想不起来了,你的意思是说,你就是那个人,或者说那个人就是你?"

徐灿看了苏雨一眼说:"这有什么不一样吗?好了,不浪费你的脑细胞了,我是徐灿,你的前男友,你的旧情人。"

苏雨一副饶有兴致的样子,她点头示意徐灿继续说下去。

徐灿皱了一下眉头说:"对了,你好像比我还小了两岁吧,可是你真的好老了哦,你看看你,皮肤粗糙、雀斑满脸,皱纹又多又深,头顶上居然长出了白发,哪里像一个三十刚出头的女人啊,简直就像一个更年期的妇女嘛!你怎么也不好好保养保养呢?是日子过得太清苦了?是吃了上顿没下顿?还是遭遇到家庭暴力了?不管怎么着,你通过朋友说一声嘛,看在当年我们相爱一场的情分上,我怎么说也得借点给你,让你不这么艰难。"

苏雨虽然觉得徐灿在大庭广众之下说这些话过分，但是她并没有生气，生气只能上了徐灿的当，徐灿说这些的目的就是想激怒她，甚至还想看到她鼻涕一把泪一把地哭，她偏偏不会让他如愿。她说："再怎么保养也是徒劳无益，人总是难免一老的，再说，真是让你失望了，我的日子还勉强能过得去。"

徐灿说："人能慢慢老掉也算是有福了，有些人恐怕来不及老，就'咔嚓'一下，死翘翘了。"

徐灿的这句话让苏雨知道，杨逸去世的消息已经传到了他的耳朵里，她没想到的是，对于她的遭遇，他竟怀了这种几乎是幸灾乐祸的态度。苏雨不想说什么，她举起筷子就吃饭，吃得饶有兴致，像是一个美食家。

徐灿并不觉得无趣，苏雨的沉默让他自以为是地认为她是无话可说了，他说："你老公虽然死了，但是你也别想不开，这也怪不得别人，你自己选择的嘛！一步错步步错！人生没有回头路可走，更没有后悔药可吃！"

苏雨放下筷子，看着一桌子的女人，都在盯着她和徐灿，都在专注地倾听着他们之间的谈话，除了两个孩子，大人是一个动筷子的都没有。于是她说："我为什么要回头呢？我为什么要后悔呢？恰恰相反，我非常庆幸自己当年的选择，这可以说是我三十多年所做的最正确的一件事情了。徐先生还是不要在这里影响别人的食欲吧。"

见徐灿无话可说，大家就都动起筷子吃菜、吃饭、喝酒。

徐灿不快地离开，回到自己的座位上，开始闷闷地喝酒，终于把自己喝得酩酊大醉，直到宴会结束，人们陆续散去，徐灿还在喝。当新郎前来相劝，他晃晃悠悠地站了起来，把桌子拍得"啪啪"响，几双筷子震落到地板上。他喷着满嘴的酒气结结巴巴地对已经退席，与新郎新娘告别的苏雨说："苏雨，你给我站住，我想问问，问问你，我，我哪一点比不上杨逸？你个傻女人，放着把一切都交给你的男人不要，你倒贴着嫁给他！好了，他死了！我告诉你，你就等着守一辈子寡吧，我虽然还没有娶到老婆，但是，我不会要你的！看到你不开心，你不知道我有多开心！看到你不快乐，你不知道我有多快乐！看到你不幸福，你不知道我有多幸福！哈哈哈哈哈哈！"

　　苏雨并不理会，也没有因为徐灿而做任何的停留，她继续走自己的路。这只是生活中的一次小小的插曲而已，并没有在她的内心掀起任何的波澜。但是李启铭的再度出现，却让她感到惊讶了。

　　当苏雨用故事把宝儿送入梦乡之后，她刚翻开书要看，李启铭忽然打来电话，她与李启铭起码两年没有联系了，两年前，李启铭出差到西安，某著名大学的校长请他吃饭，他就把苏雨叫上了。苏雨还能清晰地回忆起当时的每一个情节，李启铭见到她，他歪着头倚靠在酒店长廊的那头，笑着看着她向服务员询问他所在的房间号，当她一个一个瞅着房间号找过去，他忍不住温暖地笑着叫她："我在这里啊，柴火妞儿。"

　　在吃饭时，李启铭甚至把苏雨菜里的一片辣椒捡出去，把一粒花椒捡出去，见她只吃自己面前的菜，他把远处的夹给她。

　　晚上，李启铭离开，苏雨去火车站送他，直到被乘务员催促，他才依依不舍地上车，临上车之前，忽然给了她一个拥抱。在那个拥抱发生的时候，他郑重地表示："我有三个字要对你说。"

　　苏雨刚想激动，却听到李启铭说："柴火妞。"

　　苏雨就让李启铭赶快滚回北京去，而李启铭正色道："我还有三个字想对你说。"

　　苏雨又要激动，却听到李启铭说："小东西！"

　　柴火妞和小东西，是李启铭对苏雨的昵称。

　　苏雨不再回忆，李启铭在电脑前，一边盯着电脑屏幕上苏雨的QQ空间里的一篇叫《我有两次生命》的日记，一边打电话问她："我看到了你空间里的一篇《我有两次生命》的日记，我很不明白，所以，我想问问你。其中那句'你生了，然后你死了'是什么意思？"

　　苏雨无法抑制地感伤了，她说："别问了，都是过去的事了。"

　　李启铭不能不问，他说："在你的生命之中肯定发生了一件重大的事件，是杨逸离开了吗？"

　　苏雨说："别问了，都是过去的事了。"

　　李启铭还要问，被苏雨打断："是，我告诉你，杨逸死了，突发脑溢血，死了好几个月了，你还有什么要问的？"

　　李启铭的表情凝重了，他说："没有什么要问的了，只是，只是觉得异常地难过，我现在还记得五年前，你们一家三口来北京我们一起吃饭的情形。"

五年前，苏雨有一次公费出差的机会，她就把杨逸和宝儿带上了，到了北京，告知了李启铭，李启铭就请他们吃饭。

刚吃了一会，杨逸就借口去洗手间，带着宝儿离开了，很久很久，他才带着宝儿回来。

吃完饭出来，杨逸让宝儿骑在他脖子上，说带着宝儿去玩，他让苏雨送送李启铭。李启铭并不需要苏雨送，苏雨也不需要李启铭送，是杨逸认为相见一次不容易。

苏雨和李启铭慢慢地走了很久，聊了很久，直到很晚，苏雨才回到宾馆，回来之后，她问杨逸："哥哥，你见了我相好的，怎么也不象征性地吃吃醋啊？"

杨逸就好一顿大笑，他说："醋酸不溜溜的有什么好吃的，我只是觉得有男人爱你是正常的，没男人爱你才是不正常的。"

苏雨问："你就那么相信我，不怕我趁机出个墙什么的？"

杨逸说："我也不单单是相信你，我也相信自己，何况，天要下雨，娘要嫁人，媳妇要出墙，这种事情哪里是能看守得住的？我们道家一向遵循的是无为，所以，顺其自然喽。"

苏雨问："吃饭时，你怎么能在洗手间待了一个多小时，便秘了？"

杨逸就笑："我们天天在一起，而你们见一次不容易，我在，你们说话放不开，所以我就带着宝儿到外面溜达了一圈。"

李启铭在电话里沉默了好大一会儿才说："杨逸给我的印象真的很深刻，我曾经认为我有足够的魅力让你离婚，但是我见了他之后，我一点信心都没有了，就他借故离开，让我们单独叙旧这一点，我就知道自己输了，没有几个男人能做到的。"

见苏雨沉默，李启铭又说："你现在什么想法？"

苏雨说："我现在没什么想法。"

李启铭说："你还年轻呢，总不能这样一辈子吧？"

苏雨为了缓和谈话的伤感气氛，开玩笑地说："怎么？你对我这柴火妞还没死心啊？"

李启铭说："我都不思婚姻情爱之事了，实话告诉你吧，我已皈依佛门，工作之外，吃斋、读经、打坐、念佛，这种生活挺好的。"

苏雨并不感到惊讶，她说："你还工作做什么呀，你直接出家得了，一个人挣那么多给谁花啊？"

李启铭道："你真认为我应该出家吗？"

苏雨说："这还有什么可犹疑的，在俗世之中你又没有老婆孩子牵累，父母也有其他的儿女，不就一份工作嘛，有什么好留恋的？"

李启铭忽然对苏雨说："谢谢你，我知道自己该怎么做了，那个，你在经济上有困难吗？"

苏雨说："有啊，欠着银行十几万的房贷呢。"

李启铭说："这些年我也攒了一些钱，给我一个账号，你先把贷款还了。"

苏雨其实已经挣够了剩余的房贷，只是房子不在她的名下，公公婆婆又住在这里，杨勤又在觊觎着，有房贷，他们目前还不敢怎样，如果房贷一次结清了，她真不知道会发生什么。她说："出家也是需要花钱的嘛，还是你自己留着吧。"

文晓已经着手兴师动众地寻找陈小河，每天都向苏雨报告进展的情况。苏雨一方面感激文晓对自己的疼爱，一方面又觉得文晓太多事。

为了不这样大张旗鼓，苏雨决定自己找陈小河，找到了，文晓也就甘心了。她回忆了一下陈小河的地址，按照所回忆的地址加上陈小河的名字一同百度了一下，居然找到了陈小河单位的电话，她打过去，一个女人接的，她要苏雨等一下，不一会，电话里就传出了陈小河的声音，那个十几年前让她激动得无法入眠的声音，如今在她听来不但土气且是一点味道都没有的，陈小河问道："你是哪一位？"

苏雨开门见山地说："我是苏雨。"

陈小河还记得苏雨的，他在电话那端沉默了良久才问道："这些年，你还好吗？"

因为这句话，苏雨的泪水"唰"地一下就流了下来，她忍住哽咽说："还好吧。"

陈小河听出了苏雨的哽咽，于是问道："你怎么了，是他对你不好吗？"

苏雨说："不是，哥哥对我很好。"

陈小河无法相信，或者说他希望苏雨过得不好，只有苏雨过得不好，她才会找他。这是他对人的理解，当一个人过得不好的时候，才会格外地怀念曾经的那个人。所以他几乎是武断地说："不对，他肯定对你不好，如果他对你好，你不会这么伤心地哭。"

苏雨不想再同陈小河谈杨逸，在这个婚姻处处充满危机感的时代，她并不想标榜自己婚姻的和谐与幸福，这完全是她的私事。她就迅速地改变了话题，她问陈小河："这些年，你怎么样？"

陈小河并没有回答苏雨的问题，他总觉得苏雨过得不好，他很想弄明白这其中的原因，但是他觉得苏雨是不会告诉他的，于是，他很快便想到了她的好朋友文晓，他说："你和文晓还联系着吧？我也好些年没有她的消息了，你能把她的电话告诉我吗？"

苏雨就把文晓的手机号码告诉了陈小河，陈小河通过文晓了解到了苏雨的现状，他对苏雨充满了同情的同时，也隐约地有种让他无法抑制的庆幸。他在与文晓的谈话中就流露了出来，他说："那，这个时候，苏雨一定很悲伤、很无助、很寂寞、很孤独。那，这个时候，苏雨正是需要我安慰她、开导她、陪伴她的时候。"

文晓说："所以了，你任重而道远，我相信，你是陪伴苏雨度过这个寒冬的最佳人选，张玄梧那厮只能靠边站。"

张玄梧这个名字让陈小河很敏感，他不解地问文晓："张玄梧又是谁？"

文晓没有想到陈小河是一个心胸狭窄的人，她就把苏雨与张玄梧如何认识的，认识多久了，两人之间目前的状态如实地告知了陈小河。

陈小河很不快，挂了文晓的电话之后，他坐在办公室里神色黯淡地抽着烟，抽完了一根又抽一根，然后他对自己说："我一定要把张玄梧那小子打败。"

陈小河给苏雨打电话，大谈特谈十五年来，他对她的思念，他告诉苏雨："我曾经寻找过你，但是却没有找到，后来，我才死了心，我想，我们这辈子恐怕再不会相遇，但是没有想到老天如此眷顾我。让我有机会表达我对你的思念，对你的愧疚，我现在正式给你道歉，为十五年前我带给你的伤害。说真的，在与你通信的那两年当中，我几乎忘记了自己是一个有老婆孩子的人，我沉浸在我们两个人的世界当中，我像一个初恋的少年一样激动，一样兴奋，当然也一样忧伤。"

苏雨静静地听着，她并不怀疑陈小河这些话是真的，她能感觉到，他对她的感情是真的。但是，他说的一些话可能是假的。

第一天晚上，陈小河没有回家，他的家离单位不过一个小时的公交车，但是他留在了办公室，他打电话给刘霞说："单位有事，得加班，今晚回不去了。"

陈小河在单位，打电话同苏雨聊天，一直聊到很晚。

刘霞打电话给陈小河，陈小河的电话一直在通话中，这让刘霞很疑惑，她皱着眉头在客厅里转了不知多少个来回，问看电视的儿子陈亚东道："亚东，你爸爸说他在加班，可是他的手机却一直处于通话状态，这可是从来没有过的现象，他在跟谁通话居然一刻不停地通了好几个小时？这太不可思议了！"

陈亚东并不抬眼看一下刘霞，他握着遥控器不停地换台，他没好气地说："继续打，不停地打，我还就不信打不通！"

刘霞听了儿子的话，就继续拨打陈小河的手机号码，仍然在通话中，这让她更加疑惑，她疑惑地倒在床上翻来覆去怎么都睡不着觉。她只好打开灯，抓过床头柜上的手机继续拨打陈小河的电话，这一次，情况有了转变，陈小河的手机终于从通话状态，变成了关机状态。刘霞看了一下手机上显示的时间，凌晨一点半，她又看了看旁边空着的枕头，然后将枕头抱在怀里才关灯休息。

第二天一大早，陈小河刚上班，刘霞的电话就打来了，她非常不快地质问陈小河："你是在加班吗？"

陈小河当然以毋庸置疑的口气回答说："加班还能有假？不加班我疯了要住在单位宿舍，被褥单薄不说，连空调也没有，昨晚差一点没把我冻死。"

晚上，陈小河又以单位要加班为由没有回家。的确，他在单位有宿舍，而且是在同一栋楼上的同一层，几步路就可以到，只是条件不算好，没有空调，因为是用来午休的，被褥也很薄。陈小河哆哆嗦嗦钻到冰冷的被窝里，给苏雨打电话，他欢快的神情像恋爱，这种恋爱的感觉驱走了冬日的严寒，他觉得自己身上像着了火。

他一再对苏雨说:"你知道吗?我真的没有想到我们还能有今天,我以为我们之间的缘分被刘霞当初的那封信给彻底地斩断了,没想到时隔十几年后,我们还能再续前缘。我之前是一个不相信命运的人,但现在我信了,我的命运会因为你的再度出现而发生一个巨大的改变,你的命运也会因为我的出现而发生一个巨大的改变。你知道吗,我现在生出了一个非常强烈的念头,我想和刘霞离婚,我想娶你,我想和你生活在一起,我想,那肯定会非常的美好。"

苏雨躺在床上,由于陈小河长而久的电话,她没有办法将书再读下去,她只好将书扣在胸前,听着陈小河的表白,她一池春水般的心,被陈小河火热的激情搅乱了。

苏雨当然不相信陈小河的这种话,这种话对她并没有任何的吸引力,她只是觉得寂寞,她说:"好啊,你们离婚吧,离了婚就来娶我,我可等着你呢。"

陈小河的态度因此而变了,他说:"我想,这也只是一个念头而已,为了将这个念头实现,我觉得我面临的阻碍和压力将会很大,刘霞不愿意离婚,她很依赖我,她离开我没法活。还有,我的女儿,我的儿子,他们都那么大了,他们一向都站在刘霞那边。还有我妈,她二十年前,就被刘霞笼络了过去,她把刘霞当亲生女儿一样。"

苏雨就笑了,她说:"胆小鬼!只有勇气说,没有勇气做!我可以肯定地告诉你,你的生活不会发生巨大的改变的,我的出现只不过像一个小石头落到了水面上,激起几圈涟漪就会归于平静而已,对于我来说,你也是如此。"

陈小河听出了苏雨的失望,于是他就安慰她说:"谁说我是胆小鬼?我有勇气说,我就有勇气做,我现在已经被爱情的力量充满了,为了我们的爱情,没有谁能阻挡我!你就等着再披婚纱吧!我还不算老,到时候,我们还可以再生一个孩子,让我想想我们的孩子应该叫个什么名字才好呢?嗯,是这样的,我女儿叫陈亚南,我儿子叫陈亚东,我们的孩子就叫陈亚北或者陈亚西?最好是生一对双胞胎,一个陈亚西,一个叫陈亚北。"

陈小河的暗示果真把苏雨迁入其中,他频繁而长久的电话,他在电话里对过去的回忆和对未来的畅想,缓解了苏雨对杨逸的思念,也缓解了她对失去杨逸而产生的寂寞、无助、悲凉与痛苦。

　　陈小河的电话像是一剂大麻，一剂海洛因，让苏雨上了瘾，当陈小河因为忙于工作或者别的事情的时候，她居然表现得焦躁不安了。

　　她不再被动地等待陈小河的电话，而是主动地打电话给陈小河，她的手机打停机了，她用另外一个手机打，但是她忽略了，她的另外一个手机已经被婆婆拿去用了。当她打过去，陈小河没有接，陈小河回电话过来的时候，婆婆接了，她一听是一个男人的声音，就问："你干什么的？你找谁！啊？你说什么？我听不懂啊，你再说一遍！"

　　由于彼此使用的都是方言，让苏雨免于暴露，后来，陈小河打电话说起，苏雨特意交代："以后，除了我这个号码，其他的你都不要接，也都不要回拨。"

　　陈小河一连四天晚上都借口加班而没有回家，而在刘霞打电话给他的时候总是在通话中，这让刘霞很不解，很疑惑，也很愤怒。

　　她在客厅里焦躁不安地走来走去，让躺在沙发上看电视的陈亚东很是心烦，他烦躁地对刘霞说："我拜托你了，能不能别在我面前晃了，晃得我头晕你知道不知道？"

　　刘霞说："不是我要在你面前晃，是我不晃心里难受，你爸的行为太反常了，你不觉得吗？他的这份工作做了这么多年了吧，他什么时候加过班？他几乎每天就早早地回来了，可是这几天他完全变了一个人一样，不但加班，对我的态度也和以前不一样了，至于哪里不一样了，我自己也说不清楚。亚东啊，你是男人，你给妈分析分析，你爸是不是在撒谎，你爸是不是根本没有在加班，最重要的是你爸是不是另有新欢？"

　　陈亚东为了让刘霞不在自己面前晃，他只好分析道："我爸的行为的确很反常，依我看，八成是有了情况，不过你也不用紧张，就目前的情形来说，他还没有走到那一步，他可能是网恋了。"

　　刘霞不但觉得惊讶，更是觉得鄙夷了，她说："那么一把年纪的人了，还玩这个？"

　　陈亚东说："一般来说，四十岁的男人玩网恋是不大正常，但是我爸不在这一般的范畴里，我爸属于个例，他的生活也实在太单调乏味了。"

　　刘霞听不懂儿子的话了，她说："亚东，你是在指责我对你爸看管得太严了吗？"

陈亚东一向都向着刘霞,他总觉得她每天忙忙碌碌操持着这个家,任劳任怨,实在不容易。他说:"不是,是我爸他自己没有发展他自己的爱好,工作之外,就知道和同事去喝酒、打牌、洗浴,这些爱好都太俗,不像我每天租个大片回来看。对了,妈,什么时候把网线装上吧,咱家那电脑长时间不用会坏掉的。"

刘霞不在客厅晃了,她不想和儿子谈到网络这个问题,她回到了卧室,她把一件她都不好意思穿的性感的睡衣拿出来穿上,对着衣柜的镜子反复地自赏,越是反复,她越是伤感。她抚摸了一下自己的腰腹,一层的赘肉。她抚摸了一下自己的脸,肤色暗淡、松弛、额头已经出现了三条横线,而眼角,特别是笑的时候,真的像两只金鱼的尾巴。

刘霞感到了危机感,尽管这些年,她费尽心机地讨婆婆的欢心,费尽心机地在儿女面前扮演一个柔弱者的形象,得到了儿女们的支持,但是,她仍然没有安全感。

苏雨在卧室里和陈小河通电话,婆婆蹑手蹑脚地将耳朵竖在门缝里听,她只听到苏雨在说话,在笑,却听不清说什么,又因什么而笑。

苏雨的笑声让婆婆很难过,她喜欢看到的不是苏雨笑,而是苏雨哭,苏雨哭得越是伤心,她越是开心。唯有如此,她才觉得苏雨的心里是有她儿子杨逸的。苏雨一笑,她就觉得苏雨把杨逸忘记了,就觉得杨逸死得更可怜。

回到卧室,婆婆对公公说:"你发现没有,这些天苏雨很不正常,电话好像忽然就多了起来,而且通电话的时候,不再像以前那样不避讳,而是偷偷摸摸地将房门关了,说话的声音也小的几乎让人听不到。凭直觉,我敢肯定,她在跟男人通电话。"

公公一听说苏雨在跟男人通电话,火气"噌"地一下就上来了,他猛然从床上坐起来说:"杨逸尸骨未寒,她居然就这样,真是太可恨了!杨逸刚死那会儿,我问她什么打算,她还说生是杨家的人死是杨家的鬼,这才几天啊?简直不像话!"

婆婆想了想,安抚公公道:"我想了又想,觉得有男人追求苏雨也不是一件坏事。"

公公气咻咻地说:"不是一件坏事,难道还是一件好事吗?眼看着这个家就要散了，就像好不容易发出的一个枝丫给断了一样。"

婆婆低声说："坏事有时候也能变成好事。你看啊，有男人追求她，她嫁出去了，既然她嫁出去，这个家里还会有她什么？"

公公不明白，他担心地问："你糊涂了吗，她嫁出去，把孩子带走了，把房子带走了，这个家就散了，我们杨家在村子里本来就人丁不旺势单力薄，杨逸走了，家再散了……"

公公说着就难过地哭了起来，比起公公，婆婆对杨逸的死亡看得更开一点，她说："把房子带走？她想得美！宝儿还小，她带走可以，房子她断然是不能带走的，她凭什么带走？这房子是杨家的！"

公公用手背抹掉眼泪，果决地说："这还有什么疑问吗，这房子是我儿子买的当然是我杨家的，她如果非要嫁人，她自己走我不拦她，毕竟人家还年轻，但是想从这个家里带走一分一毫，我看她是做梦，有我在，看她敢！"

婆婆神秘兮兮地说："所以，我们只要住在这里，她再有耐心，能耐多久？她总有厌烦的时候，等她厌烦了，不用我们费力气，她就会带着宝儿走了，她带着宝儿走了，房子自然就留下了。"

公公一听苏雨会带走宝儿，就哭着说："宝儿不能带走，宝儿是杨家的血脉，宝儿必须得留下，我可怜的娃儿啊，这么小就没有了爸爸，我要看着宝儿长大成人……"

婆婆倒觉得这是一个问题，她沉思了好一会才说："宝儿是得留下，宝儿不留下，这房子仍然控制在苏雨的手里，可是我们没有能力照顾宝儿啊，宝儿也离不开她妈妈，怎么办呢……"

这的确是一个问题，婆婆因此睡不着了，她翻来覆去地在寻找一个两全其美的办法，一个既能让房子留下，又能让苏雨离开，既能让苏雨离开，又能让他们看到宝儿的一个良策，她只好打电话问杨勤。

杨勤刚送完最后一个客人，收车回到家里，他说："鱼和熊掌不可兼得，你们就不要惦记着要看着宝儿长大的事了，宝儿不是军军，宝儿是女孩子，嫁出去就不姓杨了，你们活了这么大岁数怎么还没有活明白呢？"

杨勤的话几乎是圣旨一样，婆婆照单全收了。

第七章

　　春节很快就到了，文晓回了老家一趟，尽管很忙，尽管王鹏飞一再阻拦，但是她还是抽空跑一百多公里外见了陈小河一面。

　　一见面，陈小河就说："十五年前，你在杂志上发表的文章我还收藏着呢，如果不是看到你写的那些文章，我们也不可能发生任何的联系，没有我们的联系，我也不可能和苏雨发生任何的联系，所以，我真的很感谢你这个笔友啊。"

　　文晓有些惭愧了，她不无惭愧地说："想当年，我写作比苏雨可是要早多了，她开始写作还是我鼓励她的呢，我告诉她怎么写，我告诉她给哪里投递。可是生活作弄人啊，没有想到我除了那几篇豆腐块之外，再没有写出来一篇像样的文章，而苏雨却能到杂志社做编辑，能出书，写的小说还能拍成电视剧。"

　　陈小河知道文晓嫁了一个并不理想的男人，他说："有什么办法，生活就是这样阴差阳错，你如果不是早早地嫁给王鹏飞，说不定你和苏雨发展的一样好。如果王鹏飞能支持你而不是干涉你写作，说不定你也和苏雨发展的一样好。就像我和刘霞，一点共同话题都没有，居然也生活了二十年，我和苏雨情投意合，居然连面也不曾见过。"

　　文晓觉得谈话的氛围不太欢快，就很快进行了调整，她说："知道当年我为什么把你介绍给苏雨吗？"

　　陈小河说："苏雨看到我写给你的信，很羡慕，你就将我拱手相让了呗。"

　　文晓哈哈大笑道："非也，我当时发表了几个豆腐块文章，上面不但留了我的名字，还留了我的详细地址，写信给我的人可多了，我一是没有那么多时间回，最主要的是，那时候穷啊，由于笔友太多，邮费花销太大，我老妈不知道把我骂了几回，我就把你介绍给了苏雨。"

这是两人第一次见面，但由于文晓大大咧咧的作风，几乎是一见如故，陈小河请文晓去县城挺高档的酒店吃饭，文晓本不习惯这种正式，但她并没有拒绝。她发现陈小河是一个特别要面子的人，她如果拒绝，他会认为她看不起他。

席间，文晓特意交代陈小河："你知道你的角色，我不允许你给苏雨带来哪怕一丁点儿伤害！当她走出失去杨逸的悲痛之后，你要果决地退出她的生活。"

陈小河一边给文晓倒啤酒一边说："这个，我不能答应你，实话告诉你，现在我已经离不开苏雨了，她对我来说真的非常重要，我觉得自己年轻了好多。"

文晓听了陈小河的话哈哈大笑，端起面前的啤酒与陈小河的杯子碰了一下一饮而尽，然后抹了一下嘴巴说道："你见都没有见过她，谈什么离开离不开？我告诉你，她可丑了，干巴瘦，又一脸的雀斑，素面朝天，不穿裙子，也不穿高跟鞋。"

陈小河也将手里的啤酒一饮而尽说："怎么才算见过？像我们这样吗？我之前也认为是这样，但是现在我不这样认为了，我见过苏雨最新的照片，如果说照片可以欺骗人的话，那我也和她视频过，视频总不会欺骗人吧？她虽然不漂亮，但是，我就是喜欢她，你不觉得她身上散发着一种很特殊的气质吗？她是我十几年前的一个梦，我一定要把这个梦实现了。"

文晓说："我不管你梦不梦的，苏雨所散发出来的只有一种，那就是纯洁的气质，她太纯了，这个世界的钩心斗角，这个世界的尔虞我诈，这个世界的俗不可耐都没有破坏她的单纯。所以，我不允许任何人伤害到她，如果你伤害到她，不管你是存心的，还是无意的，我都不会放过你！"

陈小河不好意思地笑道："我领教过你文晓的厉害，十五年前，你写给我的信我还保存着呢，你不但恶骂了我，你还诅咒了我，你诅咒我这个卑鄙无耻的小人，过桥的时候桥断掉，走路的时候路塌掉，总之很恶毒的，我看了那封信之后，脊背都发冷。"

文晓拍打着桌子哈哈大笑着问陈小河："老陈，如果你好好的，我为什么要恶骂你？我为什么要诅咒你？"

陈小河羞愧地低下头，然后他慢慢地抬起头，叹息着说："当年，是我对不起苏雨，我真不是要欺骗她，我当时不敢说我已婚，更不敢说我有了两个孩子，我担心她知道后不再理我！你不知道那个时候，我有多么害怕失去她。我从来没有过那种深深地爱一个人的感受，从来没有。刘霞，你知道的，她是我的校友，她喜欢我，天天来我家里，把我爸妈哄得很开心，我爸妈很喜欢她，所以我中专还没有毕业，我爸妈就收她做了儿媳妇。那时候，太年轻，正是萌动的时期，她缠着我，在荷尔蒙的作用之下，我和她发生了关系，她怀了我的孩子，就这样，生米煮成了熟饭。"

文晓想起十五年前的事情仍然愤慨不已，她说："你知道吗老陈，当苏雨收到你老婆的讨伐信，她是怎样的一个状态？她是怎样的一个滋味？她非常非常地难过，她几乎活不下去！她的家庭你是了解的，她父亲脾气不好，家里孩子又多，她一个在父母的打骂之下挣扎着长大的孩子，内心是多么需要一份爱，一份温暖，但是她刚感受到你带给她的爱和温暖，紧接着迎来的就是一个冰窖。她那个时候才十七岁啊。"

陈小河很自责，他一边给文晓倒酒一边信誓旦旦地答应文晓："这一次，我绝对不会让刘霞知道，我不为自己，我一定要保护好苏雨，绝不让她受到任何伤害！"

文晓摇晃着手里的啤酒说："这可是你亲口答应我的，如果你老婆再找苏雨的麻烦，你信不信我搞你个家破人亡？"

陈小河看着文晓严肃的表情，一点不像开玩笑的样子，他信了，但是他不能理解，文晓对苏雨的感情为何如此深厚，他小心谨慎地问道："你和苏雨的关系似乎很不一般啊，不会是同性恋吧？"

文晓就得意地笑了，她拍着陈小河的肩膀说："我和苏雨的性取向都没有任何问题，借用亚里士多德的话说，我和苏雨，就是一个灵魂生出的两个身体。谁伤害了她，就是伤害了我！她单纯，我不单纯，她心软，我不心软，我可是什么手段都使得出来的！所以，我这次来一是提醒你，二是警告你。不过，我还有一个建议，如果你老婆发现了，而你又没有胆量承担的话,你就一口咬定苏雨是我,你让你老婆打我的电话,找我的麻烦,她要杀要剐都行,我奉陪!但是绝对不能让她找苏雨的麻烦,你记住了吗?"

陈小河点头频频,他说:"我记住了!但我想这种事情不会发生的吧?"

文晓信不过,她摇摇头叹息道:"很难说啊。"

苏雨看书看累了,就提着钥匙和手机,与婆婆打了一声招呼:"妈,我出去走走,得一会才能回来呢,吃饭别等我。"

婆婆答应着走出来,将苏雨送出门说:"你多走会儿啊,总在家里待着对身体也不好,也得锻炼锻炼。"

苏雨出了门之后,婆婆扒着窗户向下望,见苏雨走远了,她才回来,到餐厅里提了一把椅子就拧开了书房的门。婆婆把椅子放稳,扶着书架就站了上去。她欠着脚,将书架最上层的柜子翻找了一遍又一遍,除了杨逸生前几样最珍视的吉他、笛子,几部已不再使用的老式相机、字画之外别无他物。她疑惑地自语:"存折呢?怎么不见一个存折呢?都藏哪里去了啊!我明明见她把存折塞到书里了的……"

婆婆因此发起愁来,她看着书架上一排排的书,几乎占满了一面墙,她觉得很有压力,但是,她很快就动起手来。她从最上面一排书开始,一本一本地看,被挤得严严实实,毫无缝隙的,她就放过去,但凡有缝隙的,她就抽出来翻翻,或者抖搂一下。

她抖搂了一本又一本,有时候从书里抖搂出一片书签,有时候从书里抖搂出一张字条,有时候从书里抖搂出一两张零钞,有时候从书里抖搂出几篇被压得平整的树叶和花瓣。

苏雨回来了,但是婆婆却全然不知,她还继续一本一本地翻找一本一本地抖搂,苏雨抱着胳膊,倚靠在门框上看着这一切,过了一会,苏雨觉得鼻子有些痒,就忍不住打了一个喷嚏,她的这个喷嚏差点让婆婆从椅子上掉下来,婆婆调整好受惊的表情说:"你从哪里冒出来的,怎么轻得一点声音都没有?"

苏雨盯着婆婆说:"不是我没有声音,是你实在太专注了!"

婆婆就从椅子上下来,提着椅子走到门口,见苏雨并没有让开的意思，她说："让我出去，时间不早了，我做午饭去。"

苏雨还是没有让开，她打量着瘦弱而矮小的婆婆说："你就打算这样走了吗？不觉得需要解释一下，为什么要到书房里来，为什么要翻我的东西吗？"

婆婆说："我就是想看看我儿子使用过的东西，他弹过的吉他，他吹过的笛子，他用过的相机，他看过的书，不行吗？"

苏雨点点头说："当然行，这些你随时都可以看的，有必要单找我外出的时候看吗？"

婆婆说："你在，我怕影响你看书、写作，只好趁你不在的时候看了。"

苏雨一脸的疑问："就这些？"

婆婆反问："不是这些，还能有哪些？"

苏雨才不相信婆婆这么单纯，她一进来就发现婆婆鬼鬼祟祟的，如果心里没有鬼，她不可能是鬼鬼祟祟的表现。她说："你是在找存折吧？"

婆婆的脸一下子就红了，被人识穿看破的尴尬，她说："你现在心眼儿越来越多了，还总是疑神疑鬼的，我找你的存折做什么。"

苏雨说："找我的存折，看看我存了多少钱啊。"

婆婆委屈起来，她说："你的钱是你的钱，跟我有什么关系，再说，我儿子都没有了，我要钱做什么？我六七十岁的人了，你就是把钱都给我，我能花多少？"

苏雨说："杨逸是死了，但是杨勤还活着呀，他才是你的心头肉嘛。"

婆婆辩解说："杨逸也是我的心头肉的，我就两个儿子，一个手心，一个手背，我哪个不疼，哪个不爱？杨逸活着你认为我偏心杨勤，杨逸死了你还认为我偏心杨勤，我偏心杨勤为什么来这里照顾你和宝儿，而不是到他家里照顾他们？"

苏雨说："你带着妞妞住在我家里，对他们还不算照顾，那怎么才算照顾呢？再说，我追究这些了吗？"

婆婆说："你是没有明说，但你就是那个意思，你一直都认为我偏心杨勤，杨勤比杨逸听话，杨逸脾气不好，我让他朝东他偏朝西，我让他打狗他非去撵鸡,他小时候我经常打他,后来他长大了,我就不打了,我就骂他,但是你也是当妈的人,你该明白打是疼骂是爱的道理。"

苏雨不想听婆婆的这些毫无意义的解释,她说:"这都是过去的事情了,不提这个,你偏心不偏心,你心里是最清楚的,我想说的是,我的存折就在书架上,你耐心地找,肯定能找到,这样吧,午饭我来做,你继续!"

说完,苏雨就去了厨房。

婆婆在那一刻有一些发愣,当然更多的是恼怒,她提着椅子也走了出来,将椅子"啪"的一声放在餐桌前,对正在削土豆皮的苏雨说:"你看书去吧,写作去吧,我说过我是来照顾你和宝儿的,让你做饭算什么照顾?"

苏雨其实并不希望得到婆婆如此这般的照顾,婆婆如此这般的照顾让她觉得很不舒服,她直言道:"其实,我和宝儿都不需要你们的照顾,你们的照顾让我们的生活受到了许多的限制,坦白地说,就是觉得不舒服。我想,不只是我和宝儿觉得不舒服,你们也觉得不舒服……"

婆婆打断苏雨的话说:"我们来照顾你们,买米买面买油买菜,你们居然还觉得不舒服了?你们凭什么不舒服啊?"

苏雨说:"这不是长久之计,吃饭还有咬舌头的时候,每天在一起,很容易起摩擦很容易生矛盾的,而我真的不希望和你们之间发生任何的摩擦和矛盾,我希望我们能和以前一样相处。每年该给你们多少钱,我给你们,每年寒暑假该回去的,我还回去,这样多好,何必非住在一起呢?"

婆婆脸色本来就不好看,此刻更难看了,她坐在餐桌前,黑着脸问苏雨:"你就这么厌烦我们?"

苏雨削完了土豆,又去削茄子,她边削茄子边说:"在一起久了,恐怕不用我厌烦你们,你们早已经厌烦了我,我只是觉得我们之间没有必要走到那一步!不管是看在杨逸的面子上,还是看在宝儿的面子上,我们都应该更和睦更长久地相处下去,而能让我们更和睦更长久地相处下去的最好的办法,就是不要长久地住在一起。我不知道你能不能理解我的意思,我不知道我说这些话是不是又让你们怀疑我,但是我可以不羞愧地说，我所做的一切都是希望我们的关系能更好，杨逸是你们的儿子，是宝儿的父亲，是我的丈夫，我们都经历了同样的悲痛，我们更应该彼此珍惜，而不是彼此伤害！"

尽管苏雨已经在说这些话的时候，表现出了足够的真诚与平静，但是婆婆根本就没有听进去，她并不想深入地去理解苏雨话中的真实意思，她从苏雨的话里只听出了一个意思，那就是苏雨又在赶他们走，她说："不要说得太好听了，是你一直在伤害我们，不是我们在伤害你！我们才来了多久，你算算你赶了我们几回了？今天这话你是说在我面前，你如果说在你爸面前，你爸可能都躺在医院里了，你爸有高血压，不能气的！他多疼爱宝儿的，他不可能离开，他必然会等到宝儿上了大学，所以你就死了这条心吧！"

苏雨将削好的茄子放下，拍了拍手准备走，临走，她说："既然你们愿意这样，我也没有办法，你们爱住多久就住多久吧。还有，存折在书架的第二排一本叫《论自由》的书里夹着呢，以后想知道什么，直接问我多省事，没有必要偷偷摸摸鬼鬼祟祟。我书房的门，卧室的门，我从来没有锁过，甚至很少关，我没有防范过你们，我希望你们的行为也能让我放心。"

苏雨走后，婆婆犀利的敌意的目光一直追了苏雨很远，直到午睡的妞妞哭闹着醒来她才慌忙跑到卧室，把妞妞抱起来耐心地哄劝。妞妞饿了，婆婆赶紧拿出饼干，又冲了一杯奶，喝了一口，烫，为了让妞妞尽快地喝上奶，她拿着勺子不停地搅动，边搅动便吹走热气。

第二天下午，苏雨被朋友的一个电话叫走之后，婆婆又拧开了书房的门，她举着左手，将手心面对自己，手心里有已经有些模糊但被重新描过的"论自由"三个字，找了许久，婆婆终于找到了《论自由》这本书，她将书从书架上抽出来一翻，果然有两个存折掉了下来，她赶紧弯腰去捡。她翻开存折看得异常仔细，这是杨逸的存折，最后一页，分别显示着金额，一个是一元七角，一个是三元五角。她再认真地查看了一下最后的取款日期，居然都发生在杨逸生前。

婆婆将存折重新夹到《论自由》里，将书塞回到书架，就失望地离开了。

苏雨回来，瞅了一眼书架，发现《论自由》起码有一厘米是露在其他书籍外面的,她忍不住就笑了。她将书放好之后,拿起紧贴在书架边上的《瓦尔登湖》,将自己的存折拿出来,放在唇边亲了一下。

越是找不到,婆婆的心越不能安,下午,闹腾了整个下午的妞妞,吃饱喝足之后,开始看动画片,动画片让妞妞安静了下来。婆婆和公公在卧室的床上,婆婆坐在床上给妞妞的衣服钉扣子,公公则躺在床上听广播。婆婆对公公说:"杨逸这些年,工资再少,也不可能没有一点存款吧?我看了他的两个存折,总共才几块钱。"

公公倒是没想过杨逸存折的事,他说:"没存住钱也是正常的,我们辛辛苦苦了一辈子,不是也没有什么存款吗?"

婆婆不以为然地说:"你和杨逸能一样?你是农民,杨逸是记者。我是农民,苏雨是编辑,我们两口子养了四个孩子,要吃要喝要上学,他们才一个孩子,而且还这么小,能有多少花钱的地方?"

公公有的只有固执,并没有主见,他见婆婆这么说,就很认可地说:"你说的也对,让我分析分析,会不会是苏雨给藏起来了?"

婆婆说:"我现在发现我们这个媳妇心眼儿多得很,你看着她没心没肺的样子,都是装的,如果她真跟我们一心,家里有多少存款应该告诉我们才对。"

公公在意见上很少和婆婆一致过,这次是相当的一致,他附和着婆婆说:"你以为呢,就我们老两口傻乎乎的,米面油菜样样都买,还交着水电费!她倒好,只交一个房贷。"

婆婆说:"她说她还交着她和宝儿两个人保险、电话费、电脑上网的钱什么的,算下来一个月两千好几呢。"

公公很是怀疑地说:"她说什么你信什么?你脑子没有进水吧?她跟我们哭穷,装可怜,都是她摆的迷魂阵。还有,她给她和宝儿买保险,跟谁商量了?买保险有什么用?我跟你说,我就信不过保险,都是骗人的东西,她居然一下就买了两个人的,她是想把这个家败光了!"

苏雨来上卫生间,就听到了公公与婆婆的对话,尽管他们的声音已经尽可能地小了很多。

苏雨想敲门,手都举了起来,但还是放弃了。

宝儿放了学,婆婆就把宝儿叫到了自己的房间,她拿出蛋糕、锅巴给宝儿吃，宝儿高兴地坐下来吃蛋糕和锅巴。

婆婆将房门紧闭了之后，问宝儿："宝儿，爱奶奶不爱？"

宝儿一口蛋糕一口锅巴，嘟嘟囔囔地说："当然爱了。我妈说了，没有爷爷奶奶，就没有我爸爸，没有我爸爸就没有我，她要我对爷爷奶奶好。"

婆婆说："那既然你爱奶奶，既然你要对奶奶好，怎么个好法？"

宝儿皱着眉头想了想说："就是听奶奶的话了。"

婆婆差点把假牙笑掉了，她把晃动的假牙托了托，觉得牢固了才说："真是奶奶的好宝儿，奶奶问你，你知道你妈妈的存折都放哪里去了吗？"

宝儿想了想说："应该在书架上的一个木盒子里，那可是我妈妈的百宝箱，她认为重要的东西都放在那里面。"

公公半躺在床上，微笑着看着宝儿，伸出手抚摸了一下宝儿的头说："真是爷爷奶奶的好宝儿，爷爷和奶奶来这里，可都是为了你啊，你要刻苦学习，像你爸爸一样争气，考上一个名牌大学，给爷爷奶奶争光。"

宝儿说："我妈说了，上不上大学也没有什么要紧，著名的童话作家郑渊洁才上了小学四年级，跟我一样，人家都大作家了。郑渊洁他爸，上了几年学，后来在大学里当老师了。郑渊洁儿子小学毕业，自学计算机，后来开了一个大公司。"

爷爷虎着脸说："别听你妈胡说八道，学还是要上的，不上学怎么成才？即便有的人不上学也能成才，但那也是歪门邪道，说出去也不好听，爷爷拼死也要供你上大学！"

婆婆不喜欢听公公说这种大话，她说："你也不看看你多大岁数了，你以为你还是三十年前啊，你老了，你拿什么供她上学？让媳妇听见，又落了一个把柄到人家手里，人家如果问你，好，那宝儿的学费你来交吧，书本费你来交吧，你不是搬石头砸自己的脚？"

公公拧着头瞪着眼睛说："我给人家弄垃圾，一个月一千块钱，我还供不起我宝儿上学？我还不信了！都说我老了，我不觉得自己老，我告诉你，我干十年绝对没有任何的问题，我能把我四个孩子个个都供到大学毕业，我也能把我孙女供到大学毕业！"

婆婆很反感地说："你能给人家弄几年的垃圾？你不老了？你不死了？你越活越年轻？就你高血压、关节炎，隔三差五就感冒还能干十年？你可真会抬举自己！"

公公听婆婆这样抢白自己，火气就"噌"地上来了，他猛然坐起来，胸口一起一伏地嚷道："我死也得看着我宝儿长大成人了再死！我硬撑着也得活十年，看着我宝儿考上大学！"

婆婆见公公发了脾气，就不吭声了，宝儿望着婆婆，婆婆对宝儿说："不是你奶奶我没理，是你爷爷有高血压，我得让着他点，妞妞都不惹爷爷生气，宝儿也不要惹爷爷生气啊，回头你妈惹你爷爷生气的时候，你可得护着你爷爷！你爸爸就是因为高血压死的，你不能看着你爷爷也因为高血压死啊。"

公公忽然就哭了起来，他说："我宝儿可怜啊，这么小就没有爸爸了，我是她爷爷，我不管她谁管她？指望着她妈管她吗？笑话！她连自己都管不好，还能管我宝儿？不是我瞧不起她，她这个女人，饭做不好，家里收拾不好，给杨逸当媳妇不够格，给宝儿当妈更是不够格！"

苏雨到厨房倒水喝，听到公公这样说自己，恍惚不已，也困惑不已，她忍不住走过去，推开门，本想质问公公几句，还没等她说什么，宝儿就抢先道："妈，你什么都不要说了，我爷爷有高血压，不能气的！"

苏雨拉上门就离开了，高血压成了公公婆婆压制她的一个使用起来得心应手的工具。

公公对宝儿的爱究竟对宝儿的成长是一种补益还是一种阻碍？他这样当着宝儿的面贬低她究竟是什么意思？这样的日子就这么过下去了吗？要过多久呢？三年？五年？还是十年八年？

苏雨因为这些问题早早地就睡下了，她喜欢躺在床上思考，她需要把这些问题理一理。

宝儿走到卧室门口，轻手轻脚地拧开门，叫了苏雨几声，苏雨低声回答："别烦我，我睡着了！"

宝儿又轻手轻脚地到了公公婆婆的房间小声报告："我妈妈睡着了，我开始行动了？"

婆婆悄声交代宝儿："你可要小心，尽量不要发出声音。"

宝儿把食指竖在唇边嘘了一下，猫着腰，蹑手蹑脚地来到书房，借助手机微弱的亮光寻找到书架上的木盒子，她抱着木盒子又猫着腰，蹑手蹑脚地回到了公公婆婆的房间。

婆婆兴奋异常地打开木盒子，公公也消了气，凑过来，两人一脸的兴奋，像是他们知道盒子里有一大块金子一样。

婆婆打开盒盖，将盒盖放到一边，看到盒子里整齐地码放着一些红本本绿本本，以及厚厚的一沓信件和纸条，她将信件拿开，将纸条拿开，将杨逸与苏雨的结婚证拿开，将宝儿的出生证拿开，没有发现存折。她不免失望，她将拿出来的放进盒子时，那些纸条引起了公公的兴趣，他将一沓纸条拿过来，他不怎么识字，就递给婆婆说："你看看这上面都写了什么，怎么还有红章子红手印呢？"

婆婆拿过纸条就一张一张地看了起来，看到最后，她唏嘘了又唏嘘，让宝儿去拿计算器，宝儿去客厅书包里拿回来计算器，婆婆一边念着，一边将纸条上的数字一个一个地加在了一起。

婆婆边加边念道："今借苏雨伍仟元整，买液晶电视，三个月后还。借款人杨逸，2009年10月1日。今借苏雨两千五百元整，下个月发了工资还。借款人杨逸，2008年3月23日。今借苏雨人民币六万八千块，换车用，五十年后还，借款人杨逸，2011年6月6日。保证书，我杨逸今向苏雨保证，晚上十点之前必须睡觉！保证人杨逸。我杨逸今向苏雨保证，每天晚饭后陪苏雨散步半小时，保证人杨逸。我杨逸今向苏雨保证，每天在电脑前的时间不超过六个小时，保证人杨逸……"

婆婆不念了，她心情显得很沉重，她把计算器举到公公面前说："这些年，杨逸居然欠了苏雨十二万块钱。"

公公看了一眼计算器上的数字，又拿过纸条数了数，居然有几十张，他又生了气，他是一个特别容易生气的人，他说："她一个女人能挣几个钱？再说，两口子之间，你花我的我花你的，她居然还逼着杨逸给他写借条？我去问问她对杨逸安得什么心？"

说着，公公就要下床，被婆婆一把拉住，她低声说："你问什么啊，再多的借条还不是白打，杨逸能还她呀？"

公公觉得婆婆也有道理，就问："那你叹什么气？"

婆婆说："我这心里有点不是滋味，我自己生的儿子我是了解的，他脾气暴躁，不大能容人，我也听杨敏说起他时常失业，也就是说，这个家苏雨的功劳比我们杨逸大。"

公公不屑地说："她一个女人，初中都没有毕业，她能有多大的本事！"

一边的宝儿说："我妈一直比我爸挣钱多的，但是我妈把所有的钱都交给我爸了。"

婆婆有点不忍心了，宝儿走了之后，她打电话给杨勤说："其实，苏雨也怪不容易的，人家儿子娶媳妇，哪个不是要房子的要房子，要彩礼的要彩礼，苏雨嫁到咱们家，我和你爸是一分钱都没有出的。那时候，杨逸刚上班，不但身无分文，还欠了他哪个朋友的两千块，他们能到今天，也不只是咱杨逸一个人的功劳，人家苏雨肯定也……"

不等婆婆说完，杨勤就不耐烦地说："我容易啊，我一家四口，军军上初中，一学期下来，只是英语班、奥数班就两千多块，我们不要吃不要喝了？刘芳在酒店做一个服务员，月薪一千多块，我每天在街口上等着送货拉人，能挣多少钱？我的妈呀，你真是不理解我，真是不心疼我，你儿子我还不到四十岁，头发都白了一半了，好多乘客跟我聊天，张口就问我今年五十几了，我容易吗？"

婆婆一听杨勤诉苦，心里很不是滋味，她说："我也就这么说说，你是我身上掉下来的肉，我知道谁轻谁重。"

杨勤鼓励婆婆说："就是，我可是你身上掉下来的一块肉，我是你儿子，宝儿是你孙女，她是个女孩，过几年把她泼出去，她还能不能记得你都难说。我可就不一样了，你孙子军军可就不一样了，我们给你和我爸养老送终呢，我们要把杨家的血脉传承下去呢。军军没有房子，娶不到媳妇，杨家可真就断子绝孙了！"

一想到儿子和孙子，婆婆的心又坚定了下来。

第八章

二十年来，陈小河在刘霞的严密监管之下，不曾和别的女人有过任何亲密的接触，这下，他要反抗了，他不想再这样窝窝囊囊地过下去了。特别是当朋友、同事谈起交往过的女人，他都觉得羞愧，这下好了，苏雨出现了。

他忍不住要炫耀，他百度了一下苏雨的名字让同事张志军看："编辑、记者。写小说的，而且是80后，十几年前就暗恋我。"

张志军若有所思地说："十几年前，哦，我想起来了，你们通了百十封信的那女孩儿吧？"

陈小河得意地说："就是，没想到如今发展得这么好。"

张志军问："都十几年不联系了，怎么又联系上了？"

陈小河说："她一直想着我念着我，当年怪我太软弱，这一次，我不会放弃了。"

张志军提醒道："你可得小心点，别再让刘霞给发现了，如果当年不是刘霞发现，那女孩儿还不会跟你断，刘霞可真是太强悍了，你能存活到现在，确实不容易。"

陈小河不好意思地说："这一次我不会再像之前那么傻了，总是把情绪写到脸上，这次我要格外地小心谨慎，我要让刘霞抓不到我任何的把柄。"

张志军意味深长地拍了拍陈小河的肩膀说："你放心，万一刘霞发现了，能挡的我肯定会给你挡过去，能遮的我肯定会给你遮过去，你就放心地迎来你的第二春吧。"

哥哥,我爱你

陈小河拉开抽屉,拿出一包烟扔到张志军手里说:"这些年你在工作上罩着我,在生活上还罩着我,我什么都不说了。"

张志军得意地说:"当年大哥我教你的那招没错吧?一百块钱,把一个女人的心收买了!不过,十五年前的一百块钱还是挺有分量的,哪像现在钱不值钱了!恐怕钱不好使了吧?"

陈小河说:"俗!苏雨就不是那种人,你越是用钱,越是得不到她的真心,何况人家现在也不差钱了,所以,我只需要用我的感情就可以。"

陈小河虽然一再地告诫自己不要把情绪写在脸上,但是他的行为转变得太快,以至于让刘霞不得不怀疑。为了不让刘霞怀疑得太厉害,他在家里熬过了周末,只是在刘霞出去买菜的时候,偷偷地与苏雨聊了一会,不等刘霞买菜回来,他就挂掉了电话,躺在沙发上看电视。

虽然很难熬,但时间还是很快就过去了,周一早上,他欢快得像一只出笼的鸟儿一样,他出了门,上了公交车,紧握着手机,终于坚持到单位,到了办公室,他才解除了戒备。

这些天,他在电脑前,就跟苏雨视频、聊天,不在电脑前,就打电话,打电话不方便就发短信,反正他自己一个办公室,反正单位的电话是包月的,反正他对刘霞说这段时间很忙需要加班,反正张志军替他遮挡着。

周一,陈小河没有回家;周二,他把自己弄到很晚才回家;周三,他又没有回家;周四,他还是没有回家;直到周五,他才回到了家。

以前一到周末就兴奋异常的他,如今开始变得沮丧,他要两天不能和苏雨联系,他从来没有觉得周末会这样难过。

陈小河回到家,见刘霞正在洗衣服,为了让刘霞不起疑心,他就发了一句牢骚:"领导这段时间简直是抽风,非要让我把下个月的报表也做出来,差点没有把我累死。"

刘霞对于陈小河一连几天不回家感到不爽,她挖苦道:"你这么忙?上周一连四个晚上没有回来,这周又是几天都不见回来,我还以为你当领导了呢,原来你没当领导啊?"

陈小河没好气地说:"你见哪个当领导的像我这样加班加点了,领导都是很清闲的,别说了,我在食堂吃过晚饭了,我躺会儿,生活真他妈的累！"

晚上，刘霞洗了澡，穿着性感的睡衣上了床，刚钻到被窝里，就暗示陈小河："老公，我想要……"

陈小河不等刘霞说完，就翻过身去说："我不是跟你说了吗？我很累，我一连加了几天的班，没睡几个钟头的，明晚再说吧。"

刘霞一向是疑神疑鬼的，加之第一次遭到了陈小河的拒绝，她觉得自己很下不来台，她不快地说："我很不理解，你单位怎么忽然之间就这么忙呢？你是不是在骗我？"

陈小河说："我怎么知道，我又不是领导，领导让我干什么我就干什么。"

刘霞不以为然地说："你就别骗我了，我只是不想深究，你忙着工作，手机不会也忙着工作吧，可是你的手机一直处在通话中。我告诉你，这些天我打了你很多电话，一次都没有打通，这你怎么解释？"

陈小河心虚地反问："有这回事？我可能是设置错了吧，明天我检查一下。"

这是一个严重的警讯，陈小河不再用手机给苏雨打电话，而是改用单位的电话。

陈小河的电话过于频繁，频繁得让苏雨几乎有点厌烦，而且每一次通话时间总是很长，几十分钟，甚至几个小时，手机像是开水里煮过似的，发烫的不只是手机，还有她的耳朵。但是当没有电话来的时候，她又有那么一点失落，这种失落总是让她回忆与杨逸在一起的时光，回忆越是甜蜜，越是让她痛苦。为了避免这种痛苦，苏雨沉浸在与陈小河的这种暧昧不明的感情之中。

她把对杨逸的思念，对杨逸的爱，移植到了陈小河的身上，她去逛街，她买衣服寄给他，买皮带寄给他。

陈小河收到苏雨快递过来的衣服、皮带，激动地在办公室里搓着手走来走去，幸福需要分享，但是他不敢轻举妄动，刘霞几乎掌握了他所有同事的手机号码，万一哪一个好事者把这事传到了刘霞的耳朵里，他自然吃不了兜着走。

但是不能被分享的喜悦会生出忧愁，不能被分享的幸福会生出痛苦，陈小河因为自己的喜悦和幸福无法被分享而忧愁和痛苦了。

他在办公室里抽烟,走来走去,后来,他终于没能忍住,他噼里啪啦地按下电话,他对着电话说:"志军,大哥,你到我办公室来一趟。"

张志军从另外一个办公室穿过半个走廊就来到陈小河的办公室,他进来,陈小河就锁上了办公室的门,然后把收到的一个大大的包裹打开,把裤子、衬衣、皮带都拿出来,逐个炫耀:"苏雨寄给我的,从这一点上就可以断定,她是真爱我的,你看,这不是地摊货,这是名牌!不说这衣服,就说这条皮带,苏雨把上面所有的价签,要么撕掉了,要么涂抹掉了,但是你看这包装,一个精致的木盒子,盒子里是柔软的小布袋子,布袋子里面还包裹着一层柔软的纸,然后才是皮带。"

张志军拿过皮带往自己腰间一束说:"就是挺提神的啊。"

陈小河说:"我刚才在网上查过了,这一条皮带就要五百九十八块,长这么大,还是第一次束这么贵的皮带呢。有一回,刘霞拿着我的钱给我买了一条皮带,一百块钱,把她心疼了好多天,老说我一个月薪两千块的人根本不配束这么贵的皮带,真是能把我气死。"

张志军又把裤子抖搂了一下,放在身上比试了一下说:"这裤子你穿不合适吧,我穿才合适,这裤腰大多了。"

陈小河由于激动还没有发现这个问题,他拿过来放在身上一比试,看起来果然不小,但是他不能这么快就失望,于是他脱了鞋子,就穿裤子,结果,腰就是大了,而且不止大了一点,他将拳头塞进腰间,居然还是大。他有点失望,他难过地说:"她问我腰围多少,我明明告诉她了,居然还是买大了,而且大了这么多,我真怀疑她这是给我买的吗?我得问问她去。"

张志军赶忙拉住要打电话的陈小河,安慰道:"都给你寄来了,自然是给你买的,难道还是给我买的啊?她可能从来没给男人买过衣服,对这个不懂,但是醉翁之意不在酒,你哪里缺这条裤子,让你兴奋的还不是人家对你的这片心吗?你这电话一打过去,还不是让人家伤心?"

陈小河又比试了一下上衣,居然也是大了不少,他确实感到失望了,待张志军走后,他还是给苏雨打了电话,他说:"不管是上衣也好,裤子也好,皮带也好,你是买给我的吗?"

苏雨接到陈小河这样的电话,感到很诧异,她说:"是啊,怎么了？不合适吗？"

陈小河说："合适，都合适，能装我两个。"

苏雨听出了陈小河的抱怨，她说："奇怪，不知道哪里出了问题。"

陈小河酸不溜溜地说："哪里都没有出问题，是你心里出了问题，你心里根本就没有我，你是根据杨逸的体型买的吧？我在你的心目中，就是你那个世界里的老公的替代品？你不是对我好，你是对他好，如今他死了，你对他的这份感情无处寄托，就寄托到了我身上……"

苏雨也意识到了这一点，她觉得歉疚了，她说："这一次或许有可能，下一次不会了。"

陈小河孩子一样委屈的语气让苏雨觉得好笑，她知道十五年在她眼里成熟稳重的男人，在如今的她的眼里完全是另外一个样子。她多少有些后悔了，她不知道联系到他的意义在哪里。

陈小河虽然不舒服，但是他还是原谅了苏雨，但是他对她提出了一个新的要求，他说："我不喜欢你老穿口袋裤登山鞋的样子，你如果爱我，你肯定会为我做出改变的，你穿裙子，穿高跟鞋，最好把你那头发给染成橘黄色……"

苏雨觉得陈小河不只是品位太低，而且得寸进尺，她很不客气地问道："我又凭什么这样做呢？我不会为任何人做出任何改变的，如果那样的话，我就不是苏雨了。哥哥从来不要求我，你是我什么人呢，你觉得自己有这个资格吗？"

陈小河也生了气，他说："我一直都以为你单纯，文晓也说你单纯，你就是这样单纯的？你这脾气也太坏了，我们还没生活在一起呢，就你这脾气我们怎么生活在一起？不是我夸刘霞，她对我管的是严了点，但是她对我可是言听计从，她穿什么衣服，留什么发型，都完全按照我的审美要求。"

苏雨不无讽刺地道："你还有审美呢？"

这句话让陈小河生了气，他又不知道该怎样表达自己的愤怒，他忽然想到文晓一开始就跟他提到过的张玄梧，他一下找到了得心应手的武器似的，他酸不溜溜地说："张玄梧有审美！"

苏雨挂了电话。

苏雨的这个行为，更是让陈小河不爽，他进入到苏雨的QQ空间，把浏览过苏雨空间的男性网友一个一个地推敲了一遍，终于发现了一个网名叫"玄无"的人，他觉得这个人就是张玄梧了，他就加了"玄无"。

但是张玄梧并没有理会，陈小河不死心，就在网上搜索张玄梧的名字，张玄梧在实体店之外，还开了一个网店，为了宣传，他在几家著名的门户网站的论坛里都发了帖子，留了地址和电话。

陈小河看到张玄梧的电话，兴奋得两眼冒光，他将电话打过去，开门见山地问："是张玄梧吗？"

在得到确切的回答之后，他又说："你是苏雨的男朋友吧？"

张玄梧冷静地回答："对不起，你找错人了，我不是苏雨的男朋友，苏雨也没有男朋友。"

陈小河说："怎么会呢，她没有跟你上过床吗？"

张玄梧觉得陈小河很无聊，他说："请你自重，如果你再在我面前这样污蔑苏雨，别怪我对你不客气！"

陈小河说："还说你不是苏雨的男朋友，你不是她的男朋友，你急什么啊，还扬言对我不客气？"

张玄梧就要挂电话，却听陈小河说道："她就是一个水性杨花的女人对不对，我告诉你她已经跟我上床了，你不要再惦记她了！"

张玄梧愤愤地骂道："你个猪！给我闭上你嚼粪的臭嘴！如果再说一句，信不信我修理你狗日的一个生活不能自理？"

张玄梧骂了陈小河一顿，他不痛快，陈小河也不痛快，他想给苏雨打电话，但是按下了苏雨的号码，又放弃了，他只是发了一条短信给苏雨："该丢掉的就丢掉，特别是那些损伤你的人！"

苏雨打电话告诉文晓："联系陈小河，是我的一个冲动的行为，是我的一个错误的行为，我已经发现自己错了。我可以明确地告诉你，我和他连普通朋友都做不成，我有强烈的预感，我们顶多再坚持一个月，这个缘分就会烟消云散。他的素质，他的心胸，他的审美，难以望张玄梧之项背，与哥哥相比，更是天壤之别。我真是犯贱，降低自己的层次与这种垃圾交往。"

文晓为了让苏雨断了对张玄梧的念想，就竭力地说陈小河的好话，尽管她并不算了解他，也并不了解他现在的样子，但是她仍然对苏雨说:"又没让你嫁给他,就是一个揪手,只要你安然地度过这个冬天,不想要了再丢掉也不迟。"

苏雨说:"你一直都是一个宁滥毋缺的人,但是我不是,我宁缺毋滥,我现在就要把他丢掉,他损伤了我,也玷污了我!"

文晓安慰苏雨道:"好了,别发脾气了,在我们的生命当中,任何一个人的出现都不可能是无缘无故的,总是有因缘的,十五年前,陈小河听说你得了沙眼在信中夹了一百块钱,你现在买了东西还给他了。我记得上次你说,有一个聊过一次的朋友从北京寄了一盒巧克力给你,后来你们就没有再联系,结果多年以后,人家孩子出生,人家收集儿子出生那天的各大城市的报纸找到了你,你还不是买了报纸快递过去了?出来混总是要还的嘛。"

苏雨告诉文晓:"我已经从内心把他甩掉了,不是我境界高,是哥哥已经给了我足够的底气。还有,从现在起,不要再在我面前说张玄梧的一个不字,不然,被丢掉的就不只是陈小河一个了!"

文晓的脾气被苏雨冷硬的语气点燃了,她问苏雨:"你什么意思?你威胁我还是恐吓我?公主病又犯了是不是?是我当初把陈小河介绍给你的,是我如今又怂恿你找的陈小河,但是我做错了吗?我还不是见你难过、伤感、寂寞、孤独,我心疼你!你这孩子怎么这么不识好歹呢?再说了,我哥哥哪里不好了,怎么惹你了?"

苏雨冷哼一声,问:"你居然叫那个人哥哥?"

文晓说:"是,我叫陈小河哥哥,怎么了,只兴你叫杨逸哥哥,叫张玄梧哥哥,就不许我叫陈小河哥哥了?"

苏雨鄙夷地说:"你叫吧,你不嫌恶心你就叫!"

文晓说:"你有苏雷给你当哥哥还不够,你有了一个又一个哥哥,我一个哥哥都没有,我做梦都想有一个哥哥能疼我,这就遭到你的干涉,你不要太霸道了好不好?再说,我的哥哥跟你的哥哥能一样吗?"

苏雨没有心情再理文晓,她厌恶陈小河,她连文晓一起厌恶上了,她伤感地打电话给张玄梧:"如果不是文晓,我又怎么会去找陈小河呢?都是那个臭婆娘把我带坏的!亏我叫了十几年的姐姐,不把我往正路上带,偏把我往邪路上带。"

张玄梧开解苏雨说:"不怪文晓的,导致这一切的,实在是因为你内心虚弱，佛说一切唯心造，不假外求，你外求了，最好是默摈之。"

苏雨对陈小河充满了憎恶，但是她觉得不能这样轻易地放过他，如果他只是污蔑了自己的话，她可以不计较，但是他污蔑了杨逸。她说："我不会就这么罢休的，那个姓陈的不让我好过，我也不会让他好过的！"

张玄梧叹息道："这又是何必呢，不理他不就完了吗，何必又去造业呢？"

苏雨虽说已经在内心里对陈小河产生了排拒，但是当陈小河打电话给她的时候，她还是忍不住接听了。正如文晓所说的那样，她确实需要一个揪手，尽管这个揪手如同鸡肋，甚至鸡肋都不如。

为了让刘霞解除对自己的怀疑，陈小河不再在单位留宿，而是每天晚上按时回家，他在公交车上同苏雨讲电话，下了公交车他走在大街上同苏雨讲电话，直到走到了楼下，他还是不忍心挂掉电话。

陈小河并不知道自己已经暴露，当他在大街上同苏雨讲电话的时候，有人已经在不远处监视着他，这个人觉得陈小河的行迹非常可疑，她观察了很久，然后她就迅速地绕到一个巷子口，不见了。

她来到陈小河的家里，见了刘霞，就把刘霞拉到临街的窗户前，指着窗外大街上的陈小河说："表姐，你看！"

刘霞顺着表妹手指的方向望去，发现陈小河在街角踏步，他正眉飞色舞地对着电话说着什么。刘霞从没有见陈小河如此地开心，从没有见他如此地幸福，像是一个恋爱中的少年。

刘霞愤怒了，也紧张了，她觉得自己看守了二十年的男人，就要离自己远去了。她是绝对不允许这样的事情发生的。

她详细地询问表妹："你是什么时候发现他的？"

表妹说："起码在半个小时以前。"

刘霞点头，若有所思地问："你发现他的时候，他就在打电话吗？"

表妹说："是啊，当时他聊得正欢，我从他身边走过，他都没有发现我。"

刘霞问："你走过他身边时，听到了什么？"

表妹不无夸张地说:"我听表姐夫说,日子过得太没有意思了,乏味得很,早厌倦了,要不是看在两个孩子的面子上,早离了。表姐夫还说,让那个女人等他,他回家就摊牌什么的。"

刘霞气得胸口一起一伏的,她哼了一声说:"我等着这忘恩负义的东西给我摊牌呢。"

表妹见状,就以很鄙视的语气对刘霞说:"就他那样,还想跟你离婚,哼,不是我瞧不起他,他离了你根本就没法生活!你们结婚二十年了吧,他哪一样不是靠着你?饭他没有做过,衣服他没有洗过,家里的卫生他没有打扫过,两个孩子他没有带过,他不就上个班嘛!"

刘霞强忍着怒气说:"你等着瞧吧,我饶不了他的!他不但偷不了腥,我还要他比以前更老实。"

表妹朝刘霞竖了竖大拇指说:"还是表姐御夫有术,表姐夫是孙悟空,你就是如来佛,他再怎么神通广大,始终逃不出你的手掌心。这个,这些年,大家可都是看在眼里的。"

听了表妹的话,刘霞愤怒的表情缓和了一些,她甚至露出了一个得意的浅淡的微笑,她说:"我从来没有怀疑过这一点,不管那个女人多么的年轻貌美,我知道我都不会输,我手里有好几张王牌呢。"

表妹说:"知道知道,你闺女是一张王牌,你儿子是一张王牌,你婆婆是一张王牌,还有这房子也是一张王牌,表姐夫又不傻,他敢净身出户?他净身出户了,那个臭不要脸的小妖精还会要他?人家不会那么傻的!现在哪个女人傻呀,为了感情的有几个?我敢说,不是为了钱,就是为了性!"

刘霞几乎是胜券在握地说:"我倒不是担心他的人,他的人始终在我的掌控中,我是担心他的心。你不知道,他十九岁跟我结婚,他的第一次就是给的我,直到现在,他都没有出过轨,我不能只关注他的身体不出轨,我还要关注他的心。但是心这个东西,比身体可是难管多了。"

表妹不以为然地说:"表姐你就放心吧,心在人的肚子里,人在哪里心就会在哪里,跑不远的,跑出去溜达一圈,还是得回来。"

她们一边谈话,一边观察着大街上陈小河的动静。

陈小河终于挂了电话,他谨慎地清除了自己拨打电话的记录,然后

哥哥，我爱你

把自己兴奋的表情努力地调整得严肃了一点之后，开始向家里走去。

发现陈小河回来，表妹赶紧告别，慌里慌张地跑到楼顶，从另外一个单元下去。

陈小河回到家，与往常并没有什么不同，确切地说，他甚至没有看刘霞一眼，就把外套脱下来挂在衣架上，把鞋子脱下来换上拖鞋，然后打开电视机，躺到沙发上调台。

刘霞走到陈小河对面的沙发上，坐下来，盯了他好久，陈小河感受到了刘霞冷冷的目光，但是他仍然没有心情和她说话。

刘霞见陈小河对自己不理不睬，便开门见山地问道："刚才，你在楼下跟谁通电话呢？"

陈小河这才知道自己被刘霞盯上了，不过他都习惯了，在他与刘霞二十年的婚姻之中，刘霞最惯常的做法就是紧紧地盯着他，只要他哪一点不合乎她的心意，她就是这个样子，所以，他并不紧张，他只是平淡地说："哦，一个同事，喝多了，跟我发牢骚呢。"

刘霞当然不会相信陈小河的话，她问："男同事还是女同事？"

陈小河漫不经心地说："当然是男同事了，跟女同事有什么好聊的。"

刘霞进一步质疑道："哪个男同事呢？"

陈小河最厌倦的就是刘霞的这种口气，二十年来，她一直用这种质疑的口气跟他说话，似乎在她的眼里，他就是一个不折不扣的大骗子，他很不高兴地说："张志军，这回你满意了吧？"

刘霞拿出自己的手机，找到了张志军的电话，她拨打了过去。她一边拨打张志军的电话一边说："是不是张志军，一会就知道了。"

陈小河并不紧张，他甚至露出了一个胜利的笑，因为在此之前，他已经把联系到苏雨的事情告诉了张志军，而且张志军也已经答应替他遮挡。

电话接通了，刘霞冷静地客气地问张志军："张志军啊，刚才你电话怎么老打不通啊，我找点有点事呢。"

电话里传来张志军的声音说："你当然打不通了，刚才我正跟小河聊天呢，怎么，小河还没到家？不会吧，刚才他还告诉他快到家了呢？"

陈小河说:"还把扩音器打开,我还以为问出什么来了呢。"

刘霞说:"别以为张志军替你挡着,你就能把我糊弄过去,告诉你陈小河,我跟你同床共枕朝夕相处二十年了,你身上长了多少根汗毛我都一清二楚,你这点小伎俩还能瞒得住我?"

陈小河说:"你刚才都听到了,我瞒你什么了。"

刘霞说:"你与那个女人联系,张志军是知道,因为你的领导、同事差不多都有相好的,就你没有,当你有了,你自然不会不吭声。你觉得你可以和他们平起平坐了,你不自卑了,你有本事了,你有出息了。张志军和你的交情最深,他也是一个仗义的人,当年,如果不是他给你遮挡着,我也不会让你和那个小妖精通了两年的信之后才发现。"

陈小河觉得脊背发凉,他没有想到刘霞把自己看得那么透彻,但是他并不紧张,他也是有王牌的,他的王牌不是孩子,不是房子,而是他自己,他知道刘霞根本就离不开自己,也恰恰如此,这二十年来,她才如此地谨小慎微百般看守。他想:"即便苏雨不要我,也没有关系,到时候我回来,刘霞也不会把我赶出去。"

陈小河在与刘霞的斗争中取得了一次难得的胜利,他几乎是欣喜若狂了。趁刘霞做晚饭的时候,他躲到阳台上悄悄地打电话给苏雨:"我要离婚,我受不了她了,我要娶你,在我没有办妥离婚之前,你可不许和别的男人接触,谁介绍男人给你你都得拒绝,再帅的,再有钱的,再有才华的都不行,你是我的。我告诉你,我现在有一个重大的决定,我要为你守着,从今天起,我向你发誓,我坚决不会碰她一下,也坚决不允许她碰我一下!"

苏雨并不想嫁给任何一个人,即便她想嫁也绝对不会嫁给陈小河,她非常清楚他不是自己想要的那盘菜,她现在遇到的最大的瓶颈就是,杨逸的离开让她觉得心里很空,甚至有一种如履薄冰的感觉,她必须要抓住一点什么,才能让自己一颗惴惴不安的心好过一些。

她也非常清楚地知道,此时的陈小河也不过是说说而已,十五年前,他没有勇气,十五年后,他更加的没有勇气,不过,他有没有勇气对她来说都不重要,她非常清楚他坚守不了多久的。何况,她还有一个心愿未了,这个心愿就是陈小河公然在她的面前污蔑杨逸,她说:"这样也太容易暴露自己了吧,何苦呢,我又不在乎你有没有老婆,我又不

哥哥，我爱你

在乎你有没有孩子，我什么都不在乎，你知道的，我只在乎你……"。

陈小河居然有些生气了，他严肃地说："你不在乎，可是我在乎，我说为你守着我就为你守着。"

苏雨觉得陈小河真是可笑，不过，这是一个好的征兆，她说："小河，你真的有四十岁了吗，我怎么觉得一点也不像呢？"

陈小河也是敏感的，他说："你嫌我老是吗？你是不是认为我一个小县城的，一个水利公司的小职员，一个月薪才两千块的老男人配不上你啊？"

苏雨点头，她很想说是，但是她没有，她说："我怎么觉得你像十四岁呢。"

陈小河更加敏感了，他问苏雨："你什么意思？觉得我幼稚？觉得四十岁的老男人了还这么痴情不正常是不是？你不觉得我这种男人，在当今这个社会很难得吗？你可以问问看，现如今的哪个男人在老婆之外不拈花惹草的？但是我告诉你，我没有！我一直洁身自好，除了刘霞之外，我没和任何女人沾染过！"

苏雨几乎是惊讶了，她说："一次轨都没有出过？"

陈小河说："是，谁出过轨谁就是狗娘养的！"

苏雨更是看不起他了，不是因为他没有出过轨，而是因为他在婚姻的奴役下生活却还沾沾自喜。她问："没出过，特别想出一次吧？"

陈小河做梦都想出轨，但始终没有机会，他走到哪里，刘霞就盯梢到哪里，他说："你太懂我了，我特别想出一次，但一直没有机会，我除了我女儿，除了我妈，除了我姐三个女人之外，刘霞再不让我和别的女人来往了。"

苏雨说："在身边多不安全，远一点才好，你借口出差什么的，很容易就能瞒天过海，你来西安吧。"

陈小河不知道是苏雨的试探，他一直固执地认为苏雨是单纯的，而且他理解的单纯就是完全的幼稚，他说："你真是太懂我了，我就是这个意思，但是，我是爱你的，我不是为了你的身体，你一定要相信我，我带给你的只有欢乐，只有甜蜜，只有幸福，不会有任何的伤害。即便，即便，万一，我娶不了你，我也，我也会尽量地多陪陪你……"

苏雨一边躺在床上看着书，一边说："真是让人感动啊，我相信你。好，你守着吧，不过，你守不了多久的，我就知道你禁不住刘霞的诱惑，她脱光了衣服往你怀里钻，你肯定就缴械了。"

陈小河发誓说："我一直守到见到你为止，我要和你结婚，我要娶你，你放心好了，我会对你宝儿好的。十五年前，你一片痴情，让我给辜负了，十五年后，我不能再辜负了你的一片痴心。虽然你的脾气有时候不太好，但是，我知道你会为我改变的。"

苏雨笑得把肚子上的书都震落到地板上，她一边弯腰去捡，一边说："我痴心了吗？我没有痴心的，不过，你走着瞧好了，如果你说话不算数，我就死给你看！"

第九章

陈小河因为苏雨的这些话，热血沸腾了，她当然不只是说说，他开始了行动，当晚，当刘霞再一次暗示他的时候，他翻过身去。第二晚，刘霞又暗示他的时候，他又翻过身去，到了第三晚，刘霞不再暗示，而是赤裸裸地明示了，她直接压到陈小河的身上，但是陈小河并不为之所动。

他反常的行为，更证明了他的行迹不端。第二天一早，刘霞起了一个大早，她趁陈小河还在睡梦之中，偷偷地将他的手机从床头柜上拿到别的房间去查看。

在陈小河手机的联系人当中，她看了一遍又一遍，就是没有找到一个可疑的名字，然而就在这时，一个陌生的号码来了一条短消息，但是短消息却是一点都不陌生的感觉："小河，我又失眠了，自从找到你之后我总是失眠，我真的好想你，你离婚的诺言什么时候才能兑现，我都等不及了呢。"

刘霞就把这个陌生的手机号码记录到了自己的手机当中，然后她发短信说："你失眠也没有办法，你睡不着也没有办法，小河又不能陪你睡觉，小河得陪我睡觉呢。"

苏雨看到这样一条短信，知道陈小河暴露了，她要的就是他暴露，她就忍不住得意一笑，她开心地对文晓说："你哥哥也真是可怜，只是聊聊天，就被盯梢了。"

然而苏雨想不到的是自己也被盯梢了。

苏雨小说的影视权被代理成功了，代理公司给了她七万五千块钱，她是开心的，但也是伤心的，如果杨逸活着，能分享她的这份开心，但是杨逸不在，她不知道该与谁分享，无人分享的痛苦让她坐在书桌前，望着杨逸的照片而难过地流泪了。

宝儿进书房，看到苏雨哭，就把她画的画拿给苏雨看，苏雨擦掉眼泪，把宝儿画的一只鸟看成了公鸡，她笑着说："这只公鸡画得真壮实。"

宝儿委屈地解释："这是一只鸟，你没有看见它蹲在高高的树枝上吗？"

苏雨说："这鸟如此壮实，飞得起来吗？"

宝儿不好意思地笑了，苏雨的情绪也因为宝儿的这只像极了公鸡的鸟而得到了调整，她觉得与杨逸无法分享的，应该可以与宝儿分享，于是，她就把这个消息告诉了宝儿，她搂着宝儿道："妈妈的小说卖了钱了，七万五千块呢，妈妈请你吃饭吧。"

宝儿对钱并没有多少概念，她开心的是苏雨请她吃饭，她说："是不是我想吃什么，你都请？"

苏雨说："这个，我们得商量一下，垃圾食品我是不会请的，比如快餐店里那些，长了六只翅膀四只腿的鸡弄出来的鸡翅和鸡腿，我是无论如何都不允许你吃的。"

宝儿觉得自己被小瞧了，她不快地申辩道："我都坚持吃了几个月的素了，你考验我还是勾引我？"

苏雨没有考验也没有勾引，她"吧唧"在宝儿的脸蛋上亲了一口说："小人难于胜己，宝儿能战胜自己，可见算得上是君子了，继续保持！"

但苏雨想不到的是，她的这次分享，很快便人尽皆知。

周末，杨敏过来了，她问苏雨："嫂子，听说你的小说卖了，卖了多少钱啊？"

苏雨一脸的诧异，杨敏从哪里得到的消息呢，她看了一眼正在写作业的宝儿，宝儿冲她吐了吐舌头说："不是我说的，我对天发誓。"

不是宝儿说的，那么杨敏是怎么知道的呢，她不由得想到"隔墙有耳"这个成语，她说："七万五啊，怎么了？"

杨敏就笑了，她说："不怎么啊，这是一件好事，我哥知道了也会很开心的。"

杨敏走后，苏雨上卫生间，然后她听到婆婆打电话给杨勤说："昨天苏雨请宝儿出去吃饭了，你知道吗，她一个小说就卖了七万五千块！"

杨勤羡慕地说："她一个小说，坐在家里胡编乱造，就够我天天在大街上风里雨里的挣几年的呢。"

婆婆说："人心隔肚皮，平时，我们看着她挺老实的，她小说卖了七万五都不跟我们说一声，只请宝儿去吃饭，也没有请我和你爸去吃饭，她老实什么呀，可见是人走茶凉啊，跟我们不一心的！"

说着，婆婆居然声音哽咽，老泪纵横了。

杨勤趁机诱导说："人家都不跟我们一心，我们还要跟人家一心吗？我们的心是一盆火，但人家的心是一块冰，猴年马月才能暖热啊？等把人家的心暖热，恐怕是黄花菜都凉了！"

婆婆说："暖不热，不暖了，人家身上没有流着咱杨家的血，咱没生过人家，咱没养过人家，有杨逸在，人家看在杨逸的面子上，对咱恭恭敬敬和和气气的，杨逸不在，人家对咱还有什么呀？一天不如一天的！"

杨勤说："就是，从你们刚去，我就发现她一脸的不欢迎，之后又三番五次地想赶你们走，可见她的心够硬的，也够狠的。之前你们还死活不愿意去，还说什么不想给她添麻烦，现在知道我的决定是正确的了吧？人走茶凉的！"

婆婆说："所以，不管她怎么赶，反正我和你爸就是不走，我不相信，她还能叫警察把我们驱逐出去？"

杨勤说："她还不敢，我爸有高血压，她不怕出人命？她怕的！她怕你们就不用怕，你只管在她面前强调我爸有高血压，杨逸就是死于高血压，她最怕这个了！"

婆婆说："我也发现了，每一次她说什么，声音一大，我说你爸爸有高血压，她声音立马就低了，有时候想说的话，也就不说了！"

苏雨听到这里，才恍然明白，原来，婆婆在偷听她说话，婆婆不但在偷听她说话，还找到了她的弱点钳制她。

刘霞开始了与陈小河的冷战。她不搭理他，做好了饭也不叫他，他问她什么她都不吭声。他问她领带在哪里，她不吭声，仿佛没有听见。他问她皮带在哪里，她不吭声，仿佛没有听见。他问她他的袜子在哪里，她不吭声，仿佛没有听见。他问他的内裤在哪里，她不吭声，仿佛没有听见。他只好翻箱倒柜找他的领带，找他的皮带，找他的袜子，找他的内裤。但是，他把衣柜翻乱了，把抽屉翻乱了，才找到他要找的东西，这花费了他很多的时间，这让他觉得不方便，特别是当他因为找这些而上班迟到的时候，他才发现自己要离婚的念头是多么的不切实际。

为了让自己感到离婚能给自己带来更多的好处，他打电话问苏雨："在一个家庭当中，衣服应该谁来洗，饭应该谁来做？卫生应该谁来打扫？"

苏雨说："当然是女人洗衣服、做饭、打扫卫生了，这种琐碎的、缺乏技术含量的事，难道还让男人去做吗？男人应该有充分的时间，应该有充分的自由去做他所钟爱的事业！"

苏雨的这套说辞给了陈小河很大的力量，加之他确实对刘霞冷战这一套不胜其烦，于是，他一冲动就提出了离婚。晚上他下班回来的时候，刘霞一个人坐在沙发上看冗长、肤浅、无聊的肥皂剧的时候，他走过去把电视机关上了。刘霞对于他的这个举动并没有什么特别的反应，她依然坐在沙发上。

陈小河坐在刘霞的对面，长长地叹息了一声，然后他才说："何必总这样呢，从我十九岁和你结婚，到现在，二十年过去了，我真的厌倦了。以前你没有工作，两个孩子都小，我不忍心，现在，你也有工作了，两个孩子也都大了，特别是我们的女儿，她都开始上班了，你们离开我也都能过下去了。"

刘霞不再冷战，她说了几天来的第一句，她问："你什么意思？你想跟我离婚是不是？我告诉你陈小河，你不要再做梦了，我是不会和你离婚的！这一辈子，我拖都要拖死你！"

刘霞冷冰冰的话让陈小河脊背发凉，他说："你还别吓唬我，就为了你这些话，我都必须和你离婚，你这个女人太可怕了，简直就像吸血鬼！"

刘霞很轻蔑地白了陈小河一眼说："你才知道我的可怕？能把一

个男人牢牢地看守二十年,我是一个简单的人物吗?你不信可以试试看!"

陈小河几乎是恳求刘霞道:"夫妻一场,好聚好散,你这样鱼死网破又是何必呢?我也可以告诉你,我的心已经不在你身上了,你即便留住了我的人,你也留不住我的心!我在这个家里就是一具行尸走肉,你自己好好地想一想,你留住一具行尸走肉有什么意思?"

刘霞固执地说:"没关系,有没有意思我都把这个行尸走肉留住,我这二十年的青春,我这二十年的心血不可能白费!即便我不要,我也不会让别的女人得到!"

陈小河愤怒了,他爆了粗口,他骂刘霞道:"没想到你是这么不要脸,没想到你是这么下贱,天下男人多的是,你怎么跟狗皮膏药似的非粘住我不可呢?"

刘霞哭了,她说:"我这么爱你,你就这样对我吗?你让我穿裙子我穿裙子,你让我穿高跟鞋我穿高跟鞋,你让我留长发我留长发,你让我把头发染成橘黄色我染成橘黄色,我什么都是按照你的意思来,你为什么还不知足?你还要我怎么样?"

刘霞的哭泣,没能软化陈小河的心,反而让他更加厌恶,他起身离开了客厅,离开之前,他冷漠地说:"我的心意已决,你同意,我们协议离婚,你不同意,我们法院见!"

刘霞哭得更厉害了,哭了一会,她发现陈小河对她的伤心和悲痛无动于衷,她的委屈便变成了愤怒,她把家里那些不值钱的,容易摔碎的,摔起来声音又特别清脆的,一个一个地都抓过来摔了。茶盘里的一套玻璃杯子,玻璃的烟灰缸,玻璃的相框等,噼里啪啦摔了一地的碎片。

陈小河躺在卧室里不理会刘霞,他故意大张旗鼓地给苏雨打电话,让苏雨听刘霞摔东西的声音,为了让苏雨看到他的决心,他走出卧室,站在卧室门口,举着手机把一地的狼藉拍摄了下来,发彩信给苏雨看。

苏雨看到彩信,并没有任何的得意,她开始变得严峻起来,她打电话给文晓:"我不知道自己这样做的意义在哪里,我以为报复了陈小河对哥哥的污蔑,我会开心,但是我一点都不开心,相反,我却感到沉重!"

文晓也感到很沉重，她当然不是因为苏雨小小地报复了一下陈小河而沉重，她沉重的是她自己的生活。她认识了一个让她热血沸腾的男人，她告诉苏雨："这些年，还没有一个男人像蒋楠这样能让我热血沸腾过！所以，我要飞蛾扑火，我要凤凰涅槃！你千万千万不要干涉我，千万千万不要阻碍我，让我疯狂！"

苏雨说："你已经疯了！"

文晓在沸腾的热血的支撑下，她买了很多的书籍，买了枸杞子、茶叶，得知蒋楠感冒咳嗽了，又买了许多的罗汉果等寄给了远在济南的蒋楠。

然而，文晓的这一行为被王鹏飞发现了，当他在抽屉里发现了几张快递单时，他诧异了，他拿着这些快递单要求文晓给他一个说法。

面对王鹏飞的质疑，文晓表现得像一个英勇就义的烈士一般，她问王鹏飞："你没有长眼睛吗？你不识字吗？这些都是发往济南的快递，收件人都是一个叫蒋楠的男人，这还有什么好怀疑的，老娘我恋爱了！"

王鹏飞说："你不要身在福中不知福，我看你是太闲了，你真是好意思，两个孩子的妈了，居然这么幼稚，还恋爱？我呸！就你那满是赘肉的腰身，就你那做爱时一脸的悲壮，还会有男人看上你？简直叫人笑掉大牙！人家也就是生活太乏味、太无聊，拿你这种没脑子的人开开心而已！"

本来文晓还很犹豫，还很不忍心去伤害王鹏飞，毕竟一家人的生活全靠他一个人在外辛苦劳作！但是王鹏飞对她的侮蔑，对她的轻慢，完全冲淡了她的愧疚！

当她得知蒋楠的妻子不能生育，而蒋楠又特别想要一个孩子时，她甚至生出了一个离谱万里的想法，而这个离谱万里的想法居然一天一天地在膨胀，在壮大。

当蒋楠要出差到广州，文晓打电话给蒋楠订酒店，一晚上就三百块的酒店，她居然订了一个星期的。爱情令人智昏，当蒋楠入住到酒店，文晓就一路奔过去见他，她陪蒋楠一起逛街，一起吃饭，她甚至决定给蒋楠生一个孩子。

但是，当文晓进了蒋楠的房间，当蒋楠让她去洗澡，当蒋楠走过来抱住她，她居然全身哆嗦，她对蒋楠说："我的心好慌好乱！"

蒋楠安抚文晓："没事的，你将会迎来一个美好的时刻，一个美好到你此生都无法忘怀，都忍不住要回味的时刻！"

文晓还是哆嗦，她恨死了这个样子的自己，但是她突破不了，对于那个即将到来仍然未知的事件，她没有任何的信心，她不知道自己迈出这一步之后会发生怎样的状况，她更不知道这种状况会不会让自己的生活乱了套，她想："我真的要为他生一个孩子吗？他需要我为他生一个孩子吗？我以什么样子的身份生这个孩子？王鹏飞会与我离婚吗？王鹏飞和我离婚了，我的两个孩子谁来养活呢？这个人是可靠的吗？他会不会在得到之后就对我失去了兴趣呢？"一连串的问题，让文晓的心动摇了，最后，她退缩了，她说："我有不好的预感！我可能因此死无葬身之地！"

蒋楠竭力地安抚文晓道："不会的，勇敢点，你将会发现生活中美好的一面。"

文晓无法再在蒋楠的面前待一秒，她感到了他的可怕，她说："你并不特别，你也只是为了一时的身体的快感对不对？"

蒋楠就放开了文晓，就在他放开文晓的那一瞬间，文晓就跑掉了，她跑出酒店，跑到了大街上，望着一街的车流人流和霓虹，她才感觉自己回到了真实的世界当中。

文晓的这一次感情波澜，只在自己的内心汹涌了一段时间，然后慢慢地就归于平静了。平静之后的文晓，对于那晚的仓皇而逃，既庆幸又懊悔，她总是不厌其烦地问苏雨："你说，如果那晚我勇敢地突破了自己，我现在的生活将是怎样的一个状态呢？"

苏雨说："每个人都只有一条路可走，你走到了这里，便不可能走到那里，任何的假设都是毫无意义的，不要后悔。"

陈小河提出离婚之后，很快就遭到了全家人的一致冷战，刘霞不理会他，女儿不理会他，儿子不理会他，当他回到父母家，父母也不理会他。他这才知道，他是多么的势单力薄，他成了叛徒，他成了所有人的敌人。

但是他并没有退缩，他仍然坚持要离婚，刘霞这回不再坚持，她说:"好,既然你非要离,我也只好成全你,你净身出户,我就答应跟你办手续。"

陈小河第一时间把这个消息报告给苏雨,当然,他并不直接,他表达得很委婉,他说:"我要离婚了,为了能干脆地离婚,我可能什么都得放弃掉,如果我什么都没有了,你会要我吗?"

别说陈小河什么都没有,就是他什么都有,她都不会要他,但是她说:"要啊,为什么不要呢,结婚二十年,一次轨都没有出过的男人全国能找到几个?找不到几个的,这种好男人,哪里找去,我当然要了。"

陈小河因此而激动,他并不知道苏雨并没有要他的意思,他答应刘霞:"好,净身出户就净身出户!只要你放我走,家里的东西我一样都不带走!"

苏雨虽然只是想开开陈小河的玩笑,但是她担心这个玩笑开大了,所以,当同事连丽给她介绍男朋友,要求她无论如何也要见一见时,她觉得有必要让陈小河知道,尽管她并没有一丝一毫要和那个人见面的意思。

苏雨为了表示感谢,请连丽吃饭,连丽一边大快朵颐,一边眉飞色舞地对苏雨描述那个人时,苏雨拨打了陈小河的电话。

连丽声音很响,她说:"那个人,起码有一米八的个头,不胖不瘦,大眼睛,双眼皮,皮肤不黑不白。在银行做经理,有房有车,比你只大了两三岁,你们年纪也刚刚好的。我觉得你怎么着也得见见,我敢保证你一定能看上他,他也一定能看上你……你都不知道,当我把你的照片发给他看的时候,他高兴成什么样子,他说你素面朝天的实在难得,哈哈,之前我们天天怂恿你化妆,怂恿你把自己这样那样收拾一下,没想到,萝卜青菜各有所爱啊……"

连丽说完,苏雨才对着手机说:"你觉得怎么样?你说我要不要去见见呢?我怎么觉得这是一个机会呢?"

陈小河一下子就泄了气,他发现自己毫无优势可言,他一没有钱财,二年龄又大,三又没房没车,他离婚之后什么都没有,他算什么呢,苏雨放着条件如此优越的人选,而去选择他几乎是不可能的。他无奈而伤感地说:"去见吧,别错过了。"

哥哥，我爱你

苏雨并不想见什么银行的经理，杨逸已经给了她足够的底气，何况她又是一个对物质并不太在意的人，房子吸引不了她，车子吸引不了他，银行经理的职位，以及这个职位带来的不菲的收入也吸引不了她，她挂掉陈小河的电话就回绝了连丽，她说："谢谢你关心我，但是哥哥才走不久，等过上一年两年的再说吧。"

但当陈小河打电话问他见了那个银行经理没有时，她说见了，她告诉陈小河："我见了那个人了，真的很高很帅哦，哦，用当下流行的话说就是高帅富，难得的是，人家也看上我了，还约了我明晚一起吃饭呢。我想，以后，我们是不是得少联系一些？"

陈小河的表现让苏雨大为惊讶，当时，他正在公交车上，听到这个消息之后，他居然哭得稀里哗啦，不停地用围巾擦眼泪和鼻涕。后来，他居然因无法正常地通话而挂掉了电话。

那一刻，苏雨觉得自己很罪过。

陈小河没有直接回家，而是一个人找了一家餐馆，喝了很多的酒，醉得一塌糊涂，几乎是不省人事。餐馆老板愁得没办法，刚好刘霞的电话打进来，餐馆老板就接了电话，让刘霞将陈小河的酒菜钱付了，并把他弄走。

刘霞和陈亚东把陈小河弄到了出租车里，到了楼下，陈亚东把陈小河背回了家。

刘霞给陈小河脱了外套，又擦洗了脸和手脚，给他盖上被子让他睡觉。

陈小河睡觉之后，刘霞就拿出他的手机，查看他的通话记录，最后的通话记录是一个陌生的号码，而且时隔不久，刘霞认为陈小河之所以把自己喝得酩酊大醉，与这个有关，她就把电话回拨了过去。

苏雨不知道是刘霞，她开口就叫了陈小河的名字，她说："小河，又有什么事啊？"

刘霞的态度还算温和，她没有骂苏雨，她只是问苏雨："什么时候与小河认识的？"

苏雨说："不久吧。"

刘霞说："我知道不久，怎么，看上我老公了？"

苏雨说："是你老公看上我了哦。"

刘霞说:"他看上你了?他怎么可能看上你呢?他就是一时冲动。"

苏雨说:"不会的,他告诉我他在离婚哦。"

刘霞说:"男人的这种鬼把戏你也信?把你哄上床之后,你看他还会不会提离婚的事?"

苏雨说:"我不管,反正我相信他。"

刘霞说:"不要玩这个游戏了好不好?你们都不是小孩子了,只要你不纠缠他,他自然会消停的。"

苏雨说:"不是我纠缠他,也不是他纠缠我,我们两个彼此相爱的哦,你别啰唆了,让小河接电话,我好想他哦。"

刘霞听着苏雨嗲嗲的声音,几乎是气急败坏了,她不停地在客厅里走来走去,不停地说:"你们不要太过分!破坏人家家庭是可耻的!"

苏雨并不想破坏谁的家庭,她只是觉得被刘霞奚落一顿不舒服,她知道他们不会离婚,她只是使点小坏,看他们闹一闹。她说:"这段时间,小河是不是一连好几天都没有回家?"

刘霞说:"没有的事,小河每天都在家呢。"

苏雨说:"姐姐不要自欺欺人,小河没回家的那几天,在我这里呢,我这里好远的,坐火车就十几个小时,但是,他还是来了,可见他对我不是假的。"

刘霞哭了,她冲到卧室,对着被酒精折磨得翻来覆去的陈小河又打又骂,陈亚东不看电视了,他冲过来,要抢刘霞的电话,他在刘霞身边大声地嚷嚷开了,他说:"妈,把电话给我,我看是谁跟你抢我爸!小心我收拾她!"

苏雨就哈哈大笑着挂了电话,她刚挂了电话,陈亚东就把电话回拨了过来,苏雨就是不接,陈亚东就在那边狂轰滥炸,见陈小河的手机不接,就用了刘霞的手机,来电时显示了手机号码所在的区域,苏雨不接。陈亚东将刘霞的手机扔到床上,拿自己的手机拨,苏雨不接,拿家里的座机打,苏雨还是不接,无计可施的陈亚东就冲下楼去,找了一家小卖部用公用电话打,苏雨还是不接。

苏雨想象着陈小河的家里鸡飞狗跳的情景,忍不住笑了。

第二天的下午,陈小河才从昏睡中清醒过来,他的头还是很疼,刘霞还没有下班，儿子还没有放学，他赶紧给苏雨打电话。就昨天晚上刘霞与儿子对苏雨出言不逊一事表示道歉。

陈小河说："昨天我喝多了，醉得一塌糊涂，我知道她接听了我的电话，但是我什么也做不了，我也听到儿子大声嚷嚷了，真是对不起你啊，让你受委屈了。"

苏雨并不觉得委屈，这正是她想看的戏，她说："没有受委屈啊，我倒是觉得挺好玩的呢，我的魅力可真是不小啊，千里之遥，又不曾谋面，居然能把一个固若金汤的家庭搅得鸡犬不宁，真是可喜可贺。"

陈小河说："你就别羞辱我了，我真为自己有这样一个老婆感到耻辱。不过这种事情也很正常，女人都小心眼儿，都把男人看得牢牢的，我不信你老公……"

苏雨说："这种事情从来就不曾在哥哥身上发生过，他认识了别的女人，第一个告诉我，我总是告诉他哄女人开心的办法，他没有秘密瞒着我，因为我了解他。我甚至想给她纳一个妾，不要结婚证，直接搬过来住的那种。"

陈小河羡慕地说："如果刘霞能像你这样开明就好了！如果她允许我把你娶回来，你信不信我会给她磕头？信不信我叫她祖奶奶？"

陈小河的这些话让苏雨觉得别扭，甚至是恶心，她说："怎么，你不离婚了？"

陈小河苦涩一笑说："人家有房有车的银行经理你不要，你会要我吗？这几天我也认真地想了想，我知道我是配不上你的，我知道你根本没有嫁给我的意思，你这么年轻，又会写作，你前途大好，而我，而我什么都没有！除了刘霞，不会有别的女人要我的！"

苏雨说："我正在想要不要拒绝那个经理呢。"

陈小河说："别拒绝！如果你对我真是有情，我倒是有了一个好主意，我也不离婚了，你呢，该找男朋友还找你的男朋友，该嫁人还嫁人，但是我们之间的关系还继续……你明白我的意思吧？"

苏雨当然明白陈小河的意思，她直言道："明白，你不就是想吃着碗里的看着锅里的吗？"

陈小河说："意思是这么个意思，但是别这样说，这样说不好听，毕竟我们之间是爱情至上的。"

想要的结果达成了，苏雨想彻底地结束掉与陈小河这种了无生趣的关系，她说："你这主意不错，我忽然想起李之问与聂胜琼的故事来。"

陈小河从来没有听说过李之问，也从来没有听说过聂胜琼，他不便插嘴，只听苏雨说："李之问是宋代一个名不见经传的词人，聂胜琼呢，则是京城名妓，当时李之问在长安做官任满，回到当时的京师洛阳，等待皇帝重新任命。就在这期间，他认识了聂胜琼，聂胜琼不仅色压群芳，而且聪颖灵巧，十分有才学。他们几乎可以说是一见钟情，彼此都为得到这份感情而深感幸福。可是李之问的任命状很快就下来了，他只好离京。临行，聂胜琼为李之问饯行，席间，依依不舍之情溢于言表。她为李之问唱了一首送别的词，唱到最后，忍不住泪流满面，只是反复吟唱。李之问非常感动，他决定为了聂胜琼无论如何也要再住几个月。但是光阴荏苒，一晃几个月的时间也过去了。这时李之问的妻子也写信催他赶快回家，没有办法，他们只好醉饮痛别，两个人都愁容满面，她含泪为李之问唱了一首送别的《阳关曲》之后，便泣不成声了。送了一程又一程，但送君千里终有一别，李之问匆匆上路了。

李之问走后，聂胜琼倍感思念，她无时无刻不在想着他，在一个又一个凄凉的夜晚，她的泪水便与那窗外的雨声一直滴到天明。回想起这些，聂胜琼更是不胜自悲，她无法克制自己的情感，便写了一首《鹧鸪天》的词，让人赶快捎给正在路上的李之问，词我就不说了，说了你也不见得有耐心听，即便你有耐心听，也不见得你能听得懂。"

陈小河说："我在你眼里就这么没用，像一个文盲一样？你把那谁的词念给我听听，说不准我还能对上两句呢。"

苏雨有点不大情愿，她认为，同诗人才能谈诗，对病人才可谈病，不然就是对牛弹琴自找没趣。但是，她不想驳了陈小河的面子，男人把面子看得很重要。于是，她说："词云：玉惨花愁出凤城，莲花楼下柳青青。尊前一唱《阳关》后，别个人人第五程。寻好梦，梦难成。况谁知我此时情？枕前泪共阶前雨，隔个窗儿滴到明。"

整首词下来，不见陈小河对上一句，他甚至没有听懂词里表达的意思，他就说："嗯，好词好词。"

苏雨说："这首情真意切的词，让李之问读了之后非常感动，就把它藏在了箱子底下了，没想到回家以后，被他的妻子整理行装时发现了。李之问非常尴尬，只好如实相告，李之问的妻子也是一个颇通诗文的人，她觉得这首词写得真诚感人，因而十分喜欢，不但没有责备丈夫，反而主动出钱，让丈夫把聂胜琼娶回来做妾。"

陈小河羡慕地直啧啧，他说："李夫人英明，太英明了，我怎么就没娶到这样的老婆呢，李之问这家伙真是有福气，好事怎么都让他给摊上了呢？那后来成了吗？"

苏雨说："后来，聂胜琼听说了，觉得喜从天降，她非常感谢李之问的妻子，到了李家以后，她就主动地改变了原有的装束，打扮得朴实无华，过起普通人的小日子，和李之问的妻子呢，也和睦相处，生活得很美满。"

陈小河还在啧啧称赞："这个故事太好了，如果我是李之问就好了！"

苏雨说："我给你讲这个故事的意思是什么呢，我想告诉你的是，你不是李之问，我更不是聂胜琼。"

陈小河从苏雨理性的有点反常的语气里听出了冷淡，他问："你什么意思？难道你忘记了十五年前，我们之间所发生的那些感情吗？"

苏雨说："别说十五年前，就是十五年后，似乎什么都不曾发生的吧？"

陈小河难过地说："你什么都没有发生，可我什么都发生了，不管是十五年前，还是十五年后！"

苏雨说："你发生的是你的事，与我又有什么关系呢？我只记得十五年前，刘夫人写了一封信给我，叫我妹妹，还附了一张她与女儿的照片。我被同一块石头绊到了两次，还不够吗？"

陈小河的自尊心受辱了，他说："你说这些什么意思？想和我分手吗？"

苏雨说："我何时又与你牵手了呢？"

陈小河说："文晓还经常在我面前夸你单纯，我看你一点也不单纯，你的单纯都是装出来的吧？"

苏雨不想再理会陈小河，别说感情没有办法发展，就是普通朋友都无法做下去，因为后来，陈小河的言辞之间，流露出了对杨逸的不敬。

特别是当他再次打电话给她，而被她拒绝的时候，他说："你老公他有什么呀？他不就是一个小记者吗？你天天在我面前提来提去的，我耳朵都听出茧子了你知不知道？以后你可不许再提他，一个死人，你念叨来念叨去，不别扭啊？"

正是陈小河的这些话让苏雨下定了与他一刀两断的决心。她把他的电话号码从她的手机里删除了，把他从自己的QQ上拉黑了。后来陈小河不断地打电话进来，她也不接，发短信，她也不回。

当文晓在苏雨的面前提到陈小河时，她让文晓不要再在她的面前提到这个名字，她说："人是有层次的，这些日子以来，我把自己的层次降低了。别说他不自由，就是他单身；别说他没有什么钱，就是他千万富翁我都不会再搭理他。他连做我普通朋友的资格都没有，他甚至不配跟我说话，我将彻底地将那种垃圾从我的生命中清除出去，揪手？我宁愿一个人寂寞死、孤独死，我都不要这样的垃圾做揪手，什么东西！"

文晓大叫："你这死丫头也太霸道了吧？不管怎么说，我哥哥他寄了一套书给我的，好几百块钱呢。"

苏雨说："那是他要送给我而我没要的，我让他寄给你，所以你不欠他的任何人情，再说，那是单位发的购书卡，只能购书，不能购别的，他不读书，他正愁着快过期了怎么办呢。"

文晓说："这样急刹车，会不会把我哥哥给闪了？"

苏雨听文晓叫陈小河哥哥，怎么听怎么别扭，甚至觉得恶心，他不配这个称呼，更可怜的是文晓，居然还哥哥长哥哥短地叫得如此之甜，仿佛真是一母同胞。苏雨说："好！你舍不得是吧？那你把我从你的生命当中清除吧！你左一句哥哥又一句哥哥，你想哥哥想疯了？我现在就可以告诉你，有他没我，有我没他，你看着办！奶奶的，蹬鼻子上脸，真不知道自己几斤几两，居然敢诋毁哥哥！"

苏雨的态度让文晓很难过，也很生气，但是她仍然在气消之后哄小孩似的道："好好好，我的姑奶奶，我把那种垃圾清除出去就是了，他什么东西啊他，居然敢诋毁杨逸，他也不撒泡尿照照，早知道他是这等货色，我才不怂恿你去找他，真让我恶心！呸！"

苏雨要求文晓："还有，以后不许你在我面前说张玄梧的一个不字，不然你的下场和你的陈哥哥一样！"

文晓虽然被苏雨决绝的话气得咬牙切齿，但是她确实不能没有苏雨，何况，当陈小河要求她劝劝苏雨，让苏雨接他电话时，文晓才知道刘霞打电话给苏雨的事，她非但没有劝苏雨，还将陈小河痛骂了一顿："我当初怎么交代你的？你又是怎么答应我的？你又一次伤害了苏雨，这一次不但你那悍妇一样的老婆上阵，连你儿子都上阵了！还有，你为什么不把什么事都推到我身上，为什么让你老婆儿子找苏雨的麻烦？你一个文盲，一个草包，居然还想学人家李之问，哎哟，我都替你感到脸红！"

陈小河解释："我那天喝醉了，我没有办法！"

文晓说："你喝醉了，你怎么不喝死呢！十五年前我恶骂你，我诅咒你，十五年后我依然恶骂你，依然诅咒你，你个卑鄙无耻的王八蛋，活该你被一个老女人管制得气都喘不均匀！你活该！你去死吧！"

骂完，文晓就挂了电话，然后将陈小河的手机号码设置成了拒接模式。

陈小河再度失去了苏雨和文晓，他心情沮丧到了极点，他总是把自己喝得大醉，他的日子又恢复了以前的样子，确切地说，他的处境比之前更不如，刘霞加强了对他看守的力度，儿子看不起他，女儿对他充满了深深的怜悯。

第十章

公公婆婆每天都会捡回来许多垃圾，昨晚，公公从医院捡回来两个塑料盆子，两条毛巾，一块香皂，半袋洗衣粉，兴奋得像是捡了金子一样。他将捡回来的东西拿出来向婆婆炫耀："看，都新新的，洗洗就能用，我想把这个粉粉的小盆子给宝儿用。"

苏雨听公公如此说，觉得那么别扭，她就提醒公公道："东西是挺新的，质量也不错，爸真是有眼光，就是……"

公公因此更开心，不等苏雨说完，就打断她说："我的眼光什么时候错过？不是我夸自己，我活六十多岁眼光就从来没错过……"

苏雨不想听公公说这些大话，她并不是要夸赞他什么，她只是不想让谈话产生太多抵触，她说："就是不知道是什么病人用过的，万一有传染病，把病菌传染给了你们，或者传染给宝儿，那可真是得不偿失啊。"

虽然苏雨不希望在与公公的谈话中产生抵触，但是抵触还是无可避免地产生了，公公不高兴了，他粗声粗气地问苏雨："能有什么病菌，卫生院里卫生着呢，再说，人家也没用几次，我用开水烫烫，用肥皂洗洗，能有什么病菌？"

苏雨不让宝儿用，宝儿就没有用，公公就黑着脸用眼睛的余光瞪着苏雨，婆婆虽然没有指责苏雨的不是，但是她也是一脸的不高兴。

家里的气氛因此变得更加沉闷而压抑，几乎有一种让人窒息的感觉，苏雨觉得自己急需要透透气，于是，在一个天气晴好的上午，就带着宝儿去爬山了。但是让苏雨想不到的事，一个新的灾难正等待着她。

哥哥，我爱你

苏雨想去看望一下杨逸出事当天她遇到的那个叫大道的师父，她觉得不能空手去，春节刚过不久，她就提了一袋米、一桶油，宝儿提了几包干菜出发了。

清净寺就在上山必经之路的路口上，一个小而简陋的寺院，住着一个僧人和一个居士。当苏雨和宝儿路过清净寺，几只小狗立刻就狂吠起来，小狗的后面跟出来一位六十岁左右的出家人，有过往的村民跟他打招呼，称他如贵师。

如贵师见苏雨艰难地提着供养，就说："给哪个师父的？"

苏雨如实相告："大道师父。"

如贵师就说："什么大道师父，他就是一个骗子！一个居士，弄了一身僧衣穿上，就冒充和尚！"

苏雨因为这句话对如贵师的印象就很差，她不禁疑惑地说："我见过他的，他没骗我什么呀，送了我好些经书，还让我好好读、慢慢悟。"

如贵师说："假象，都是假象，他还想收你为徒呢，他有这个资格吗？他不是出家人，他就是山下的村民，没吃没喝跑到山上看守寺庙，骗些供养！"

苏雨最憎恶的就是背后说人长短的人，她认为一个出家人说这些更是不合适，她正迟疑着是将供养提上去还是放下时，如贵师换了一种和缓的口气说："你信也好，不信也好，反正，我该提醒你的都提醒你了，大雪天的，山路很难走，还是放这里吧，回头我安排人送去就是了。"

苏雨知道山路难行，并且有积雪，两个多小时的山路，空手都会让她体力不支，何况又提着这些东西。她只好听从了如贵师的建议，就把东西放在了清净寺，她刚想出来，如贵师要求她道："去上支香吧，这点恭敬心还是要有的。"

苏雨并没有磕头上香这样的习惯，她信佛、学佛，更多的是认为佛说的有道理，是一个导师，而不是做这些形式上的文章，但是她还是顺从地去殿里上香，如贵师吩咐正在一边劈柴的居士马如飞说："去，小马，你去把蜡烛点上。"

马如飞放下斧头，放下木柴，就去点蜡烛，马如飞点燃了蜡烛，递了三支香给苏雨,苏雨接过来,对着蜡烛上的火焰点着了,然后恭敬地拜了三拜,就起身离开了。

这是他们的第一次相见,一句话也没有说,苏雨甚至连看都没有看马如飞一眼,但是马如飞却一直在盯着她看。无论如何,苏雨也没有想到,她平静的生活会被这个看似腼腆的人搅了一个天翻地覆。

苏雨走出清净寺,带着宝儿去爬山,走出不远,当她回头,发现马如飞在寺门前徘徊并朝她们张望,好像有什么话要对她说似的。

可能是有雪的缘故,也可能是春节刚过去的缘故,山里清静极了,一路上,苏雨只遇到了一个人,一个在清净寺门前与如贵师打招呼的男人,那个人看了她几眼,就上前搭讪:"我就在山下的村子里,我叫毛石头,经常给山里修行的师父们砍柴,修缮房屋庙宇,也帮着采购点油盐酱醋米面之类的。这山里我哪里都熟,我采摘了很多的山核桃,个个都是纯天然的,我自家吃不完,如果你需要,下山的时候可以找我,价格绝对公道。你要不记下我的电话号码,想要的时候就给我打电话,我的号码是……"

苏雨没想到要拒绝,她就拿出手机,将毛石头的手机号码记在了手机上,但是她却按错了键,她把电话拨了出去,毛石头的手机就响了。即便毛石头知道了她的手机号码,她也没有觉得有什么要紧,如果他打电话售卖他的山核桃,她也是可以选择买或者不买的,她说:"我需要的话,自然会找你。"

毛石头与苏雨同了一段路,他告诉她:"以后,你别到清净寺去了,那个如贵师,哎,我不说了,我曾经给他劈了好多的柴,给他修缮房屋庙宇,结果,一分钱没有给我,还说能为出家人做事是一件有福报的事,我一家老小也是要吃要喝的,我让他多少给我一点,他就诅咒我不得好死,死后下地狱……"

苏雨不想听这些,她不知道这个毛石头跟她说这些是什么意思,但是出于礼貌,她还是笑笑说:"谢谢提醒,我知道了。"

到了一个岔口,毛石头就拐了过去,临分别还提醒苏雨:"要核桃找我啊。"

苏雨爬到一半,到了第一次爬这座山时遇到的大道师父,大道师父刚见了苏雨就说:"我还记得你,几个月前你来过一次。"

苏雨一直对杨逸病发那天，大道师父所说的那番话不解，于是她问道："师父那天说我丈夫来不了是什么意思？"

大道师父摇头说："人生诸事，本是虚妄，不可执著。"

苏雨不死心，她又问："你那天从我的脸上，到底看到了什么呢？"

大道师父还是摇头，不过，在摇头之后，他说："任何一个事件都不是突发的，它在发生之前，已经有很多的显现，只是由于你们的浮躁而未能发现而已。那天，你很不安，很焦躁，你的脸色也不对，特别是印堂很晦暗。我只是一个凡夫，我没有任何的神通，如果你的心静下来，你也会发现很多别人发现不了的东西。"

苏雨将供养的事告诉了大道师父，大道师父大摇其头，苏雨就很诧异。

大道师父仍然摇着头说："不可说。你以后少来就是了，即便来了，也绕着点走。"

苏雨更是诧异了，上山时，毛石头提醒过他，她认为是毛石头因为没有得到应得的报酬而心生怨恨，所以进行诋毁，而大道师父也如此说，究竟是怎么一回事呢？大道师父只好告诉苏雨："出家人本不应该说这些，但是，我也不希望看到你们被蒙骗。当一个人总说这个人是骗子，那个人是骗子的时候，只能说明，他本身就是一个骗子。"

下山的时候，天色已不早了，路过清净寺，几只小狗又出来狂吠，如贵师在寺门外散步，见苏雨下来，就邀请她道："进去喝杯茶。"

苏雨谢绝了，马如飞正在院子里洗如贵师的衣服，他听到如贵师与苏雨的对话，就停下了手上的动作，望向门外，看着苏雨从眼前过去，看着宝儿从眼前过去。

如贵师回来，见马如飞发呆，他鄙视地说："好好干你的活儿，不要见一个爱一个，要记住，万恶淫为首！"

马如飞不吭声，他拧了一下脖子，关节被他拧得噼啪作响，他咬了咬牙齿，牙齿被他咬得咯吱作响，他继续洗衣服，但是他的目光冷而硬，仿佛充满了仇恨。

苏雨本想从毛石头那里买一些山核桃回去的，但是，天色已晚，她担心错过了回城的末班车，而宝儿不但没有提核桃的事，反而要求她快点离开,她就带着宝儿急匆匆朝公路走去。

等上了回城的最后一班公交车,苏雨才发现,钥匙居然落在她提干菜的布兜里了,而那个布兜在清净寺。

过了两天,苏雨来取钥匙,如贵师要求苏雨上香,要求苏雨往功德箱里布施钱财,被苏雨拒绝了,她到了大殿的门口,找到了她的那个布兜,钥匙果然还在,她拿走她的钥匙就离开了。

马如飞静静地坐在寮房里吃饭,他的表情僵硬,身体也显得僵硬,好像因紧张而不得放松。苏雨只是用余光瞥了一眼马如飞,马如飞端坐在桌前,石雕一般。

苏雨走后,马如飞匆匆吃完了饭,开始洗锅洗碗,开始打扫院落,开始晾晒被褥,开始烧水给如贵师泡茶。但是,马如飞总是一再地出错,他洗碗的时候,失手将碗弄到了地上,虽然未碎,但是破了一个口子,被如贵师骂。他打扫院落,扬起许多的灰尘,迷了如贵师的眼睛,被如贵师骂。他抱着被褥出来,却不小心踩到被褥的一角,因此跌倒,将被褥弄脏,被如贵师骂。

不管如贵师怎么骂,马如飞就是不吭声,他虽然不吭声,但他深深地记在了心上,他不但把如贵师对他的责骂记在了心上,他还把苏雨记在了心上。他所有的苦恼就是苦于无法联系,为了能再度遇见,他每天都观察着从寺前经过的人,后来,他担心自己在寺里干活错过了与苏雨的再度相逢,他干脆坐在寺前等候。

马如飞的行为让如贵师很恼火,他说:"你身无分文投靠来,是我收留了你,你不好好地干活,居然白吃白喝?三十岁的人了,这点脸面都不讲吗?"

马如飞在清净寺住了两个月了,这两个月来,他劈柴、买菜、做饭、洗衣服,每天早上给师父弄洗脸水,甚至连师父的尿盆都是他倒。他做这些并非心甘情愿,他觉得自己的尊严受到了莫大的侮辱。别人称他马居士,他并不喜欢这个称谓,他甚至非常反感这个称谓,这个称谓是如贵师要求他买了三百块的水果得来的,而身无分文的他,根本没有钱买水果,那些钱还是他从山下村子里的一位信佛的妇女那里借来的,三百块钱换了一个皈依证,但是他却是一个不信佛的人,更不信因果报应,他什么都不信。什么都相信的人是可怕的,什么都不信的人更是可怕的。

马如飞起初不理会,但是如贵师说得越来越多,话也越来越难听,他不再忍耐,他决定和如贵师撕破脸皮,他猛地坐起来,指着如贵师的鼻子骂道:"释如贵,你个秃驴!你不要给我嚣张,别人不了解你,我可是了解你的,别逼着我把你做的那些恶心的事情抖搂出来!"

如贵师恼怒了,他指着院子里的几只围绕在他身边玩闹的小狗说:"小马,你不要忘恩负义,你是一个人,你难道不如这狗吗?我养了这几只狗,它们见我还摇摇尾巴呢,你看看你,你什么态度?我可是出家人,你这样对出家人是要遭报应的!"

马如飞由于气愤,也由于他本身并没有什么章法,他说的磕磕巴巴,甚至是语无伦次,他站在寺院门口,向内指着如贵师说:"秃驴!你爷爷我不怕遭报应,我不做亏心事不怕半夜鬼敲门!我是身无分文被你收留了,为了报答你,我给你当了两个月的孙子,可是你狗日的不识抬举,你不把我当人,你不但把我当奴才一样使唤,你还骑在我身上拉屎撒尿!不过,爷爷我也不是好惹的,你们佛家不是讲因果报应吗,你的恶行很快就会得到报应!大家给山上的师父们的供养都被你拦截下来,你吃不完坏掉都不给山上的师父送去,你还是出家人呢,出家人以慈悲为怀,你慈悲个屁,你是最贪婪无耻的!"

如贵师气得脸红脖子粗,他举着哆哆嗦嗦的手指说:"你不要再胡说八道,你是会遭报应的!"

马如飞挑衅地冷笑道:"爷爷我不怕!谁心里有鬼谁知道,谁一会儿不听大悲咒心里就发毛?你凭良心说,你做了多少亏心事?数不过来吧?你数不过来我帮你数,你让旅游团在售票处不要买票,就说来寺里,结果人家到了寺里,你开始收钱了,收了钱之后就偷偷买肉吃……"

如贵师被马如飞揭了老底,他不可能再容他,他让马如飞滚,马如飞见正下着大雪,又身无分文,便不动弹。可是如贵师让他走,而且是马上就走,马如飞虽然有勇气咒骂如贵师,但是他还不敢对他怎么样,他就去了寮房,找了一个大一些的塑料袋子把自己的衣服胡乱地装了进去,但是站在院子里的如贵师,见马如飞提着一个袋子出来,就说:"袋子是寺里的,把袋子放下!"

马如飞没有想到如贵师会如此的绝情，连一个塑料袋子都不让他带走，他咬着牙点着头瞪着如贵师，然后袋子扯掉了，扔在了院子里，然后抱着他的衣服冒着大雪下山去。

下了山，马如飞却不知道该往哪里去，他身无分文，又没有一个朋友，正在忧愁之际，远远走来一个人跟他打招呼，原来是毛石头，毛石头给清净寺劈过柴，修缮过寮房，何况毛石头经常从清净寺前过，两人认识。毛石头见马如飞怀里抱着衣服，冒雪下山，知道他和如贵师闹崩了，他很高兴看到有人和自己的仇人闹崩，但他仍然佯装不知情的样子问马如飞怎么回事，马如飞就把如贵师赶他下山的事说了。

毛石头是这个村子里的村民，闲的时候以给山上修行的师父们砍柴、采买、修缮寺院与茅棚为生，他曾经给如贵师砍过柴，辛苦了好几天，如贵师却没有给他一分钱，他对如贵师的所作所为也看不惯。

他见风雪如此大，就收留了马如飞，马如飞对毛石头雪中送炭的行为很是感激，他当下就说："毛哥如果有什么事需要我做的，就直接盼咐！"

毛石头说："会有事请你帮忙的，只是还不到时候，过段时间再说吧。"

马如飞就在毛石头家住了下来，毛石头要介绍对象给马如飞，被马如飞拒绝了，这让毛石头很不解，马如飞说："我倒是看上了一个人，只可惜对她一点都不了解，不知道她有没有丈夫，也不知道能不能再遇见她。"

毛石头就觉得马如飞好笑，他说："你什么都不了解，怎么就看上人家了？"

马如飞忽然想起来，他说："她经过的那天，你也上山了，你还同那秃驴打了一声招呼呢，你好好想想。"

毛石头立马拍手大笑了，他说："世上的事情真就是这么巧，那天我上山，在路上遇见过她，她还带着一个孩子，为了把我多余的山核桃卖掉，我就跟她攀谈了几句，我还要了她的电话呢。"

毛石头就打开手机，从联系人当中，找到了苏雨的电话号码，然后拨打了出去，毛石头问："我把山核桃给你准备了十几斤，你有空上来可以联系我啊。"

哥哥，我爱你

苏雨这段时间被无约而来的公公婆婆的客人，搅扰的心烦意乱，她总把自己关在屋里，哪里也不想去。她说："再说吧。"

正要挂电话，毛石头却说："其实买不买山核桃不重要，有人找你呢。"

苏雨诧异了："谁找我？我不认识谁的。"

毛石头却一再说："你们见过的。"

苏雨正诧异，电话那端就换了一个人的声音，马如飞接过毛石头的手机就自我介绍道："我叫马如飞，我们在清净寺见过两次面，第一次，我给你点香，第二次你取回你落在寺里的钥匙，你还记得吧？"

苏雨回忆了一下，想起这么一个人来，她问马如飞："你有什么事吗？"

马如飞就说："我被如贵师给赶下山了，我见你是个善良的人，也很单纯，我不想让你被一些人假慈悲的嘴脸给骗了，所以我想给你提个醒。以后再爬山，绕着点走，清净寺不但不清净，还不干净，那个如贵师他很坏，他不但贪财，他还好色。"

苏雨本来对如贵师的印象就不好，加之大道师父也郑重地提醒过她，所以，她对马如飞的提醒表示了感谢。

但是，马如飞不断地打电话来，苏雨不好意思拒绝，这是她的弱点之一，她的这个弱点很快就被在社会上混迹了很多年的马如飞所抓住。

马如飞给苏雨讲他的故事，他的故事是这样开头的，他说："我是因为寻找我下落不明的母亲而沦落到身无分文的地步的，我的母亲，她非常非常的善良，就像你一样善良，但是她的命运却非常非常的坎坷，她之所以坎坷，是因为她嫁错了人！她嫁给了我的父亲，一个脾气暴躁且心肠歹毒的人！我的母亲差一点点就死在了他的刀下，当时，他骑着马，举着刀，简直就像当年的铁木真，铁木真是为了整个民族而举起刀，但是我的父亲，他追杀的是一个给他生了三个孩子的他的妻子……"

马如飞的故事尽管让苏雨听得不寒而栗，但是她仍然没有拒绝倾听，因为写作的缘故，她觉得听一些故事是有用的，但是马如飞并不仅仅是把自己的故事讲给苏雨听，他半真半假的故事却能发挥着更大的作用。

马如飞接连不断地讲了几天自己的故事，然后，他开始慢慢地打探苏雨的故事，他已经感觉到苏雨是单身，他不等苏雨回答他的疑问，就直截了当地说："你现在肯定是单身，导致你单身的只有两种情况，一种是离婚，一种是丧偶，但是据我感觉，你这么善良的人你丈夫不会舍得跟你离婚，所以，你极大的可能是丧偶！我本来以为我已经够可怜的了，没想到你比我还可怜，但可怜的还是你那孩子，小小年纪，就失去了父爱。我是一个在缺乏父爱的环境下长大的人，我非常理解一个缺乏父爱的孩子是怎样的一种感受，然而不幸的是，我的孩子居然又重复了我的命运！人生真是充满了太多的无可奈何，忠孝总是难以两全，我为了寻找我的母亲，而被妻子抛弃了，她带着孩子离开了我，她认为我不是一个称职的父亲。"

苏雨不觉同情起马如飞来，一个到处寻找母亲的人，一个被妻儿抛弃的人，一个身无分文的人，一个流落在异地他乡的人，他该是很孤独、很寂寞、很悲伤的吧？

所以当马如飞说："如贵师收留了我，给我吃给我住，你以为他很慈悲吗？不是的，他让我在这里给他干很多活，劈柴、做饭，甚至给他倒尿盆。但是我不能总在这里的，我必须离开，因为我看到了他太多的真相，我不想与他同流合污。他拦截了许多的供养，吃不完，坏掉，他都不给山上的师父送去，我觉得他这样做不好，他生气了，就把身无分文的我赶了出来。"

这又让苏雨觉得马如飞是一个正直而善良的人，尽管她并没有往男女关系上去想，但是她觉得多一个朋友也不是一件坏事。

马如飞每天都会打很多的电话给苏雨，比陈小河之前的电话可是频繁多了，他不停地把自己的故事讲给苏雨听，他似乎有讲不完的故事，而他的故事对于苏雨来说，个个都十分新奇，比如他被朋友骗进传销窝点，当他发现上当之后，就开始寻找出路，利用他当过兵的优势，用床单从四楼跳下，不但自己成功解脱，还救了几个人走。

苏雨几乎听得入了迷。

第十一章

文晓多次打苏雨的电话都没有打通，好不容易打通之后，她就指责苏雨："你到底在搞什么鬼名堂，老在通话中，害得我担心你。你知不知道，我都快疯了，这些天我眼皮总是跳，我预感有什么不好的事情要发生，但是我不知道这个不好的事情是发生在你的身上还是发生在我的身上。"

文晓是有大惊小怪的毛病的，苏雨都习惯了，但是这一次是真的，文晓预感的没有错，不但文晓出了事，她也出了事。

大米过生日的时候，亲戚们非要来庆祝，王鹏飞只好在隔壁的饭店里请了亲戚们吃饭，文晓的表哥和王鹏飞的表弟在喝酒时，为了一点芝麻绿豆大的事情而发生了冲突，先是言语上的冲突，然后是肢体上的冲突，文晓与王鹏飞好不容易才将二人拉开。看似和解的他们，在内心仍旧没有放过彼此，待吃完了饭，到了文晓家里，他们再次发生了冲突，这一次的冲突是致命的，尽管就事情本身而言，甚至连冲突的必要都没有，但是王鹏飞的表弟在盛怒之下，抓起文晓家中茶几底下的水果刀冲文晓表哥的肚子就刺了过去。

场面血腥，文晓赶紧将两个因惊吓而哭喊的女儿弄了出去，王鹏飞赶紧打医院的急救电话，文晓的母亲则哭着打扫家中的血迹。

可是悲剧还是发生了，在送往医院的途中，文晓的表哥因流血过多而死亡，而王鹏飞的表弟在大家乱作一团之际早跑得不见人影。

警察就把王鹏飞带走了。王鹏飞被警察带走之后，他并没有感到恐惧，警察问什么，他都如实地回答，警察很快就把王鹏飞的表弟抓捕归案，王鹏飞就回到了家里。

可是王鹏飞的无罪，没有让文晓高兴一点，表哥的家人都认为，人是参加大米的生日而聚到一起的，又是在文晓的家中被刺死的，文晓和王鹏飞不能不负责任。

不用他们责难，文晓已经觉得愧疚和不安了，文晓耐心地解释："表哥的死确实与我与王鹏飞无关，不然警察不会放他回来。"

但是表嫂才不管文晓怎么解释，她几乎每天都会坐在文晓的家里哭一场，文晓的姨妈、姨夫还有另外两个表哥都不善罢甘休，一口咬定这事与王鹏飞有关，要求王鹏飞拿出十万块钱解决此事，不然他们就天天来闹。

王鹏飞不拿钱，于是他们就天天来闹，今天是表嫂，明天是文晓的姨妈，后天是文晓的姨夫，总之他们采取了轮班制，让文晓一家不得安宁。

文晓哭完之后提醒苏雨："这个世界太乱了，你一定要保护好自己。"

苏雨听着文晓惊心动魄的故事，觉得生活比小说要精彩很多；听着马如飞惊心动魄的故事，更是觉得生活比小说要精彩很多。

苏雨决定把这些写下来，但是她却没有时间，她手里的一个小说，写了半年了，还是八万字，之前被妞妞闹腾的没有进展，后来被陈小河影响的没有进展，再后来被马如飞搅扰的没有进展。

苏雨干脆放下不写了，在马如飞的一再要求之下，她见了马如飞，马如飞希望苏雨能帮助他，他说："我总在毛哥家待着算怎么一回事？我得找工作，我得挣钱！"

苏雨说："那就找工作呗，那就挣钱呗。"

马如飞说："我现在身无分文，动弹不得，一分钱难倒英雄汉，你先借给我一点钱，我找到工作，发了工资就还你。"

苏雨就借了两千块钱给马如飞，她说："这些钱，如果你节省一点的话，支撑到你发工资应该是不成问题的。"

马如飞很感激，他向苏雨保证："你别怕，我就是个骗子，我也不会骗一个女人的钱，我明天就去找工作，下个月的这个时候，我就能把钱还你。"

然而马如飞当天就把两千块钱花光了，他给了毛石头的儿子两百块钱，给了毛石头的女儿两百块钱，他说："拿了买糖吃去吧。"

毛石头以及毛石头的妻子因此眉开眼笑，马如飞说："我说过我马如飞不是一个忘恩负义的人，打搅你们这么久，我自然要表示一下。"

毛石头洗脸、刮胡子、梳头发，然后换了一身新衣服，临走把马如飞叫到跟前说："我弟弟的儿子过满月，请客呢，一起去吧。"

马如飞就去了，当毛石头掏出三百块钱作为礼钱给弟弟的时候，马如飞觉得面子上过意不去，他也掏了三百块钱作为礼钱给了毛石头的弟弟。

毛石头对于马如飞的这一举动，很是赞赏，他给马如飞敬酒，他叫马如飞老弟，他把马如飞介绍给别人认识，大家看到了马如飞的豪爽，很乐意结交，于是纷纷给马如飞敬酒，叫老弟的叫老弟，叫大哥的叫大哥，结果，得意忘形的马如飞就喝得烂醉。

毛石头建议已经烂醉的马如飞结交村长，他说："想在这里扎下根来，结交村长是非常有必要的，这个山头马上就开发，开发商都敲定了，你想想，你在这山上有那么一块地方，你搞农家乐，还不是大把地挣钱？"

马如飞就醉醺醺地买了酒、买了烟在毛石头的陪伴下提着去了村长家。

待马如飞酒醒，发现口袋里还有二百多块钱，而结交村长的好处就是给村长去代酒，当然村长也表示自己是有能力，有意愿给马如飞批上一块地的，但是，什么时候，什么地方，村长一直都含含糊糊。

再度身无分文的马如飞，总觉得毛石头和妻子看他的眼光都充满了轻慢与鄙夷。他觉得很无趣，很别扭，也很尴尬，他决定离开毛石头家，但是离开毛石头家他连住的地方都没有，连明天的早餐在哪里都不知道。

这个时候，毛石头要求马如飞帮自己一个忙，事成之后，会给他一笔钱，但是毛石头是有要求的，他说："事成之后，你必须离开这里。"

马如飞预感到毛石头让他做的不是什么好事，他说："杀人放火的事我可不干！"

毛石头一再保证:"绝对不是杀人放火的事,只是给某人一点教训而已。"

马如飞问:"教训谁?"

毛石头说:"教训那个把你当孙子使唤,并辱骂了你两个月的人。"

毛石头的话挑起了马如飞对如贵师的愤怒,他说:"这个人必须得接受点教训,但是,现在还不是时候!"

马如飞说:"我不想离开这里,这里有我爱的女人!"

毛石头觉得好笑,他不无轻蔑地说:"你身无分文,一无所有,你拿什么爱人家?恐怕你是看人家好骗,骗财骗色吧?"

马如飞就与毛石头闹翻了,他收拾了自己的衣服离开了毛石头的家。离开之后,他打电话给苏雨:"这些日子,我跑了很多地方,找了很多工作,都因为各种原因而失之交臂,钱也花完了,我真是对不住你。毛石头的老婆把我骂了,骂我没出息,她骂得好,我就是没出息,我想好了,我不挑也不拣了,只要不让我当三陪,我什么活儿都干。但是,怎么办呢,我连个住的地方都没有,俗话说,安居乐业,我没个住的地方怎么工作呢。我是这样想的,你再帮我一次,帮我租个房子……"

苏雨不知道为什么会相信马如飞,她果真给他租了房子,给他准备了被褥以及其他的生活用品,还留了一个月的生活费给他,她只希望自己能够帮到他,但是,马如飞并不真正需要苏雨的帮助。

他把苏雨给他的生活费拿去买酒喝、买烟抽,这让苏雨很不舒服,她说:"你借钱买酒喝,借钱买烟抽?你怎么好意思呢?难怪别人骂你没出息,你倒是出息给别人看看啊。"

马如飞表现的倒是乖巧,他嬉皮笑脸地说:"喝酒抽烟都是这些年在社会上养成的恶习,这个得改,必须改,马上就改,不,现在就改。"

说着马如飞把正在喝的酒倒到了马桶里,把正在抽的烟一根一根地拧断,扔到了垃圾筐里。

但是马如飞是一个恶习很多的人,喝酒、抽烟只是其中的两个最明显的恶习,他最大的恶习就是他没有决心对他的恶习做出任何的改变。

当苏雨再见他，他仍然在喝酒，仍然在抽烟。

这让苏雨很失望，也很生气，她说："我租房子给你，借钱给你，是希望你能积极地面对生活，勇敢地做出改变，你喝酒抽烟只能让你的生活更加堕落，你这样，谁能看得起你呢？"

马如飞态度还是很好的，他发誓道："你说得没有错，我是我爸的亲生儿子，可是我爸都看不起我，为了活出一个人样来，从今天起，我马如飞戒烟戒酒，如果做不到，我就不是我妈生的！"

马如飞坚持了两天的时间，但是两天没有酒喝没有烟抽的日子实在难熬，他又开始了抽烟喝酒。

苏雨问他："我真的不明白，你在清净寺里的那两个月，难道还有烟抽、还有酒喝吗？"

马如飞神秘兮兮地说："有的，如贵师不但抽烟喝酒吃肉，他还睡女人呢，为了堵我的嘴，他给我烟抽，给我酒喝，也给我肉吃，只是不给我女人睡。"

马如飞开始向苏雨求婚，苏雨觉得可笑极了，她说："我们才认识几天？最好不要在我面前提这碴儿，不然连朋友都做不成。"

见苏雨生气，马如飞就嬉皮笑脸地说："对呀，才认识几天你就借钱给我，你不是爱上我了是什么？你不要不好意思说，你的行为就说明了一切。"

这让苏雨吃惊了，她实在无法理解自己的行为，为什么会如此轻信一个陌生人？这种事并不是第一次，这种事情在她的生活之中经常出现，只是之前她运气好，遇到的人都不算差，这一次，遇人不淑。

马如飞也出去找工作了，但是，他眼高手低，工资少的他瞧不上，工资高的他又做不了，这样过了两个星期，工作的事情还是没有一点眉目，而苏雨给他的生活费他也已经花光了。

苏雨不敢再借钱给马如飞了，马如飞也不提借钱的事，他开始正儿八经地追求起苏雨来，他说："你已经通过考验了，你不是只看重男人金钱的女人，这一点，我非常地喜欢。实话告诉你吧，我在老家，有三处房产，如果你不相信的话，我可以让我老爸把房产证拍下来发到手机上给你看，你跟了我不会受苦的！"

苏雨对别人的东西就没有眼红过，她不知道马如飞的三套房产跟她

有什么关系,

通过近一个月的接触,她发现在与马如飞的交往中,几乎没有得到片刻的宁静,他总是一再地让她感到不安,他全身都充满了不安的气质。她觉得他正一点一点地把自己往一个深渊里带,但是她却没有办法停住脚步,她好像中了邪。

马如飞频繁地要求与苏雨见面,苏雨不得不时常往外面跑,她的行为引起了公公和婆婆的怀疑,特别是她一再晚归的时候。

公公婆婆倒也没有追问,只是脸色很不好看,苏雨也懒得跟他们解释。

马如飞住在苏雨给他租来的房子里,每天无所事事,让他倍感无聊,当他想打发无聊的时候,他惊异地发现自己没有一个朋友,而他认识的几个人,也都不接他的电话,这让他既恼怒,又伤感。

只有苏雨还理会他,马如飞紧紧地抓住了苏雨,他对苏雨说:"我不能没有你,做不成夫妻,做朋友也好,总之你别不理我,如果你也不理我,你信不信我会死在你面前?"

苏雨觉得异常疲惫,她无法从马如飞的身上得到任何的滋养,相反,她得到的总是损伤,她不知道与这样的朋友交往下去的意义在哪里。她为自己的行为感到后悔了,为什么要信任他?为什么要借钱给他?为什么要拿钱给他租房子?反复思索之后,她唯一能得到的答案就是:"我脑子进水了!"

这让苏雨走到了进退两难的境地,不理马如飞吧,他欠了她将近一万五千块钱,理他吧,她还有可能会继续损失。

马如飞几乎不停歇的电话让苏雨没有办法工作,也没有办法做别的事情,为了能好好地工作,她关机了。

苏雨的关机让马如飞痛恨得咬牙切齿,他到饭馆去喝酒。喝酒之后,他到大街上找碴,他瞪这个,瞪那个,骂这个,骂那个,有的人快步离开之后才低声回骂,有的人则当场站住与他理论。结果,他就把与自己理论的行人打了。

路人报了警,警察把马如飞带走了,然后又被放了回来,被放回来之后他又继续喝酒。

他把自己喝醉了,坐在街头,看着一街的霓虹灯,望着车来车往,

哥哥，我爱你

望着相拥而过的情侣，望着一家三口手拉着手，他感到了寂寞、孤独、无助……他哭了。

而苏雨是他所唯一能找的人，他不停地拨打她的电话，关机，关机，关机，一直是关机，这让他更加悲伤起来。

终于，苏雨开机了，他打电话，苏雨不接，他发了一条短信："我爸给我打了两万块钱，他让我回去，我不能欠着你的钱离开，不然我一辈子都不会心安的，你丈夫死了，一个人要养孩子，要还房贷，还要赡养公公婆婆，你不容易的！我的车票都买好了，你来拿钱吧，还了你的钱，我就离开了，彻底地从你的生活中消失了！"

苏雨看到这个短信，生出一种失而复得的兴奋来，她立刻就去找马如飞，她甚至想拿到钱后请马如飞吃一顿饭，或者给他买一张卧铺票，将他送上车。然而，当她见到马如飞，她知道自己实在是高兴得太早了。

马如飞就在租住的小区门口坐着，他的面前已经倒着三四只啤酒瓶，一地的烟头，而他一只手里拿着一瓶白酒，一只手里捏着一根燃烧了一半的香烟。他流着泪水，抽一口烟，喝一口酒，喝一口酒，抽一口烟。路过的人们如果看了他一眼，他便拿通红的眼睛瞪人家，然后龇牙咧嘴地对人家爆粗口。

见到苏雨，马如飞不哭了，他哈哈大笑起来，好像赢了一场游戏一样，他说："你又输了！我说你看到短信之后肯定会来见我，你果然来了！怎么样，我对你还是很了解的吧？"

来来往往的人被马如飞这一声大笑吸引，他们频频侧目，苏雨顿时生出一种屈辱感，她不想跟马如飞客气，也觉得没有必要跟他客气了，她冷冷地说："还钱吧。"

马如飞又是一阵大笑："还钱？还什么钱？我有欠你钱吗？什么时候的事？有欠条吗？"

马如飞借着酒精耍无赖，简直不可理喻，苏雨觉得今天要到钱的可能性几乎为零，便不再与马如飞纠缠，她转身就要走，但是马如飞大笑着掏出了一个削铅笔的小刀，他的目光正流露出前所未有的仇恨与绝望。

苏雨不敢轻举妄动，但是她感到恐惧，马如飞看到一脸恐惧的苏雨,就轻声地安慰她道:"你别害怕,我不会动你一根寒毛的,因为我爱你!你是我遇到的第一个如此相信我的人。可是你错了,你不应该相信我,因为我不是一个好人,我不值得你相信,我更不配做你的朋友,你拒绝我的求爱是对的,我不可能让你过上好的生活,我就是一个人渣,一个亡命徒!但是,我可以为你去死!在这个世界上,你找不到第二个可以为你去死的人,我是唯一一个!"

苏雨不害怕了,她不知道眼前这个内心无比虚弱的人有什么可怕,于是她就离开了,但是她刚走出两步,就听马如飞说:"你走吧,等血流干,我也就走了……"

苏雨听到了血这个字,血这个字让她很敏感,杨逸高血压,又死于脑溢血,她忍不住回头,看到马如飞正手握小刀在自己的手腕上,划开了一道一寸多长的口子,伤口正流着血,血液真顺着他的手腕流到胳膊上,又从胳膊上滴到地上。

苏雨从来没见过这种血腥的场面,她觉得恐怖极了,她想逃离这个人,但是却有一种莫名的力量将她留了下来,她觉得自己不能不管,如果马如飞死了,那么,他的死与她有关,她会因此而不安。

苏雨不能眼睁睁地看着马如飞死,她只好带他去医院,但是却遭到了他的拒绝,他用冷冷的眼神盯着她说:"你看,血在流。你看,我说话算话,我说我可以为你去死,我就能做到为你去死!敢问,在这个世界上有谁可以对你这样痴情?告诉我,你为什么在颤抖?你很害怕吗?我有什么好怕的?你为什么不愿意爱我?我究竟比你那死了的丈夫差在哪里?我比你小三岁,你老了我还能照顾你,我有的是力气,我会做很多事情,砍柴、挑水、锄地,我样样都会!你不是喜欢过那种我挑水你浇园的生活吗?我可以满足你,可是你为什么要逃避我?为什么?"

马如飞几乎是声嘶力竭地质问着苏雨,他的血继续顺着胳膊往下流,他的面前,已经滴了一片,但是他的表情冷漠,似乎完全感觉不到疼痛,他还在絮絮叨叨,还在语无伦次地说:"我能遇见你,你能遇见我,都是命运早就安排好的!你为什么要拒绝命运的安排?你嫌弃我穷是吗?你嫌弃我没有工作是吗?你嫌弃我不是记者是吗?我知道我配不上你,但是我爱你!爱,你懂吗?你不懂!因为你心里没有爱,你有的只是恨!你丈夫死了,你觉得天下所有的男人都应该去死是吗?我告诉你,如果他爱你,他就不会去死,他之所以去死,就是因为他不爱你,他肯定受够你了,他厌恶你,他才去死的!"

在苏雨看来,马如飞的逻辑就是一个精神分裂者的逻辑,她听得头皮发麻,备受摧残,好在马如飞说不下去了,他的血越流越多,面前已经流了很大的一片,他开始颤抖起来,但是他仍然不采取任何的行动。有人围观,他拿出小刀,咒骂着,威胁着别人,他凶恶地盯着看他的人说:"操!再看,再看把你也划开!"

苏雨已经感觉到死亡的临近,她是如此恐惧,尽管她对眼前的这个人厌恶到了极点,尽管她想立刻摆脱他的纠缠,尽管她不愿意再看他一眼,但是她还是下不了不闻不问的决心。她无奈地说:"别说了,先跟我去医院,把伤口包扎了再说好不好?"

马如飞因此就笑了,那种计谋得逞的胜利的笑,那种被人重视的欣慰的笑,他打着晃站起身来,捂着流血的伤口,哆哆嗦嗦地跟着苏雨去找医院,一路上,他居然安慰急切的她说:"别着急啊,流这一点血算什么呀,死不了的。这又不是第一次,我告诉你,我割腕都割出经验来了……"

终于找到了一家诊所,女医生查看着马如飞的伤口,闻到他一身的酒气,就说:"怎么搞的,这么深的口子?喝多了磕着了吧?以后别喝那么多酒了,自己受罪,还得让老婆担心。"

苏雨更加觉得屈辱,真想找个裂缝钻进去,她瞪了女医生一眼,正要开口辩解自己与马如飞并没有关系,但是却被马如飞抢了先,他对正在给他清洗伤口的女医生说:"是啊,喝多了,磕着了,看把我老婆给吓得,以后不喝了!酒不是好东西,一定得戒!"

马如飞转脸笑着对因无比的憎恶而背对着他的苏雨说:"老婆,老公这次说话算数,一定戒酒!谁再喝一滴酒,谁就是王八蛋!"

苏雨懒得辩解,她想走,却被马如飞死死地拽住了胳膊。

包扎完伤口,马如飞很客气地对女医生表示了感谢,没有一点醉酒的样子,完全像一个有素养的青年。走出诊所,他得意地搂住苏雨说:"我一点都不后悔,我用这点血验证了一件事情,我知道你是爱我的,绝对爱我!不然的话,你早就头也不回地走掉了!你根本不会管我的死活!但是你没有头也不回地走掉,相反,你在颤抖,你知道吗?看着我流血，你的声音都变了！破的是我的皮肤，是我的血管，流的是我的血，你为什么颤抖呢？如果你不爱我的话，你为什么会颤抖呢？所以，我不会相信你说的话，你已经用实际行动告诉了我，你是爱我的！"

苏雨觉得马如飞的厚颜无耻不可理喻，她说："我只是不想看到有人死在我面前，这很晦气的，你放开我！"

马如飞不但没有放开苏雨的意思，而是把她搂得更紧了，他并不恼怒，他心情格外好，他说："如果你不爱我，你才不会在乎我死在哪里呢！从小到大，我最渴望最渴望的就是被人爱，然而，从小到大一直都没有人爱我，唯一爱我的母亲，还被我父亲给折磨死了……"

苏雨不想再听这些，不管马如飞说的是真的，还是假的，她都不要再听了，他正是用这些话欺骗了她。她要回去，不管她说什么，马如飞就是不让她走，她不知道怎么办才好了，她觉得这些日子发生的事情都是如此的莫名其妙，这些莫名其妙的人，莫名其妙的关系，莫名其妙的事，让她自己深陷其中不得安宁。而眼下，她是无助的，她被欺骗，被纠缠，被损伤，像是坠入深海，无人搭救，她看不到岸，也抓不到一根救命的稻草，一种绝望的情绪深深地攫取了她，她蹲到地上就哭起来，她异常地悲伤，她想："哥哥活着，从来就没有发生过这种事，哥哥一死，徐灿找来了，陈小河找来了，马如飞找来了，他们带给我的都是什么呢，纠缠、伤害、烦恼、屈辱！"

苏雨越想越悲伤，越悲伤哭得越厉害，见她哭得如此伤心，马如飞才放开了她，他看着她被自己攥红的胳膊，揉了又揉，吹了又吹，一再地说对不起，一副很是心疼的样子。

苏雨哭累了，开始望着来来往往的行人发呆，觉得机会来了，她刚要跑，又被马如飞抓住，他说："你走吧，你走我就去撞车，你不信是吧？好，我让你信！"

说着，马如飞就冲到了大街上，害得一辆又一辆车急刹，苏雨很厌恶这样的马如飞，也很厌恶这样的自己，她想头也不回地走掉，但是她终是不忍。

她只得把马如飞送回去，但是马如飞不回，他哭着说："那个房子一天要五十多块钱的租金，两室一厅，可真漂亮，可是它冷冰冰的，像地狱一样，我不要回去！"

哥哥，我爱你

苏雨只好就近找了一家旅馆，安排马如飞住下，希望他酒劲儿过去了，成了一个正常人之后，她再离开，但是刚进入房间的马如飞就像一个疯子一样。

他把刚才在楼下买的晚饭砸到了地板上，他把电视机的声音开到震耳欲聋，他用拳头砸着墙壁，害得隔壁愤怒地敲门提醒，他冲出去要打人家。

苏雨觉得跟马如飞在一起颜面尽失，她想很快地逃离，但是马如飞不让她走，马如飞恐吓她说："你知道我为什么什么都不怕吗？因为我活够了！你活够了吗？如果你活够了，那么你可以走！为什么要逼我？"

到底是谁在逼迫谁呢？苏雨没有办法把马如飞当作一个健全人来看待，他就是一个疯子，一个十足的精神分裂者，他敏感、多疑、狂躁、不安，全身都充斥着破坏性。他能用刀子划开自己的血管，他是那么不在意自己的生命，那么，他会在意别人的生命吗？她觉得自己随时都有可能发生生命的危险，她不想死，确切地说，她不能死，更确切地说，她不能以这样的方式死。这种方式，让死亡变得轻浮而屈辱。

苏雨一动不动地坐在床边上，手藏在上衣的口袋里，她握着手机，努力地猜想着一和零按键的位置。待马如飞稍微安静了一点，她借口去卫生间，但是马如飞再一次粗暴地阻拦住了她，他冷冷地盯着她说："你给我站住，你不要自作聪明，我告诉你，我走过的桥比你走过的路都多，你不要骗我，你骗不了我的，你根本就不是要去卫生间，你想借机逃走！"

此时此刻，苏雨对马如飞的同情、怜悯变得模糊起来，她觉得他是如此的可憎、可厌、可恨，她恨自己由于一时的心软和毫无原则的怜悯而沾惹上了这样一个人。这种沾惹不但损失了她的钱，对她的人格、尊严都是一种深深的践踏与蹂躏，如果可以，她想把这段时光从自己的生命当中切除掉，像把一个恶疮、一个肿瘤切除掉一样。

尽管苏雨迫切地想要离开，但是她不敢采取强硬的手段，她知道自己根本不是马如飞的对手，而一个丧心病狂的人，是什么事情都有可能做得出来的，她的内心升起的不只是恐惧、屈辱、悔恨，还有悲哀。

她坐下来，静静地看着狂躁而粗暴的马如飞摔遥控器，用拳头砸墙壁，扯掉自己伤口上的纱布，伤口又开始流血，血滴在旅馆的地上、床单上，鲜红的血在白色的床单上异常刺目。当马如飞捂着伤口蹲在地上哭泣的时候，她才轻手轻脚地走出房间，然后旋风一样扑下楼梯，任凭马如飞在身后叫喊。

　　刚冲到大街上，刚好一辆出租车停在路边，一个人从出租车里下来，正要关车门，她慌忙坐了进去，她由于快速奔跑，由于恐惧，心跳加速，气喘吁吁，她让司机快一点开。当出租车启动，行驶在凌晨的马路上，她从后视镜里看到了马如飞正追过来，但是，他跑了几步之后便停了下来，因为他撞到了人，他把一个老太太撞了一个趔趄，他把老太太扶住，很客气地给人道歉，询问伤到没有，完全像一个正常而有素养的青年。

　　手机一直在响，都是马如飞打来的，苏雨不接，司机诧异地看了她一眼说："看你刚才紧张而慌乱的样子，好像遭遇到了什么麻烦？"

　　苏雨一颗狂跳的心这才逐渐地安稳下来，她长吁了一口气说："遇到了一个疯子。"

　　手机还在一刻不停地响着，苏雨厌烦又不知道怎么办，司机提醒她说："摆脱疯子纠缠的最好办法，就是关机，一直关机，他打一打，打不通，也就死心了。"

　　苏雨居然糊涂到如此地步，她感激地对司机笑笑，然后就关机了，聒噪的铃声再也没有响起。

　　马如飞站在大街上一直不断地拨打苏雨的电话，先是无人接听，后是关机，这让他愤怒、失望，然后是无奈。他的伤口还在流着血，流血过多让他忍不住颤抖，他拉开外套的拉链，撩起里面的T恤，咬开了一个口子，然后用力撕掉一绺，紧紧地将伤口缠绕住，用牙齿和那只没有受伤的手，打了一个结。

　　他无奈地回到了旅馆，还是不停地拨打苏雨的电话，然而一直是关机，他呜呜咽咽地蒙着被子哭了一场之后，睡着了。

　　苏雨回到家，已经接近凌晨两点，宝儿已经睡去，但灯却开着，可见宝儿一直在等待着她的到来，她因此深感愧疚，她在宝儿的脸颊上吻了又吻。

第十二章

　　表嫂大概是对自己每天的哭闹感到厌倦了，来的次数便逐渐少了起来，姨妈和姨夫来的次数也少了起来，而另外两个表哥也不再逼着让王鹏飞拿十万块钱了断。这让文晓沉重的心情慢慢地放松了。

　　文晓没有想到会接到苏雨婆婆的电话，这让她很诧异，婆婆在电话里鼻涕一把泪一把，哭得可怜兮兮，她说："苏雨越来越不像话了，我儿子尸骨未寒，她就开始晚归，甚至是夜不归宿，宝儿不跟我们睡，她非要等她妈回来才睡……你是苏雨的好朋友，是宝儿的阿姨，你说苏雨这个样子能说得过去吗？"

　　文晓觉得苏雨这个样子说不过去，她竭力安抚了婆婆，然后打电话质问苏雨："你最近到底发生了什么事情，为什么你总是不在家？你婆婆把电话都打到我这里来了，哭哭啼啼的，说你夜不归宿，说你不管宝儿，我的妹妹，你到底在做什么？"

　　苏雨正在上班，面对文晓的质疑，她不想解释，也不方便解释，最重要的是她不想在文晓的面前提马如飞这个人，她觉得这样一个人的出现，对她简直就是一种玷污。

　　文晓说："我不管你在做什么，但是我希望你能收敛一点，别在人家老太太面前这样嚣张好不好？这样下去的话，你们的关系会恶化的，而你们之间的关系一旦恶化，对你是非常不利的，你在家中的地位会变得非常被动你知道吗？"

　　苏雨不想听文晓的絮絮叨叨，她以忙为由，挂了电话。

　　下班回到家，苏雨看到书桌上的笔筒下，压着一封字迹歪歪扭扭的信，原来是婆婆的，在信里，婆婆痛陈了她这些天的过分行为。婆婆在信里写道："我儿子在，你是我媳妇，我儿子不在，我把你当女儿，可是你做了什么？我儿子尸骨未寒，你长时间地和别的男人通电话，你半夜三更才回来，你不管孩子！我儿子那么爱你，你这样做对得起他吗？我问你，你还有没有良心？"

苏雨看完信，撕了，将碎片丢到了废纸篓里，不想解释，她不知道有什么好解释的，有些事情越解释可能越容易引发误解。

第二天，苏雨去上班，刚到单位不久，主编陶姐就把电话打过来，陶姐让她到她的办公室去一趟。

苏雨去了陶姐的办公室，刚一坐下来，陶姐就说："我也不跟你绕弯子了，你婆婆打电话给我，哭得稀里哗啦的，说是你这段时间半夜三更才回来，还说你夜不归宿。本来呢，这种事情我可以不理会的，但是，我觉得老人家也不容易，既然找到我了，我觉得还是有必要跟你谈谈，我希望你能找到一条更好地与你婆婆沟通的方式。我们做的是家庭类杂志，我们的宗旨也是为了一切家庭服务，如果连自己的家庭关系都搞不定，那显然是说不过去的。"

苏雨不知道说什么好了，婆婆的行为让她生气、憎恶，但也哭笑不得，她问陶姐："都什么年代了，一点家庭问题居然还找单位领导。不过撇开这个问题不谈，我在想，我们做一期'丈夫亡故之后，婆婆干涉媳妇的生活'这样的稿子，深入地探讨一下婆媳关系之中的这种家庭矛盾，是否可行？"

陶姐摇头表示了否决，她说："这不具有普遍性、典型性。"

苏雨说："你看，我遇到的问题是一个特例，公公婆婆住到我家里，还带着他们另外的孙女，这种事情很鲜有的对不对？"

陶姐说："他们带着孩子住到这里确实不方便，对你的生活肯定造成了很大的影响，跟他们好好谈谈，让他们回去。"

苏雨无奈地摇头，然后叹息道："都谈过了，他们很固执，他们说没有住在我家里，他们住在他们的儿子家里，房子是他们杨家的，应该离开的是我这个外人。"

陶姐说："你就没有告诉他们，这房子是你们夫妻共同财产，你就没有告诉他们房贷是你在还？他们这样做，真是很不合适！"

苏雨说:"再不合适,我也不能赶他们走,他们是哥哥的父母,也是宝儿的爷爷奶奶,我除了忍耐,还有更好的办法吗?"

陶姐也无奈了,她说:"我们在做稿子的时候,说的总是头头是道,到了具体问题上,却束手无策,可见我们给读者的一些解决问题的方式方法大多都是想当然。"

苏雨说:"对你有用的方法,不见得对我有用,越是看起来简单的问题,解决起来越是棘手。"

苏雨回到家之后,开始更多地沉默起来,她不得不认真地思考这种内忧外患的生活了。她问了自己许多的问题:"这是我想过的生活吗?这种生活究竟给我带来了什么?我为什么不能做出改变?我到底在惧怕什么呢?"

第二天,苏雨没有去上班,她把自己关在家里,她坐在电脑前,打开电脑文件夹里的杨逸的照片,一张一张地看,看着看着就忍不住将头埋在膝盖上哭。

到了中午,宝儿放学回来,婆婆已经做好了饭,她悄无声息地走到书房门口,伸出脑袋,探视苏雨的动静,这个动作,自从她到来之后,一直保持到现在,几乎每天,她都以这种方式探视苏雨几次。当她看到苏雨在哭,脸上便露出了无比欣慰、无比满足的笑容。她把饭盛好,菜盛好,筷子、勺子都拿好,端到苏雨的面前,异常慈祥地说:"吃吧,吃完了,我再给你盛。"

苏雨看都不看一眼饭菜,饭菜本身让她毫无食欲,而婆婆的行为更加破坏了她的胃口,她说:"端走吧,我吃不下。"

婆婆就劝慰道:"吃不下也得吃,活着是最要紧的,不为别人活,不为自己活,你也得为宝儿活,吃吧!"

婆婆的行为让苏雨觉得极为别扭,也极为不解,婆婆似乎很喜欢看到她难过,似乎她难过,杨逸就没有白死似的。

苏雨问婆婆:"我现在发现了一个规律,只要我哭,你就会送饭给我,我很不明白,你就这么喜欢看到我难过?"

婆婆无法回答苏雨的问题,她悻悻地放下饭菜走开了。

苏雨不哭了,她不知道自己为什么要哭,这种局面并非是杨逸造成的,杨逸已死,不管她怎样悲伤,怎样难过,他都不可能再活过来,那么她悲伤，她难过的意义在哪里？她吃了饭，打开了欢快的音乐，她不能把自己弄成一个可怜兮兮的怨妇，她一边听一边随着歌曲哼唱着，像是在庆祝。

婆婆的脸色因此就不同了，她黑着脸，翻着白眼，跟谁说话都是一副阴阳怪气的语气。

宝儿吃饭的时候掉了几粒米，她唠唠叨叨地说了半天："你爷爷挣钱容易吗？那么大年纪的人了，还辛辛苦苦地给人家弄垃圾养一家老小，你白吃白喝还不知道珍惜，谁惯你的这臭毛病？不识好歹的东西！"

妞妞在吃东西的时候打碎了一只碗，她就把妞妞扳倒在自己的膝盖上，朝着妞妞的屁股就是几巴掌下去，打得妞妞声嘶力竭地号叫了半天。

苏雨困惑不已，她发现很多人都有病。徐灿有病，他居然从十几年前恨她到现在；陈小河有病，他被身上的枷锁绑缚得几近窒息却没有勇气摆脱；马如飞有病，他明明渴望爱，当别人爱他时他却一再地伤害别人；公公有病，他认为所有的一切都是他的功劳；婆婆有病，她总是到处哭诉自己的遭遇以博得别人的施舍……

让苏雨更加困惑的是，她不知道是自己病了，还是别人病了，甚至是整个社会都处在一个病态之中？

婆婆不但喜欢看苏雨哭，看苏雨难过，更喜欢看苏雨蓬头垢面，当苏雨穿了一件颜色鲜亮的衣服出门去，她就不高兴了，她黑着脸翻着白眼问："穿这么漂亮干什么去啊？"

苏雨故意说："约会去啊。"

待苏雨出了门，婆婆才不快地骂了一句："妖精！"

苏雨并没有去约会，她只是到公园里走了一圈。

杨敏过来，婆婆就对杨敏说："你哥才走多久，她就穿得花红柳绿的，之前你哥活着时，也没见她这样过，可见人走茶凉，她的心是不在你哥身上了。"

杨敏就劝慰道："如果她天天要死要活的，你好过吗？"

婆婆说："也不知道是怎么了，我看到她看着你哥的照片哭，我心里就舒服。看着她穿得漂漂亮亮地出去约会，我心里就不舒服。"

杨敏说："人家还年轻，别说人家去约会，就是人家再嫁，我们也说不出什么来的，没办法干涉！"

婆婆说:"我也没有干涉,她嫁出去才好,我就怕她既不嫁人,又交着男朋友。"

为了验证苏雨有没有交男朋友,待下午宝儿一放学回来,她们就把宝儿叫到了房间里,旁敲侧击地问宝儿:"你妈最近电话频繁,回来的又很晚,也不知道都跟什么人交往?"

宝儿摇头晃脑地说:"大人的事,我小孩子懒得管。"

杨敏说:"你不是小孩子了,你都十一岁了,再说了,你妈给你找个后爸你也不管?"

宝儿对这个很敏感,她忽地就红了脸,气哼哼地说:"我死都不要后爸!"

婆婆和杨敏听到宝儿的回答都很欣慰地笑了,婆婆说:"你妈非要给你找,你不要能行?"

宝儿说:"我妈要是敢给我找后爸,我就跟她绝交!"

杨敏摸了摸宝儿的头发说:"宝儿真是一个好孩子,爷爷奶奶没有白疼你。"

但是婆婆的脸上又流露出为难的表情,她很发愁地问杨敏:"她如果老不嫁人,难道就这样耗着?你哥年纪轻轻的就走了,我们这两个老东西能活几天还不知道呢。"

杨敏给出的答案是:"先听我大哥的安排,要说耗,她耗不过你们的,她这么年轻,不可能就这么耗下去,她撑不了多久的……"

苏雨在公园走了一圈,她忍不住打开手机,手机刚打开,马如飞的短信就进来了,她打开一看,居然有几十条之多。有的说:"你开机吧,我求你了,我离开你没法活!"有的说:"我因流血太多晕倒在路边,被人送到了医院,现在在医院里躺着,你来看看我吧。"有的说:"你真是一个狠毒的女人,你让我爱上你,然后你又甩掉我!"有的说:"你个臭女人,你个老女人,你去死吧,永远不要让我再看见你!"后来的很多条短信,气焰已经不再嚣张,而是充满了自哀自怜,短信说:"让我死吧,我活着也是地球的一个累赘,一个负担。"他在最后一条短信里表示:"我想好了,我不能再这样漂泊下去了,我还是回到草原去,那里有我的马,有我的羊,有我的蒙古包,有我的马头琴。"

苏雨刚把短信删除完毕，准备关机，马如飞的电话就打了进来，他要见她。她本已下定决心不去见，但是他在电话里无比真诚地表示："我今天没有喝酒，我很清醒，我对天发誓，这是我们的最后一次见面，我要离开这里了，但是我不想占一个女人的便宜，特别是一个寡妇的便宜，这会让我不安。这些天，我花了你的钱，我打电话给我妹妹了，她给我打了一笔钱来，我还给你，然后我就从你的面前消失，永远而彻底地消失。这一次，谁如果说谎，谁就天打雷劈不得好死！"

苏雨不想见马如飞，她说："我不想见你，钱我不要了！"

马如飞因此哈哈大笑起来，他说："你就这么惧怕我？惧怕的连你的钱都不敢来拿？那可是你的辛苦钱啊！再说，我一不是魔，二不是鬼，我是一个人，我有什么可怕的？好了，你来，我把钱还给你我就走，我不习惯欠别人的债，更不习惯欠别人的情。还了你的钱，我们之间的关系就彻底地了断了，这不正是你所希望的吗？我想通了，我也不想这样死皮赖脸地纠缠你了，这让你很累，这也让我很累。"

苏雨不想见马如飞，但是她很想要回她的钱，她说："我给你一个账号，你把钱打到我账号上吧。"

马如飞不愿意，他说："你坐公交车，来回只需要一块钱，我给你打到账号上，一笔就得几十块，我妹妹为了跟她丈夫要这笔钱，被她丈夫打了一顿，我不想浪费一分钱，这里面的每一分都是我妹妹的血泪换来的。"

苏雨去了，因为马如飞欠她的不是一笔很少的钱，整数有一万四千块，零零碎碎还不算，这些钱，可以让她做很多事情的。最主要的是，她觉得把钱花在这样一个男人身上实在不值得，她真恨自己当时心软。

见了马如飞，苏雨让他还钱，他却只字不提还钱的事情，他又喝了酒，他哭得稀里哗啦，他说："我的大哥死了，我的母亲死了，我本来也想死，可是我遇见了你，我想好好地爱你，当然也想像一个真正的父亲那样好好地爱你的孩子，可是你为什么如此残忍？为什么如此绝情？你为什么不给我这样一个机会？"

苏雨又上当了，马如飞又一次用谎言欺骗了她，这让她连愤怒的力气都没有了，她只觉得虚弱，只觉得无力。她从来没有遇到过如此恬不知耻的人，既可怜，又可恨，既可憎，又可厌。

苏雨开始躲避马如飞的纠缠,她相信,只要自己关机,马如飞就找不到她,确切地说,这段日子,她不断地关机不断地开机,她的不忍,她的犹疑,让她陷入到了这个困境里面。

苏雨不再恐惧,她不想再纠缠下去,她已经做好了损失掉这些钱的准备,尽管这些钱足够她上半年的班。这不怪马如飞的无赖,这只能怪自己的轻信。

苏雨没有犹豫,任凭马如飞在身后大声地叫着她的名字,恳求她留下来,她仍然头也不回地走掉了。

晚上,苏雨搂着宝儿在床上,给宝儿讲故事,她一边讲故事一边打开了手机,她不想因为马如飞一只苍蝇而将窗户关了,她担心有重要的人以及重要的事错过了。

刚打开手机,就有一个电话打进来,一个陌生的外地号码,这让苏雨放下心来,只要不是马如飞打来的就好。

苏雨接了电话,一个陌生的声音亲切地说:"我终于找到你了,我打了十几天的电话,一直没有打通,终于打通了。"

苏雨挺诧异,这种语气,简直就像是一个多年不见的老朋友找来了一样,然而声音却是陌生的,于是她问道:"你是?"

电话那端说:"哦,我在一个论坛上看到了你的电话的,你读奥修,读阿姜查,读一行禅师,读克里希那穆提?"

只这几个人的名字,就让苏雨感到异常的温暖,可惜的是,这段时间以来,她读的书实在太少,她的时间被一个又一个无关紧要的人给侵占了,最主要的是她的心是乱的,她没有办法静下心来读书,静不下来读书的心因此更加混乱。

能遇到一个与自己阅读兴趣相似的人,是一件很幸运的事。文晓不读这些书,她太害怕思考,思考让她直面自己的内心,这种直面让她痛苦,为了避免这种痛苦,她总是强迫自己不去读这些能引发人思考的书。张玄梧不读,他忙于他的生意,闲暇的时候不是很多,有了闲暇他读历史,读佛经。陈小河与马如飞几乎连书都不读,这也是她与他们交往不下去的主要原因,他们的出现,对她来说,都是障碍,而她要做的就是越过这些障碍。

苏雨无法掩饰内心的欢喜说:"是的。"

电话那端说:"我从不曾遇见一个读这些作品的人,这真的很难得。"

苏雨想说:"他们都是智者,他们的作品不但能让我思考,还对我有所启发。"

电话那端:"你是从事什么工作的呢,怎么接触到这些人的作品的?"

苏雨告诉电话那端:"我在一家杂志社做编辑。"

电话那端也告诉苏雨:"我是出家人。"

苏雨说:"那你就是师父了。"

师父问苏雨:"爱写作?"

苏雨回答:"是的。"

师父问:"主要是哪个方面的呢?"

苏雨回答:"情感。"

师父说:"要利益更多的人才好。"

通话时间并不长,在这短暂的通话中,苏雨感受到了一种奇妙的让她倍感温暖也倍感安详的力量。

苏雨想:"如果这种力量早一点出现的话,那么,我的生命当中还会遭遇到陈小河,还会遭遇到马如飞这种人吗?"

苏雨居然有种拨云见日的感觉,她睡了这些日子以来最安稳最踏实的一觉。

第二天,苏雨刚下班,发现马如飞在单位附近转悠,这让她再度不安起来,她担心他找到她的单位,担心他到她的单位去闹,他一个精神失常的人,是什么话都说得出来、什么事都做得出来的。那样的话,不但给她带来麻烦,还会让她颜面扫地。

苏雨想躲开,她用包遮挡着脸,快步地混入人群当中,但是她却没能躲开,马如飞还是发现了她,冲到她的背后,猛地捂住了她的双眼,然后像老朋友那样说:"猜猜我是谁?猜对了有奖励的哦。"

不用猜,苏雨就知道是马如飞,为了不至于闹大,她把他的手从她的脸上拿下来说:"别闹了,我还有事呢,等办完了事再联系你。"

马如飞当然不相信,他要求苏雨跟他走,但苏雨不能跟他走,于是,为了让苏雨跟他走,她走到哪里他就跟到哪里。

哥哥，我爱你

　　这让苏雨很无奈，她决定跟马如飞到他租住的两室一厅里，而这个过程，他一直表现得很温柔，他把她按到沙发上，给她倒了一杯茶，然后拿出了一些瓜子点心让她吃，而他则去厨房做饭。

　　趁马如飞在厨房做饭的时候，苏雨想溜走，但被他发现了一次又一次，他总是在厨房里将她叫住说："别跑啊，饭都快好了。"

　　接下来会发生什么，没有人能料得到，此时的马如飞温柔善良，但在下一秒，他可能就凶狠歹毒。

　　很快，马如飞将几盘清淡的小菜端了上来，将米饭端了上来，微笑着将筷子递给苏雨，将勺子递给苏雨，让苏雨吃，苏雨不敢吃。他就笑了，他先吃了，他吃了一口米饭，把几个盘子里的菜都吃了一遍然后说："看，没有毒的。"

　　没有毒，苏雨也不想，眼前的这个人，败坏了她的胃口，别说是几盘小菜，就是山珍海味，她都难以下咽，她握着筷子，夹了这个菜，放下，夹了那个菜，放下，夹来夹去就不往嘴里送。

　　天很快就黑了下来，马如飞打开了灯，苏雨放下筷子说："我公公婆婆走亲戚去了，就我女儿一个人在家，我得回去了。"

　　马如飞不让她回，他说："你不要骗我了，他们根本没有走亲戚，他们在家呢，你今晚不要回去了，陪我睡。"

　　苏雨不觉紧张了起来，她说："我没有骗你，我今天必须回，至于那个什么，回头再说吧，我今天确实不方便。"

　　马如飞斜睨着苏雨说："怎么不方便？例假来了？"

　　苏雨趁机说："是的，例假来了。"

　　马如飞放下筷子，继续斜睨着苏雨说："把裤子脱了，我看看例假到底来没来。"

　　马如飞的无耻彻底地惹怒了苏雨，她蹭地从沙发上站起来，端起马如飞正吃着的那盘菜就丢到了地板上，她骂马如飞道："你个王八蛋！你太没有廉耻了，你简直龌龊到家了！"

　　马如飞不但没有发火，反倒开心地笑了，他朝苏雨竖了竖大拇指说："你有种！我喜欢！敢当着我的面骂我马如飞王八蛋的人，除了我爸也就是你了！"

　　苏雨不管不顾地冲到门口，马如飞却先她一步冲到了门口，他倚靠在门上，一脸无赖地望着苏雨说："别走，我不碰你的，你放心好了。"

苏雨见马如飞两眼露出凶光，只好无可奈何地坐下来吃饭，希望打消马如飞对自己的戒备，或许可以找到合适的机会溜出去。

马如飞到厨房拿了一瓶酒，拿了两个杯子出来，他给苏雨倒了一杯，又给自己倒了一杯，他说："我找了这些天的工作，工作不好找，我看得出你也不想和我发展感情，那么我留在这个陌生的城市也没有意思，我准备离开，这一次是真的。所以，我决定把房子退掉，把钱要回来还你的，然后，我们就各走各的。"

苏雨不再想着挽回损失，她唯一希望的就是摆脱掉他的纠缠，但是马如飞很快就把自己的话完全地推翻了。他逼迫着她喝酒，她不喝，他就喝了，然后他喝醉了，他把酒瓶子砸到了地板上，他抽烟，然后把打火机砸到了墙上。

苏雨已经不为马如飞的这种行为所惧，她已经转变了认识，如果一个人真想死，没有谁能阻挡住，也与任何人无关。

苏雨坚持要走，马如飞以死相要挟的手段失去了效力，他开始了更为疯狂的举动，他猛然把拳头砸在窗玻璃上，玻璃哗啦啦碎了一地，而他的手背也因此被玻璃划伤，伤口流着血，他再一次发挥了他的狠，他看着她，舔舐着他伤口流出的血，吃着他被窗玻璃割破的皮。

马如飞舔舐伤口的动作看起来津津有味，这让苏雨忍不住要吐，马如飞看到苏雨捂着嘴要恶心，因此就笑了。

马如飞开始抽烟，他把烟灰弹到了菜里，他说："你胆子真小，我告诉你，我在牢里待了三年，刚进去，谁看我都不顺眼，谁想揍我就揍我，我就是靠这个把那些人吓倒的。"

马如飞把裤子撸到膝盖，把脚踏到沙发上让苏雨看，苏雨看到马如飞的小腿上有一个拳头大的伤疤，深深凹下去，像是有一块肉被割了下来。

马如飞见苏雨流露出恐惧的表情，很得意地说："这不是别人割的，这是我自己割下来的，当那帮王八蛋要收拾我的时候，我就用刀把我腿上的肉割了一大块扔在了那帮王八蛋的面前，我告诉他们，谁要再敢动我一指头，他的下场比这个惨。从此之后，他们就没有一人敢动我一指头，他们叫我大哥，他们给我肉吃，给我酒喝，冷了，他们把他们的被子给我，热了，他们给我扇风。他们把家人带给他们的东西，都孝

哥哥,我爱你

敬给了我,在牢里的三年,是我有生以来过得最舒服的三年,我一直很怀念,但是老天一直不给我这个机会。"

马如飞的话听得苏雨直发抖,她从来不曾想过,自己会遇到这种人,一个流氓,一个罪犯。她不能再跟他多待一分钟,她觉得自己几乎要窒息了。她从包里拿出一沓子打印稿说:"今天是真有事,你看,我带着活儿回家做呢,明天要给单位交呢,我明天再来。"

马如飞盯着苏雨的眼睛说:"我告诉过你,不要跟我撒谎,你骗不了我的,因为我是一个经常撒谎的人,我能看出你哪句话是真的,哪句话是假的。但是你不行,你就看不出我的哪句话是真的,哪句话是假的。之前我告诉你,我的母亲被我父亲打跑了,我在找她,直到我身无分文。你信以为真,哈哈,我一点都不感到惊讶,我用这样的话已经成功地欺骗了二十个女人,你是第二十一个。但是,下面我要告诉你的这一句是真话,千真万确,我的母亲,她已经死了!我不可能再在任何地方找到她,她是被我的父亲打死的,我恨我的父亲,我恨不得他坐牢,恨不得他被枪毙,但是他就是那么有能耐,警察都奈何不了他,当然,警察也奈何不了我,不信的话,你可以报警试试看,他们怎样把我抓进去,他们还会怎样把我放出来。"

马如飞继续说:"我起码和二十五个女人上过床,我不但睡了她们,不但让她们怀了我的孩子,我还花了她们的钱,我还把她们打得跪地求饶!但是,我们认识快一个月了吧,我一根指头都没有动过你!你不要在我面前表现得这么正派,我告诉你,能被我看上的女人她不可能正派,她如果硬要正派,她会吃苦。"

马如飞说到这里不说了,他去了卫生间,苏雨紧握着手机,她想找个机会报警,但是还没等她按下按键,马如飞就从卫生间里提着裤子冲出来,他一把抢过苏雨手里的手机,把里面存储的手机号码一个一个删除了。他说:"想报警是吧?想打电话求助是吧?不要白费力气了!我早跟你说过,我爱你,我不会打你一下的,这个你放心好了。"

天色更晚了,苏雨很焦急,她知道宝儿一个人不肯睡,肯定还在家里等着她。

苏雨竭力地让自己平静下来,她不能跟马如飞来硬的,也不能跟马如飞来软的,确切地说,马如飞几乎是软硬不吃,她必须得顺从,她无奈地说:"我不走,可是我饿了。"

马如飞忽然之间就变得温柔了,他拍着苏雨的脸说:"你这个样子就对了,我就喜欢你这个样子,低声下气的多可爱啊,好吧,既然你饿了,我们吃饭。"

马如飞看了茶几上的盘子,里面的菜所剩不多,且都是烟灰,他说:"走,我们出去吃饭。"

来到餐馆,马如飞要了烤鸡翅、烤鸡腿、烤鱼、烤肠、烤肉。当这些烧烤一盘一盘送上来,他看着苏雨就笑着说:"我知道你吃素,但是我偏不让你吃素,你又不是尼姑,你吃什么素?你看你瘦的,所以,你必须要吃肉。什么因果报应?什么天堂地狱?我告诉你,根本没那回事!在老家,我跟着一帮地痞流氓打架斗殴,收保护费,谁不给砸谁的店,甚至把人给打残了,我做了那么多坏事,至今还不是活得好好的?你倒是一心向善呢,居然让你碰到我这个骗子,哈哈哈哈!"

说着,马如飞就拿起一串烤肉递给苏雨,苏雨只好硬着头皮味同嚼蜡地吃着烤肉。

马如飞又要了五瓶啤酒,服务员将啤酒送过来的时候,苏雨捂着肚子问:"有卫生间吗?我肠胃不好,吃不了肉的。"

服务员告诉苏雨,他们这店太小,没有卫生间,不过马路对面就有一个公厕,马如飞要跟过去,苏雨装着镇静的样子说:"我就去个厕所!"

马如飞相信苏雨是惧怕自己的,他说:"我谅你也不敢跑。"

苏雨就去了马路对面,她捂着肚子在马路边蹲了好一会,她发现马如飞一直在盯着她。后来,她趁马如飞低头吃烤肉的时候,拦截了一辆出租车,她迅速地拉开车门钻了进去,急切地对司机说:"快!快走!"

马如飞从口袋里找打火机点烟的时候,发现苏雨坐上了出租车,他从饭馆里冲了出来,他去追,但是却追不上,他想打车,却始终不见一辆出租车过来,他只好愤愤地骂了几句走人。

第十三章

　　苏雨这次没有办法再原谅自己的优柔寡断,她打电话跟陶姐请了一个星期的假,陶姐问都没有问就准了。

　　苏雨站在窗口,给文晓打电话,东拉西扯,使劲地聊天,直到文晓手机没电,她才给张玄梧打了电话,张玄梧以为她出了什么事,她的理由居然是:"我想把话费用完。"

　　为了帮助苏雨把话费用完,张玄梧不再急着往茶园赶,而是将车子停在了郊外的路边,将椅背调到最舒服的程度,他躺着,喝了半杯水,摆开了与苏雨长谈的架势。

　　马如飞一直拨打苏雨的电话,但是一直处于通话状态,这让他气得将手机摔在了地上,但是,他很快又后悔了,赶忙蹲下来将手机捡起来,打开试了又试。见还能开机,他又高兴起来,他蹲在地上继续给苏雨打电话,还是通话中。

　　马如飞就不停地拨打,他一边抽烟,一边喝酒,一边打电话,这样大约过了四十多分钟,直到电话里传来的"你拨打的电话正在通话中"变成"您拨打的电话已停机。"

　　正在通话中,忽然因欠费而中断,这让苏雨很开心,她把必要的号码存储到手机上,然后打开窗户,将发烫的手机后盖打开,抠出手机卡,捏在拇指与食指中间,然后手指一松,手机卡就掉了下去。

　　马如飞的酒喝完了,他打电话让小卖部又送了两瓶白酒来,还和之前一样,他不用杯子,他像喝饮料一样。他很快就喝醉了,他红着脸,红着眼睛,望着窗外的大雨说:"我一无所有,不知道今晚睡在何处,不知道明天的早餐在哪里，你给我钱花，给我租房住，你给了我手机，给了我被褥，我就是一个混蛋！我对不起你！我还是要堕落下去！不是我不想奋斗，是他妈的奋斗太难了！这样混吃混喝多好，撒撒谎就可以办到！可是我不开心，你被骗了，你不开心，我骗了你，我也不开心！"

苏雨到社区的超市重新办理了一个手机号码，她躺在床上打电话给文晓说到了自己打算辞职的事，她说："我必须辞职，不只是因为有一个疯子在纠缠我，更主要的是我一天都干不下去了，我必须得做出改变，第一步便是从辞职开始。"

然而苏雨只顾着与文晓的电话，却忽略了紧贴在门外的婆婆的耳朵。

第二天中午，婆婆在摘菜，苏雨过去帮忙，发现土豆不但个个青头，而且出了芽，发现青椒裂开了口子，口子周边已经发生了严重的腐烂，西红柿居然也都发软了，她捏了一下就流出粘稠的汁液。

苏雨不禁皱了眉头，她拿着发芽的和青头的土豆对婆婆说："妈，我都跟你说了多少回了，不管是发芽的还是青头的，都不能吃的，吃了会中毒的。"

婆婆不以为然地反驳道："这么长时间吃的都是这种，一家人，也没见一个中毒的？"

苏雨拿出被捏烂的西红柿说："还有这个，一看就知道积压了很久的，都坏掉了。"

说着苏雨就把青头的发芽的土豆，将腐烂严重的青椒，将软得一捏就破的西红柿往垃圾桶里丢，却被婆婆阻拦住，她说："你都给我放下了！"

苏雨耐着性子解释说："我们的生活已经够节省的了，但不管怎么节省，我们也不能花钱买这些烂东西吃啊，我就不说了，宝儿是不是你孙女？她是不是正在长身体？你就拿这些青了头的、出了芽的、发了霉的、腐烂了的东西给她吃吗？"

婆婆说："你嫌弃我们不会买菜，以后你买菜好了，你知道现在菜都是什么价？天价！一斤土豆一块五，一斤西红柿两块五，一斤青椒四块五，不当家不知柴米贵。"

苏雨说:"在老家院子里刨出一块地方种点菜都吃不完,为什么要在这里吃这些天价的烂菜?"

婆婆敏感地说:"又要赶我们走是吧?"

苏雨说:"我不赶你们走,你们愿意在这里住,你们就可着劲儿地住,我爸不是说要死在这里吗,随便你们,我看在你们生养了我老公一场的面子上,哪怕我走,我绝对不赶你们走,你们放心地住吧。"

说着,公公提着一大兜东西回来了,一进门就兴高采烈地地对婆婆说:"今天运气真是不错,跟我一起干活的老王捡了一大兜的土豆回来,告诉我还多着,让我也去捡,我就捡了这一大兜。"

苏雨扒开兜子看了看,出芽的出芽,青头的青头,皱皱巴巴的,有的甚至还腐烂了,她还能说什么呢,她说:"运气就是好啊,捡的还不少呢。"

公公没有听出苏雨话里的真实意思,他很得意,占了多大便宜似的对苏雨说:"这才多少啊,垃圾堆旁边还有好多呢,倒了一大堆,好些人在那里捡,我本来也不好意思,但后来我就放开了,我怕什么?我又没偷又没抢。"

苏雨无语了。

公公转脸对婆婆说:"你赶紧把这些都倒出来,我还捡去。"

婆婆就把这些土豆倒了出来,把兜子递给公公,公公就兴冲冲地离开了。

婆婆拿过一个土豆,把长出的芽掰掉,然后拿菜刀把青头削了削,对正在生气的苏雨说:"做什么你吃什么好了,还挑三拣四的,跟你爸在一起干活的老王,人家可是正儿八经的工人,人家儿子教书的教书,做房地产的做房地产,人家每个月还有一千多块钱的退休金,人家都捡,我们为什么不能捡?"

苏雨无奈地点着头说:"可以捡的,继续捡,从现在起,你们做饭你们吃,我不吃,宝儿也不吃。"

婆婆翻着白眼说:"不吃拉倒!"

苏雨下了楼,去菜市场买了一点新鲜的蔬菜回来,婆婆做他们的,苏雨做自己和宝儿的。

到了吃饭时候,婆婆叫宝儿吃饭,苏雨把宝儿制止了,她把自己做的饭端到宝儿面前说:"宝儿吃这个。"

婆婆的脸拉得长长的,吃饭的气氛变得僵硬而无趣。

婆婆不再计较蔬菜的问题和吃饭的问题了,她很不高兴地对苏雨说:"听说你要辞职?"

苏雨皱了皱眉头,她知道婆婆又偷听她讲电话了,她非常厌恶婆婆这样的行为,于是,她便没有理会,而是继续吃自己的饭。

婆婆继续问道:"做得好好的,为什么要辞职?"

苏雨还是没有回答,婆婆的问话当中带着强烈的质疑,这让她很不快,更是觉得没有回答的必要。

在一边大声吃饭的公公见苏雨没有理会婆婆,就生了气,他瞪着她说:"你妈跟你说话呢,你怎么不吭声?还文化人呢,这就是你的文化?尊老爱幼都不懂?"

苏雨淡淡地说:"单位的效益越来越不好了,前段时间把我的三金给停了,现在每个月也发不了几个钱,快要倒闭了,我不想等倒闭再离开。"

婆婆严肃地说:"那么大一个单位,能说倒闭就倒闭了吗?"

苏雨说:"好好的一个人,说死还死了呢。"

婆婆霸道地说:"你不能辞职,你辞职了这一家老小吃什么?喝什么?你不能太自私了!"

苏雨觉得婆婆的要求真是没有道理,她本想告诉她,这是她自己的事情,她管不着,但是她不想和他们发生任何的冲突,冲突只会让他们的关系恶化,而并不能解决任何问题,于是,她调整了一下自己的情绪,淡淡地说:"一家老小去垃圾堆里捡土豆吃,反正又中不了毒的。"

公公一听苏雨要辞职,眼睛都瞪圆了,他说:"现在找一个工作多不容易呀,你说辞就辞啊,你也太随便了!谁给你的这个权力?我的态度很明确,我不同意!"

苏雨忍不住笑了,她问公公:"这事你也管?"

公公说:"我当然要管,我活一天,这个家里的大事小事我就得管一天!"

苏雨问婆婆:"你的态度是不是也很明确?"

婆婆白了苏雨一眼说:"你说对了,我的态度也很明确,我也不同意!不是我说你,你自己说说,这段时间以来,你做的事情哪一件是像话的?电话那么频繁,而且通话的时间那么长,而且都是男的,你这么不安分,我想问你,你到底在干什么?"

没等苏雨开口,婆婆就接着问道:"今天你又要辞职,你不觉得自己太过分了吗?"

苏雨又忍不住笑了,但笑容并没有在她的脸上停留太久,很快,她的脸色就严肃起来,她说:"家里的一切,你们要怎样就怎样,哪怕是我不情愿,我也没有阻碍你们,但现在你们居然连我的私人问题都干涉上了?你们管得也太宽了吧?"

婆婆反问苏雨:"这怎么能说是你的私人问题呢?这关系着一家老小的生存问题!这是大事!房贷不要交了?孩子不要养了?你要我们两个棺材板子给交房贷吗?你爸六七十岁的人了,为了挣钱养一家老小,拖着病身子在医院给人家打扫垃圾,你还有没有良心?"

婆婆的话像一阵风,把公公的怒火激了起来,他又瞪了瞪苏雨。

婆婆生气,公公生气,苏雨更生气,她说:"是大事还是小事都与你们无关,这是我个人的事。"

公公将筷子"啪"地拍在了碗上,瞪着眼睛说:"我说过了我不同意!"

苏雨觉得公公婆婆实在太过分,而且相当无知,她不想再跟他们说下去,她饭都没有吃完,就端着自己的碗到书房吃去了。

一直没有说话的宝儿,见苏雨端着饭碗离开了,她也端着饭碗离开了,经过婆婆身边时,却被婆婆一把抓住,婆婆问道:"不好好吃饭,你干吗去?"

宝儿翻着白眼说:"我想干啥就干啥不要你管!"

婆婆本来就不高兴,宝儿的态度更加激怒了她,她把宝儿手中的碗一夺,放到餐桌上,训斥宝儿道:"我每天累死累活为了谁?还不是为了你?你居然对我这个态度,你个没良心的东西,你是不是也想把我气死?"

宝儿红着脸,瞪着婆婆,眼睛里蓄满了泪水,她抬起手背,抹掉泪水说:"气的就是你们,谁让你们欺负我妈妈的?"

婆婆说："我们哪里敢欺负你妈妈，是你妈妈欺负我们！你没有看到吗，她要辞职，她不要上班了，她想累死我们，她觉得你爷爷一个人给人家扫垃圾不够，她还希望我也去给人家扫垃圾！"

宝儿说："谁让你们扫垃圾了，你们自己愿意扫垃圾，老家好好的不待，非要住到这里来，还说要照顾我，你们照顾我什么了？是送我上学了，还是接我放学了？还是辅导我作业了？"

婆婆被宝儿的话气得红了眼圈，公公听到宝儿这样，居然鼻涕一把泪一把地哭了起来，他说："白疼了！再疼都不中用啊，到底是隔了一辈。"

婆婆见公公哭了，眼泪也止不住地掉了下来，她从裤子口袋里掏出皱巴巴的手绢，擦着眼睛说："宝儿，你不能没良心的，爷爷和奶奶受你妈的气还不都是为了能看到你吗？我们还不是觉得你爸不在了，你这么小，可怜吗？"

宝儿不再理会婆婆，她猛地一使劲，挣脱了婆婆的束缚，哭着到了书房，倚靠到苏雨怀里说："我烦死他们了，每天都吵吵嚷嚷大呼小叫的！"

苏雨抚摸着宝儿的头说："不管怎么说，他们到底是爱你的，你这样对他们，他们肯定会伤心的！以后不许这样了。"

宝儿说："我就不明白，我伯伯天天喊着姐姐在家里没人照顾，可他们偏不回去，偏要在这里照顾我，我都这么大了，自己都能照顾自己了，我需要他们照顾吗？再说，他们也没有照顾我什么。"

本来辞职的事情，苏雨还有点犹豫不决，担心失去这份工作会不会让她的经济陷入危机，但是现在她一点犹豫都没有了，她决定要辞职，天塌下来她都要辞职，她辞职正是为了看一看天会不会塌。

到了单位，苏雨打开电脑，噼里啪啦地敲出一份辞职报告，就敲开了主编室的门，对正在电脑前浏览新闻的陶姐说："陶姐，我辞职。"

陶姐很诧异很不解地抬起头，盯着苏雨问："怎么忽然要辞职？生活中，或者说经济上遇到了什么问题吗？如果遇到了问题，你就说出来，我会尽其所能为你争取一点利益的。"

苏雨摇头说："没有遇到什么问题。"

陶姐更是不解了,她说:"那没有理由辞职啊,你做得好好的,前两天,在开中层会议的时候,社长还表扬了你呢,说你的选题总是很新,说你把一个题材挖掘得很透,我也正因为有你这样一个助手而得意呢。"

苏雨叹息道:"我必须得辞职,我不想这样下去了。"

陶姐让苏雨坐在她对面的沙发上,苏雨坐下,她倒了一杯水给苏雨,然后不无担忧地说:"你每月有房贷要还,有保险要交,有孩子要养,还会有其他的必不可少的开支,你没有工作怎么办?你的这些开支从哪里来?我知道你的小说卖了一笔钱,这一笔钱顶得上你上两年的班,但是这个东西不稳定啊,你能保证你很快就能写出新的小说吗?你能保证你新的小说也会很快出手吗?"

苏雨说:"我无法保证,但是我必须辞职,我不能给自己留这条后路,我必须勇敢地独立地做出一个决定,我一直都太懦弱了!"

陶姐说:"你太善良了!你公公婆婆还有那个小孩还在你家里吗?不管是从法律上还是从道义上,关于房子,你都占了主动权,你对他们没有责任,没有义务,你完全可以让他们从你的家里离开!"

苏雨说:"我是这样一个人,不到忍无可忍,都不会采取任何措施,我总是不希望兵戈相见。"

陶姐说:"人心如此,世道如此,不愿意看到的事情往往最快发生,何况,婆媳关系,又是这个世界上最敏感的关系,非常难以相处的,你不拿出一点狠心来,往往是不行的。何况,你辞职之后,每天更多的时间和他们在一起,你肯定更受不了啊,所以,辞职这个事情,还是不谈了,好不好?"

苏雨摇头说:"谢谢陶姐挽留,但是我真得辞职,我必须得做出改变。"

陶姐无奈地叹息道:"我希望你不是一时冲动,我给你一周的时间,你好好地考虑一下,这份工作虽然待遇不高,但是时间上面很有弹性的,一周只上三天班,而且晚到早退都不是问题,你想想,你离开这里之后,还能不能再找到比这更好的工作。"

苏雨虽然不用想,但是陶姐仍然给了她一周的时间,这一周之中,同事纷纷来劝慰,要她想清楚,千万别冲动,现在她不是两个人,是一个人，失去了这份收入，会不会造成经济上的崩溃。苏雨想要看看，她失去这份工作究竟会发生什么，她一向犹疑，一向不敢轻易地做出一个决定，她总是为这个考虑，为那个考虑，现在，她觉得是需要为自己考虑的时候了。

她把辞职的事情告诉文晓，文晓把她骂了一顿，她把辞职的事情告诉张玄梧，张玄梧称赞她是一个勇士，她把辞职的事情告诉师父。

师父称赞道："很好。"

苏雨说："可是，领导还未批准，领导认为我的决定不理智，是在冲动下做的决定，所以给了我一个星期的考虑时间。这真是多此一举。"

师父说："你会考虑好的。"

苏雨说："这不是我忽然冒出来的一个想法，这是一个决定，想法需要考虑，决定是不需要考虑的。"

师父说："很好。按照自己的心愿去做，不要回头，回头会让你失去更多。"

苏雨说："所有的人都反对，甚至阻拦，只有师父理解我，支持我。"

师父说："什么都不要怕，如果在经济上有问题，及时跟师父沟通。"

这让苏雨充满了信心。

马如飞没有再在苏雨的单位附近转悠，事实上，苏雨请假在家的这一周，他一直都在她单位附近转悠，他见出来一个人，就走上前去问，而得到的都是摇头。他望着二十几层高的办公大楼，觉得头晕，他问门卫，门卫也摇头。

马如飞就一层楼一层楼地去找，找了几层，问了一个人又一个办公室，有的告诉他没有苏雨这个人，有的摇了摇头，有的甚至连看都不看他一眼，这让他很受打击。他觉得自己疯了，他走出大门，就笑了，他自语道："她又不欠我钱，我找她干吗呀，她找我才对，既然她不找我，好，爷爷我退房子拿钱走人！"

马如飞回去之后，就退了房子，虽然住了不久，但房东还是扣除了半年的电费、水费、物业管理费，已经两个月的房租。马如飞拿了六千多块钱,他准备去买车票的时候,毛石头给他打了电话,说有好事等着他。

马如飞就去了毛石头的家里,毛石头请他吃肉、喝酒,左一句老弟又一句老弟地叫着。

马如飞告诉毛石头:"我要离开了,永远地、彻底地离开了,这是一个伤心的地方。"

毛石头大摇其头:"你就这样离开了?"

马如飞不明白毛石头的意思,毛石头说:"有仇不报非君子,如贵师的那笔账,你就这样算了?"

马如飞说:"爷爷我不跟那秃驴一般见识。"

毛石头说:"你怕是不敢吧?怕遭报应?"

马如飞根本不相信报应,他说:"那秃驴做了那么多坏事都没遭报应,我才做了多少坏事就遭报应?"

毛石头见马如飞的酒杯空了,赶紧给他斟满了,也给自己斟满了,然后端起,敬马如飞。喝了酒,他说:"既然你决定要走,不如把这个仇给报了,民不报官不究,如贵师在这一带混得很臭的,你什么都不用怕!"

见马如飞迟疑,毛石头继续用他的激将法,他头一摇说:"算了,我就知道你不敢,你看起来浑身是胆,实质上,你胆小着呢。"

马如飞愚蠢的血液因为毛石头的这句话就涌动到了头顶,他把酒杯摔碎在地上,愤愤地说:"敢小瞧你爷爷?"

毛石头继续撩拨,他说:"连辱骂了你几个月的糟老头儿都不敢动,你还敢在我面前称爷爷?传出去能把人大牙笑掉!"

马如飞攥着两只通红的拳头就出去了,毛石头故意去阻拦他:"你可不能去啊,你斗不过他的,他会念咒……"

夜幕下的终南山,无比清净,像是在熟睡之中。

马如飞的脚步引起了一阵凌乱的狗吠,在凌乱的狗吠声中,他捶开了清净寺的寺门,将哆哆嗦嗦藏在菩萨像后面的如贵师揪了出来,好一阵拳脚。

起初,如贵师还求饶,渐渐地,求饶声就弱了下去,直到再无声息。

而在山下的毛石头，在一群狗吠声中，拨打了一个电话。

当马如飞从清净寺出来，几名警察就守候在寺门前，他见形势不妙，就要跑，被警察抓住。

一周之后，苏雨去单位递交了辞职报告，陶姐无奈地拿去找社长盖章，她坐在沙发上等待着，由于无聊，她拿起沙发上过期的报纸翻阅，就看到了马如飞，尽管眼睛上进行了马赛克处理。她也看到了倒在地上满身是伤的如贵师，他没有死，但是他居然是一个有案在身的人。

苏雨没有勇气再看下去，她赶紧把报纸放回原处，陶姐拿着盖了章子的辞职报告交给她。她走出单位，觉得空气都比往常新鲜。

苏雨辞职了，公公婆婆甩了几天的脸色，然后也就无奈地接受了现实。

第十四章

　　婆婆开始去为宝儿申请低保，事实上，这段时间，她常常领着妞妞往社区跑，不断地打探着消息。她打探低保的问题，打探房子继承权的问题，打探户口的问题。

　　为了博取人们的同情，婆婆鼻涕一把泪一把哭诉着自己老来丧子的悲惨命运，又哭诉着没有儿子赡养还要照顾两个孙女的凄凉未来。她的这一招果然奏效，很快她就赢得了社区李主任的同情。

　　李主任是一位年纪五十出头的女人，她决定要帮婆婆办成这件事情，她告诉婆婆："你们老两口的户口是可以迁过来的，特别是你的小孙女的户口更应该迁过来，眼看着就要面临上学的问题，户口老在乡下城里的很多优惠政策也享受不了。"

　　李主任并没有理解错婆婆的话，她在诉苦的时候，一再表明："我就这一个儿子，就这两个孙女，大的十一岁了，小的才四岁。"

　　李主任要求苏雨出面，婆婆推脱说："我那媳妇受了刺激，精神都不正常了，又不识字，又没工作的，还有病，没法见人的。"

　　李主任还是要求见见苏雨，婆婆只好把苏雨带了过去，在进社区办公室之前，婆婆一再严肃地交代苏雨说："你到了那里，不管他们问什么，都不要吭声，你就低着头发傻，一切都由我来说。"

　　到了社区，苏雨坐下来，低着头，不管别人问她什么，她都不吭声，而是一脸冷冷的表情，婆婆都因此挡了过去："你们也看到我这老婆子的生活多么不容易了，我这媳妇本来就不识字，又没有工作，一直都依靠着我儿子养活，现在我儿子没了，她受了刺激，精神上都不正常了,还有病,而且是肺结核,我儿子活着的时候还治疗着,还没治好呢,我儿子就没了,现在也没有钱给她治了。"

李主任很是同情地啧啧道:"这可是传染病,得治啊,不治的话,这一家老小的要是再被传染上了怎么办?"

婆婆眼圈就红了,泪水滚出了眼眶,她用手背擦着眼泪哭诉道:"有什么办法,不是我不给她治,是实在没有钱给她治,我现在每天领着我这孙女去捡塑料瓶子,一天能捡七块八块的,勉强让这一家老小活命。"

李主任看着妞妞,拉开办公桌的抽屉,从里面找出一袋牛奶,拿出两根香蕉递到妞妞手里,让妞妞吃。

妞妞盯着李主任看,然后盯着李主任手里的牛奶和香蕉看,最后,她把目光锁定在李主任手里的牛奶和香蕉上,她抢过牛奶和香蕉就躲到了婆婆的身后。

李主任叹息着问道:"这个孩子也是你这个儿子的?"

苏雨没有想到婆婆撒起谎来居然驾轻就熟,婆婆说:"是啊,大的上小学四年级,这个是小的,才四岁。"

李主任问:"叫什么名字啊?"

婆婆说:"叫妞妞,杨妞妞。"

李主任翻开手边上的户口簿,皱了一下眉头说:"户口不在这里啊。"

婆婆继续撒谎道:"这个孩子一出生就送人了,后来那户人家又生了一个,就不要妞妞了,我就把妞妞领了回来,一直在农村带着,户口也上在了农村。"

李主任说:"这孩子的户口在农村,以后上学不好办啊,怎么不把户口迁过来呢?"

婆婆一听,两眼放出欢喜而兴奋的光彩,她说:"这个能迁过来呀?"

李主任说:"特殊情况特殊照顾嘛,应该是没有什么问题的。"

婆婆进而问道:"那我和孩子爷爷的户口能迁来不?"

李主任沉思了一会儿说:"要真想迁也不是没有办法。"

李主任的话让婆婆血液都沸腾了似的,她赶紧奉承起李主任:"李主任是我见过的最热心的人了,我这老太婆谢谢你了。"

当天是冬至,社区的工作人员就包了饺子,李主任盛了一食品袋,让婆婆拿回去给孩子吃,婆婆也不客气地就接受了。

为了配合婆婆,苏雨不得不演戏,李主任把苏雨带到了社区心理疏导小组,她对疏导小组的一位四十多岁的工作人员说:"丈夫死了,受了刺激,不识字,也没工作,你看怎么给疏导疏导。这么年轻,就闲在家里,两个孩子,大的十一岁,小的四岁,一家四口人就全靠她近七十岁的婆婆,真是让人看不下去啊,王主任你看着给疏导疏导吧。"

李主任把苏雨按到了社区心理疏导小组的椅子上,之后她就离开了,王主任望了苏雨一眼,开门见山地对苏雨说:"这个世界哪天不死人呢?这个世界哪天都是死人的!也就是说,死人是正常的,接受不了这个正常是不正常的,你现在的状态就是不正常的。你看你啊,脸色晦暗,眼睛无神,又这么干巴瘦,你这样下去不行的,你得振作起来,毕竟人死不能复生对不对?你不为别人着想,你起码得为你的两个孩子着想对不对?一个十一岁,一个四岁,都还这么小,你婆婆又这么大年纪,她能靠得住吗?即便能靠得住,你又能靠多久呢?所以,你身上的担子重着呢,你必须得接受这个现实,你必须得坚强起来,你必须得承担你应该承担的责任,你不能这样堕落下去……"

苏雨低着头不说话,她心想:"懂不懂心理学啊,絮絮叨叨地一句也没有说到点子上,就这水平,不但疏导不了我,反而给我添堵!"

工作人员继续喋喋不休地疏导着苏雨,苏雨失去了耐心,她终于忍不住开口了,她说:"我打断一下,我想说两句话,第一句,如果你去强调他人积极的一面,而不是一味地指责,可以达到更好的效果。第二句,适用于一切的生活处方并不存在。其实这两句都不是我说的,第一句是人本主义心理学家马斯洛说的,第二句是心理学家兼精神分析医师荣格说的,作为一个专业的心理疏导人员,思考一下这两句话还是有必要的。"

说完,苏雨就起身离开了,王主任的脸因此涨红了,她恨恨地说:"好一个李主任,你诚心逗我是不是?"

王主任说着就来到了李主任的办公室,李主任还是和婆婆说着什么,王主任气呼呼地说:"李主任,你逗我玩呢是吧?"

李主任诧异地说:"我怎么逗你玩了?"

王主任说："你刚才带过来让我疏导的那个人，她心理一点问题都没有！"

李主任说："没有好啊。人家没有心理问题你还生气，是不是没成就感？"

王主任说："不是！你带过来的时候告诉我，她受了刺激，既不识字，又没工作，可是人家居然知道荣格与马斯洛，根本就不是不识字的人嘛。"

李主任不解地问："荣格和马斯洛都是谁啊？"

王主任埋怨道："两个很著名很著名的心理学家，我也只是听说过，根本就没有读过这两个人的著作，人家还引用了这两个心理学家的话呢，把我搞得灰头土脸的。"

李主任望向正在捏着饺子喂妞妞的婆婆说："大姐，你不是说你这媳妇不识字吗？一个不识字的人怎么连那么著名的心理学家都知道呢？"

婆婆因为谎言受到质疑而尴尬起来，但是她很快就镇静下来说："我儿子识字啊，我儿子是大学生，我儿子还是记者呢，她跟着我儿子多多少少还不学上一句半句的，我告诉你们，她可能就知道你们说的那两个人。"

李主任和王主任都很诧异："你儿子是大学生，你儿子是记者，怎么会娶一个一字不识的媳妇回来？"

婆婆擦眼抹泪地说："一言难尽啊，我儿子心软，看到别的男人当街欺负她，就出手相救，结果就被她给缠上了，一说分手，她就寻死觅活，我儿子也是没有办法，哎！我儿子这辈子活得苦啊……"

说着，婆婆就哭了起来，妞妞看着婆婆哭，不知道发生了什么事，也吓得哭了起来，王主任摇头叹息着回了自己的办公室，而李主任只好拉着婆婆大姐长大姐短地安抚了一番，婆婆止住了哭，才提着李主任送的饺子，拉着妞妞离开了社区。

回到家，婆婆往沙发上一坐，脸色很是难看，然后倒了杯水，喝了，又抚了抚一起一伏的胸口，走到书房门口冷硬地问苏雨："我怎么给你交代的？我让你不管别人问什么都不要说话，可是你呢，你卖弄什么呀，还跟疏导小组的王主任提什么格，什么洛，生怕埋没了是不是？

生怕别人不知道你有学问是不是？"

苏雨说："我不喜欢做自己不愿意做的事情！"

婆婆说："你以为我喜欢做自己不愿意做的事情是不是？不管我哭也好，我撒谎也好，我还不是为了给宝儿找一份低保，我给宝儿找低保还是不为了给你减轻负担？你这么一卖弄，宝儿的低保很有可能就泡汤了你知道不知道？一个月三百六，一年就三四千块钱，十年就三四万块钱，这笔钱能帮得上你好大的忙你知道不知道？为了这个低保，我天天到社区跟人家磨，我磨了几个月，刚磨出一点眉目，你一下子就给我搞砸了！你真是成事不足败事有余！你有工作，宝儿不符合吃低保的，我不这样说，人家能把低保给咱们吗？我说你不识字，说你没工作，说你精神不正常，说你有病，都是为了你！"

苏雨虽然不高兴，但也没有反驳婆婆，她进行了换位思考，她觉得婆婆说的并非毫无道理，她因此沉默了。

几个月后，低保总算是申请成功了，婆婆把社区发下来的存折丢到苏雨面前说："这下看你还有什么话说？"

苏雨看了存折一眼，叹息道："我没什么话说。"

婆婆说："你当然没什么话说了，我每个月白拿几百块钱我也没话说。"

苏雨把存折递给婆婆说："你好不容易申请到的，那你拿着吧，再说，这点钱也解决不了我的什么问题。"

婆婆没有接苏雨手里的存折，她说："低保的事情算是成了，不过还有一件事情我得跟你说一声，我想把我、你爸，还有妞妞的户口都弄过来。"

苏雨皱了眉头，她不明白婆婆是什么意思，她问道："弄过来做什么？"

婆婆神秘兮兮地说："社区的李主任说了，她能帮我们把户口弄过来，弄过来之后，还能给妞妞申请一份低保。"

苏雨果决地说："我不同意！"

婆婆以为苏雨会同意的，但是她居然遭到了拒绝，她很不快地说："你为什么不同意？你凭什么不同意？"

苏雨说："因为杨逸不会同意。"

婆婆撇着嘴说:"你不要总拿我儿子搪塞人,如果不是杨逸没了,你八抬大轿来请我我都不见得会来!"

苏雨坚定地说:"我不允许任何一个外人,把户口上到我家里。"

婆婆翻着白眼,气呼呼地瞪着苏雨说:"我是外人吗?你爸是外人吗?妞妞是外人吗?我看你才是外人呢!全家就你一个不姓杨。"

苏雨从来没有想到婆婆会把她当外人,以她的理解,她既然嫁到了杨家,既然成了杨家的媳妇,就是杨家的人,她说:"我是不是外人,不是你说了算的,在这个家里,我不可能是外人,我就是主人,给我脸色看我想看就看,我不想看也可以不看。"

苏雨的态度很少像今天这般强硬过,婆婆委屈地哭了,她抱着杨逸的照片说:"儿子啊,你死得惨啊,人走茶凉啊,你妈我都成了外人了啊……这房子是你省吃俭用买的,是你吃糠咽菜供着房贷,可是你妈我却住不舒坦啊……"

婆婆拉着唱腔的哭号让人很不舒服,宝儿在客厅没办法写作业,她撕了一条卫生纸,揉成团,塞到耳朵里,还是觉得吵,就快步走过来对婆婆说道:"奶奶你怎么又号叫上了呢,你让不让我写作业了?"

婆婆赶忙拉住宝儿的手让宝儿评评理,她说:"宝儿,我的好孙女,这房子是你爸爸省吃俭用买的,是你爸爸吃糠咽菜还着房贷,我作为你奶奶住几天,可是你妈妈都不让我住舒坦,你觉得你妈妈这样做对吗……"

宝儿不耐烦地打断婆婆的话说:"这房子不是我爸爸一个人买的,也不是我爸爸一个人在还房贷,我爸爸活着的时候就经常对我说,我妈才是这个家里的顶梁柱!我爸爸工资低,又经常失业,他为了不让你担心,他从来没跟你说过。我妈为了我爸的自尊心,也从来没告诉过你们她工资比我爸的高。你们什么都不知道,在这里瞎嚷嚷什么呀!我爸爸走了,还嫌我妈妈不够难过是不是?你们还这样折磨她,有意思吗?真是无聊!"

苏雨把愤怒的宝儿低声呵斥住,她说:"别这样跟你奶奶说话!"

宝儿翻着白眼不快地给婆婆道歉道:"奶奶,对不起!"

第十五章

婆婆的心愿没有达成,她很不舒服,当杨敏来看她的时候,她关了房门在卧室里叽叽咕咕地跟杨敏诉苦。她说:"你还说你嫂子什么都不懂,我看她精着呢,我要把我和你爸还有妞妞的户口迁过来,她居然不让,为了阻止我们把户口上到西安来,她把户口簿都藏了起来,我找了几天都没有找到,问她,她也说不知道放哪里去了!"

杨敏问:"你怎么跟她说的嘛?"

婆婆说:"我就说,把我们的户口迁过来,能再给妞妞找一份低保。"

杨敏啧啧道:"你糊涂啊,你说给妞妞找低保,她当然不愿意了,你应该说,你以妞妞的名义找低保,但是这个低保呢,实质上是给她找的。只要她认为这个低保是给她找的,她还能不同意?我大哥都教了你几遍了,你怎么还是给忘了呢?"

婆婆说:"我就是觉得亏得慌,咱家里那么穷,吃了上顿没下顿,我把你哥培养成大学生容易吗?不容易的!你哥买这房子容易吗?不容易的!可是你哥一死,什么都落到她手里了,我咽不下去这口气!"

杨敏说:"咽不下这口气你也不用太着急了,这房子还有十几万的房贷呢,你让她还着呗,等她还得差不多了再说呗!"

婆婆说:"你大哥本来是这样想的,先把我们和妞妞的户口弄过来,让妞妞在这里上幼儿园,过几年,军军考上了大学,也住进来,看在你二哥的面上,她不能拿我们怎么样的!"

杨敏说:"这样也成,宝儿虽然也是我们杨家的血脉,但毕竟是一个女孩子，大了就嫁出去了，这房子给军军是最合适的，军军可是你们唯一的孙子啊。"

婆婆说："关键是你大哥太不行了，开面包车能开几年？你大嫂在酒店里给人家当服务员，工资低不说，那可是吃青春饭，等人老珠黄了，人家还要她吗？他们两个孩子，妞妞就不说了，军军不得要娶媳妇？就凭你大哥你大嫂上哪里弄钱给他们买房子去？宝儿要是一个男孩，我什么心思都没有，什么主意都不会打，但宝儿是个女孩啊。"

杨敏说："我二嫂一个月工资好几千的，她又很节俭，养活她和宝儿一点问题都没有！"

婆婆说："我就是觉得对不起你二哥，也不知道他在九泉之下会不会怪罪我！"

杨敏见婆婆眼圈红了，声音哽咽了，就从包里掏出面纸给婆婆把眼泪给擦了，然后劝慰道："人死了还有什么呀？人死如灯灭，还有什么九泉之下，十泉之下的。"

婆婆吸了吸鼻子说："手心手背都是肉，但是你二哥毕竟不在了，你大哥的日子过得又是这么不容易，本来是你二哥养我们的，结果这担子全落到你大哥一个人的头上了。现在，我也只能为了活着的，不顾及那死了的了。"

杨敏也掉了眼泪，她擦完了婆婆的，便擦自己的，她边擦边说："回头给我二哥烧些纸钱，跟他说说，我二哥是最孝顺的人了，他肯定不会怪你的。"

当晚，婆婆就找出之前没有用完的纸钱，带着打火机出去了，她来到了小区不远处的铁道口上，捡了一根棍子在地上画了一个圈，写上杨逸的名字，将纸钱放在了圈子中央点燃。

火光映着婆婆满是皱纹的脸，映着她的两行泪水，她喃喃地叫着杨逸的名字，哭诉着自己老年丧子的悲伤与无奈，看着让人心酸。然后她说："儿子，千万别怪妈，你大哥他日子过得不容易，你媳妇好歹会写个稿子，这个手艺就能养活她和宝儿，我也是迫不得已才这样做的，你可要理解我……"

户口的事情泡汤之后，婆婆情绪低落了几天，但是在杨勤长途电话的开导之下，在杨敏的安抚之下，她很快又充满了斗志。

一次吃饭的时候，婆婆很关切地对苏雨说："妞妞在家捣乱，是不是影响你读书写作啊？"

婆婆的明知故问让苏雨不明白她到底又生出了什么主意，她说："是呀，可是有人不愿意送她走，我又能怎么样呢？知道我孤儿寡母的好欺负呗。"

婆婆白了苏雨一眼说："谁欺负你孤儿寡母了？为了来照顾你们，我家里的东西都不要了，我损失这么大，你居然还说出这种抱怨的话来。我也想了很久，觉得妞妞在家里不是办法，所以呢，我决定把她送到幼儿园去，这样的话呢，早送晚接，对你不就没有影响了吗？你觉得我这主意怎么样？"

苏雨知道，户口的事泡汤之后，婆婆很不高兴，好像是捡来的一块金子又丢了一样，她说："不怎么样。"

公公接过话茬说："什么不怎么样，我觉得这主意好着呢，就这么定了，明天就把妞妞送到幼儿园去！"

苏雨吃完了饭，把筷子"啪"的一声放到碗上，学着之前她要辞职时公公婆婆的态度说："我的态度很明确，我不同意！"

公公觉得苏雨太不像话了，居然敢在长辈面前这态度，他把她上下打量了一番说："这跟你有什么关系？要你同意不同意？有我在，这个家还轮不到你做主！"

苏雨决定打击一下公公的嚣张气焰，她说："这当然跟我有关系，我不允许别人的孩子在我家里上幼儿园！你要把自己的身份搞清楚，这不是你的家，这是我的家！"

苏雨的态度让公公拍了桌子，他的这一掌下去将妞妞的瓷碗震碎在地板上，妞妞就哇哇地哭闹起来，嚷嚷着要爷爷赔她的碗。

公公拍了桌子，然后呼着粗气说："你的家？笑话！我儿子活着是我儿子的家，我儿子死了，这家就由我这个老子来当！你做媳妇的就应该有个媳妇的样子！对公婆大呼小叫的成什么体统？"

苏雨不想再说下去，她觉得与公公婆婆交流起来总是格外费劲，她真是觉得不屑于理会，于是她丢下一句就走："人的忍耐都是有限度的！别把我惹急了！"

公公嚷嚷道："我就把你惹急了，我看你能把我怎么着？我是杨逸的爸,这个房子是杨逸买的,杨逸不在了,这房子就是杨家的!"

婆婆把哭闹的妞妞哄好,开始说公公:"你别嚷嚷了,我都问了,法律上有规定,这是婚后财产,人家不但有份,而且是占了一大半。"

婆婆不让公公嚷嚷,公公嚷嚷的声音更大了,他说:"哪个法说她占了一大半?哪个法都不可能这么订!我懂法!"

苏雨在书房哭笑不得了!

第二天,公公和婆婆给妞妞换上了干净的衣服,给妞妞洗了头和脸,找了宝儿小掉的书包给妞妞背上,然后抱着妞妞去了小区幼儿园。

公公在门外等着,婆婆带着妞妞进去,她找到幼儿园的老师询问入园的手续和费用,当得知一个月的学费就要九百八十块时,她的舌头几乎吐了出来,她大呼小叫地道:"讹人着呢,怎么这么贵啊?我宝儿上一年的学也没有这么贵的,九百八十块?老师啊,我家情况不一样,你看能不能优惠一点?"

幼儿园老师冷淡地告诉婆婆:"这还算贵啊,还有两三千一个月呢,这幼儿园又不是我的,我哪里有权利给你优惠啊。"

婆婆跟幼儿园老师讨价还价:"你是幼儿园里的老师,你说话肯定有分量,能不能少一点啊,这孩子可怜啊,爸爸没了,她妈妈不识字、又没工作,我儿子一死,又受了刺激,精神不正常了,还有病……"

幼儿园老师不是社区大妈,她对婆婆的这一套很厌烦,她说:"我们这里是幼儿园,又不是慈善机构,赶快走吧,别影响孩子们上课!"

婆婆抱着妞妞灰头土脸地走出了幼儿园,在幼儿园门口就打电话给杨勤:"不得了,这个主意不行,幼儿园贵得要死,一个月就九百八十块,顶得上你爸一个月的工资了,如果你爸把钱给妞妞交了学费,就没有钱买米买面买菜,苏雨再没脑子,她也不可能出这个钱!你还是想想别的办法吧!"

因为说话声音大,引来路人的侧目,公公因此不高兴地责骂婆婆道:"一看你就是个没见过世面的农村人,九百八一个月算贵呀,一点都不贵,我就是觉得这个幼儿园条件不行,我要给我孙女找个好一点的幼儿园。"

苏雨去上班,路过,刚好都听到了,本来想走北门的,但是她还是多走了一站路绕到了南门,只为不想看到他们。

过了几天,杨勤过来了,这一次来,他没有急着回去,而是小住了几天,每天天一亮他就出去了,直到晚上才回来。

苏雨觉得杨勤的行为很蹊跷,因为杨勤每天晚上回到家之后,总是摇头叹息。后来,她无意中听杨勤很无奈地对公公婆婆说:"都是死贵活贵的,少的也都八九百,多的那就太离谱了,两三千!我看妞妞在西安上幼儿园的可能性几乎为零了。"

婆婆焦急地问:"那怎么办?不上幼儿园了,我就在这里带着,等过几年,到了上小学的年龄直接上小学怎么样?"

婆婆的这个主意被杨勤当场给否决了,他说:"不行的,没上幼儿园,根本就不好入学,再说,别的孩子都上了幼儿园,让妞妞在家,这不行,不能让孩子输在起跑线上。"

婆婆发出了疑问:"难道,要把妞妞带回去上幼儿园?"

杨勤无奈地说:"看来也只能这样了,毕竟老家好的幼儿园,一个月才二百块,这个账都不用算,还是回去上幼儿园划算,关键是……"

杨勤说到这里发生了一个停顿,尽管杨勤在这里发生了一个停顿,但是知子莫若母,婆婆还是领会了他的意思,她说:"走一步看一步吧,计划赶不上变化也是常有的事。"

公公到底是一个缺乏心智,或者说心智粗糙的人,他又是一番慷慨陈词,他说:"不回去,我还不信拼了我这条老命,还供养不起我妞妞上幼儿园!"

婆婆赶紧制止公公说:"你声音小一点能死啊?你天天喊着拼了你的老命供宝儿上大学,宝儿上学的费用你一分钱没有出,你现在又喊着要供妞妞上幼儿园,你说话这样颠三倒四没个章法,也不怕人家听到了笑话!"

公公的声音不但没有小一点,反而高了许多:"谁笑话我?凭什么笑话我?我不但要拼了这条老命供我宝儿上大学,我还要拼了我这条老命供我妞妞上幼儿园!"

苏雨在卧室躺着看书,听到公公的话,反应平淡,倒是坐在她身边看书的宝儿问道:"妈,你说,我爷爷是不是在吹牛?他天天喊着要供我上学,上次老师要我们买资料的五十块,你没在,我问他要,他都不给我,他让我问你要!现在又大言不惭地说要供妞妞上幼儿园,要知道妞妞一个月的幼儿园比我上一年学的费用都多,他能供得起吗?"

苏雨让宝儿看自己的书,她说:"他爱怎么说是他的事,没有必要跟他较真的,不值得较真,虚耗自己的能量。"

宝儿便不吭声了,继续看自己的书。

第二天,杨勤就要走了,临走,又带走了家里的一些不算值钱也不算中用的东西,一套紫砂的茶具,一个电风扇,两只折叠椅,还有其他一些苏雨懒得看一眼的东西。

苏雨看到后说:"再带上一些书回去读呗。"

杨勤听出了苏雨话里的另外一层意思,他冷冷地说:"不读了,对于有些人来说,书读多了不见得是一件好事,比如说天才和傻子。"

苏雨说:"在算计方面,大哥是天才。"

杨勤一听苏雨说他算计,很敏感,也很不快地问道:"你什么意思?我算计谁了?"

苏雨见杨勤因为她的一句话而反应敏感,不觉好笑,她说:"大哥是做会计的,是靠这个吃饭的,不算计怎么行呢?"

杨勤还想说什么,被紧跟在身后的婆婆催促,她说:"好了好了,赶紧走吧,说那些没用的有什么意思!"

苏雨把杨勤送到门口,公公提着东西,婆婆抱着妞妞,宝儿跟在他们后面下了楼,她连一句再见都懒得说便关了门。过了不久,公公、婆婆、宝儿都回来了,妞妞居然没有回来,苏雨看到公公婆婆一脸伤心的样子,特别是婆婆,眼睛居然红红的,分明是哭过的样子,她便生出一种如释重负的感觉。特别是宝儿告诉她说:"妞妞被她爸爸带回家上幼儿园去了,她爸爸说了,这里的幼儿园费用太贵,还是回家上比较划算!"

苏雨欢喜地对宝儿说:"你伯伯的这个决定是正确而英明的,会计就是会计,这个账算得好!"

婆婆冲苏雨翻了一个白眼,嘟囔道:"妞妞走了,可是合了你的心意了!"

苏雨开心地回答道:"是呢,正合我意!我天天做梦都巴望着妞妞离开,如今梦想成真,妞妞果真离开了,我真是太高兴了。"

宝儿抱着苏雨的腰，仰着脸嬉笑着问道："老妈，要不要庆祝一下？请我吃德克士的那个蓝莓圣代和北海道雪布蕾怎么样？"

苏雨露出犹豫的神情，宝儿扭捏着身子，撒娇道："老妈，求你了，就这一次，不会发胖的！求求你了！"

苏雨很爽快地答应了，她换上漂亮的衣服，带着宝儿就出去了，身后是公公婆婆一声又一声的长叹。

因为妞妞的离开，公公和婆婆失落了好些日子，这些日子之中，婆婆总是一再忘记妞妞已经离开的事，她动不动就喊："妞妞呢。"

她等到的当然不是妞妞的回答，而是宝儿的回答，宝儿总是一遍一遍地郑重其事地告诉婆婆："我的奶奶，我的亲奶奶，你的宝贝孙女妞妞，她已经跟着她的父亲大人回家去了！您老人家什么时候喊喊宝儿啊？"

婆婆把给妞妞买的饼干、奶粉、棒棒糖等拿出来给宝儿说："你伯伯这个粗心大意的人，临走居然没有把这些带走，回去又得买，真是浪费钱，这下好了，让你得了利了，你拿了吃去吧。"

宝儿并不喜欢吃饼干和棒棒糖，她想喝奶粉，一看奶粉袋子上印着一个穿着开裆裤、蹒跚学步的幼儿，又在显要的位置上标注着零至三岁的字样，宝儿就摇摇头说："幼稚！太幼稚！别把我喝傻了。"

婆婆吃着饼干，冲了一碗奶粉给自己，边吃边喝边担心地同一边垂头丧气的公公说："我还是不放心，刘芳有没有时间接送，刘芳没有时间接送，就得杨勤接送，杨勤接送妞妞，还不影响了生意？影响了生意，那他们的日子什么时候能过好啊，眼见着孩子一天比一天大，他们也一天比一天老，挣钱的能力也一天不如一天。唉！真是让人发愁。"

公公也为杨勤的处境感到发愁，他叹息道："这也是没有办法的事，我们又不是孙猴子，有三头六臂，我们照顾了这个，就没有办法照顾那个，手心手背都是肉，再说了，如果去照顾杨勤，丢下宝儿他们不管，外人会怎么说我们？外人会戳我们脊梁骨的！要不，你回去照顾妞妞，我在这里照顾宝儿？妞妞小，不好照顾，宝儿大了，好照顾一些。"

婆婆一听，气得把手里的几块饼干都砸到碗里，将牛奶溅了一桌子，她当即就把公公给骂了："你说话就不经过大脑，杨逸不在了，你作为公公在儿媳妇家里像什么话？要回也是你回，反正我不能回！"

公公不愿意回，他说："刘芳就不是一个东西！天天把自己弄得跟城里人似的，不让我这样不让我那样，衣服鞋袜都不让我往家里脱，非让我放在门外，说是气味大的满屋子都是！这一点，不如苏雨，虽然苏雨也有很多的毛病！再说，我考虑问题，可是要比你考虑问题周全多了！"

婆婆听了公公这样自大的话总是很反感，她不无轻蔑地讥讽道："是，你考虑问题周全，你周全了一辈子了！你既然考虑问题那么周全，怎么走到哪里人都烦？刘芳刘芳烦你，苏雨苏雨烦你，就是你的两个儿子，也没有一个能容你的！你考虑问题周全，说出这话也不怕邻居听见笑话！"

受了婆婆的轻蔑与讥讽，公公自然不会善罢甘休，他开始找婆婆的短处来揭，他找不到婆婆短处可揭的时候就气得吹胡子瞪眼，他一脸红脖子粗地拧着头高声嚷嚷的时候，婆婆就会沉默下去，如果苏雨和宝儿在场，她的解释是："有理不在声高，他有高血压，我不跟他一般见识。"

家里没有因为妞妞的离开而安静下来，公公婆婆总是吵吵嚷嚷的，有时候，正看着电视，两个人因为剧中人物的关系而发生争执，一个认为是这样，一个认为是那样，他说服不了她，她说服不了他，于是就吵了起来。有时候，为了争频道，两个人也吵，他要看这个台，她要看那个台，他把遥控器抢过去，她就遥控器抢回来，抢着抢着就吵起来。有时候，吃着饭，聊到了某一个熟人，因为一句无关紧要的话也会吵嚷起来。通常，公公总是最后的胜利者，他成为胜利者的最主要的原因是因为他有高血压。高血压不仅仅是一种致命的疾病，还成了钳制他人的一种武器。

公公在医院有一份保洁员的工作，一辈子没有上过班，一辈子没有拿过工资的他，第一次有了工作，有了工资，他感到了一种前所未有的满足与荣耀，他总是在婆婆面前表现得很高傲，颐指气使的态度比之前有过之而无不及。

他总是以命令的口气指使婆婆，他最常说的就是："去，给我倒杯水！""去，把我的衣服给我洗了！""去，给我的手机充电去！"

哥哥，我爱你

"去，做饭去！"

婆婆除了做饭、洗衣服，每天大部分时间都在家里看电视剧，不几天便觉得无聊了。

婆婆不想再无聊下去，她就去了物业，要求物业给她一份工作养家糊口，物业负责人看了婆婆一眼说："不行的，你这年纪也太大了，我们都是有规定的，年龄不能超过五十岁，我看你今年快七十了吧？"

婆婆为了得到这份工作就把自己的年龄隐瞒了五岁，她说："我今年刚六十，农村人显老！不过，打扫卫生这工作又不是什么技术活，我能干！"

物业负责人还是摇头，婆婆就鼻涕一把泪一把地讲起了困难史，她说："你们都以为我这老婆子想给人家打扫垃圾吗？我也想每天到公园唱唱歌跳跳舞，可是我这老婆子命苦啊，没那个福气的，我唯一的儿子死了，撇下两个孩子，媳妇不识字，没工作，又受了刺激，精神都不正常了……大孩子才十一岁，小的四岁，要吃要喝要上学，我不找个事做能行吗？"

尽管婆婆泪水涟涟，但依然没能打动物业办的人，他还是那句话："年龄太大了。"

婆婆只好抹着眼泪走了，她想到了社区，公公的工作就是社区给安排的，那么，社区既然能安排公公的工作，也就能安排她的工作，于是，她出了物业办就直接去了社区。

到了社区，接待婆婆的还是李主任，婆婆把撒手锏又拿了出来，她哭哭啼啼地说："没有办法，日子过不下去了，媳妇的病情恶化了，老头子的工资勉强够一家老小吃喝的……我去小区物业办，希望他们给我一份打扫卫生的工作，可他们嫌我年纪大，不给我……李主任，你说我总不能看着媳妇病着不管吧？"

李主任啧啧了又啧啧，她很同情地安慰了婆婆一番，然后开始给婆婆想办法，她翻开一个电话本，查找到了物业办的电话，然后她把电话打了过去。

李主任的一个电话解决了婆婆的工作问题，婆婆双手抓住李主任的手不停地摇着说："李主任你可真是一个好人啊，我该怎么感谢你才好呢，你真是帮了我们家的大忙了！"

婆婆有了工作，也有了与公公抗衡的资本，他们吵嚷的次数更加频繁起来，因为婆婆有了工作的缘故，公公一直处于上风的优势被打破了，不是婆婆一定要打败他，是他自己的气焰不再如先前嚣张了。

苏雨已经能够做到在他们吵嚷的时候继续读书或者继续写作，尽管在他们吵嚷最厉害的时候，她还是会反感，还是会烦躁，她不能够习惯这种生活，她只是在想办法解决。

苏雨所谓的解决办法，确切地说，不是想了一天两天了，从杨逸去世之后，她就一直在想，但是，她非常清楚地知道，那个时候的自己纯粹是由于内心的虚弱而逃避生活。这些日子以来所经历的人和事，让她倍感爱情与婚姻的了无意义，所以当朋友们介绍男朋友给她的时候，她总是微笑着摇头拒绝。

杨勤跑车，没有时间接送上幼儿园的妞妞，接送妞妞的工作只好由刘芳来做，而刘芳早上送还可以，下午妞妞放学的时候，恰恰也是酒店最忙的时候。她请假去接妞妞，一次两次还可以，后来领导就生气了，问她："要不，你专门回家接送孩子去吧。"

领导的这句话是大有深意的，刘芳又不傻，她知道领导是什么意思，她就不敢请假了，只好又把接送妞妞的任务交给杨勤。杨勤为了接送妞妞，到了时间，有人要坐车，有人要送货，他都不干了。因此，生意大受影响。

这让刘芳很生气，她跟杨勤抱怨道："爸妈就是偏心，两口子都在西安照顾宝儿，一个照顾我们妞妞的都没有！"

杨勤说："头发长见识短，你懂什么呀？"

刘芳说："我什么都不懂，你什么都懂，杨逸是死了，宝儿是没有爸爸了，但是苏雨又不用去上班，爸妈完全没有必要留在西安。他们留在西安对我们的影响真的很大！"

杨勤说："能有多大的影响，就你事多！"

刘芳说："不是影响你，就是影响我，不管是影响你还是影响我，总之影响了我们一家，你这样接送妞妞，每天得少挣多少钱，你算过这笔账没有？"

杨勤说："我当然算过了，虽然爸妈不能在我们家照顾妞妞，但是爸妈每月给咱捎回来一千块钱。"

刘芳说："爸妈在这里，不但能照顾妞妞，能照顾军军，也能挣到钱，他们打扫卫生的工作并不难找，这样子不是两全其美？"

杨勤说："我说你头发长见识短，你就是头发长见识短，我问你，爸妈不吃不喝了？爸妈不病不痒了？妈就不说了，爸一身的毛病你知道不知道？他高血压，他关节炎，他每天都在吃药的你知道不知道？"

刘芳说："这能花多少钱嘛！"

杨勤说："他们快七十岁的人了，七十三八十四，阎王不叫自己去，他们这个年纪是很危险的，不知道哪天就会病倒，不知道哪天就会死掉，杨逸年纪轻轻地说死都死了，何况他们？"

刘芳还是不明白，她问杨勤："那你什么意思啊，爸妈就你和杨逸两个儿子，杨逸死了，他们不指望你还能指望谁去？杨逸活着的时候，我们可以什么都不管，但是杨逸死了，我们不管不行的，谁叫我们命苦呢。"

杨勤说："杨逸是死了，但是苏雨没死啊。"

刘芳说："人家苏雨年纪轻轻的，人家能为杨逸守一辈子？人家肯定是要改嫁的，人家带着宝儿一改嫁，人家还管爸妈？听都没听说过。"

杨勤说："只要爸妈在西安待一天，苏雨就改嫁不了，即便苏雨死活要改嫁，也不能说是一件坏事，恰恰相反，不管苏雨改嫁还是不改嫁，都是一件好事。"

刘芳更是不明白了，杨勤显得很不耐烦，他不想跟刘芳解释了，他说："你什么都不要管，也什么都不要问，跟着我安安稳稳地过日子就成了，这些年我没让你享上什么福，在不远的将来，我肯定有福给你享的！"

刘芳便不再说什么，转身睡去。

婆婆上班后不久，在一次吃饭的时候，她以一种前所未有的温柔与慈祥对苏雨说："我听人说，如果你去做一个放弃宝儿抚养权的公证，这样呢，我就可以把宝儿申请成孤儿，把宝儿申请成了孤儿，国家就会有照顾……"

苏雨简直不敢相信这些话是从婆婆的嘴里说出来的，她还以为自己听错了，她疑惑地看了婆婆许久，才说："你认为我可能这么做吗？"

婆婆是有心理准备的，她知道苏雨不可能一下子就接受，但是该说的她总是要说的，她不相信苏雨看在钱的份上一直不动心，于是她说："你也不要太敏感了，我没有别的意思，宝儿还是你的宝儿，我就是想给你弄点钱，减轻你的负担。"

苏雨很反感婆婆的这种想法，她摇头说："君子爱财取之有道，这种歪门邪道你最好还是不要去想，别偷鸡不成蚀把米。"

婆婆温柔而慈祥的表情逐渐地僵硬而乖戾起来，她问苏雨："别跟我来这一套，现在是什么社会？现在这个社会就是饿死胆小的撑死胆大的！这些日子我去社区，我上班，也打探了不少消息，那些吃低保的，没有一个是符合标准的，有的不但有房子还有车，有的甚至有好几套房子，人家为什么能吃低保？就是人家胆子大，人家敢想，人家有关系！"

苏雨问婆婆："你有关系吗？"

婆婆胸有成竹地说："我没有关系，但是我有办法，李主任对我们家的情况很热心，我实话告诉你，这主意，就是她给我出的。"

苏雨不相信李主任会给婆婆出这种主意，她说："谁出的谁知道，让我放弃宝儿的抚养权，不就是为了我这套房子嘛，直说好了，何必这样拐弯抹角的呢！"

婆婆也生了气，她觉得受辱了一般，她流着泪，拍着自己的大腿说："我天天往社区跑，我又哭又闹的我为了谁？我还不是为了能给你减轻一点负担？整天疑心这个想你的房子，疑心那个想你的房子，难不成人家李主任还能想你的房子？我为了你，天天到社区找，脸都不要了，你看看你什么态度？"

苏雨觉得不能再忍了，她说："我就这态度，只要我活一天，我宝儿就不可能是孤儿，除非我死了！你们让我放弃宝儿的抚养权，你们到底想干什么？你们只是为了钻法律的空子，得到国家的照顾吗？我看不是这样简单吧？"

婆婆急了，她说："宝儿是我的孙女，我是宝儿的奶奶，我会害宝儿吗？你急什么你急？我来这里照顾你们，就是来看你的脸色的吗？"

苏雨说:"你可以不看我的脸色啊,你为什么要来这里看我的脸色?不要假惺惺地告诉我你是为了我和宝儿,你们真实的目的就是为了这套房子!如果没有这套房子,你们才不会赖着不走呢!"

婆婆几乎气结,她红着眼圈,吸溜着鼻子,抹着流到嘴边的泪水说:"你这个没良心的,我都六十多岁的人了,还能活几天?我要这房子做什么?我们老两口放着老家舒服的日子不过,来照顾你们,你居然这样怀疑我们,污蔑我们!"

说完婆婆气得回了房间,拿着杨逸的照片,一屁股坐到地板上,号啕起来:"儿子啊,你怎么死了啊,你活着的时候,什么都好,你一死了什么都变了……"

见婆婆哭得如此伤心,苏雨又自责起来,她觉得自己的态度过分了,她不看婆婆的面子,也应该看杨逸的面子,毕竟她生了杨逸,养了杨逸。想到这些,她来到婆婆房间,试图把婆婆拉起来,但是她还没有触到婆婆的手臂,婆婆就一把甩开了她。苏雨只好默默地走了出去。

时隔不久,杨勤带着妞妞来了,在吃饭时,他见苏雨一直默默地吃饭而没有说一句话,于是他就开口问道:"一个人,压力大不大?"

苏雨淡淡地说:"之前是两个人养房子,两个人养孩子,现在一个人养房子,一个人养孩子,你说压力大不大?"

杨勤说:"压力再大也得扛着,生活就是这个样子,比你压力大的人多得是,就说杨敏吧,她每个月的房贷比你多了好几百块呢,就说我吧,我两个孩子要养……"

苏雨说:"老家的一套房子是父母一辈子的积蓄给盖起来的,县城的一套房子也是父母一辈子的积蓄给买下来的,大哥有必要在我面前哭穷吗?"

杨勤不高兴了,他问苏雨:"你什么意思,你觉得委屈是不是?你再委屈也没有办法,谁让杨逸不是老大呢,谁让杨逸脾气怪不讨父母喜欢呢?"

婆婆望了一眼苏雨,说:"杨逸脾气是不好,但主要的还不是这些,主要的是我们把力气用完了,到了杨逸这里没力气可用了,要怪,都怪我们老两口没本事。"

苏雨不屑于谈论这些,她又沉默了下来,而杨勤一直蠢蠢欲动地想要说些什么，直到苏雨吃完了饭要离开，他才给她提出了一个建议，他说："你觉得压力大是吧，我倒是有一个解决你压力的办法。"

苏雨不但站住了，而且坐了下来，她饶有兴趣地问杨勤："难不成大哥要接济我？"

杨勤讪讪一笑说："靠别人接济着过日子，终归不是办法，我是这样想的，你呢，放弃宝儿的抚养权，宝儿呢，我来管，房贷呢，我来还，你看怎么样？"

苏雨觉得杨勤真是可笑，而且心机过于赤裸，她摇头说："大哥真是菩萨心肠，既帮我养孩子，又帮我还房贷，这大恩大德简直让我这个做弟妹的受宠若惊。这个建议好，我同意！"

杨勤直恨自己把话说得太暧昧，而苏雨的回答居然让他无话可说了，他急得红了脸解释说："你理解错了，我不是那意思，我的意思是……"

苏雨知道杨勤是什么意思，但是她仍然追问："你的意思是什么？你的意思是撵我走对不对？"

杨勤赶忙解释说："没有的事，我怎么可能会撵你走呢。"

苏雨以诧异的、不解的语气说："没有的事？有我这个亲妈在，宝儿轮得上别人养吗，我看你是醉翁之意不在酒吧？我这套房子，面积还不算小，位置还不算偏，环境还不算差，价格还不算低，不管是住也好，卖也好，都是很划算的！至于宝儿，随便给口饭吃，就可以当小丫头使唤，过几年大了，往出去一嫁，还能收些彩礼。真不愧是做会计的，这算盘打的，一石二鸟一箭双雕啊。"

杨勤脸上挂不住了，他批评苏雨道："我之前以为你很单纯，很老实，没想到你心眼儿这么多！我就是一个建议，你看你想到哪里去了，简直就是以小人之心度君子之腹！"

苏雨几乎是愤慨了，她说："是我心眼儿多，还是你心眼儿多？你们老的老的要我放弃宝儿的抚养权，小的小的要我放弃宝儿的抚养权，你们什么意思？你们觉得这可能吗？你们觉得这合适吗？见我孤儿寡母的好欺负是不是？"

杨勤从来没有想到一向软弱的尊重他的苏雨会说出这番话来，他说："你这个人怎么这么不可理喻？我就是给你提个建议，你接受就接受,不接受就不接受,你这什么态度?"

苏雨难过得眼圈都红了,她说:"我还想问大哥是什么态度呢?来我的家里,招呼都不打一个,见我经济上有压力,不是开解我,不是帮助我,反倒要求我放弃我女儿的抚养权,要我净身出户?你安的什么心?别说我不答应,你问问杨逸,你问问他答应不答应?"

杨勤愤愤然地想说什么,又一时不知道说什么好,只好猛扒了几口饭,把两腮塞得满满的。

婆婆见杨勤处了下风,就对苏雨说:"你哥怎么会撵你走呢?他是什么人你还不了解?他就是见杨逸不在了,想帮你解决一点实际的困难!"

苏雨说:"都拿我当三岁孩子呢,帮我解决困难就直接拿点钱过来呀,干吗要我放弃宝儿的抚养权?别描了,越描越黑!"

几次想插嘴而没有找到机会的公公,也摆开了教训苏雨的架势,他说:"长兄如父,就是说,对待长兄要像对待自己的父亲那样尊敬!你看看你,还文化人呢,居然脸红脖子粗地跟你大哥嚷嚷!"

宝儿见公公、婆婆、杨勤都在说苏雨,她很生气,虽然她没有说话,但是当杨勤说话时,她瞪着杨勤,婆婆说话时,她瞪着婆婆,公公说话时,她瞪着公公。公公话音刚落,她就从椅子站了起来,她双手往下一压,示意大家安静,她说:"我爸说过,长兄如父的意思就是,作兄长的要像父亲那样疼爱自己的弟弟妹妹!三字经里也说了,兄则友弟则恭,做兄长的要友爱弟妹,做弟妹的要恭敬兄长。"

婆婆反问宝儿道:"你妈就是做弟妹的,恭敬你伯伯这个兄长了吗?"

宝儿说:"那是因为我伯伯这个做兄长的,没有疼爱我妈这个做妹妹的,所以我妈这个做妹妹的,就可以不恭敬我伯伯这个做兄长的。"

公公见宝儿说得一套一套的,就转怒为喜了,他抚摸着宝儿的头说:"我宝儿就是不简单,都会背三字经了,爷爷都不知道三字经是个什么东西呢,我宝儿有出息,爷爷没有白培养你。"

宝儿纠正公公道:"你什么时候培养我了?是我爸和我妈培养我的好不好?"

苏雨不再说什么,她懒得再说什么,她起身就离开了,杨勤也不说话，一脸的余怒未消，吃完饭，就把妞妞从婆婆的怀里掐出来，不快地说："我走了！什么态度，能把我气死！以后你们不要想妞妞，如果不是为了让你们见见妞妞，我才懒得来呢。"

苏雨回到卧室，躺在床上忍不住掉下泪来，看着墙上杨逸的照片感慨道："哥哥，如果你活着，怎么会发生这些事情？你努力维护的关系，我也想努力地维护下去，但是，这不是我一个人努力就可以办到的，如果我的言行伤害了他们，你可不要怪我。"

此时，难过得掉眼泪的不止苏雨一人，还有文晓，她中午买菜回来，发现门上居然贴了一张"大字报"，白纸黑字，写得歪歪扭扭，也清清楚楚："都给我小心着点，不然，总有一天我会让你们白刀子进红刀子出来！"

文晓乍一看到这些，有些懵，她以为自己走错门了，左右看了一看，发现就是自己的家，为了确定是自己的家，她"砰砰"一阵敲门，小米打开了门奶声奶气地问："妈咪，谁又惹你生气了，是不是菜又涨价了啊？"

文晓确定自己没有走错家门之后，气得直发抖，也吓得直发抖，她赶忙把纸条扯了下来，揉成一团，刚扔掉，又匆匆地捡了回来。她当即就打电话给王鹏飞，王鹏飞正在忙着跟客户讨价还价，他要两千块，对方却只给一千五，王鹏飞觉得一千五太少，坚持要两千块，他没有工夫，也没有心情听文晓的电话，他直接按掉而不去接听。

文晓提心吊胆地猜测着这封恐吓信的作者，她脑子里闪过了二表哥，闪过了三表哥，闪过了大表嫂，闪过了姨夫。为了确定自己的猜测，她给二表哥打了电话，给三表哥打了电话，给大表嫂打了电话，给姨夫打了电话，她挨个地问他们："真是不简单哦，都练上毛笔字了？"

二表哥回答："你神经病啊？"

三表哥回答："你脑子进水了？"

大表嫂回答："是不是我几天不到你家里闹，你不舒服了？"

姨夫回答："不是看你大姨的面子上，我都不接你电话！"

文晓把二表哥、三表哥、大表嫂和姨夫四人都排除了，那么，唯一的解释就是王鹏飞在外面又得罪了人。待王鹏飞回来，她抖着恐吓信问

哥哥,我爱你

王鹏飞:"你在外面都干了些什么?仇家居然都找上门来了?"

王鹏飞辛苦了一天,疲惫不堪,他没有心情理会文晓,他躺到沙发上就举起了遥控器,文晓追过来,他不耐烦地说:"不要大惊小怪了,一封恐吓信,有什么了不起的。"

文晓把恐吓信揉了揉,砸到了王鹏飞的脸上,叫嚷着:"人家都欺负到家了还没什么了不起的?你天天在外面人五人六的,你以为你是光棍一条呢?你要记住,你是两个孩子的父亲,你要为一家老小的安全负责任!"

王鹏飞问文晓:"我没有为一家老小的安全负责任吗?你们哪一个不是活蹦乱跳的?"

文晓说:"现在是都活蹦乱跳着呢,但是,我恳求你王鹏飞,别再这样下去了,你收敛一点吧,我从来没有嫌弃你穷,两个孩子也不会,不要再为了多挣钱而跟人家黑吃黑了!我们不想过这种提心吊胆的日子……"

王鹏飞"腾"地从沙发上坐起来,质问文晓:"你不想过这种提心吊胆的日子,我想过吗?我告诉你,我很累的,一家老小,全靠我一个人,我很辛苦的你知道吗?"

文晓当然知道王鹏飞养一家四口人很辛苦,她语气和缓多了,她说:"我知道你很辛苦,我不是也在努力挣钱吗?"

王鹏飞鄙夷地笑起来,他说:"就你的艾灸馆?一个月下来,能挣够水电费吗?"

文晓被荣姐解雇之后,找了一段时间的工作,但一直没能找到合适的,文晓索性不再找工作,而是找妹妹借了几千块钱,在附近租了一间门面房子,买了两张美容床,以及艾灸条艾灸盒等,她的小小的艾灸店就开业了。

起初,生意并不好,慢慢地有人来做艾灸,文晓很认真,并且收费很合理,加之她大大咧咧的性格,和谁都能谈得来,就这样朋友带朋友,亲戚带亲戚,总算有了生意,但是生意是时好时坏的,但每个月算下来,也有一千多块的收入,和给别人打工差不多,不过好处是自由很多,有更多的时间照顾两个孩子。

文晓说:"我在尽力好不好?再说,刚开始,局面还没有打开,每月能挣一千多块就算不错的了。"

王鹏飞让文晓不要管他的事,他说:"你给我记住,我所做的一切都是为了这个家,我每天待在家里安稳,一家老小喝西北风去?再说,你也不看看这是什么社会,狼多肉少的社会,都想吃肉,不争能行吗?拿什么争?像你一样去念佛吗?"

王鹏飞的一番话说得文晓哑口无言,她只好躺到床上掉眼泪了,本来生活就没有安全感,这下子又收到一封恐吓信,文晓真不知道这样的生活该怎样继续下去。

杨勤走后,苏雨找了一个机会,心平气和地与公公婆婆谈:"我觉得我们总这样下去也不是办法,你们觉得来照顾我委屈,说真的,被你们照顾我也不是滋味。我是这样想的,我们还和以前一样好不好?就像杨逸活着时一个样子,每年的寒暑假,我带着宝儿回去,让宝儿跟你们待在一起,我呢,杨逸活着时给你们多少钱,我依然给你们多少钱!平时,你们如果想宝儿了,你们也可以过来看看……"

不等苏雨说完,公公就气急败坏地打断了她的话道:"你什么意思?赶我走是吧?我告诉你,这是我儿子买的房子,怎么?我不能住啊?"

公公火爆的脾气和顽固的态度,让话题没有办法进行下去,苏雨真是觉得无奈,她说:"首先,这房子不是你儿子一个人买的;其次,我没有说你不能住,我只是觉得我们长期这样下去,容易出矛盾,而我不想和你们发生任何的冲突。"

公公冷哼着说:"冲突?有什么冲突?我们老两口这么大岁数了,儿子死了,任劳任怨低声下气地给媳妇当奴才,我们说什么了?倒是你整天看我们这个不好,看我们那个不好。我在医院上班,病人丢弃的盆子、毛巾、饭盒都好好的,我捡了回来,你见了鼻子不是鼻子脸不是脸的,你把我数落了一顿。你妈在小区给人家打扫卫生,人家丢掉的麦片、奶粉那可都是高档的营养品,你妈捡了回来,你二话不说给她扔了,你不给我们买,我们捡的你还给我们扔掉,你以为你是谁啊,县长省长的闺女啊?我告诉你,你也是农民的娃儿,当初若不是我儿子提拔你,你还不知道在哪里种地呢!现在你有能耐了,长本事了,你鼻孔朝天了，不知道自己是老几了！你还别跟我来这一套，我现在就把话放在这里，我不回去，我死都要死在这里，我就要看看，你能把我怎么着！"

苏雨没有想过，沟通居然是这么难的一件事，由于公公心存偏见、固执，不但把她对这个家庭的贡献完全抹杀，还一味地指责她的不是，她真想和他们大吵一架，但是她又不能那么做，那样做不但解决不了任何问题，反而会让他们之间的关系越闹越僵。她耐着性子说："你们都那么大年纪了，宝儿还小，我身体不好，你知道是什么病人用的东西，你把病人用过的东西都往家里捡，传染上病了怎么办？还有，我妈从垃圾箱里捡来的那些麦片和奶粉，我已经看过生产日期和保质期，保质期十二个月，而生产日期却是两年前的，也就是说过期已经整整一年了，你们吃出问题怎么办？我给你们买过，是你们不要对不对？"

婆婆说："我们不要，还不是为了给你省钱？"

苏雨不想提这个，她继续最初的话题说："你看，我们住在一起，矛盾和冲突总是难免的，为了不起矛盾和冲突，我认为还是不要住在一起的好！"

公公拧着头，气得脸红脖子粗的，手在面前挥来挥去，语无伦次地说："天天想着赶我们走，我们就是你的眼中钉肉中刺……我们……我们就是……"

公公气得说不下去了，婆婆见状，赶紧呵斥苏雨："你喊什么喊，不知道你爸有高血压吗？我告诉你，如果你爸有个三长两短，你等着瞧，别说杨勤不会放过你，就是杨逸都不会放过你！"

婆婆的这句话，像一个诅咒，让苏雨脊背发凉，她真是觉得头痛，她很后悔当初没有听从文晓的劝告，文晓曾说："我看那两个老家伙不是个东西，杨逸的大哥杨勤更不是东西，你必须得先下手为强，不然你的下场就是待宰的羔羊。你不能惦念着与杨逸的情分，始终要记住一句话，人在人情在，人不在了，什么情分都没有了，你必须得为你和宝儿着想，宝儿不是男孩子，宝儿是女孩子，人家有儿子，有孙子，人家倚老卖老去跟你争，争回来给人家儿子和孙子，你还能报警去？"

可是苏雨没有听文晓的话，她跟文晓辩解："我嫁到杨家十一年，我还不了解他们吗？他们是很淳朴很善良的，即便人走茶凉他们变了心，他们能变得哪里去？我坚信，你单纯，这个世界就单纯，你友好，这个世界就友好，这个世界的样子，取决于你如何看待它。"

文晓咬牙切齿地说："我告诉你妹妹，姐姐活这些年，看得最准的就是人心，人为财死鸟为食亡，翻脸比翻书都快。你单纯，这个世界不单纯，你友好，这个世界不友好。你给我记住北岛的那句著名的诗：卑鄙是卑鄙者的通行证，高尚是高尚者的墓志铭……"

苏雨不屑地继续吟诵："告诉你吧，世界，我不相信！纵使你脚下有一千名挑战者，那就把我算作第一千零一名。"

文晓气结："你就固执吧，你长本事了，当他们把你伤害得伤痕累累，你不要来找我，不然你会自取其辱！"

想到文晓的提醒，苏雨不觉倒抽了一口凉气，她想："这是一个巨大的赌，不到最后一刻我绝不认输，我不相信人心是硬的，血是冷的。"

但是眼下，公公婆婆的态度真是让苏雨感到无奈了，他们都在用他们的固执，用他们的冥顽不化，钳制着她，干涉着她，阻碍着她成为她自己。

婆婆开始夸张地半蹲在公公身边，一手抚公公的胸口，一手拍打公公的后背，只喊："杨勤，杨勤，你没事吧？"

婆婆叫公公杨勤，是渭北高原的习俗，把对方叫称第一个孩子的名字。公公缓了一缓才说出话来，他说："我死都不走，我看她能把我怎么着？有本事她打110，没本事就这么凑合着过，看谁耗得过谁！"

公公的这个"耗"字，比婆婆刚才的那句"杨逸也不会放过你"的诅咒，有过之而无不及，苏雨难过了，她流着泪问公公婆婆："你们居然要跟我耗下去，有这个必要吗？你们究竟有什么心结解不开，非要鱼死网破？"

公公哭着说："我就是有心结解不开！为了培养杨逸，我们吃了多少苦？遭了多少罪？好不容易把杨逸培养成大学生，培养成记者，我们就指望着他给我们养老送终呢，结果他死了……"

公公因为过度的悲伤而哭起来，又因为哭泣而说不出话来。

婆婆就去哄公公，拿毛巾给他擦眼泪，顺便也擦了自己的眼泪，此情此景，对苏雨简直是一种折磨和摧残，她不但是厌烦的，是憎恨的，还是无奈的，甚至是自责的，她总是在内心一遍遍地检讨自己："我这样对他们，是对的吗？"

然而，苏雨又觉得公公的这种认识几乎是扭曲了的，死亡的事情是谁能够改变的？又有谁该为此负责？她说："你们觉得委屈，你们要跟我耗，你们又能落到什么呢？你们不好过，难道我就好过？我年轻轻轻地死了丈夫，欠了一大堆的贷款要还，还有年幼的孩子要培养，我耗谁去呢？我大老远地嫁过来时，除了感情，我们一无所有，所有的一切都是我们一点点努力的结果，就弄了两套房子，老家一套，我已经给了你们，这里的一套，我和宝儿还得住，你们想要我怎么办？要我把房子卖掉，然后把钱给你们，让我和宝儿流落街头是吗？"

婆婆说："我们让你卖房子了吗？我们就是来照顾你和宝儿的，我们就是想帮助你，想给你减轻一点负担的！"

苏雨不屑于婆婆的这种说辞，她说："我感谢你们的好心，但是我希望不要每天都生活在一起，我不想我们之间发生任何的矛盾和冲突！你们怎么就是不明白呢？"

公公不哭了，他气愤地说："我就是不明白，我也不想明白，我告诉你，我死都要死在这里，想赶我走，门儿都没有！别以为我是农民，我懂法，这房子有我们的份儿，我早都问过了，房子是我儿子买的，我作为老子有继承权！"

苏雨这下算明白了，原来公公的症结在这里，她说："杨逸刚去世，我就把老家我和杨逸新建的一个大院子送给你们了，你们住也好，卖也好，送人也好，我都不干涉，我们说好了，这里的房子是给宝儿的！"

公公依然冥顽不化，他说："我不管！反正，我住在我儿子家，我住在我孙女家，我没住在你家，我看你能把我怎么着？有本事你打110，有本事你报警！"

苏雨不能报警，她也不想报警，她总觉得应该有一个温柔的、平和的解决问题的方式。然而，她一直没能找到这样的一个方式，不管她怎么跟他们谈，他们的态度始终是顽固的，不留任何商讨的余地。

苏雨无奈，她没有继续再谈下去，她回到卧室，到床上就打电话给文晓，她问文晓："是不是我态度不够好？是不是我说话的方式有问题？是不是我的行为不值得他们相信？难道都是他们的问题吗？难道我就没有问题吗？姐姐你告诉，我哪里做错了？"

文晓虽然生苏雨的气，认为她总是把问题看得太简单、太幼稚，缺乏必要的生活经验，但是她心疼她，她语重心长地说："我认识你十七年了吧，我们在一起吃过饭，在一起睡过觉，我们就是一个灵魂生出来的两个身体，我还不了解你吗？你没有做错任何事，你是好孩子，你已经仁至义尽了！错的是他们，是他们不知足！他们认为吃糠咽菜地把儿子培养成大学生不容易，就像种庄稼，他们等着收获呢，可是一场暴风雨让他们的希望泡汤了，他们觉得亏，为了让心理平衡一点，他们必须要攫取一点什么，而他们能攫取的无非就是你们辛辛苦苦燕子衔泥一样弄起来的两套房子！"

苏雨说："老家的那套房子，我已经拱手相让了，我答应他们还和杨逸活着时一样，我每年还要支付他们赡养费的，只要他们回去，只要他们别在这里，他们那么大年纪的人了，一个在医院给人家弄垃圾，一个在小区给人家扫地，我看着心里真不是滋味，如果杨逸活着，断然不会让他们沦落到这种地步。他们在这里，所做的一切对我来说，都是一种精神上的折磨！"

文晓给苏雨出了主意，她说："你听我的，采取一切能采取的手段，让他们走！拖得越久，问题就会越复杂，现在他们还看在杨逸的面子上，时间长了，丧子之痛缓和了，他们还认你这个儿媳妇？对了，我推荐一部电视剧给你看吧——《婆婆吃了媳妇全家》，你好好地想一想，好好地悟一悟吧，你个大傻瓜！"

苏雨想来想去，想不到一个更好的办法让公公婆婆心甘情愿地离开，她只好不再提让他们离开的事，而文晓随后打来电话又教导她："还是不要太过分了，老吾老以及人之老。"

问题的复杂之处并不是公公婆婆的留与去，而是他们的存在对苏雨的生活造成了很大的影响，她回来晚了，婆婆就哭哭啼啼地打电话给文晓告状，她让宝儿吃素，公公偏偏天天买肉回来，几乎每一道菜都与肉炒在一起，芹菜肉丝、土豆肉丁、白菜肉片、豆角肉末。每次吃饭，苏雨和宝儿都很为难地相互对视，然后相互点头，苏雨只好重新去做。

公公和婆婆见宝儿也不吃，就唠叨开了，公公让宝儿听话，婆婆直接来了一句:"吃!人家都吃肉,没见一个吃死的?"

公公赶忙附和道:"我这辈子就爱吃肉,我不是活得好好的?"

宝儿说:"人和人是不同的,萝卜青菜各有所爱,你们吃你们的,我们吃我们的,谁也别强迫谁。"

公公说:"你们做的就不对!不吃肉,肉怎么了?肉好吃着呢,营养丰富着呢!"

宝儿说:"肉是酸性的,吃肉,人容易变成酸性体质,酸性体质容易生病。"

婆婆显得很不耐烦,她摆了摆手,一连说了好多个去字,她说:"去去,别跟我来你妈那一套!如果吃肉不好,人家都疯了花高出蔬菜几倍的价钱买肉吃?小小年纪,正是长身体的时候,肉是必须吃的!"

宝儿起初意志不够坚定,挑了几块瘦肉吃了,后来苏雨找到一些动物被宰杀时的惨状的照片给宝儿看,又找了一些食肉与食素对身体的不同影响,宝儿大受感动,特别是当她在《诗经》中读到"哀哀父母生我劳""闻其声,怎忍食其肉"之后,态度便坚定了许多。

自此,饭做好了,婆婆也不再喊苏雨吃饭,吃饭的时候,也不说一句话,特别是公公,总是故意挑衅似的,脱了鞋子,把臭烘烘的脚搭到椅子上,不管吃什么,都大嚼特嚼,发出特大的响声。婆婆没有脱鞋子,没有把脚搭在椅子上,也没有大嚼特嚼,但是她拉着脸,翻着白眼。这让吃饭的氛围变得别扭起来,为了能把饭好好地吃下去,苏雨只好端到书房去吃,宝儿也跟着她到了书房吃,自此,格局就这样形成了。

只是偶尔,婆婆心情好的时候,会单独炒上两个素菜,她的这一举动,让苏雨倍受感动。

第十六章

自从妞妞离开之后,几乎每个周末,杨敏都会把宝儿接过去,到了周日的下午再把她送回来。

杨敏家离得不算太远,五六站路的样子,她骑电动车,十几分钟就能到达。这也为她频繁往来提供了方便。

杨敏骑着电动车,宝儿坐在车后座上,杨敏问宝儿说:"你爷爷奶奶辛苦不?"

宝儿想都没有多想就回答说:"辛苦。"

杨敏继续诱导宝儿说:"你爷爷奶奶可怜不?"

宝儿也想都没想就顺口答道:"可怜。"

杨敏继续问道:"宝儿爱爷爷奶奶不?"

宝儿这下想了一会才说:"爱是爱,但是有时候也挺烦的,我发现我爷爷奶奶特别爱管闲事。"

杨敏不高兴地纠正宝儿道:"什么叫你爷爷奶奶特别爱管闲事?你不要没良心啊,你爷爷奶奶不管说什么、做什么,都是为了你好!"

宝儿不相信地撇撇嘴说:"不见得都是为了我好吧?如果不是他们,我的身材也不至于这么胖,他们没有来之前,我还是很苗条的,都是他们逼着我,让我多吃饭造成的。"

杨敏说:"你这个没良心的东西,你爷爷奶奶逼着让你多吃,还不是为了你好?你妈天天不让你吃这个不让你吃那个,本来你能吃两碗,非让你吃一碗,才是为你好吗?"

宝儿说:"我现在胖的衣服都很难买到合适的了,我妈不让我吃这个吃那个,让我少吃才是为我好呢。姑姑我跟你说,科学家做了一个实验,一天吃一顿的老鼠比一天吃两顿的老鼠寿命长了一倍呢。"

杨敏才不相信这一套,她说:"那是老鼠好不好,人又不是老鼠。所以,人要一日三餐,而且还要吃点零食啥的。"

宝儿还要说什么,被杨敏打住了,她发现自己的话题被宝儿的回答带偏了,她重新回到最初的话题上说:"你爷爷奶奶给人家扫地弄垃圾多辛苦的,每天还做好饭给你们吃,你妈妈不但不感激,居然还要赶他们走!她说你爷爷奶奶在,影响她写作,影响个屁啊,她就出了一本书,电视剧还没拍出来呢,她鼻孔就朝天了,等她出了名,挣了钱,眼里还能容得下谁啊?你爷爷奶奶为了不影响她写作,来去都蹑手蹑脚的,像做贼一样!宝儿,你给姑姑记住了,你姓杨,你是杨家的血脉,你要站在杨家这边来你知道吗?"

宝儿不懂,她不解地问:"姑姑,我妈是外人吗?"

杨敏说:"你妈当然是外人了,你看,我们都姓杨,但是你妈不姓杨。还有啊,姑姑告诉你,你爸活着的时候,你妈和你爸关系很好,但是你爸死了,你妈还年轻,比姑姑还小两岁呢,像你妈妈这么大年龄的好些女人都还没嫁人呢,你妈妈肯定还会找个男人嫁掉的,想想看,到时候谁最惨?"

宝儿若有所思地回答:"还能有谁最惨,我妈妈最惨呗。"

杨敏纠正道:"怎么可能是你妈妈最惨呢?你妈妈又有了一个新的老公,说说笑笑的才开心呢。"

宝儿说:"那是我爸爸最惨?"

杨敏又纠正说:"最惨的也不是你爸爸,你爸爸死了,没有什么惨不惨的了,最惨的是你,你要有一个后爸了,后爸又不是亲的,人家为什么要疼你爱你,没必要的对不对?所以呢,人家会又打你又骂你。"

宝儿既难过又生气,她说:"我妈妈说了,她不会再嫁人的!"

杨敏撇撇嘴道:"那是你妈妈哄你的,她那么年轻,她不会不嫁人的,我告诉你,如果你姑父死了,姑姑立马就找个男人嫁掉。"

宝儿申辩道:"你和我姑父经常吵架,经常不说话,有时候他还打你,你当然恨不得他死,他死了你当然会再嫁人,但是我妈妈和我爸爸不一样,他们两个好得很,每天都打好几个电话,每天都搂搂抱抱的。"

如果不是看着我，我爸爸死了，我妈妈都不想活了。"

杨敏说："宝儿怎么变傻了？你妈妈和你爸爸好，是因为那时候你爸爸活着，但是，现在的情形是你爸爸死了，人走茶凉你懂不懂？时间长了，你妈妈就会把你爸爸忘了的。"

宝儿还是不能完全相信杨敏的话，杨敏并不着急，为了笼络宝儿，她在路边肯德基店停了下来，她请宝儿吃肯德基，她点了鸡翅、鸡腿、汉堡、圣代、可乐端到宝儿的面前，让宝儿吃，让宝儿喝。

宝儿看到面前堆积如小山一样的食物，很失望，也很犹疑，她说："姑姑，我刚才不都跟你说好了吗，点素的点素的，我不吃肉的，我现在吃素了。"

杨敏不以为然地说："去去去，小小年纪，正长身体，吃什么素？跟你妈学的是吧？我跟你说，你妈脑子不正常，但凡一个做妈妈的都想让自己的孩子吃好喝好，鸡鱼肉蛋，什么有营养给孩子吃什么，再看看你妈妈，一个都不给吃。"

宝儿反应激烈，她不快地嘟囔道："你妈脑子才不正常呢。"

杨敏哭笑不得地在宝儿的脑门上戳了一下说："我妈是谁？我妈是你奶奶！你个小叛徒，你站错了队伍你知道不知道？"

为了让宝儿相信苏雨的脑子不正常，杨敏指了指餐厅里举着鸡腿、鸡翅、汉堡包大吃特吃的人们说："你看看，大家都在吃肉，都吃的可香了，如果吃肉不好的话，难道人们都疯了？人们不可能都疯了，那唯一的可能就是只有你妈一个人疯了，难道，你想跟你妈一样做一个疯子啊？"

宝儿禁不住杨敏的煽惑，也禁不住食物的诱惑，迟疑着，迟疑着，在杨敏一句又一句的"吃吧吃吧"的催促下，她就抓起一个鸡腿吃了起来。

周日下午，宝儿被杨敏送了回来，面对苏雨，她做了亏心事一样尴尬起来，后来，她很坦诚地向苏雨交代："老妈，说实话，这些天我在姑姑家，做了两天的小人，小人难于胜己，我就没战胜自己，我吃了肯德基，吃了麦当劳，还吃了火腿肠，姑姑还做了红烧肉，弄了一条清蒸鱼，还买了几个鸭脖子……"

这个让苏雨不禁沉思起来，老子的话果然是至理，不见可欲使心不乱。见了，想做到心不乱，别说孩子很难做到，就是成人都很难做到。她对文晓说："孟母之所以三迁，足以说明环境对人的影响是至关重要的,我想离开这里。"

这个电话是让苏雨后悔的,因为文晓的回答让她失望,文晓说:"好了,我的妹妹,别胡思乱想了,这个社会就是这样,你到哪里去?你能到哪里去?你就老老实实地待着吧!"

晚上,宝儿由于吃多了肉食,导致肚子不舒服,她一连去了好几趟卫生间,当她最后一次从卫生间出来,回到卧室就要求苏雨讲故事,苏雨端起床头柜上的空杯子边去客厅边说:"我得把水准备好才能给你讲。"

走到客厅,苏雨发现卫生间的灯还亮着,门却大开着,她喊宝儿道:"宝儿你怎么又忘了关卫生间的灯了?"

宝儿在卧室里委屈地大声回答:"我关了!"

苏雨也大声地说:"你关了怎么还亮着?"

宝儿更加委屈了,她嚷嚷道:"我怎么知道,这个家里又不是我一人,好事不找我,坏事都找我!"

苏雨放下水杯就去卫生间关灯,她刚走到卫生间门口,就被吓了一大跳,公公穿着内裤正站在卫生间里清洗着私处。气得苏雨肚子痛,卫生间的门是向外开的,她赶忙躲闪到门后不快地说:"一,你上卫生间为什么不关门?二,我和宝儿这么大声说话你难道没有听到吗,你为什么不吭声?你聋了还是哑巴了?"

公公一点愧疚的意思都没有,他反而大声斥责苏雨道:"你对长辈就是这样一种态度?"

苏雨"嘭"的一声关上卫生间的门,愤愤然道:"你还知道自己是长辈,你有一点长辈的样子吗?"

公公也气哼哼地说:"我没有长辈的样子,你有晚辈的样子?我在我儿子家里,你看你整天鼻子不是鼻子脸不是脸的,我们吃你的还是喝你的了?我告诉你,米是我买,面是我买,菜是我买,我在医院给人家弄垃圾养着你们,你有什么资格跟我吹胡子瞪眼?"

苏雨还能说什么呢,她强忍着泪水,点着头说:"我交着一千多块的房贷,交着几百块的水电费、物管费,你们怎么不吭声?你们买米了,买面了,买菜了,米是最差的米,面是最差的面,特别是那蔬菜,都是到晚上人家收摊的处理货,一块钱可以买一大堆!再说,你一个人吃的,顶我三四个人吃的!"

公公的声音更是大了许多,他说:"嫌菜烂,你可以不吃,谁还巴结你了?"

苏雨强忍着强忍着,还是没有忍住,这些日子的委屈一下子都涌了出来,她就哭着回了卧室。宝儿见苏雨哭,也掉了眼泪,她将伤心痛哭的苏雨抱住了。

然后,宝儿在盛怒之下,光着脚下了床,走到卫生间,哭着喊着猛然拍打着门说:"再这样,你们都给我回去!我告诉你们,我们早看不惯你们了,我和我妈都看在我爸爸的面子上,才不跟你们一般见识的!"

见宝儿哭着回了卧室,婆婆难过起来,见宝儿这样对他们,她更加难过起来,她穿过客厅拧开苏雨卧室的门对苏雨说:"别哭了,半夜三更的也不怕邻居笑话!你又不是不知道,你爸那个人脾气不好,人又固执,你让着他点不就没事了吗?"

苏雨抹了一把泪水说:"我让着这个让着那个,谁让着我了?一个一个都在我面前倚老卖老!"

婆婆知道苏雨不但数落了公公,就是连她这个婆婆也一块儿数落了,她不想再劝什么,只是去劝趴在床上哭泣的宝儿,她没好气地说:"谁爱哭让她哭去,宝儿乖,宝儿不哭了,宝儿睡觉!"

宝儿甩掉了婆婆的手气愤地说:"别碰我!"

婆婆被宝儿的这个态度伤害了,她难过地叹息着回了卧室,她喃喃道:"媳妇这样对我,孙女也这样对我,我活什么意思,我还不如死了的好,儿子哦,死的怎么不是我啊!"

公公洗完了,从卫生间里出来,拧着脖子冲婆婆嚷嚷:"瞧你那点出息!"

婆婆就骂公公道:"你这么大年纪的人了,净做那些没脸没皮的让人家戳脊梁骨的事,我都跟你说多少回了,让你上厕所的时候关上门关上门,可你就是不听!难怪人家骂你是聋子是哑巴!你活该!丢人现眼!还嫌人家赶你走,搁我,都没脸在这里待!"

公公虽然理屈,虽然词穷,但是他脾气还是有的,事实上,他有两个制胜的法宝,一个是他的高血压,一个是他的暴躁的脾气,他一发脾气,血压就会升高,血压一升高,几乎所有知道他有高血压的人都惧怕他。他拧着脖子,他一生气就会拧着脖子,他拧着脖子说:"我没脸待？我凭什么没脸待？你看我有没有脸待？我在这里会一直待到死！看谁能把我怎么着？"

婆婆不能拿公公怎么着，她点着他的鼻子说："你天天就来这一套，总有一天，你这一套会不管用的！"

公公抓起床头柜上的白酒，猛灌了几口，絮絮叨叨大言不惭地说了一些谁也奈何不了他的话，见婆婆不再理会，他也沉默了。

第二天晚上，杨敏下了班就直接过来了，她刚一进门就问苏雨："昨天晚上怎么回事，我听咱妈说，你把咱爸都骂了？"

还不等苏雨说话，杨敏紧接着说道："爸做错了什么？就是上厕所忘了关门，你就把他骂一顿？你知道不知道，你骂过他之后，他喝了酒，躺在床上哭？他六十多岁的人了，把家里的什么东西都不要了，为了照顾你们，为给你减轻负担，他给人家打扫卫生，你怎么忍心骂他？你又怎么好意思？你开得了口吗？"

如果搁在以前，杨敏对苏雨不会是这个态度，如果搁在以前，苏雨也不会容许杨敏这个态度，她脾气并不算好。但是，她仍然听杨敏把责难的话说完，直到杨敏无话可说为止。

苏雨问已经坐下来休息的杨敏："说完了吗？说完了我也要说几句，家里的事情，你消息是最灵通的，我相信整个事件的来龙去脉你也都清楚了。首先我要说的是，我并没有骂任何人，我只是发了脾气，其次，我不可能平白无故地去发脾气，我是有原因的……"

杨敏不等苏雨说完，就打断了她的话说："你有什么原因，你就是千方百计地想把他们两个老人赶走！所以，屁大一点的事你都大惊小怪！"

苏雨说："你公公婆婆在你家里，一住就是一年，你公公上卫生间不关门，大声提醒他他装聋作哑，一次又一次让尴尬的事情发生，你会怎么做？"

杨敏无语了，因为她的公公婆婆在她家生活很少超过一个月，只是短短的一个月的时间，就让她烦不胜烦了。

苏雨说："我是媳妇，这种事情我不好意思跟爸谈，我怕他脸上挂不住，但你不一样，你是女儿，何况他最疼爱你，你说话他听。所以，我希望你能说说他，让他以后注意着点，不然这样的日子我过不下去！"

杨敏觉得苏雨事多，她说："爸那么大年纪了，记性不大好，忘了关个卫生间的门有什么可大惊小怪的。再说，爸一直都在农村生活，没有随手关门的习惯，你自己不注意着点，你还怪别人！"

苏雨失望地摇头说："杨敏，自从你哥死后，你变了，完全像是另外一个人！"

杨敏说："我一点都没有发觉自己变了，恐怕是你变了吧？"

苏雨说："你哥活着时，你对我根本就不是这个态度，你对我很尊重，可是你哥一死，你不但不再尊重我，反而处处找我的麻烦，你觉得你这样做，对得起你哥吗？你大可以回忆一下，你和你老公是怎么才在西安扎下根来的！"

杨敏沉默了。

苏雨说："当时你老公从部队转业回来，找了半年多的工作，一点眉目都没有，你在家里闲着也没有事情做，一家三口要吃要喝，你们的生活陷入困境，是你哥把你们弄到西安，拿钱给你们租房子，托人给你们找工作，然后又借钱给你们买房子，你哥一死你把这些都忘了是吧？"

杨敏不安了，她粗暴地打断苏雨说："我们就事论事，你说这些陈谷子烂芝麻的什么意思，你不要再说了！我跟爸说说，让他以后注意点就是了。"

杨敏这一次倒是站到了苏雨的这边，待公公从外面回来，正要打开电视机，她就把他叫到了他们的房间里，然后关上了门。

杨敏是四个孩子当中最小的，倍受公公的疼爱，她说的话，通常比婆婆说的话管用得多。杨敏对公公说："爸，你既然想在这里住到老，你就不能跟人家对着来，你惹得人家烦，你住着能舒服吗？以后上厕所，记得关门，不说别人，就说咱宝儿，都十一岁了，都成大姑娘了，你上厕所不关门，撞见了也不好看是不是？"

公公例外地没有生气，而是点了点头，瓮声瓮气地回答道："知道了，以后注意就是了。"

第十七章

苏雨难过,她不相信公公是没有听到,那唯一的解释就是他是故意的,他为什么要这么做?

这让苏雨百思不得其解,她打电话给文晓说:"他到底想要干什么?恶心我?让我待不下去自动离开?他是这个意思吗?"

苏雨打电话过来的时候,文晓正好给客人做完了艾灸,她听了之后,气得跳脚,当着客人的面就愤怒地嚷嚷道:"龌龊!龌龊!太龌龊!你带着宝儿来我这里,我管你们吃管你们喝,让那两个老东西死在那房子里面吧!靠!倚老卖老,见过无耻的,没见过这么无耻的!我真是想不明白,杨逸那么好的一个人怎么摊上了这样不懂事理的父母!"

苏雨倒是已经不愤怒了,她只是难过,她说:"我也想带着宝儿一走了之,但是那房子怎么办呢?还有十几万的房贷要还,我不能在你那里交着这里的房贷,又住不上房子吧?"

文晓也发了愁,她说:"你还是不能一走了之,说不定你一走了之正好合了他们的心意,他们把房子霸占了,是你的名字又能怎样?你住不上还不是白搭,到时候,人家把杨勤一家都弄过去,门锁一换,你找谁去?"

客人一边穿衣服,收拾头发,准备离开,大概是听了那么一耳朵,就建议文晓:"让你那朋友求助法律,我不信还无法无天了?"

文晓觉得这真是一个好主意,她当即就告诉苏雨:"你已经做到仁至义尽,你不能再这样软弱下去,你必须行动起来,既然谈不拢,那只好撕破脸了。"

苏雨不是没有想过借助法律的力量，但是她总是觉得这样做不合适，她为难地说："还不到动用法律的那一步吧？人家也没拿我怎么样，我就是觉得住在一起不方便，不想跟他们住在一起，但是他们硬是要住在一起！"

文晓咬牙切齿地说："怎么叫没拿你怎么样？都这样恶心你了，还不够吗？杨逸死了，你孤儿寡母的，不管是从法律上，还是从道义上你都没有义务赡养他们的，他们的做法已经严重到影响你的生活了，你如果再纵容他们，他们会得寸进尺，把你逼到无路可走的！"

可是苏雨还是摇了头，她说："他们再不好，也是杨逸的父母，他们生了杨逸，养了杨逸，而杨逸待我不薄，我不能在他尸骨未寒就做出这样的事情来。"

文晓真是无奈了，她说："你去撞南墙吧，等你撞了南墙，你就知道回头了。"

苏雨本来就觉得日子过不下去了，让她更觉得日子过不下去的是最近发生的两件让她几乎崩溃的事情。

天气太热，不关窗户，楼下车来车往的实在过于嘈杂，让人无法入睡；关了窗户，屋里过于闷热，苏雨想来想去，就关上窗户打开着门睡觉了。她为此还是有点不大放心，宝儿安慰她道："反正我们的卧室在最里面，我爷爷奶奶出去都不经过这里，他们早早地就睡觉了，又会早早地起床，不会看到的。"

苏雨想了想，觉得宝儿分析的有道理，于是她就点了点头，就开始举着书读故事给宝儿听，直到宝儿在故事中甜甜睡去，她才拿过自己的书看。十一点多，苏雨看书看累了，也关了灯睡去，正当她迷迷糊糊之际，便感觉有人进到了房间里，她以为是自己正在做梦。但是很快，她便意识到这不是梦，她发现了不对劲，那个影子在床边上坐了下来，继而又起身，围着床，焦躁地转了一圈又一圈。

苏雨听到了"噔噔噔"的脚步声，又闻到了一股刺鼻的酒味，这让她感到恐慌了，难道是门没有关好？这种事自从公公婆婆到来之后是时有发生的，每次她临睡之前都要检查一下，她想了想，想不起自己临睡之前是否检查了门锁住没有。

她不敢轻举妄动，担心对方酒后行凶，她只好忍耐着，黑影走来走去，不小心撞到了挂衣架，将挂衣架撞倒了，挂衣架砸到了窗台上，将窗台上的一些小物件砸到了地板上，而且将窗帘挑开了。

苏雨不那么恐惧了，她已经知道对方不是一个贼，贼不会这么笨，她借着窗外的灯光，发现黑影并不陌生。她"啪"地打开灯，让她简直不敢相信的是，那个黑影居然是公公。她赶忙拉过毛巾把自己和宝儿都盖好，气愤地斥责道："半夜三更的你到这里做什么？"

公公一脸尴尬，结结巴巴地说："我我我找我的一个东西！"

公公的借口根本就是漏洞百出，苏雨说："你的东西在你的房间，你来我们的房间找什么东西？"

公公继续结结巴巴地说："我我我房间里没有找到！"

苏雨厉声道："为什么白天不来找？为什么非等到半夜三更的才来找？为什么不光明正大地敲门来找？为什么要鬼鬼祟祟偷偷摸摸地来找？你到底想做什么？"

公公无言以对，他很快又给自己找到了一个借口，他说："我不是来找东西，我就是，我就是来看看我孙女宝儿！"

苏雨不再质问，不再斥责，她懒得再看公公一眼，她用哆嗦的手指着门外，本想让公公滚出去，又觉得滚字用在长辈身上不合适，只好厉声道："你给我出去！"

公公脸红脖子粗，拧着头，嘟嘟囔囔地出去了。

屈辱、愤怒、难过、悲伤，还有其他的说不清道不明的情绪一起涌上了心头，苏雨忍不住哭起来。

公公刚出去，就碰到了黑着脸站在门外的婆婆，婆婆瞪着公公问道："你半夜三更地跑到人家房间做什么？"

公公解释说："我就是去找个东西，看把她急得，什么态度！"

婆婆厉声问："你半夜三更地到儿媳妇房间里找什么东西？你真是越老越没脸了，也不怕传出去被人笑话！"

公公支支吾吾地说："我被你们气糊涂了，我想不起来了！"

婆婆将手里提着的半瓶子白酒在公公面前晃了晃说："别以为我不知道，你居然偷偷喝了半瓶子的猫尿！"

公公红着脸，强词夺理地说出一句毫无逻辑，也毫无道理的话，他说："我在我儿子家里，我想喝猫尿就喝猫尿，你管不着！"

婆婆责骂了公公，心里还是不舒服，就开始责骂苏雨，她说："什么事情都不能怪一个人，你晚上睡觉为什么不把门反锁了？他喝了酒，脑子不受自己控制，到处乱窜，他也不是故意的！你哭什么哭？有什么好哭的，自己也该检讨一下自己，没有什么事都是一个人的错！"

苏雨不想听婆婆唠叨，她流着泪，起床反锁了房间的门，然后靠在床上发呆。

公公被苏雨斥责了一顿，被婆婆斥责了一顿，他一肚子的气无处发泄，于是就拧着头瞪了婆婆好大一会，才一把抢过婆婆手里的酒瓶子，高高扬起，然后用力地砸到了地板上。

公公把酒瓶子砸到了地板上，发出一声刺耳的声响，而浓烈的酒精气味也迅速地在整个房间弥漫开来。他打开客厅里的灯，要看一下自己的杰作，见地板上一地的玻璃渣子，和四处流溢的白酒，他觉得还不过瘾，又到处找酒瓶，终于找到了两个，又高高地扬起，然后用力地砸到了地板上。

很快，门铃响了，婆婆迟疑了一下，还是去开了门，一个粗壮的四十岁左右的男人瞪着眼睛粗鲁地冲婆婆嚷道："干什么呢？抽风了是不是？还让不让人睡觉了？"

婆婆没有给人道歉的习惯，何况她觉得人教训一下公公也不算一件坏事，上次，公公在卫生间清洗私处不关门，被苏雨撞见，让她心里很不舒服，这次，公公居然又半夜三更地潜入到儿媳妇的房间，尽管什么也没有做，但就是这个举动已经够过分的了，所以，她只是阴沉着脸，并不做任何的解释。

公公正窝了一肚子火气，见楼下的邻居来找茬，他就耍起横来，他三步两步冲到门口，一把把婆婆推搡到一边。婆婆打了一个趔趄，差一点就摔倒在地，他看都不看一眼婆婆，指着来人的鼻子骂道："你是个什么东西，敢在我面前指手画脚的？"

来人也不是一个善碴，他把公公指向自己鼻子的手指用力一挡，挡到一边说："我指手画脚都算便宜你了，别把我惹急了……"

公公不等来人说完，就往前凑上一步，唾沫星子溅了来人一脸，他说："惹的就是你，你能把我怎么着？"

来人抹了一把脸上的唾沫星子，愤怒地将两只手攥成了拳头提了起来,但是他并没有砸到公公的脸上,只是在公公的面前晃了两晃说:"我报警,告你个扰民!"

公公不服气地说:"我还想报警,告你个私闯民宅呢!我告诉你,我懂法!"

来人显然不耐烦再跟公公啰唆下去,他把拳头展开,指着公公的鼻子警告他道:"看在你年龄这么大的分上,我不跟你一般见识,我饶了你,再有下一次,别怪我对你不客气!"

说完,来人就转身离开,公公也怒不可遏地回转身,冲客厅的阳台而去,阳台本来是苏雨养花、晾晒衣服的地方,自从公公婆婆到来之后,就成了废品存放点。公公冲到阳台,找了几个酒瓶子,不过瘾似的,又找了几个易拉罐,在婆婆再三警告、规劝、阻挠、恐吓之下,他依然不管不顾地一个一个地砸到了地板上。

邻居刚回到家,就听到一声接一声的噪音,他的怒气再度被激了起来,他转身又上了楼。

婆婆劝阻不住公公的行为,就去关门,但被公公一把拽住,然后用力一推,推到沙发上坐下。他扬言道:"我就等着他来呢!我今天不给他点颜色瞧瞧,他不知道我的厉害!"

愤怒到极点的邻居在楼梯上就听到了公公的话,他愤怒的火苗再度蹿高了许多。他冲到屋里,一把把公公拽到门外,然后好一阵拳脚。

公公哪里是楼下邻居的对手,尽管他也挥拳,但总是打了一个空;虽然他也抬脚,但是总是踢了一个空。而他的每一次出招,都能为对方创造更好的反攻条件,很快,公公在对方的推、拉、拽、甩中趴下了,趴在门口他堆放的一尼龙袋子饮料瓶子上,怎么爬都爬不起来。他发现了不对劲,原来是假牙不知道什么时候被对方给打掉了,上下颌一套假牙花了他五百多块钱,他心疼死了,他咒骂着对方:"你把我的牙打掉了,你赔我的牙,赔我的牙!"

婆婆见公公趴下了,大呼小叫地喊道:"不得了,出人命了!救命啊!苏雨啊苏雨,快报警啊!"

楼下的邻居并没有流露出一点畏惧的表情,相反,他很得意,他抱着胳膊看着公公在一堆的饮料瓶子上挣扎,直到袋子被挣扎开,一大袋子的饮料瓶子呼啦啦地滚了一地。

任凭婆婆在客厅大呼小叫，苏雨就是没有理会，宝儿被嘈杂而巨大的吵闹声惊扰了，她皱着眉头翻了一个身，嘟囔了一句："讨厌讨厌！"

苏雨轻拍着宝儿的后背，宝儿很快就安稳了。

对门邻居打开了门，见已经不打了，就把公公拉起来，劝说了几句"低头不见抬头见""要相互理解，相互体谅"的话，公公正要反击，被婆婆生拉硬拽进了门，楼下的邻居才冷哼着对隔壁邻居说："不是我跟他计较，半夜三更的，他往地板上砸酒瓶子，搅扰的我们根本没法休息，真是一点素质都没有！摊上这么一个邻居真是倒了八辈子霉了。"

隔壁邻居也听到了玻璃碎裂的声音，他们一家都习惯晚睡，上网的在上网，看电视的在看电视，并没有受到太大的干扰，所以，他们只是笑笑，就关上了门。不多会，随着人去声消，楼道里的感应灯也灭了。

婆婆关了门，关了客厅的灯，公公走在前头，她跟在后头，公公回到卧室，倒在床上呜呜咽咽起来，她发现公公走过的地方，有血滴下来。

婆婆赶忙拿起手机，往地上照了照，果然是血，她捋起公公的裤管，发现他的右腿小腿上破了很大一块，正流着血。她赶紧翻箱倒柜地找纱布找药，她一边包扎一边焦急地问："怎么弄的啊？"

公公哭着说："碰到楼梯的扶手上去了。"

楼梯拐角处的扶手，外层的塑料不知道什么时候已经掉了，裸露着棱角分明而尖锐的铁质架。

公公说："那个王八蛋下手太狠了，打得我胸口痛。我不能饶了他，我看是他厉害还是我厉害，你别给我包扎了，你去找几个酒瓶子回来，我还要砸，我看他能把我怎么着……"

婆婆冲公公大声嚷道："你有完没完，你不想活了？人家三四十岁，你六七十岁，你能是人家的对手吗？"

公公又像一个孩子一样呜呜咽咽起来："我儿子要是活着，我看谁敢欺负我！他们欺负我，就是因为杨逸不在了啊……"

婆婆一想到杨逸已死，也难过得落下泪来，给公公包扎好伤口，就擦着眼泪、擤着鼻涕打电话给杨勤，除了公公进苏雨房间那一段被省略了之外，其他的她都一五一十地说了。

第二天一大早，杨勤就出发了，一路上，见了提着行李站在路边等车的人，还不忘减慢车速，探出脑袋问一句："搭车不搭？"

一路上，上上下下的，也拉了五六个乘客，有了近二百块钱的收入，到了小区门口，见有卖西瓜的，他一问价格，一块五，他还价到一块，人家不卖，他迟疑了一下，也就放弃了。

婆婆坐在杨勤的对面，又把昨晚发生的事情一五一十地说了一遍，杨勤气愤极了，他忽地站起身来，冲到门口，拉开门就出去了。

婆婆在后面一再提醒："你可要小心点啊！"

他一口气冲到了楼下邻居的门口，举起胳膊，却没有敲门，他想了又想，终于把胳膊放了下来，然后垂头丧气地上楼来。

公公正要出门去，见杨勤回来了，就诧异地问："怎么？楼下一家都死绝了？"

杨勤讪讪一笑说："算了，冤家宜解不宜结，再说我也不想跟那种人一般见识！"

公公要冲出去，被杨勤抱住，他说："你别去了，这事也怪不得人家，是你先往地上砸酒瓶子的！"

公公委屈地，从口袋里掏出他的被打坏的假牙说："我得让他赔我的假牙，我不能就这么算了！"

杨勤呵斥公公道："行啦！你自认倒霉吧！"

自知理亏，自知不是人家的对手，公公也只好作罢，只是内心不平，一直拿着他的假牙说："又得好几百块钱，我半个月的工资！"

直到中午吃饭，他们还在说这件事情，宝儿不知道发生了什么，就追问婆婆："奶奶，谁把我爷爷的假牙弄坏了？"

婆婆瞪了一眼宝儿不耐烦地说："去去去，饭都堵不住你的嘴，赶快吃了上学去，都怪你妈那个妖精！"

宝儿不快地道："又是怪我妈那个妖精，跟我妈那个妖精有什么关系啊！从早上到现在，我妈可是一句话都没有说。"

婆婆不好再说什么，只好说："谁都不怪，要怪就怪老天爷不公平，让你爸爸死得早，如果你爸爸活着，我们也不会来西安，我们不来西安也不会发生矛盾，没有发生矛盾，你爷爷也不会摔酒瓶子，你爷爷不摔酒瓶子，楼下的邻居也不会找上门来，楼下的邻居不找上门来，你爷爷也不会被打……"

宝儿越听越糊涂，她说："什么时候的事，我怎么不知道？"

婆婆用手背擦了一下潮湿的眼角说："你知道起个什么作用？一你不是男孩子，二你年龄又太小，你伯伯一个大男人来了都不中用的。"

杨勤听了不高兴地辩解道："我不是跟你说了吗，首先，我不跟他们一般见识，其次，咱确实没有理，是我爸摔的酒瓶子，就是闹到派出所，也赢不了！再说，咱以后要在这里住下去，把邻居都得罪了，以后怎么住？"

婆婆委屈地说："依你的意思就这么算了？"

杨勤说："依我的意思，你下楼去，或者让苏雨领着宝儿下楼去，就说我爸昨天喝多了，给人家带来不便了，请人家谅解一下，最好不要跟人家结仇！咱毕竟在这里没有熟人，不像杨逸活着，他朋友、同事很多。"

婆婆果决地说："谁爱去谁去，反正我是不去，让我带着这张老脸给一个年轻人道歉？我又没喝酒，我又没往地板上砸摔酒瓶子，谁惹的麻烦谁解决！"

公公一听，火气又"噌"地窜了上来，他拧着脖子说："我惹什么祸了？我凭什么给他道歉？我还想等着他给我道歉呢！我给他道歉？除非天和地颠倒过来，不然没这个可能！"

杨勤见说服不了公公婆婆，只好去书房找苏雨，苏雨正在电脑前噼里啪啦地敲打着键盘，宝儿给她送过来的饭菜还在一边放着。

杨勤站在苏雨身后的书架上，随便抽了一本书，翻了翻，然后放回去，又抽了一本书，翻了翻，又放回去。过了好几分钟，见苏雨一点理会他的意思都没有，就清了清嗓子问道："在写作啊？"

苏雨淡淡地说："大哥何必明知故问。"

杨勤尴尬地笑了笑说："还是先吃饭吧，身体是革命的本钱。"

苏雨说："我也知道身体是革命的本钱，我也不想这么辛苦，有人不愿意承担，把父母往我这里赶，这一家老小要吃要喝，我能怎样。"

杨勤不接苏雨的话，他说："是这样的，昨天晚上的事情，我觉得如果不解决的话，就与楼下的邻居结下仇了，你是学佛的，你知道结下仇是不好的，所以我认为，下去给人家道个歉是最合适不过的了。"

苏雨一边敲字一边说："我跟任何人都没有结下任何仇怨，我凭什么给人家道歉？"

杨勤说："话不能这么说的，人是咱爸得罪的，人家不可能只跟咱爸结下仇，人家跟咱全家结下仇了，因为咱是一家人嘛，你考虑问题要周全一点！"

苏雨由于杨勤的干扰，而无法创作下去，她只好打开收藏夹，阅读电子书，她一边浏览一边说："你觉得有必要你去啊，你一个大男人不去，要我一个弱女子去，说不过去的吧。"

杨勤想了想说："我又不是这个家里的人，人家也不认识我，还是你去比较合适一点，你把宝儿带上，人家见你一个弱女子，不会再计较的！"

苏雨不是被杨勤说服了，而是她觉得没有必要和邻居结仇，尽管这个仇不是她结下的，而是公公结下的，但是人家不会针对公公一个人，人家仇视的将会是她的整个家庭，这其中当然包括她和宝儿。

无奈之下，苏雨只好下了楼，敲开了邻居的门。

女主人开的门，她的态度很不友好，她把门打开一条缝，露出半张脸，冷冷地问道："什么事？"

苏雨对女主人的态度像是一个推销员，她说："能进去好好说吗？"

女主人仍旧冷冷地说："就在这里说。"

苏雨只好切入正题，她说："昨天晚上，我爸喝多了，给你们造成了影响，你老公也把他教训了一顿，我们又说了他，他现在意识到是自己的不对了……我替他来跟你们赔个不是，我希望这件事别影响到我们邻里之间的关系……"

这个时候，正在客厅吃饭的男主人听到了，他放下筷子走过来说："我跟你说，我不到忍无可忍也不会找谁的麻烦，快一年了吧，之前有个孩子哭闹，后来孩子不哭闹了，两个老人每天嚷嚷。又有一段时间，老在地板上砸什么东西，啪嗒一声，啪嗒一声，好像是砸核桃……现在的楼房隔音效果都不好，每天这样很烦的知道不知道，不信的话，你可以在我们家住几天感受感受！"

苏雨能说什么呢，她只好笑着跟人家说："对不起了，请多谅解，我回去跟他们谈谈……"

男主人说："我为什么忍了这么久？我还不是听说你老公死了，可是也不能因为你老公死了……"

男主人意识到自己说错了话，他很快纠正道："这跟你无关，你上下楼都轻手轻脚的，我是说他们，他们也不能因为自己的儿子死了，就折磨别人的儿子吧？我和我媳妇，就不说了，能忍则忍，但是我儿子小升初，很关键的一年，白天学不好，晚上睡不好，影响多大呀？"

女主人接着说道："现在孩子上学多辛苦呀，为了考一个重点把吃饭睡觉的时间都挤出来用上了，要知道重点中学，差一分就得给人家多交一万块钱的，因为你公公婆婆受到影响，少考一分就一万块钱，这得是多大的损失？"

苏雨在楼下碰了一鼻子的灰，回到家，公公居然又把她教训了一顿，他质问苏雨道："谁让你去道歉的，你就这么没骨气？人家找上门把我打了，你不去找人家给我赔礼道歉，你居然还跑去给人家赔礼道歉？你这不是往我脸上吐吐沫吗？"

不管公公怎么说，苏雨保持沉默，杨勤问她结果怎么样，她也没有心情回答，当然，她更没有心情跟公公婆婆谈。这一年来，她都有了经验了，但凡她跟他们谈的，他们没有一件是同意的，他们不但不同意，往往还故意地跟她较劲，尽管大多数事情一点较劲的必要都没有。

第十八章

　　苏雨想来想去，怎么想怎么觉得自己的生活都不能再这样下去了，她早就不想在城市里生活，她一直想到一个山清水秀的地方生活，她决定把房子卖了，然后出家。

　　出家的想法从杨逸去世之后，一直盘旋在她的脑海之中，她把这个问题翻来覆去地想过之后，她不知道该如何安顿宝儿。

　　后来，她读到郑渊洁的一篇叫《一家三代小学生》的文章之后，她激动不已，她兴奋地告诉文晓："宝儿没有必要非上学不可的对不对？宝儿完全可以自学的对不对？郑渊洁的父亲，上了五年级的私塾，结果做了大学教员，而且教授的是哲学；郑渊洁，小学四年级，著名的童话作家；他的儿子郑亚旗，小学五年级，后来也混得不错……"

　　文晓看似大大咧咧，但是她骨子里是守旧的，是传统的，对于苏雨的这个想法，她给予了重大的打击，她说："找遍全中国，你也只能找到郑渊洁祖孙三代，你还能找到别的例子吗？你不能！那是特例，是不可复制的！"

　　苏雨不以为然地说："不说他们，就说我，我初中没有毕业，我在全国发行的知名期刊做编辑，我二十出头就在国家级报刊上开专栏，我写小说，我出书，我的小说被改编成电视剧，我凭着这一爱好，不用上班就能轻松自如地养活着一家老小，我差了吗？"

　　文晓说："你也是一个特例，你也是不可复制的。"

　　苏雨决心已定，她不想听文晓的建议，尽管她决心已定，但是她仍然需要支持者，她问师父："我想让宝儿停学，她可以自学的。"

师父居然非常赞成,就像赞成她辞职一样。这让她的信心更加坚定下来。

她出家的决心一日强似一日,终于,她向婆婆表明了态度,她说:"既然你们不走,既然你们喜欢城市生活,那么你们就住在这里吧,我走!"

婆婆对于苏雨的这个决定,没有什么反应,意外地没有阻挠,自然地也没有支持,貌似一副很开明的样子,她说:"我不管,你随便。"

苏雨知道,婆婆的心思并不在她的身上,只要她的决定不影响到他们的计划和愿望就好,但是只要关系在,影响就会在,苏雨说:"我必须得把宝儿带走!"

苏雨的这句话,婆婆的反应就很迅速,很激烈,她说:"那不行!你走可以,但是不能把宝儿带走,宝儿是我老杨家的人!"

苏雨说:"我把宝儿留下,谁来养她?你养?"

婆婆把脸沉了下去,她知道在如今这个社会之中,养一个孩子有多么的不容易,她声音低了许多,说:"那我养不起!"

苏雨说:"你知道自己养不起你还阻拦?"

婆婆因为生气,脸色更是难看了,她又翻了白眼,她翻白眼就像公公的拧脖子一样,都成了他们最显著的标志了,她说:"我没阻拦你,你爱走不走,你爱走到哪里走到哪里,但是宝儿得在我身边,你想要带走她,除非我死了!"

谈话到了这里再没有办法进行下去,苏雨觉得所有的问题,当你试图去解决的时候,都变得棘手起来。

婆婆不再说什么,她用白眼斜睨了苏雨一会,就扭身回了自己的房间。

苏雨也学着婆婆的样子,用白眼斜睨了婆婆一眼,扭身回了自己的房间。

苏雨回到房间之后,就把自己目前的状况告诉师父、文晓、张玄梧,甚至是苏雷,她想看看大家的态度是怎样的。

在夜晚一处空旷静寂之处迎风而立、仰望星空的师父告诉她说:"没有人在阻碍你,阻碍你的是你自己。"

在夜市带着大米和小米吃烤肉,喝啤酒的文晓,一边吃一边大声地

哥哥,我爱你

对着手机告诉她说:"佛陀说了,一切唯心造。你越是急于摆脱现状,你越是深陷其中,这叫什么效应来着?努力的反向效应?"

张玄梧和朋友魏炜也在吃饭、喝酒,他告诉她说:"心静,事情就简单;心浮,问题就复杂。在这个世界上,没有什么事情是简单的,也没有什么事情是复杂的,简单与复杂,完全取决于你看待它的态度,师兄可明白?"

苏雨并没有告诉李启铭她眼下所遇到的问题,而躺在床上看书的李启铭,却怎么也看不下去,他把书扣在脸上许久,终于一翻身,拿过手机莫名其妙地写了一条短信:"不管生活中遇到什么事,都莫急,慢慢来。"

正在家里夸耀自己办事多么雷厉风行、交际多么得心应手,挣钱多么万无一失的苏雷,停下了他的口若悬河,他告诉她:"策略策略,手段手段,头脑头脑,没策略、没手段、没头脑,你怎么在这是复杂的社会当中生存下来的?哎哟,一听你的事我就头大,你真是笨到家了,连一个乡下大字不识几个的老头子老太太都搞不定吗?我上次跟你说的方法你用了没有?"

婆婆回到房间之后,坐在床沿上想了又想,虽然她的目的因为苏雨和宝儿的离开就要实现了,确切地说是杨勤的目的因为苏雨和宝儿的离开就要实现了,但是,她不开心。她打电话给杨勤,给杨敏,把苏雨的这一决定透露给他们,杨勤毫无意见,他在电话那端兴高采烈地说:"好好好,这样是最好的。"

但是,杨敏却不这样认为,她接受不了宝儿的离开,她在这一刻忘记了杨勤的目的,忘记了自己应该站在杨勤的立场之上,此时,她唯一的心思就是坚决阻挠苏雨的这个决定。为此,她特意跑过来一趟,与苏雨谈判,她非常不解地、也非常愤怒地质问苏雨:"你为什么要出家?出家有什么好?爸妈在这里为了你们辛苦地操劳,你带着宝儿走了,你让别人怎么看,你让别人怎么说?"

在杨逸活着时,苏雨与杨敏相处很好,但是杨逸去世之后,杨敏对她的态度就发生了很大的变化,但唯一没有变的就是,她依然是疼爱宝儿的,尽管疼爱的方式时常背离了苏雨的意愿。苏雨淡淡地说:"我管不了那么多!"

杨敏说:"别人知道了,对爸妈会是什么态度?人家会认为是爸妈把你逼走的!爸妈逼你了吗?他们每天掏着钱买米买菜,给你做饭,像一个免费的保姆似的,你居然还不知足,撺了他们一次又一次没有成功,你现在又生出了这么一个主意是不是?"

　　苏雨挺不喜欢杨敏的这种咄咄逼人的态度,她问她:"你是老几,你有什么资格在我面前大呼小叫?"

　　虽然苏雨的声音不大,但是她的这句话很有力度,她从来没有对杨敏这样过,在杨敏需要她的时候,她像一个嫂子给予帮助,在杨敏不需要她的时候,她像一个妹妹那样温顺。杨敏因此就掉了眼泪,她说:"我为什么在你面前而不是在别人面前大呼小叫?因为你是宝儿的妈,因为你是我嫂子!我哥不在了,我觉得自己更应该对你好一点!可是你总是把自己封闭起来,你总是疑神疑鬼……"

　　苏雨有些后悔自己刚才的那句话,但是想了想,她又觉得自己并没有说错,也没有做错,所以她坚持道:"这是我的选择,我希望你不要干涉,因为你不具备干涉我的任何资格!"

　　杨敏说:"你走也可以,我拦不住你,你有你的自由,但是宝儿必须留下!我答应我二哥要好好地照顾她的!"

　　杨敏的话让苏雨觉得好笑了,她发现人心的多面性与复杂性,她说:"你答应你二哥,照顾宝儿,你还答应过你大哥,把我的房子弄到他手里去呢,你不觉得矛盾吗?"

　　杨敏脸红了白,白了红,她嘟嘟囔囔地说:"你就是疑神疑鬼的,根本没有的事!别扯那么多,我们就事论事,我的态度是,你自己走可以,但是宝儿必须留下,她是我们老杨家的血脉!"

　　苏雨问杨敏:"你嫁出去的女泼出去的水,老杨家跟你有什么关系?宝儿留下来你供她吃穿用住?你供她上学?"

　　杨敏不能说是,因为她并没有这个能力,她在家庭中的地位也不允许她做出这个决定,自从杨逸去世之后,她只能偷偷地给宝儿买一双鞋子,买一件衣服,请宝儿吃一顿肯德基。

　　杨敏最后说了一句让苏雨觉得很过分的话,她说:"我不管那么多,反正你是不能带宝儿走!如果你还有点良心,你就忍着,就凑合着过下去,那么多单亲妈妈都能过,你就不能过?你就那么特殊?什么出家？我看你是想出嫁吧，想男人想疯了？"

苏雨冲到杨敏面前，扬起了巴掌，杨敏流着泪让她打的时候，她却慢慢地放下了，她说："你这又是何必呢，掺和这些事，让我过不好，对你有什么好处？"

杨敏不知道自己掺和这些事的目的何在，她并没有在这些事情当中得到任何实质的利益，她干涉、阻挠苏雨的每一个她认为不合适的决定，除了让苏雨难过，让自己委屈之外，她是一无所获的。

苏雨决定不征求任何人的同意，她决定六月底，宝儿考完试就带着宝儿离开，她打电话给文晓，文晓表示可以收留她和宝儿，她说："我这里虽然条件简陋，但是有吃有住，你什么都不用操心，你姐夫王鹏飞表示过了，他很欢迎你们！"

苏雨并不认为文晓那里是自己最合适的落脚点，她出家还是隐居，都必须给宝儿一个最妥善的安置，而这个最妥善的安置就是，不管选择什么的生活方式，在宝儿未成年之前，她们是必须在一起的。

但在茶园里散步的张玄梧却建议苏雨："你还不如到南京来，我茶园里有房子的，这里的树木也长大了，可以遮风，可以挡雨，那些果树，到了果实成熟的季节还可以安抚你们的口腹。"

事情本来不大，但被杨敏一闹，就大了，公公下班回来，喜滋滋地带回了一些他捡来的废品，但刚一进门，就见杨敏阴沉着脸，眼圈也红红的，一副受了委屈的样子，他的火气就窜了上来，他问杨敏："谁欺负你了？你跟爸说，爸找他去！"

杨敏就把苏雨要出家的想法告诉了公公，公公当时有点发懵，他不知道苏雨这是什么意思，他愣怔地望着杨敏，然后不解地问道："出家？出哪个家？"

杨敏只好告诉公公："就是当尼姑！"

公公嘴巴咧了咧，笑了，他把废品放到阳台之后就打开了电视，他一边调台一边问："真是新鲜，从来没有听说过谁去当尼姑！她什么意思，当尼姑就是什么都不要了？如果她是什么都不要了，那她就当尼姑去，我不拦她。"

杨敏告诉公公说："你把问题想得太简单了，她怎么可能什么都不要，她要把宝儿带走！"

公公一听苏雨要带走宝儿，而且是去当尼姑，他愤怒了，他冲着书房的方向叫嚷道："我活一天，这个家我就管一天，她想做什么就做什么？那不可能！有本事，有本事就自己走！"

苏雨看着书，并不理会，公公发泄了心中的不平，加之找到了自己所喜欢看的电视剧，他沉浸在电视剧当中，愤怒到狰狞的表情才逐渐温和了一点。当苏雨来客厅倒水喝的时候，他抓住了这个机会，他说："这样凑合着过不行吗？要出家？你愿意当尼姑你当尼姑去，别让我孙女也跟着当尼姑！我把家里的什么东西都放下，来这里上班，就是为了挣钱培养我宝儿的！"

苏雨只是在公公说话的时候，动作稍作停顿，待公公说完，她就端着水杯离开了，她不回答，也不解释，确切地说，她懒得跟他们中的任何一个人浪费口舌。

公公让婆婆打电话给文晓，文晓是他们认识的苏雨唯一的一个朋友，婆婆本不想这么做，但是见公公情绪激动，不敢触怒他，就只好给文晓打电话说："苏雨要带着宝儿出家，哪里有这样当妈的，庙里是什么地方，都是想不开的人，脑筋有问题的人才去的地方，那个环境不正常，她要过不正常的生活，我们拦不住她，她有她的自由，但是她要把宝儿带过去，这个我们都不能同意！你是她最好的朋友，你是宝儿的阿姨，你可得好好地劝劝她，让她把宝儿留给我们啊……"

公公在婆婆与文晓通电话的时候，带上了老花镜，开始翻查自己皱巴巴的通讯录，他终于找到了苏雷家里的电话，当婆婆说完，他立刻就把手机抢过来。

苏雷不在家，接电话的是苏雨的母亲，公公一听是女人的声音，他就把手机递给了婆婆，简单地寒暄了两句，婆婆就把苏雨要带着宝儿出家的事情，添油加醋地说了，她说："亲家，这可不怪我们啊，我们六七十岁的人了，给人家打扫垃圾，挣点钱养活她们娘俩儿，能帮忙解决的问题，我们就是再苦再累都为她解决，她也就是每月交千把块钱的房贷，老头子一个月都能挣一千块钱，她年纪轻轻的挣不来一千块钱？可是她不去挣，她每天神神叨叨的我都由他去，但是这次不行了，这次她要带着宝儿当尼姑去……"

哥哥，我爱你

听得苏雨的母亲鼻涕一把泪一把，挂了电话就躺下了，待苏雷回来，看到她躺在床上哭，以为她不舒服，她就把苏雨要带着宝儿出家的事情一五一十地说了。

苏雷一听，气得跳脚，他冲母亲嚷嚷道："你生了几个女儿，就没有一个让我省心的，那个要离婚，这个要出家，真是能把我烦死！"

尽管生气，苏雷还是给苏雨打了电话，长篇大论冠冕堂皇地说了一大堆，苏雨只是听着，并不做任何的辩解。

随后，苏雨的电话就不停地响起，她的姐姐打来的，她的妹妹打来的，每一个人都表示反对，都在劝导她："人已经死了，再伤心，再难过，得必须往开里想……"

苏雨觉得大家很可笑，她回答道："我如果想不开，我会去死，我没有去死，说明我已经想开了……"

她发现自己没有办法再说下去，不管是姐姐还是妹妹，热切地追逐着的只是金钱与物质，她能告诉她们什么呢，她告诉她们，她们只会更加觉得她的可笑，她只好违心地应付她们："说得对，我再考虑考虑。"

本来想带着宝儿一走了之的苏雨，仔细斟酌之后觉得自己不能那样做，因为房子还有十多万块钱的贷款没有还，如果不能够及时还房贷，那么银行就会把她的房子拍卖掉。她咨询过律师，银行拍卖的房子价格往往要比市场价格低很多，银行只保证自己的利益，当它的利益被保证之后，它是不会考虑贷款人的利益的。如此的话，那将会是一笔重大的损失，而这个损失是完全没有必要的。何况，她可以放弃这个房子，但是，到了最后，她还必须得出面，因为宝儿未成年，而她具备了最大份额的继承权。

苏雨想卖掉房子，干净利索地离开，但是，目前存在的问题是，公公婆婆尽管不曾为这套房子资助过一分钱，但他们仍然具有百分之五十之中的百分之二十的继承权，尽管微乎其微，但他们不放弃，她操作起来也非常有难度。

苏雨开始咨询中介公司，中介公司问明情况之后，建议苏雨先到公证处做一个公正，把房子过户到她或者孩子的名下，这样的话，房子的支配权就在她手里了。

离开了中介公司，苏雨又去了公证处，公证人员告诉她公证所需要的材料，准备好了所需要的材料之后，房子的所有继承人都要到场，签字、按手印之后才能公证。离开了公证处，她又去了银行个人贷款中心，申请提前还贷。

苏雨本不想同公公婆婆商量，她知道会遭到他们的反对，但是她又必须要得到他们的配合，为了让他们配合，她不再像之前那么傻了，她就跟婆婆说："我想了想，带着宝儿出家确实很不好，我也是因为压力太大而苦恼，才说出了那么冲动的话，我想把剩下的房贷提前还了。"

婆婆一听苏雨要把剩余的十几万房贷还了，兴奋得两眼放光，她说："还了好还了好，还了就不用付人家银行利息了。"

苏雨无奈地说："但是我的钱不够啊，十几万不是一笔小数目的。"

婆婆眼睛里的光彩顿时就暗淡了下去，她叹息说："那就算了，还是慢慢还吧。"

苏雨知道婆婆会是这个反应，她因为没抱任何的希望，所以也没有任何的失望，她只是进一步试探道："是这样的，你看我大哥大姐还有杨敏，能不能给我凑凑，凑多少是多少，不够的我再找朋友借。"

婆婆想都没有想一下，赶紧就摆手摇头说："你大哥大姐和杨敏什么情况你还不清楚？你大姐为了给你减轻负担，把杨逸的车接了过去，她手里哪里还有钱？你大哥情况更糟糕，现在跑车的那么多，包车的人那么少，一个月下来也挣不了几个钱的，全靠你大嫂在酒店那一月一千多块的工资维持，他哪里有钱？还有杨敏，她刚住到了新房子里，家具都是刷信用卡才买到的，挖了东墙补西墙，她哪里有钱？"

苏雨让婆婆试一试，婆婆只好勉为其难地拿起手机挨个地打电话，但是得到的回答都是否定的。开着车给人送货的杨勤说："明知道我没钱，你还开口？"

正在店里卖手机的杨娜说："我听说苏雨卖了一个小说，我还想问她借点把店扩大一些呢。"

正在商场给儿子买鞋子的杨敏说："我目前能够周转的资金，都不到四位数。"

婆婆双手一摊，无奈地说："你看，我跟你说他们没有钱，你还不相信！"

苏雨并没有向任何人借钱的必要，也没有向任何人借钱的打算，她只是想做这个测试，显然结果是符合她的想象的。她说："这样吧，钱的忙帮不了，那帮我别的忙，跟我一起去做一个公证，放弃你们那百分之五十之内的百分之二十的继承权，我去借钱！"

婆婆一听要放弃继承权，一百个不同意，她说："放弃了这房子就与我们无关了？"

苏雨说："我已经把老家的那套送给你们了，还不够吗？"

婆婆说："老家那房子才值多少钱，这房子可是省城的，你爸都了解了，起码能卖五十万。"

苏雨说："我不同意，谁也没有权力卖这个房子！这是我和杨逸的婚后财产，即便这房子我一分钱没有出，我还是占一半和另外一半的一半。何况，你很清楚，这房子是怎么来的。"

虽然杨逸不曾向婆婆说过失业的事情，但是他每一次失业，杨敏都会告诉她，她因为没有出一分钱，也因为杨逸时常失业，更知道杨逸的工资一向都不及苏雨的高，她几乎是没有底气的，她语无伦次地说："这事你别跟我说，你跟你爸说去，他同意我就同意！"

苏雨很清楚公公是怎样一个固执的人，但是她仍然要跟他谈这个问题。

公公果然固执，正在看电视的他，听说苏雨要他去做放弃继承权的公证，立刻就跳起脚来，他嚷嚷道："我不去做公证，我什么公证都不做，想变着法子赶我走，没门！我死都要死在这里！看谁能把我怎么着？还无法无天了！"

苏雨无奈，觉得全身都是枷锁，一种举步维艰的感觉强烈地笼罩在她的身上。

但是她离开的决心已定，当得知苏雷去银川上班经过西安时，她想出了一个主意，她让苏雷出面谈这个问题。

苏雷去银川，经过西安，他就做了停留，他找苏雨的公公婆婆长谈了一次。

苏雷说："我妹妹现在压力很大的，孩子要花钱，还有十几万的房贷，写的稿子又推销不出去，难过的都想出家了。但是这条路肯定是不能走的，我母亲听说之后，整天在我面前以泪洗面，我刚买了两套房子，手里一分钱都没有，但是苏雨是妹子，宝儿是我外甥女，我不能眼看着她们为难吧。我跟我的小舅子借了十万块钱过来，应该还差两三万，就能把房贷结清了，我想，我们两家齐心协力，帮她们娘俩把这个难题解决了。"

可是公公坐在地板的凉席上吹着风扇，喝着水，看着电视剧不答话，婆婆坐在沙发上，低着头，也不答话。

苏雷觉得异常尴尬，也十分恼火，但是他仍然心平气和地说："叔叔阿姨，你们到底是怎样的一个态度嘛？"

公公开口了，他问苏雷："她有多大的压力？就是担心她一个人有压力，我们老两口才把家里的什么都不要了，专门来给她分担压力来了，菜我买，米我买，油我买，让她出一分钱的生活费了没有？宝儿才上小学，是义务教育，义务教育是不收钱的，她有什么压力？不就是每月一千多块的房贷吗？我跟你说，我虽是农民，但是我什么都懂，我每月给医院弄垃圾，人家都给我一千块钱呢，她年纪轻轻的挣不了一个房贷？"

苏雷说："义务教育是不收学费，但是书本费还是要收的，空调费还是要收的，纯净水费还是要收的，保险费还是要收的，都变相收着呢，不是说义务教育就是一毛钱不要的。而且谁家的孩子不在外面报上几个这班儿那班儿的？哪个班收费低了？而且都是按课时收费，一个课时就百十块钱，一个月下来，报一个班的费用就六七百块，两个就得一千三四，宝儿就不吃零食了？就不买衣服了？到处都是需要花钱的地方！"

婆婆听说苏雷拿了十万块，心里是欢喜的，她也想早早都把房贷还清，将房子过户到宝儿的名下，杨逸的户口早晚是要注销的，注销了之后，苏雨就是第一继承人，她觉得这个事情还是不好弄，不如早一点还了，把房子过户到宝儿名下，到时候，苏雨耐不住寂寞，嫁了人，这房子就跟苏雨没有关系了。于是，她终于开了口，她对苏雷说："你这个主意倒是也不错，关键是我们没有钱啊，杨勤开面包车，媳妇在酒店当服务员，两个孩子要养活；杨娜虽然有个店，但是她婆婆是一个药罐子，也老老小小一大家子；杨敏刚买了房子，也欠着银行的贷款；我们老两口，当了一辈子农民，也没有攒下来一分钱……"

苏雷本来已答应苏雨在她家里不抽烟的，但是他还是忍不住抽了，他吐了一口烟圈之后对公公婆婆说："三两万块钱，大家凑凑，还凑不出来吗？再说，这个钱又不是要你们的，是借，等苏雨有了钱肯定会还的，我妹妹是你们的媳妇，嫁到你们杨家十几年了，你们还不清楚她的为人吗？这些年，不管她和杨逸日子多艰难，他们占过谁的便宜？"

婆婆不停地唉声叹气："不是不想凑，是实在凑不来啊，你看，钱这个东西不是别的，我们老两口没有本事，生养了这几个孩子也一样没有什么本事，都泥菩萨过江自身难保……"

苏雷不知道自己还能说什么，他除了抽烟，就是摇头叹息。

公公一直很专注地看电视连续剧，等一集结束，播放广告的时候，他才举起遥控器按了静音，然后将头扭过来对苏雷说："房贷的事情不用你操心了，我活一天，我管一天。"

苏雷觉得好笑就笑了，他问公公："叔，你打算怎么管呢？"

公公并不知道自己要怎么管，他根本就没想过要管房贷的事，他只是不想让苏雷继续说下去，确切地说，他是为了自己拿不出钱，面子上过不去而找的一个借口而已。当苏雷问他怎么管的时候，他就哑然了，他支支吾吾地说："反正，反正，反正我们杨家的事，不要你管就是了。"

苏雨对公公的这种口气，本来就是非常厌恶的，又见他对苏雷这么不客气，就问他说："爸，既然你不让我哥管，那从此以后房贷你来交吧。"

公公就生气了，他是一个很容易生气的人，他呼吸急促了，脸红了，脖子粗了，眼睛也瞪大了，他说："房产证换成我的名字我就交！现在我凭什么交？我给谁交？我再是农民，我也懂法，我再傻也不能做不明不白的事！"

苏雷说："哦，原来问题的症结在这里！"

苏雷就摇着头走了，他走出来就指责苏雨："当初在杨逸的丧礼上我怎么跟你说的，我的话应验了吧？你斗不过他们的。一，他们比你有优势，他们是父母，无理还占三分呢，他们要倚老卖老，以你的性格你就拿他们没有办法。二,你实在太懦弱了,你处理事情的能力实在太差了,你怎么就不能多长一个心眼呢我的妹妹?"

苏雨沉默。

苏雷说:"他们就这样倚老卖老,就赖在你家里不走,今天要把这个的户口弄过来,明天要把那个的户口弄过来,那老太太都有本事给宝儿跑成低保,可见她不是一个一般的农村老太太,何况,他们背后还有智囊团,绝对有,他们六七十岁的人了,他们不会是为了自己争这套房子,他们的目的非常明显,他们在为他们那个儿子在争这套房子。你多跟他们在一起一天,你的危险就增加了一分,你的处境真是堪忧啊,我的妹妹。"

苏雨还是沉默,确切地说,苏雷并不给她说话的机会,还没等她开口,苏雷就紧接着说道:"不过,你也不用太担心,这房子是你们婚后财产,房贷又是你在还,你百分之五十的份额之外还有百分之五十的份额,杨逸的百分之五十当中还有宝儿百分之三十的份额,他们占不了多少的,百分之二十? 没有几万块的! 卖了之后,给他们也算不了什么。你把购房合同、结婚证、户口簿都收到一个隐秘的地方,没有你的签字,他们也不能拿这个房子怎么样。"

虽然,苏雷也是空口说白话,但是通过这次小小的考验,苏雨的心是彻底地凉了,口口声声把苏雨当亲妹妹看待的杨勤,没有借一分钱的意思,口口声声要苏雨有什么困难就给姐说的杨娜,没有借一分钱的意思,口口声声说已经答应杨逸照顾苏雨和宝儿的杨敏,没有借一分钱的意思。如此重大的事情,他们都不能伸出援助之手,那么,当她遇到别的困难,他们自然也不会伸出援助之手。他们把杨逸活着时给他们的帮助都忘得一干二净了。

送走苏雷,苏雨窝了一肚子的火,但她还是心平气和地对婆婆说:"就差三万了,你们没有钱是不是得有个态度?你们表现得热情点,积极点,这个钱我来借,我来凑行不行?你知道这十几万的贷款,十几年呢,得多少利息?你们能管吗?即便你们有心要管,你们能管多久?年纪轻轻的人,说死就死了,何况你们都这么大年纪了呢?"

婆婆还没有躺下,她起身来了客厅,公公本来已经躺到了床上,但听苏雨这么说,又起来了,他光着膀子,一边系着裤腰带一边走出来质问苏雨："你天天就巴望着我们死呢是不是？"

苏雨只是说了一个再现实不过的问题，却惹得公公如此质疑，她说："我恨不得自己死，我死了，你们也就如愿了，不就是一套房子吗，犯得着这样吗？"

婆婆说："不是我说你苏雨，你就这一点不好，疑心太重了，这个想你的房子，那个想你的房子，我们都黄土埋到下巴的人了，要房子什么用？"

这话乍一听，很在理，但是却经不起推敲，苏雨说："那我告诉你们，我和宝儿不需要你们照顾，你们为什么不走？你们觉得谨小慎微地像做贼一样，你们为什么不走？你们什么目的？我告诉你们吧，你们的目的非常赤裸，都了解了不是？都打听了不是？都知道这房子能卖五十万了不是？我告诉你们，这房子不只卖五十万这个价位太低，要记着这是二环内，旁边还有一个几千亩地的大型公园，房子很快就会增值的，一百万都不止，你们好好地活，说不定是能等到那一天的……"

公公很是不屑地哼了一声说："谁照顾你了？不是看在我孙女的面上，我才懒得在这里待呢。"

宝儿在卧室大声说："我也不需要你们照顾！你们回去吧！我妈说了，谁也不能照顾谁一辈子，我必须得学着照顾自己！"

公公和婆婆无话可说了，他们脸色难看地回了房间，但是，他们仍然没有一点要离开的意思。

他们非但没有要离开的意思，他们对苏雨的防范进一步加强，他们一直在揣摩她之所以借钱要提前还房贷的目的，婆婆总是第一时间把苏雨说的话，把苏雨的动向报告给杨勤。苏雨在时，她很少给杨勤打电话，她上班并不忙，通常会在外面找一处凉快的地方坐上很久，她就在这个期间给杨勤打电话。

她告诉杨勤："苏雨前面闹着要出家，态度很坚决的，可是没几天，她又改变主意了，她不出家了，她要提前还房贷，为了提前还房贷，还要我和你爸做放弃继承权的公证。她哥还来了，说带了十万块钱帮助她还房贷，也不知道是真是假……"

杨勤想了又想说："不管她是真是假，她还房贷都是一件好事，你们去做公证，但是你们要求把房子过户到宝儿的名下，千万千万不能上了她的圈套,你们也要求她放弃继承权,我告诉你们,她可是第一继承人,又是宝儿的第一监护人,她不放弃继承权的话,事情就非常难办了。"

在杨勤的遥控之下,公公婆婆终于答应去做公证了,到了公证处,公公刚一坐到公证人员的面前,就扬言道:"我的房子给了我儿子,我儿子不在了,理应给我孙子!我和老婆子这么大年纪,辛苦为谁,还不是都为了我孙子?"

公证人员懒得听公公说,她告诉公公:"这是婚后财产,是夫妻共同拥有的,也就是说,你儿子占一半,媳妇占一半,你们继承的只能是你们儿子的,而不是媳妇的。"

这与公公的理解有偏差,这个偏差让公公突然之间就红了脸,就拧了脖子,就瞪了眼睛,他说:"房子是我儿子买的,房产证上是我儿子的名字,跟媳妇有什么关系?她凭什么占了一半,还要继承我儿子的一半?"

公证人员解释说:"这是法律规定的!"

公公嚷嚷道:"这是哪家的法律规定的?我告诉你,我是农民,但我懂法!我们农村就没这规定,老子的给儿子,儿子的给孙子,什么公证也不需要,就你们城里人事多,想着法子捞钱!"

公证人员虽然没有发怒,但也失去了最初的耐心,她直接问:"到底是公证还是不公证?"

婆婆打了公公的胳膊,低声斥责道:"别嚷嚷了,不嫌丢人?"

然后她转脸对公证人员说:"公证公证,当然公证,既然来了,就是公证来了。"

公证人员对婆婆说:"房子是媳妇和你孙女两个人共同所有。"

婆婆赶紧说:"不是我孙女一人所有吗?怎么共同所有了?"

公证人员说:"你孙女太小,还未成年,不具备独立拥有一套房产的资格……"

婆婆说:"那不行,我们放弃的这些继承权是给我孙女的。"

公公也赶紧说:"必须给我孙女,没什么商量,要不然我就不公证!"

公证人员望着苏雨,苏雨说:"我放弃!"

公证人员就又出了一份资料，然后让他们挨个签字按手印。

收钱的时候，公证人员拿出计算器算了又算，说：" 八千五，给八千吧。"

公公一听，血压就升高了，他说：" 就几张破纸，给我们每人照张相，就要八千块？"

婆婆看到整个公证处几十号人都在看着他们，她觉得丢人了，她赶紧将公公往外拽，公公还在不停地回头嚷着，婆婆把他拽到楼梯口就斥责他道：" 是八千还是一万要你管了？你嚷嚷什么你嚷嚷？"

苏雨本以为公公婆婆做了放弃继承权的公证会让她感觉轻松，但是遗憾的是，她反而感觉沉重起来，她沉重的是不是她已经迈出了第一步，而是她即将要迈出第二步——卖房。

公证处就位于二手房市场的二楼，她很方便就能了解到她所在小区的房价，电子屏上滚动着一条又一条的二手房信息，其中就有她所在的小区的房子，两室两厅一卫，一百零六平方米，只有五十四万。她的虽然是多了一室，但面积却是相同的，即便高，也高不到哪里去，去掉中介费、大修基金、个税以及房贷等，所剩也不算多。

回家之后，苏雨就在网上发了一条售房信息，很快便有五六家中介公司打电话过来。监听是婆婆最热衷的活动，尽管苏雨声音已经很小，而且关了房门，她紧贴在门上的耳朵还是听到了只言片语。而这只言片语之中，总是与房子有关，比如她听到苏雨说到了一百零六，三室两厅、七层、一梯两户、双气等等。

她回到自己的房间就开始给杨勤打电话："苏雨好像在卖房子。"

杨勤一听，急了，不过，他还是有主意的，他说："不要紧，你们这几天都留心着点，当人家来看房子的时候，你就……具体怎么做，我就不说了，我相信你明白自己该怎么做，总之是见机行事随机应变以不变应万变……"

第十九章

张玄梧因为一笔生意再次经过西安，本来他可以不做停留，但是因为苏雨在，他还是停了一天。

苏雨去见张玄梧。

张玄梧一见苏雨就感慨道："你又沧桑了。"

苏雨露出了一个沧桑的笑容说："我想出家。师兄帮我联系一个地方吧。"

张玄梧摇头说："你不能。"

苏雨问张玄梧："师兄能否告诉我，我为什么不能呢？"

张玄梧说："我不许。"

苏雨说："你凭什么不许？"

张玄梧说："不凭什么，我就是不许。"

苏雨说："我走的可是一条正道。"

张玄梧说："我叫你走的也不是一条邪道。"

苏雨很难过，她本来以为张玄梧会理解她，会支持她，没想到他居然也来阻碍她，她生气地说："我不想理你了。"

张玄梧说："我想理你。"

苏雨说："你是不是爱上我了呀？"

张玄梧："我……"

苏雨就哈哈大笑起来，她说："你什么你，你是佛的在家弟子，你应该明白，阻碍他人出家，是要遭报应的，难道你想下地狱吗？"

张玄梧叹息道："你不懂我的心。"

苏雨说:"我不想懂。"

张玄梧说:"算我求你了。"

苏雨忍不住流下了泪水,她说:"也算我求你了,给我一条活路好不好?"

张玄梧说:"不是我阻拦你出家,是你现在没有办法出家,你出家了宝儿怎么办?她这么小就失去父爱,你难道忍心让她再失去母爱吗?房子放这里,没有你的签字他们卖不掉,你带着宝儿到南京,我帮你落脚,我帮宝儿找学校,我关照你们。"

苏雨觉得踏实了许多,原来她并非无助。

只是张玄梧并没有就此罢休,他离开之后在火车上若有所思,在飞机上若有所思,躺在宾馆的床上若有所思,他终于想到了一个让苏雨留下来的他认为绝妙的方法。

办完了事情回到南京,张玄梧立马就打电话通知他的朋友们:"这周末晚上,我请客!"

周末到了,晚上到了,客人们也都到了,除了张玄梧之外,总共来了五位男人,整体来说,没有一个土肥圆,大部分都是当下被人追捧的高富帅类型。

其中就有魏炜,他问张玄梧:"你什么都不说,这顿饭吃的蹊跷啊?"

张玄梧说:"我能请你们吃饭,自然有事,你们可是我精挑细选来的哦,你们在座的都是单身吧,有新交了女朋友的没有?这个得如实招来。"

大家更不明白张玄梧葫芦里卖的什么药了,张玄梧就不再卖关子,而是直入正题说:"我有一个好朋友,女的,也是单身,我想把她介绍给你们!"

魏炜做惊讶状:"乖乖,怎么感觉像是回到了母系氏族社会!"

另外一个朋友说:"母系氏族社会太遥远,我的想象力都到不了那里,我就在想,我们是不是来了一个时空大穿越,此时的我们并不在南京,而是在西藏,可以一女多夫?"

张玄梧发现自己由于激动,没有把话表达清楚,他说:"当然只是其中的一位,其他的都是备胎,看你们的因缘了,我这朋友,给你们任何一个人做媳妇都绰绰有余，说真的，和你们谁成了，都是你们高攀了！如果，如果，如果……"

魏炜听出了张玄梧的心声，他是张玄梧最好的朋友，他说："如果你没有老婆的话，你就不会把她介绍给我们了对不对？"

张玄梧很诚实地点头说："说真的，我做出这样一个决定，心情是很复杂的，所以你们一定要认真，不可以有任何游戏的态度，回头我把她请到南京来，你们都和她聊，她看上谁就是谁，其他的看上她了也得退出！"

魏炜大笑，几乎捧腹，他说："搞得像给太子选妃似的。"然后他端起酒杯，站了起来，敬了各位，他表情严肃，一副正经八百的样子说："妃子们，我们喝酒，随时恭候着太子驾到！"

张玄梧邀请苏雨到南京去，苏雨刚流露出拒绝的意思，他就急切地说："我报销你来回机票，我给你订酒店，我请你吃饭，我带你逛古都金陵，请务必赏脸！"

张玄梧热情得让苏雨不好意思了，反正，南京并不遥远，而她眼下并没有太重要的事情要忙，虽然已经在几家中介公司做了售房登记，但是买主还尚未找到，而公公婆婆的防范又进一步加强。特别是婆婆，利用工作之便，她每隔一段时间就上楼一趟，轻手轻脚，或者说蹑手蹑脚地探过脑袋，看上一眼，便迅速地离开。

后来居然发展到上午婆婆如此探视，下午公公如此探视，总之几乎没有哪一个时刻，家里是她独自存在的。他们起初动作很轻，后来就有些肆无忌惮起来，好像在告诉苏雨他们这样做就是为了防范她。

公公婆婆的行为，影响了苏雨的写作，但是她又不能建议、提醒、或者责怪他们，她认为这样做是没有意义的，因为他们不是小孩子，他们的行为通常不会因为她的建议、提醒、责怪而做出任何正向而积极的改变，甚至会恰恰相反。在与他们近一年的朝夕相处当中，她早已经发现了她与他们之间的关系，总是背道而驰的。

苏雨就买了火车票，去了南京，到达时刚好是傍晚，张玄梧请她吃饭，然而却点了很多的菜，这让她很诧异，她知道他一向都不是一个浪费的人，也不会跟她太客气，她刚说出一句："这隆重的都太浪费了。"

哥哥，我爱你

话音刚落，一群高帅富就进来了，大家都冲她问好，你嗨一下，他嗨一下，然后各自落座。她不无紧张地问坐在身边的张玄梧道："师兄，不要太隆重了吧，请这么多帅哥作陪，我哪里还有心思吃饭呢？"

张玄梧就按照顺时针的方向，挨个介绍："方俊卿、徐驰、魏炜……"

彼此点了头，问了好，然后文史地理地聊了起来。

席间，大家交换了电话号码，有的甚至还表示陪苏雨去逛，张玄梧推脱自己有点小忙，就把她交给了魏炜。

并非所有人都当真，也并非所有人都对苏雨一见钟情，感觉一般的，饭后就道别离开，而那抱着希望的，就与魏炜抢着表现，要给她订房间等等，当苏雨指定魏炜帮她就可以的时候，那人就意味深长地拍了拍魏炜的肩膀道："老大就是老大。"

魏炜开着车，在大街上转来转去，终于找到一家让他感到满意的酒店，豪华的让苏雨感到不自在，一晚上就一千多块。虽然魏炜刷卡时眉头都不眨一下，但是苏雨还是拉了他的胳膊说："真没有必要的。"

但魏炜却告诉苏雨："非常有必要。"

魏炜不但帮苏雨订了房间，还帮她订了回去的机票，这让苏雨更不自在了。

魏炜将苏雨送到房间，小坐了一会儿，就起身告辞了。

魏炜离开之后，张玄梧的电话就到了，他很关切地问："有中意的没有？"

苏雨其实已经意识到张玄梧的目的，但是她仍然佯装惊讶地说："你不早说呢，我都没往这方面去想。"

张玄梧说："说真的，魏炜这人真不错，个头虽然不算高，跟你差不多，主要是你不低啊，但是他在各个方面都是不错的。比如说吧，他不但把生意打理得很好，不但爱好户外运动，不但吃素，不但学佛，不但资助了一个又一个的贫困儿童，最主要的他真的洁身自好，自从他的女朋友抛弃他远走高飞之后，他几乎没再和女孩子深入交往过，可见他对感情的忠诚……"

苏雨表示："不考虑！我决定是不再嫁的，我也决定不再和任何一个男人发展感情上的问题。"

张玄梧既感到伤感，又感到欣慰，他的心情复杂，表情也复杂，不过，他仍然表示："给彼此一个机会，处处看，或许你会有新的认识。"

　　苏雨倒是躺在床上想了许多，自从杨逸去世之后，她也经历过感情，但是，感觉都是非常差，尽管如此，她也并非把所有男人都否定了，她认为好男人还是有的，她也是有可能遇到的，只是她确实不认为还有发生感情和婚姻的必要。

　　苏雨在南京的几天，张玄梧一直陪伴着，而魏炜只是偶尔作陪，他发现苏雨并不是对他没有好感，但却不是可以发展感情与婚姻的那种好感。他深知，一切自有因果，便不强求。

　　苏雨在南京待了一周，六月底她便回到了西安，而那个时候，宝儿已经考试完毕，拿了通知书，开了家长会便可以放假了。

　　宝儿放暑假了。

　　每天都在家里看电视剧，苏雨不让看，宝儿不高兴，宝儿不高兴，公公婆婆更不高兴，他们总是当苏雨发表一个意见之后，紧跟着就发表相反的意见，发表相反意见最多的则是公公，他说："看！怎么不能看？看电视不好？不好的话国家就不会制造这玩意儿，既然国家能把这玩意儿制造出来，就说明这玩意儿是个好东西！"

　　苏雨不想理会公公的无知，不过，她也发现了自己的变化，她的变化就是，当公公有这些无知的言行的时候，她的憎恶没有了，烦恼没有了。

　　师父对于苏雨是关心的，他不但关心她的创作，还关心她的心情，当师父打电话过来的时候，苏雨表达了自己想出家的愿望和决心，师父很开心，他说："好啊，师父找好了吗？"

　　苏雨反问："你不是我师父吗？"

　　师父说："你需要再依止一位师父，这个，我来给你找吧，你的这位师父得能教导你才行，得能成就你的自由才行。"

　　然而，师父却一直未能找到，他去了一个又一个庵堂与寺院，见了一位又一位师父，一番交流下来，总觉得不如意，他打电话告诉苏雨："师父无能，一直没能给你找到师父。不过，你别急，慢慢来。"

　　苏雨确实急了，因为她的日子很不好过，杨娜来西安进货，不跟她

哥哥，我爱你

打招呼就来了；杨勤送货送人到西安，不跟她打招呼就来了；杨逸的姨妈来西安，不跟她打招呼就来了；杨逸的姑妈带着两个与宝儿年纪相仿的孙子来西安，不跟她打一声招呼就来了；甚至公公婆婆老家的邻居西安办事，不跟她打一声招呼就来了。有的住上一两天，有的住上两三天，有的住上三五天，还有的居然住了一个多星期。迎来送往的，嘈杂纷乱的，她没有办法看书，没有办法写作，甚至没有办法在家里待。她只要在家里待，公公婆婆就会表现出富贵人家老爷夫人的派头，指使她做这个做那个，一会儿让她给客人倒水，一会儿让她给客人做饭，还让她给客人放洗澡水。那些公公婆婆的客人们，擅自使用她的私人用品，她的牙膏，她的毛巾，她的拖鞋，她的澡巾，她的浴巾，她的茶杯……

如果是以前，苏雨是根本无法容忍他们的这些行为的，但是现在，她完全可以忍受了，她没有生气，没有恼怒，只是她无法习惯这种他不在的生活，他不在，便不能自在。

苏雨的日子不好过，文晓的日子也不好过，王鹏飞做了十几年的生意都只是维持一家人的温饱，一点发财的迹象都没有。可是忽然地，好运来了，他认识了一个女子，女子把她认识的一个大老板介绍给了王鹏飞，在大老板的提拔之下，王鹏飞短短几个月的时间就成功了。几十万都不曾有过的人，忽然就赚到了几百万，这让王鹏飞成了一只骄傲的公鸡，他不再起早贪黑地蛮干，而是开始了享受，他首先把自己打扮起来，他穿西服，打领带，带高档的根本不是为了看时间的手表，他每天把头发梳得油光锃亮，然后他无法忍受他租住了十几年的破旧的老房子，而是住到了酒店里面。

文晓不明白：“有家不住，住什么酒店，一晚上几百块是我们消费得起的吗？”

发了财的王鹏飞才不把文晓放在眼里，他说：“我在找房源，我要买一套大房子，这个破烂的我住了近十年的出租屋我再也不要住下去了，说真的，我一天都住不下去了。”

王鹏飞发了财，文晓也是高兴的，王鹏飞让她把她的那个艾灸店关了，她起初不愿意，他不高兴地说：“你一个月挣那一两千块钱有意思吗？你知不知道你一身的艾的气味让我很反感？”

文晓不想让王鹏飞反感自己，何况，她也觉得自己没有必要继续那个小店，她已经不用为金钱和物质发愁了，既然王鹏飞要求，她乐得清闲。

他们很快就搬到了装修一新的大房子里，大女儿有大女儿的房间，小女儿有小女儿的房间，老妈有老妈的房间，而且还有一个房间作为客房，厨房很宽敞，卫生间很宽敞，储藏室也很宽敞，总之，文晓感到非常满意，非常知足。

但是很快，文晓便发现，这种日子并没有比之前的日子更快乐更幸福，甚至，她在这种日子之中体味到了一种让她沉重的滋味。

王鹏飞开始夜不归宿，起初是一天，然后是两天，后来居然一个星期都不见他的影子。起初他不回来，还打电话跟她说一声，然后他便不说了，但文晓打电话询问他还是回答的，后来他居然连文晓的电话都不接了。

文晓打电话给苏雨，她能想到的只有一句话："男人有钱就变坏，这个果然不假。"

但是当苏雨问她发生了什么事情的时候，她却回避了，她说："没事，就是看到社会上一些乱七八糟的事，随便发发感慨，你别担心我，我好好的！"

苏雨虽然也从文晓的语气当中感到了一些微妙的变化，但是文晓不愿意说，她也不好意思深究。

文晓开始留意王鹏飞的动向，后来，她终于在另外一个小区的一栋房子里找到了王鹏飞，她找到的不只是王鹏飞一个人，她还找到了一个年轻漂亮但气质轻浮的女人。

文晓无法承受，她问裸着上身、躺在宽大的席梦思上抽烟的王鹏飞说："王老板，恭喜你啊，家外有家，人外有人，这日子过得真不错，只可惜物质生活大幅度提高，这品位却大幅度地下降！"

文晓转脸对一边坐着的女子说："上过学的吧？"

女子本来还对来势汹汹的文晓有点怵，但见王鹏飞很淡定，就也淡定了下来，她回答道："上过两年的学，也都忘得差不多了，目前也只是会写自己的名字，认识男女厕所。"

文晓的到来并没有给任何人带来慌乱，他们淡定得好像她是一个过分的闯入者。在遇到别人的时候很理智的文晓，当事情发生在自己的身上时,她慌了,乱了,不知道怎么办了。

　　文晓只好强忍着愤怒、悲伤、痛恨退了出去,走出去之后,她才允许自己的泪水掉下来。

　　一路上都在不断地想要离婚的文晓,失魂落魄地回到家,她看着这么好的一个家,看着两个因为住到了漂亮新家而开心骄傲的女儿,看到了她的头发已经花白的母亲欣喜的样子,她觉得自己不能破坏掉这一切。

　　在经济上没有主动权的人,在家庭里也没有话语权。文晓除了忍气吞声,她什么也做不了,她把鲁迅的《阿Q正传》读了一遍又一遍,她的身上便充满了阿Q的精神,她对苏雨说:"也好,他不回来,我还省心了,不用为了满足他的食欲而绞尽脑汁地想着做什么饭,不用为了满足他的性欲而忍受不爱洗澡的他一身的汗臭。他不在家,我自由多了,我可以有更多的时间读书。"

　　即便如此,王鹏飞还是没能让文晓安稳,她没有提出离婚,但是他提出了离婚,为了娶一个更年轻更漂亮的女子,他的要求是:"这房子给你们,两个孩子你留着,我还会给你一笔钱作为你们的生活费和两个孩子上学的费用,我这样做够仁至义尽了吧?"

　　文晓不能离婚,她不知道离婚对她意味着什么,她感到非常恐惧,她说:"想离婚?门都没有!"

　　王鹏飞发了火,他用很难听的话羞辱文晓道:"我跟你没有办法再过下去了,你又老又丑,你看你那腰身,你看你那赘肉,你看你脸上的褶子。还有,你性欲低下,几个月才给我一次,而且还一副施舍的样子,你有什么呀?多读了几本书?有点破思想?我呸!"

　　文晓就是不离婚,不管王鹏飞如何羞辱她,她这些年与他共苦,好不容易盼到了好日子,他却不愿意与她同甘,她绝不能让他得逞。

　　但是,王鹏飞过分了,他不只是家外有家,为了达到他的目的,他采用了更决绝的手段伤害文晓。他把一个又一个年轻漂亮而轻浮不堪的女子带到了家里,他当着文晓的面和他带来的女子做着轻浮下流的举动,文晓忍了,但是她的忍让王鹏飞变本加厉,他趁丈母娘带着两个女儿走亲戚的时候,把女子留宿在家里,把文晓赶到了别的房间。

　　文晓本来还想忍耐,但是她的母亲带着她的两个女儿提前回来了,当王鹏飞和那个女子搂抱着、亲吻着走出房间的时候,她的母亲看到了,她的两个女儿看到了,她的母亲愤怒了,她的两个女儿愤怒了。

文晓的母亲哭了,她觉得自己不中用拖累了文晓,她收拾了一下自己的行李要回老家。大米愤怒地冲到王鹏飞的面前,想给他一拳,但是她没有,她只是很大声地对着他们吐了两口唾沫,然后冲到自己的房间,趴到床上哭起来,她边哭边说:"太丢人了,同学们知道我爸爸是这样一个人,肯定会笑话死我!"

小米还小,她什么都不懂,她还很有礼貌地叫那个女人阿姨。

文晓无法再忍受了,她觉得自己愤怒得要炸裂开来,为了不让自己炸裂,她大闹了一场,她冲到这个房间,冲到那个房间,想找到一件顺手的"武器",但是却没有找到,她冲出去,到垃圾桶边找到了人家装修房子时所丢弃的木材的边角料,她选了一根长的、粗的、结实的,回到家,就把家里的很多家具都砸了,鱼缸、电视机、花瓶等等,家里很快便是一片狼藉,在这一片狼藉之上,两个女儿吓得大哭,母亲也哭,文晓也哭。

而他们的哭并没有让王鹏飞回心转意,他带着女子离开的时候愤怒地骂了文晓一句:"疯子!"

苏雨觉得自己的精力根本就应付不了亲人之间的算计,这些日子,让她觉得异常地疲惫,也感受到人生是苦的真谛,她总是问自己,问文晓,问张玄梧,问师父:"防范是必要的吗?争斗是必要的吗?放下之后究竟是失去还是获得?"

文晓已经自顾不暇,她告诉苏雨:"不要防范,防范屁用都没有,要斗!哪怕是鱼死网破!"

张玄梧还是那句话:"来南京,我帮你落脚。"

师父还在帮苏雨找师父,他开导苏雨:"当机立断是必要的,但不要着急,只是去做。"

苏雨想出家,当她跟婆婆再次表达了自己的意愿,确切地说,居然又招致了他们一致的反对。

当然,他们反对的不是苏雨出家,苏雨出家让他们很开心,但是她要带走宝儿时,要将房子出租出去时,他们就不乐意了。

婆婆说:"你去当尼姑可以,但是你不能把我宝儿也带去当尼姑。"

苏雨说:"我的孩子不需要你们管,我自己有安排,你们还是操心你们的军军和你们的妞妞去吧。"

公公说:"放下宝儿,你自己走,你爱干什么你干什么去,那是你的自由,我们不干涉!"

苏雨说:"你们正在干涉我的自由!"

苏雨决意要闹一闹,这一年来,她忍受得实在太多了,她没有办法再忍耐下去,她需要一次爆发。

这个时候,婆婆又有了新的担心,她把杨敏叫了过来,她让杨敏劝劝苏雨,她对杨敏说:"你嫂子不能出家,出家了之后,别人怎么看我们?别人不认为这是你嫂子她自己的选择,别人会认为是我们逼走了你嫂子。因为大家都认为你嫂子年纪轻轻的,肯定会再嫁,但是她现在偏偏不想再嫁,她这样单身下去,别人还认为她对你二哥忠贞,如果她出家了,不知道别人怎么戳我和你爸的脊梁骨呢……"

杨敏是一个性格还算温和的人,但是她固执起来,也是不可小觑的,她不等婆婆说完,就嚷嚷开了,她说:"她想干什么她就干什么?国有国法家有家规,我二哥在,宠着她惯着她,我二哥不在,谁宠她惯她?还想去当尼姑,她说这话经过大脑了吗?她一个当妈的人,居然说出这种不负责任的话来……"

杨敏的嗓门很大,她故意让苏雨听到的,苏雨在书房就听到了,但是她懒得跟杨敏说什么,因为现在的杨敏已经不是以前的杨敏了。

苏雨不去找杨敏理论,杨敏倒是来找苏雨理论了,她像一只斗鸡一样,蹭蹭地来到书房门口,对苏雨说:"前段时间闹的还不够大是不是?我以为你消停了呢,怎么又想着去当尼姑?"

苏雨并不看杨敏一眼,她说:"这跟你有关吗?"

杨敏说:"当然跟我有关,你是我嫂子,小事倒罢了,这么大的事你跟谁商量了?"

苏雨说:"我跟谁商量,也轮不到跟你商量吧?嫁出去的女,泼出去的水,我娘家的事,我从来没有资格去插一杠子的!"

杨敏说:"我今天还就得插一杠子了,你是宝儿的妈,你不能这么自私的,你当尼姑,宝儿怎么办?你为她想过没有?她失去了父亲还不够，你还希望她失去母亲吗？"

苏雨说："宝儿我带着，我的孩子我知道该怎么疼她爱她。"

杨敏说："你就是自私！我想问你，爸妈哪一点对不起你了？你几次想赶他们走，一计不成又生一计，他们那么大年纪给人家打扫卫生收拾垃圾，给你们做饭，还要他们怎么样？"

苏雨说："你觉得他们委屈了是吗？可以让他们回去，我没要他们在这里打扫卫生收拾垃圾，也没让他们给我做饭！相反，我不希望在这里，可是他们为什么说'死也要死在这里'？我不需要他们帮助，他们死活都要帮助我，你不觉得这里面有问题吗？"

杨敏说："有什么问题？他们所做的一切都是为你好！"

苏雨说："为我好？他们严重地影响了我的生活还是为我好？他们让我不舒服，让我不自由，让我忍辱负重还叫为我好？"

杨敏说："他们怎么叫影响你了？他们怎么让你不舒服不自由了？他们又怎么让你忍辱负重了？你在我二哥面前怎么矫情我们管不着，但是要你记住，我二哥死了，你那些臭毛病必须得给我改了！"

苏雨问："给你改了？你是老几？我希望你能认清一点，你有什么资格在我面前大呼小叫？"

杨敏说："就凭我姓杨，就凭我是宝儿的姑姑！"

苏雨说："你来这里找你妈妈，你怎么不找你姑姑去？"

杨敏不知道该怎么辩驳了，她摆了摆手，很不耐烦地说："我懒得跟你说。"

婆婆在自己的房间一直细听着杨敏与苏雨的争吵，她见杨敏的声音忽然弱了下去，知道处了下风，就赶紧下了床，来查看情形。

见杨敏已经坐到沙发上，气得翻白眼，就赶忙倒了杯水递过去低声问道："还犟呢？"

杨敏大声嚷道："她犟？她跟谁犟？以为我二哥还活着呢？少在我面前犯公主病，没人吃她那一套！"

苏雨觉得自己同婆婆说这些是错误的，她完全没有必要给自己增加这些障碍，她决定不再与家里的任何一个人谈起自己的任何想法与决定。

第二十章

　　宝儿已经放假，别的孩子都上这个班上那个班，没有一个闲在家的，她找不到朋友玩，只好沉迷在电视剧当中。苏雨从书房走出来，抬头看了一下客厅墙上的钟，中午了，公公婆婆很快就会下班，她表示要请宝儿吃肯德基，宝儿一听有好吃的，很开心地把电视关掉了，开始换衣服换鞋子、梳头发、洗脸。

　　除了没有肉食，其他的基本上都点了，这让宝儿几乎受宠若惊了，她眨巴着眼睛问苏雨道："老妈，你是不是有要事相谈？"

　　苏雨很认真地点了点头说："我想离开城市，去一个山清水秀的地方生活，不知杨大小姐意下如何？"

　　宝儿一边大快朵颐一边说："本大小姐也想离开这里，最近家里乱糟糟的，我也觉得很烦，但是我是小孩子，我说什么他们都不听，还会认为你没有把我教育好。为了不让他们指责你，你发现没有，最近一段时间，本大小姐一直都很低调的。"

　　苏雨当然发现了，宝儿对公公婆婆的话提出质疑或者表示反对的时候，他们就很恼火，公公还好一些，大部分时间都只是认为宝儿长大了，而婆婆，通常她会先把宝儿给骂一顿没大没小之类的话，然后顺带着把苏雨指责一番，认为宝儿之所以总是与他们唱对台戏，完全是她教育的结果。她深以为然地点了点头说："那我们两个一起走吧，做现实版的绝代双骄怎么样？"

　　宝儿挖了一勺圣代送到苏雨嘴里，然后问："那房子怎么办，不要了吗？"

苏雨说："他们喜欢住高楼，让他们住去，他们喜欢在城市生活，随他们，我们应该有自己的生活。"

宝儿摇了摇头，她说："这房子是你和我爸爸省吃俭用才买来的，是你们的一个结晶，就像我是你们的一个结晶一样，我不允许任何人打这个房子的主意。"

苏雨不以为然地表示："房子是重要，但我们的生活质量要比房子重要得多不是吗？再说，没有人能把房子抢走，是我们的就是我们的。"

宝儿说："既然这样，那么我也就没什么可担心的了，反正，本大小姐对上学也没有太多的兴趣，每天老师都布置那么多的作业，把我们当成一个写作业的小机器人似的，真是烦都烦死了。"

苏雨很开心地问："那我们不上学了怎样？我们到一个山清水秀的地方，种花种菜，养狗养猫，读书写字……"

宝儿立刻就皱起了眉头，她说："怎么还要读书写字啊？"

苏雨解释说："此读书非彼读书，此写字非彼写字，读你喜欢读的，至于字嘛，我指的是毛笔字，你看那些古代的才女，上官婉儿、武则天、紫薇、甄嬛哪个不是诗词歌赋琴棋书画的？你喜欢她们是不是应该跟她们学习呢？"

宝儿很开心，她举起拳头大声宣誓："誓死跟老妈走！"

苏雨最后强调："自学是必需的，不自学，毋宁死。"

宝儿说："只要不在学校里虚度本大小姐美好的少年时光，怎么学都成！"

第二天，苏雨收拾了几件当季的衣物，塞在一个拎包里，像是出去散步一样。她觉得没有大包小包的必要，她也担心大包小包的会遭到公公婆婆的阻拦，他们不管怎么说，还是爱宝儿的，尽管他们的爱是自私地占有。

下了楼，果然碰到婆婆在楼下打扫卫生，婆婆就怔怔地看着她们，宝儿说："奶奶，我们出去一趟。"

婆婆以为出去一趟就是出去一趟，然后就回来，像平时苏雨带着宝儿出去散步一样，她就没有在意。

苏雨到了南京，张玄梧接他们，然后开车把她们带到了一个山清水秀的地方,指着一大片茶园说:"这里怎么样?"

苏雨开心地说:"哦,我明白了,原来你就是这样关照我的呀,让我给你看茶园?"

张玄梧笑道:"我让你留在南京,给你提供资金和货源,让你开家店,你不愿意,你喜欢住在乡下,这里清静不是吗?"

苏雨很满足地笑着点头道:"这倒是真的。"

张玄梧拉着宝儿的手,把她们带到了位于茶园一角的一栋房子里,三间堂屋,一间厨房,由于久无人住,而略显潮湿,但有几样简单的家具已经擦拭得干干净净。生活上的其他用品也基本齐备。

张玄梧叉着腰问宝儿:"怎么样宝儿,还满意吗?"

宝儿摇头说:"不甚满意。"

张玄梧眨巴着他的一对小眼睛问道:"哪里不满意,跟舅舅说。"

宝儿说:"就我一个小孩子,没人陪我玩,我妈妈说会有好些小孩子陪我玩的。"

张玄梧大笑:"这不是问题,舅舅过几天就会拉一车小孩子,和你差不多大的男孩子和女孩子来陪你玩。"

苏雨发现了不远处还有一栋古色古香的房子,她指着那栋古色古香的房子问张玄梧:"师兄,那是一个什么所在?"

张玄梧才拍了一下脑袋说:"忘了告诉你了,那是大觉寺,闲了,你还可以去上上香、念念佛。"

张玄梧离开之后,苏雨和宝儿散步,走着走着,不觉就到了寺前,她和宝儿走了进去,上香礼拜,请一些经书回来读,读完了又还回去,又请别的经书回来读。

过几天,张玄梧果然来了,宝儿前来迎接,却发现只从车里下来他一个,确切地说,还有一只狗,她失望地说:"舅舅不是说给我拉来一车小孩子的吗?舅舅说话不算话!我不和舅舅玩了。我生气了!"

张玄梧见宝儿撅着嘴要哭的样子,赶紧手一拍,两边的车门都被打开了,陆陆续续地从车上跳下来七八个小孩子。

宝儿就笑了。

苏雨听到孩子们的笑声从屋里走出来。

张玄梧说:"这些孤儿,到了这里就不再是孤儿了,因为有你在。"

苏雨无法表达自己内心的感动,她说:"谢谢师兄喽!"

张玄梧喊了一声说:"师妹跟我还客气!"

当张玄梧打电话,把这个消息告诉文晓的时候,文晓正经历着人生中最艰难最悲伤的时段,但是她不能让张玄梧知道,因为她不想让苏雨知道。

她装着很兴奋的样子握着电话对张玄梧说:"你这厮还真够义气,苏雨眼光不错,没有看错人!"

张玄梧说:"过奖过奖,我这厮长着一对贼溜溜的小眼睛,一看就不是好东西!"

文晓想哭,却大笑:"经过考察,长着一对贼溜溜小眼睛的你这厮,还算是一个好东西!合格!通过!盖章!"

挂了电话,文晓就哭。王鹏飞不念旧情,也不念在两个女儿的面子上,他坚决要与文晓离婚,这让文晓难过,她觉得自己居然活到了被王鹏飞抛弃的地步,而在她心里,她总是清高地认为,只有她有抛弃王鹏飞的资格,而王鹏飞是没有抛弃她的资格的。

文晓多次给王鹏飞打电话,要求谈一谈,为了能让王鹏飞露面,她几乎把自己的姿态低到了尘埃里,尽管如此,仍然是没能开出花来,王鹏飞不见她,在她不停地打了几天的电话之后,王鹏飞才搂着小情人不耐烦地在电话里强调:"我们之间,没有什么好谈的,我只有两个字给你,那就是'离婚'!"

离婚两个字被王鹏飞加了着重音,像两记重锤砸在文晓的心上。每天,她都会玩两种游戏,一种是抓阄,一种是扔硬币。她弄了两张纸条,一张写了字,一张空白,揉成团,挑三次,她告诉自己:"如果三次都空白,就离婚。"然而直到目前还没有发生这样的巧合。

抓阄无果,文晓就翻箱倒柜找来两枚一元的硬币,扔三次,她告诉自己:"如果三次都是反面,就离婚。"然而直到目前,还没有发生这样的巧合。

大米对文晓的这个行为很不耐烦,她说:"有用吗?连状况都搞不清楚!你要知道,现在是人家王老板要跟你离婚,你还有的选择吗?不服气?不甘心?想要鱼死网破?代价太大了,妈咪!"

文晓扔硬币的动作就定格下来，原来是当局者迷旁观者清，连一个十二岁的小孩子看问题都比她清楚，她因为大米的这句话清醒了。她问大米："你希望我和你爸爸离婚？"

大米双手一摊说："事情都到了这个地步了，我希望不希望又能怎样呢？他已经抛弃了我们，我们总不能去死吧，好好过呗，谁离开谁不能活呢？"

大米的表现太让文晓吃惊了，她还担心两个孩子会因为他们的离婚而生出叛逆的情绪呢，没想到大米如此想得开，只要大米想得开，小米就好办多了，她现在还根本搞不懂什么叫离婚。

文晓还是不放心地问大米："我和你爸爸离婚，你不难过吗？"

大米说："离婚了，你老公变成你前夫，但是我爸爸，还是我爸爸，我想见他的时候，还能见到。想想我宝儿妹妹，她可是永远都见不到她的爸爸了，那么她怎么活？她还不是得活下去？"

文晓哭了，不是因为难过，是因为激动，她从来没有想到大米能把问题看得这么开，这一点比她强多了，她起身抱住大米说："好！妈咪离婚！妈咪从结婚到现在，没有真正地幸福过，从今天开始，妈咪要追寻自己的幸福。"

大米就笑着把大拇指伸到文晓的面前，文晓也对大米伸出了大拇指。

苏雨带着宝儿一夜未归，公公婆婆有些诧异，但是也并没有什么怀疑，公公想打个电话问问，但被婆婆阻止了，她说："走了才好，我也好自在几天。"

一天过去了，两天过去了，一个星期过去了，还是不见苏雨带着宝儿回来，婆婆就忍不住了，她想念宝儿了。于是她就拨打苏雨的电话，但是苏雨不接。婆婆又打电话给杨敏，让杨敏打，苏雨还是不接。

后来，婆婆在书房的一本书下面发现了苏雨写给她的一封信，她看着信，手不住地哆嗦起来，她没能控制住，忽然就号啕了起来。

公公听到婆婆的号啕，就走进来，婆婆把苏雨的信递给他说："她好狠毒啊，我们见不到宝儿了！"

苏雨的信很简短，她在信里说："爸妈，杨逸死了，你们很难过，我也很难过，我本以为，我们经历了共同的悲伤，可以让我们彼此相爱，但是，你们却不这样认为，为了给你的另外的儿子争取利益，你们不再顾念与杨逸的情分，这下你们应该如愿了，我带着宝儿走了，再也不回来了，房子你们住着吧，总有一天，你们会明白，什么才是最重要的！"

公公生气地说："哭什么哭，让他们走，不回来才好！打电话给杨勤，让他们都过来！"

婆婆一想到杨勤，她就不难过了，她抹掉眼泪打电话给杨勤："苏雨带着宝儿走了，不回来了，房子这么大，我和你爸住着也空，你们来吧。"

杨勤在得到这个消息的时候，兴奋的心情无法形容，他不再送货送人，有人来包车，他也拒绝了，他开车到了妻子刘芳所在的酒店，要了一桌子的酒菜，把刘芳惊讶的直眨眼睛。

杨勤把刘芳拉到自己身边坐下，喊其他服务员来服务，他说："老婆，从今天起，我不会再让你服务别人了，从今天起，别人要为你服务。"

刘芳不知道发生了什么事情，就狐疑地问杨勤："今天很反常，怎么了？捡钱了？"

杨勤夹了一块肉塞到刘芳的嘴里说："苏雨带着宝儿离开了，不回来了，可能要出家，也可能会出嫁，不管她是出家还是出嫁，都不重要，重要的是她走了。"

刘芳简直无法相信，她兴奋地说："这是真的？"

杨勤说："当然是真的，咱妈刚才给我打来电话说的，不信你问咱妈去。"

刘芳当然相信，她说："老公你真厉害，我当初就觉得你会赢，你果然赢了。"

杨勤很是得意地说："那是，十几年的会计岂是白做的？"

刘芳点了一下杨勤的脑门说："会计是算账的，跟这有什么关系？"

杨勤说："当然有关系，关系大了，因为这些年，我做的大部分都是假账，为了不出现任何的纰漏，我不得不绞尽脑汁。厂子倒闭之后，我不得已才开起了面包车,你是了解我的,我非常不愿意做这个,太丢人了,特别是遇到熟人的时候,然而县城地方太小,随随便便就能碰到熟人!再说,大地方就是不一样,就业机会多,到时候,不说我们,就说我们军军和妞妞,让咱妈把他们的户口一弄过去,不就是西安人了?上学、就业、谈对象的机会都会多起来!"

两人痛痛快快地吃完了这顿饭,特别是刘芳,把服务员使唤得不停歇,"给我换双筷子!""可乐怎么是常温的?给我拿冰的,是冰的,记住了没有?"

吃晚饭,杨勤去结账,刘芳就敲开了领导办公室的门,见了领导习惯低头鞠躬的刘芳,第一次将腰挺直了,将头昂得很高,她理直气壮开门见山地说:"领导,我要辞职啊。"

领导抬眼看了一眼刘芳,还没等他说话,刘芳又接着说道:"我们要搬到西安去,我们在西安有房子,两个孩子也到西安去上学,我也会在西安上班,所以,我得辞职。"

领导很平淡地说:"怎么,发财了?"

刘芳有点不好意思地说:"哪里有发财,就是在西安北二环里面买了一套三室两厅一百多平米的房子而已。"

领导瞥了刘芳一眼问道:"不会是杨逸的房子吧?"

刘芳的脸顿然就红了,她这才想起,她的领导是杨逸的同学,她的这份工作还是杨逸给她安排的。

领导提醒刘芳说:"恐怕是时间久了,你忘记了,几年前,杨逸带着你找到我,让我安排一份工作给你。你知道吗,当时我一点都没有看上你,你长了一脸的痘,而且很土气,但是我看在杨逸的面子上让你做了领班,工资也比一般的服务员高了一半。这些年,你老公时不时地来酒店吃免费的早餐,你以为我不知道吗?我很清楚,但是我看在杨逸的面子上,没有戳穿。"

刘芳尴尬地僵硬地站在领导的面前,领导见刘芳不说话,就说:"杨逸死后,我一直想把你辞了,但是,我还是下不了决心,因为杨逸曾经帮助过我,我们的关系一直很不错,好了,这下我不用纠结了,同学一场,我也算对得住他了,你去财务室把这个月的工资一结,你走吧。"

刘芳正要走，又被领导叫住了，他表情凝重地说："做人还是本分点好，老天爷都看着呢。"

刘芳只是觉得不快，出了领导办公室的门，朝地上啐了一口，骂了一句："什么东西！"

杨勤心情显然很好，他到加油站，一下子加了三百块钱的油，加油员都惊讶了："之前每次都是加五十，今天翻了六倍，怎么，有喜事？"

杨勤得意地说："算是喜事吧，我要离开这里到省城去了。"

加油员说："到西安发展去了？你一个人去啊？"

杨勤说："全家都搬到西安去，两个孩子弄到西安上学，我和我媳妇儿都在西安上班，反正在西安有房子。"

加油员羡慕地说："在西安都买房子了？你不得了啊，西安的房子不得好几十万一套？"

杨勤说："几十万买不来什么好房子了，你说的那是二手房的价，差不多地段的都得上百万块了。"

加油员啧啧称赞了一番："你还天天抱怨说开面包车不挣钱，我看你挣得还不少呢！"

见油加够了，杨勤一边掏钱一边不无炫耀地说："有空到西安联系我啊。"

杨勤开着车，带着老婆孩子和一些被褥之类的东西就出发了，一路上，他把音响开得很大，播放着时下最流行的歌曲。

到了西安之后，杨勤开着车带着刘芳、军军和妞妞，一家四口到大雁塔广场、兴庆公园、钟鼓楼广场、汉城湖等地方逛了几天，又到商场给一家四口分别添置了一些衣服。

一个星期之后，杨勤和刘芳才开始出去找工作，找了一天又一天，一份理想的工作都没有找到。杨勤决定开车，但是他把车停在小区门口，却没有一个人愿意乘坐，很多人都有私家车，很多人打出租车，他的车却无人问津。后来，终于有人问津了，是城管，要求他不要把车停在路边，影响市容和市民出行。

杨勤只好把车开到了小区里，他在支付每月二百块的停车费的时候，心情有些糟糕，他回到家就对婆婆感慨："就是停一下车，占巴掌大的一块地方，居然每月就二百块。你在小区上班，你给物业说说，看能不能减免了。"

婆婆再去上班，果然去找了物业，但是得到的回答却是一个又一个人的摇头，人家连话都不给她一句。

杨勤找工作累了，便不想再出去，躺在家里用苏雨的电脑上网。

后来，他想到了一个主意，他对婆婆说："妈，你和我爸的工作都是社区给安排的，你再让社区给我和刘芳安排一份工作呗？"

婆婆有些迟疑地问："这能行得通吗？我给宝儿找低保，给我和你爸找工作的时候，都一再跟人家说，我就杨逸一个儿子，我再去给你和刘芳找，不就露馅了吗？"

见杨勤不出去找工作，刘芳出去找工作了，她什么都不会，也什么都不懂，问了一家又一家，人家都要工作经验，她唯一有的就是酒店服务员的工作经验，然而，酒店无一例外地都嫌她的年纪偏大，而且形象不佳。这两条对刘芳的打击都是很大的，她再也没有信心出去找工作了。

很快，暑假过去了，杨勤和刘芳都没有找到工作，带来的生活费也花光了，只好靠着公公在医院收拾垃圾的一千块钱和婆婆在小区打扫卫生的一点钱度日。

到了开学的日子，杨勤给军军联系了附近的几所学校，有的不接收，接收的还要了昂贵的借读费，这让他更觉得不痛快。

无奈之下，杨勤要求杨敏帮他和刘芳找工作，帮他的两个孩子找学校，他说："你在这里生活了好多年，我初来乍到的，什么都不熟，你帮我想想办法。"

杨敏也无能为力，她为难地说："我也没有找工作的经验，我的工作是我二嫂给我安排的，我老公的工作是我二哥给我安排的，我儿子的学校也是我二哥给安排的，没收借读费。工作的事，我还可以帮忙问问，但孩子上学的事我帮不了你。"

杨敏倒是十分尽心，为杨勤和刘芳找了一份又一份工作，但是他们都没有看上，不是嫌工资低，就是嫌不体面，不是嫌不体面，就是嫌路太远，总之挑挑拣拣的不愿意干。

几次下来，杨敏就不耐烦了，过来的次数也少了很多，即便过来，也不问杨勤和刘芳工作的事,杨勤提起工作的事,她就回避。

眼看着开学一个星期了,军军的学校还没有联系到,这让杨勤急得在寝食不安,在房间里团团转。

不但杨勤急,公公也急,婆婆更急,她又哭哭啼啼地到了社区找王主任,她当然没有说实话,她又撒了谎,她说:"最近我一个亲戚给了一个偏方,我媳妇用了,还挺管用,现在身体好多了,她看着我们辛苦,也是不忍心,就想出去工作,但是一直没有找到,李主任你看能不能……"

李主任很高兴地说:"这是好事,我帮她问问。"

李主任又翻找了一下通讯录,打了一个又一个电话,终于算有了着落,在附近一家药店做收银员,月薪一千五。

哥哥，我爱你

第二十一章

虽然大米已经表示能接受文晓与王鹏飞的离婚，但是文晓在片刻的感动之后，又变卦了。从小到大，她几乎没有做过太重大的决定，十八岁时，她的父亲去世了，她的叔叔让她嫁给王鹏飞，她不愿意，挣扎了又挣扎，还是没有挣扎开，她听从了命运的安排。她本不想生二胎，但王鹏飞一家都想要一个男孩，为了要一个男孩，她只好又生了二胎，尽管二胎还是个女孩。这些年，她一直生活得很不顺心，确切地说一直生活得很委屈，除了苏雨，王鹏飞不让她见别的朋友，她每天的生活就是煮饭、洗衣服、收拾家务，接送两个孩子上学……文晓做梦都想离婚，但是她不知道离婚对她来说究竟意味着什么，她已经习惯了这种生活，她想改变，但她又害怕改变。

文晓总是问自己："要不要继续这种日子？"

一向大大咧咧、多言多语的她变得沉默起来，她的不快乐，让家里的所有人都不快乐，她的母亲难过地抹眼泪，有时候会在吃饭的时候问文晓："我们就这么过下去吗？"

文晓沉默许久才反问母亲道："不这样过下去，还能怎样过下去？"

母亲说："王鹏飞总不回来，在外面又那个样子，你这样算什么呢？"

文晓问："你是要我离婚吗？"

母亲说："问题总是需要解决的，这样僵持着，什么时候是个头呢？"

文晓说："我可以没有丈夫，但是我的两个孩子能没有父亲吗？我十八岁就没有父亲，我知道没有父亲的孩子有多么难！多么苦！"

文晓的母亲就红了眼圈，沉默下来，瞅了瞅正在一声不吭吃饭的大米，瞅了瞅叽叽喳喳不停地问大米问题的小米。

大米已经十二岁，不但看到了王鹏飞这些日子以来的行为，也从亲戚那里听说了王鹏飞的一些风流事，她表现得很冷漠。当文晓问到她什么意见的时候，她说："那是你的事，不是我的事，你爱怎么处理就怎么处理。"

小米才五岁，她听说妈妈要和爸爸分开，很不高兴，大喊大叫着说："我不要你们分开，我要爸爸和妈妈在一起，我要所有人在一起，谁都不能走！"

文晓就默默地流泪。

文晓的母亲抹掉眼泪说："你别憋着了，你跟苏雨说说吧，看看她是什么意见，即便她没有什么意见，你们聊聊天心里也会好受一些的。"

文晓给苏雨打了电话，但是没有说自己的遭遇，她很想说，但是她不知道怎么开口，一直以来，她在苏雨的面前都是一个大姐的身份，她一时间没有办法扭转这种角色。但是她不得不承认，现在的苏雨已经不是之前的苏雨，境界比她高了许多，不再是那个遇到挫折、遇到麻烦，就哭、就问她怎么办的苏雨了。

文晓只是表示要去见见苏雨，她说："我就是想见你，但是，但是，或许这也只是我的一个想法，我尽量去实现它。"

苏雨当然很乐意见到文晓，她说："给我一个账号，我把路费打给你。"

文晓说："我有钱了，你姐夫发财了。"

苏雨说："我姐夫他同意让你来吗？"

文晓因为苏雨的这句话，忍不住哭了。

文晓到了南京，张玄梧到车站接的她，然后开车把她带往茶园。一路上，文晓都沉默，张玄梧很是诧异地问："我一直记得你的话挺多的，这次怎么像变了一个人？"

文晓凄然一笑说："没事。"

张玄梧试探地问："遭遇婚变了？"

文晓忍不住又流下眼泪，不想让张玄梧看到，就将头扭向了窗外。

文晓刚到茶园，就觉得自己整个身体通畅了，她说："这里真美！"

张玄梧很得意地说："禁不住诱惑了吧，想来就来呗，反正苏雨有

哥哥，我爱你

你陪着会更开心。只要苏雨开心，我才不在乎多一份供养呢。"

文晓见到了正在采摘蘑菇的苏雨，她惊讶地说："你居然还会种蘑菇？"

张玄梧说："我师兄岂是会种蘑菇？她还会种青椒、豆角、西红柿呢，现在的我师兄可是长了本事了。"

苏雨见到文晓，都有点不相信地问："是你吗我的姐姐，我姐夫怎么破天荒批准你出来了？"

文晓忍不住哭了，她说："别提那个王八蛋，他娘的他就不是东西！"

苏雨诧异地问文晓："到底发生了什么事？"

文晓见张玄梧在，不好意思说，苏雨给张玄梧递了一个眼色，张玄梧心领神会地说："我找宝儿玩去，你们慢慢聊。"

文晓就一把鼻涕一把泪地把王鹏飞暴富之后的一些行为告诉了苏雨，苏雨没有表现得义愤填膺，这让文晓不解，她说："你怎么不骂王鹏飞那个王八蛋忘恩负义？"

苏雨说："都到了这个地步，骂了有什么用？既然他离婚的决心已定，你又为何死缠不放呢？"

文晓说："我跟着他吃了十几年的苦，如今他发达了就把我甩了，我能咽得下这口气吗？我耗也得耗死他个狗日的！"

苏雨说："你不可能耗死别人，你只能耗死你自己。再说，王鹏飞也不算无情无义，他给了你一套那么大的房子，他还要支付两个孩子的抚养费，这已经很难得。"

文晓若有所思地说："可是我怎么总觉得亏得慌呢？"

苏雨说："你跟他耗下去才更亏呢，他管你那么严格，不让你去这里，不让你去那里，如果不是他另有新欢，恐怕你现在根本就见不到我！"

文晓激动了，她说："对呀，他还不要我，我正巴不得他不要我呢，他不要我我就自由了，我把两个孩子带过来，和你们一起生活，这不正是我梦寐以求的生活吗？"

苏雨笑道："就是嘛。"

文晓在茶园住了几日，苏雨带她散步，带她去寺里上香，文晓突发奇想地道："如果你师父能到这个寺院就好了！爱你的，和你爱的人就都在你的身边了。"

苏雨说："爱我的人和我爱的人一直都在我的身边啊，没有人离开。"

文晓试探地问："也包括你的杨逸哥哥吗？"

提起杨逸，苏雨已经坦然，她说："是啊，包括哥哥，没有人离开，他们只是换了一种形态在活，就像水变成云，云变成雨……"

文晓喃喃地重复着苏雨的这句话："没有人离开，没有人离开，是的，没有人离开，这些年，我父亲就一直活在我的心里……"

杨勤急了，他不能再等了，他找不到学校，只好把军军送回了老家，送回了原来就读的学校。

但是不能让儿子一个人留在老家，军军也提出了抗议，他说："我一个人怎么成，谁给我做饭吃？"

这是一个问题，杨勤只好要求刘芳辞职，刘芳本不想辞职，她喜欢大城市的生活，但是她确实不放心儿子，无奈之下，也只好答应了。

于是，杨勤就把刘芳和军军送回了老家，他和妞妞则留在了西安，给妞妞找了几家幼儿园，价格一个比一个高，最低的每月八百，即便是每月八百，他支付起来也很艰难，又僵持了一些日子，他还是没有找到工作，无奈之下，他又把妞妞送回了老家。

杨勤和公公婆婆住在西安，婆婆对于这段时间以来的事很是烦恼，她的期望一个一个落空了，而杨勤几乎每天都在抱怨她："都是你，让我们来让我们来，这下好了，我们都来了，除了我也都回去了，你有本事给宝儿找低保，有本事给你和我爸找工作，怎么到了我这里你什么办法都没有了呢？"

婆婆不能怪别人，只能怪自己，她说："都是我没本事，我如果有本事，哪里会让你们这样折腾。"

为了给杨勤找到工作，婆婆就去了杨敏家，知道女婿爱抽烟，就花了二百多块钱给女婿买了一条烟，几乎是恳求地对女婿说："你大哥的事情得麻烦你，你大哥会开车，看看你们单位要司机不要……"

杨勤在妹夫的帮助之下，到了公交公司做了司机，可是做了没几天，就跟乘客发生了冲突。

在发生严重堵车的时候，乘客等不及要求下车，他则不同意，乘客继续要求下车，他很不耐烦，就冲乘客发了脾气，更不耐烦的乘客因为杨勤的粗暴而愤愤然地骂娘，有的甚至涌到车前要打杨勤。

杨勤害怕了，不再吭声，但他就是不打开车门，他心里有气。结果，他被投诉了，投诉的结果是他被开除了。被开除的结果是，他不但被妹夫奚落了一顿，还被杨敏奚落了一顿。

妹夫说："不是我说你大哥，你真是烂泥扶不上墙，这个工作多好的，每月三千块，还米面油都发，这下倒好，你不但把工作弄丢了，还害得我被领导批评，领导问我介绍的什么人啊，这么没脑子！言外之意，领导就是骂我没脑子！你看看，为了给你找这份工作，我买烟买酒，好话说了一箩筐，居然落了这个下场。"

杨勤本来就觉得委屈，没有一个人宽慰他，居然遭到了妹妹和妹夫的奚落，他嚷嚷道："姓陈的，我求你给我找工作了吗？是你自己想在领导面前表现！"

杨勤的一句话把妹夫气得扭头就走，他边走边说："姓杨的你真有种，你是没有求我，但你妈和你妹子都求我了！"

杨勤回道："你脑子清醒点，那是你丈母娘求你，那你是媳妇儿求你，反正我没有求你！"

杨敏也生了杨勤的气，她难过地掉了眼泪说："大哥，为了给你找工作，我不知道给陈建设说了多少好话，你也知道，我和陈建设的关系不像我二哥和我二嫂，他好不容易才答应我，甚至可以说，为了给你找这份工作，我在他面前低三下四，委曲求全，可是你呢，你为什么那么固执？为什么不能忍忍？你不知道乘客就是上帝啊？"

杨勤心烦意乱，他不耐烦地冲杨敏摆了摆手说："去去，别在我面前烦我！"

杨敏就生气地拉开门冲了出去，但是不幸的是，她踏空了，从楼梯上摔了下去，她疼痛难忍地在楼道里哭爹喊娘。

公公听到后，第一个冲了出去，婆婆也紧随其后，只有杨勤因为生气，拧着头坐在沙发上没有动。

公公看到杨敏坐在地上，痛苦地呻吟，就愤怒地把杨勤喊了出去，杨勤只好背着杨敏去医院。

很快，检查的结果出来了，杨敏小腿骨折。

杨敏躺在病床上哭，公公坐在杨敏的面前哭。

手术费需要一万多，杨敏没有那么多钱，就对杨勤说："大哥，你得帮我想想办法。"

杨勤说："这种话你还要问吗？我没有钱的！"

婆婆给杨娜打电话，杨娜带了三千块钱给杨敏说："姐也就这些钱，不过这些钱你什么时候还都行，你姐夫他不知道的。"

杨敏没有办法，陈建设脾气很不好，他见杨敏骨折，不但没有一句安抚的话，反而抱怨说："刚搬进新房，每月要一千六七的房贷，家具都是刷的信用卡，你真是能害我！"

杨敏不知道还能问谁借钱，在万般无奈之下，她想到了苏雨，她试着拨打了苏雨的手机号码，一直都关机的手机居然接通了，而且很快就传来了苏雨的声音。

杨敏叫了一句嫂子，就泣不成声了。

苏雨问杨敏："发生了什么事情？"

杨敏这才把自己骨折躺在医院里没有钱交手术费的事告诉了苏雨，苏雨都没有犹豫一下就说："挂了电话把账号发给我。"

杨敏挂了电话，从包里找到自己的银行卡，激动地哆嗦着手指将账号发给了苏雨。

苏雨当即打电话给张玄梧："师兄，帮我一个忙，等下我给你一个账号，转两万块钱过去，下次你来，我还你。"

正在吃饭的张玄梧，放下碗筷就去银行转账。

杨敏让陈建设去取钱，陈建设喜滋滋地回来说："乖乖，一下子就打了两万块。"

杨敏听说苏雨打了两万块给自己，心情很复杂，她既高兴，又难过，高兴的是她没有想到苏雨还能帮助她，难过的是她为了站在父母的一边伤害了苏雨。

杨敏做了手术，她不好意思说，就发了短信给苏雨："嫂子，手术已经做了。嫂子，我对不起你！"

苏雨看到短信笑了一下，她并不在乎杨敏的道歉，不过，她仍然感到很欣慰，她给杨敏回了一条短信："好好休养。"

第二十二章

　　文晓离开苏雨回到广州之后，她就找到了王鹏飞，她情绪很平稳，她没有激动，也没有愤恨，她说："既然你下定了决定，我也只好成全你，把房子过户到我名下，把孩子的抚养费付了，我们就去办离婚手续。"

　　一听文晓要离婚，王鹏飞很开心，十几年来，从没有赞扬过文晓的他，第一次赞美了文晓，他说："你太让我刮目相看了，你真不简单，我服你！"

　　在这期间，文晓也在做着最合适的安排。她先找母亲谈："我离婚之后，不想留在广州了，我会到南京去，和苏雨在一起，我在想，我走了你怎么办呢？你有什么样的打算？"

　　母亲虽然难过，但也觉得这是唯一能走的路，她表示："你走你的，我要在这里好好地照顾我的两个外孙女。"

　　文晓说："不用你照顾了，你照顾了这些年也够你辛苦的了，我会把两个孩子带走，如果你愿意，可以跟我走，如果你不愿意，你可以到老二那里去。我会给你一笔养老钱，当然，也会带两个孩子去看你。"

　　文晓的母亲想了想说："我不想再到另外一个陌生的地方去了，我还是回老家找老二去吧。"

　　文晓又去找大米谈。

　　文晓说："我要和你爸爸离婚了。"

　　大米说："这个，我早就知道了，离就离呗。"

　　文晓说："是你爸爸有了新欢，他想过一种新的生活，这是他的一个选择，没有什么错，你不要恨他。"

大米说:"我只恨出生在这个家里。"

文晓说:"你爸爸虽然和我离婚了,但是他仍然是爱你和妹妹的,他给了你们一笔钱,这笔钱,足够你们上学和生活用。他还把这套房子送给了我们,可以说,他待我们不薄的。"

大米说:"你把我带走吧,我不要再待在这里,我不想听到那些人的闲话。"

文晓说:"我会把你带着,但不是这个理由,我想我们应该有一种崭新的别致的生活。如果你愿意的话,你很快就能见到你的宝儿妹妹了。"

大米一听到能见到宝儿,欢快地接受了。

说服了大米,文晓又去找小米,小米还是那个态度,大呼小叫地嚷道:"我不同意,我要爸爸妈妈在一起,我要所有人在一起,谁都不能离开。"

文晓不想跟她谈太多,她说:"我们不分开,爸爸还是你爸爸,妈妈还是你妈妈,姐姐还是你姐姐,外婆还是你外婆,我们不分开,只是妈妈想带你出去玩,去一个有很多姐姐的地方。"

一听要出去玩,一听有很多的姐姐,小米就不嚷嚷了,她拍手叫好,还问:"现在就去吗?我要把我最漂亮的裙子穿上,我要让所有的姐姐都夸我漂亮。"

很快,王鹏飞就把房子过户到了文晓的名下,文晓找到一家房介中心,很快中介就带着人来看房子,来人看着装修一新的干净整洁的房子,欢喜地说:"这房子我们租了!"

文晓说:"押三个月的租金,年付,而且是把租金打到账户里,至于手续费,我这里付好了。"

对方频频点头说:"可以可以可以。"

安排好了一切,文晓携着两个女儿和母亲到了火车站,先将母亲送上火车,然后等候开往南京的火车。

杨敏出院了,恢复得很好,但走起路来还是比较慢。

尽管走起路来比较慢,她还是来到了苏雨家里,她打开门,然后打电话给锁具店:"来帮我把锁换了。"

换了锁,杨敏收了钥匙,在小区找到了正在打扫卫生的婆婆开门见山地说:"妈,你和我爸回去吧,别给人家弄垃圾打扫卫生了。"

婆婆说:"我何尝喜欢在这里给人家扫地,我还不是为了你大哥。"

杨敏说:"为了我大哥,你不惜伤害我二哥,怪不得我二哥说你偏心,你就是偏心,而且偏得厉害。"

婆婆委屈地说:"如果你二哥活着,我怎么也不会这么做,可你二哥不是死了吗。"

杨敏说:"我二哥是死了,你不看死的,也总该看活着的吧,不说我嫂子,她跟你没有血缘关系,但宝儿可是你的亲孙女。"

婆婆说:"又不是我把她们赶走的,是你嫂子一声不吭地把宝儿带走的,直到现在我都不知道她们在什么地方。"

杨敏说:"你和我爸在这里,干涉我嫂子做这个做那个,又哭又闹的让我嫂子没办法,她本来可以不走,她本来可以采取强硬的手段把你们赶走,但是她没有。"

婆婆说:"她不敢!"

杨敏说:"不是她不敢,是她不忍心,她爱我二哥,看着她与我二哥的情分上,她不想伤害你们。"

婆婆说:"你什么意思,你忘了你的立场了,今天吃错药了一样,怎么替一个外人说起话来了?"

杨敏说:"我二嫂不是外人,她也没有把我们当外人,如果她把我们当外人的话,房子别说我大哥一家人住不成,就是你和我爸住不成!你们总认为她没脑子,事实上,她只是不跟你们一般见识。那套房子,我二哥没有付出多少,这些年我二哥一点都不顺,他工资不高,还不断地失业,我二嫂为了这个家,一件衣服穿好多年都不舍得扔。她上班挣工资,工作之外还挣稿费,她把钱都交给我二哥,你们在老家不了解,我在这里是了解的。当初,我为了你们,我不想让你们伤心,跟你们站在了一起,我也是见我大哥日子过得不容易失去了原则。可是,我现在明白了,日子好不好都是自己过的,老想着占别人的便宜,永远都不可能过上好日子。"

婆婆沉默了很长时间,才叹息道:"我回,就怕你爸固执,他不回。"

杨敏说:"只要你回,我爸自然就会回,他跟我大哥两个男人在一起,谁给他们做饭吃?谁给他们洗衣服?就像我二嫂说的那样,我爸之所以不愿意走，就是因为你在，如果你不在这里的话，我爸他自然会离开。"

婆婆答应了，回到家就把自己的衣服、鞋子等收了一袋子，随着杨敏去了汽车站。

中午，公公下了班，拍了拍门，无人应答，就掏出钥匙开门，奇怪的是，钥匙居然插不到锁孔里，他试了一次又一次，还是不行，以为走错了门，楼上楼下看了一看，发现自己没有走错，于是疑惑地自语："对着呢，怎么打不开了呢？真是邪门！"

公公在门外等了一会，不见婆婆回来，就到小区去找，也没有找到，他只好愤愤然地在外面吃了午饭，然后去医院上班。

杨敏送走了婆婆，又回到苏雨家里，揭开杨勤床上的床单，铺到地上，把杨勤的衣服鞋子等东西扔了一堆，然后系成了一个很大的包裹，拖拉到门外，然后锁上门去了医院。

杨敏在医院的楼道里找到了正在清扫楼道的公公，把他拉到了一个角落里说："我跟我妈吵架了，我妈生气回家了，你赶紧去找她吧，万一她想不开，再寻了短见可怎么办啊？"

公公一听，生气地瞪了杨敏几眼说："你妈脾气不好，你干吗惹她生气啊。"

说完丢下拖把，招呼没打一个就去了汽车站。

杨勤找了一天的工作，一无所获，垂头丧气地回到家，发现门口有一个大的包裹，打开一看，居然都是自己的东西，这让他感到很诧异。

他掏出钥匙去开门，更让他感到诧异的是，钥匙居然塞不进去，他觉得奇怪，他打电话给杨敏，杨敏一看是杨勤打来的电话，她连接都不接，她对他实在是太失望了。

杨勤也是一个很固执的人，杨敏不接，他就不停地打，手机不接，他就打座机，座机不接，他就打陈建设的手机，陈建设正在开车，很不耐烦，挂了电话，就打杨敏的电话说："不要让你哥再烦我！"

当杨勤的电话再打来的时候，杨敏就接了电话，杨勤气愤地质问杨敏为什么不接电话，杨敏就把电话挂断了。

刚挂断，杨勤又打过来，这回，他的态度缓和了不少，他问杨敏："我的东西是谁给我扔到外头的？"

杨敏说:"是我。"

杨勤说:"你疯了吗?"

杨敏说:"你才疯了呢。"

杨勤说:"你为什么要扔我的东西?"

杨敏说:"你心里清楚。"

杨勤说:"我住在我家里,没住你家里,你有什么资格这样做?"

杨敏不觉就冷笑了一声说:"你住在你家里?你摸摸你的良心,那是谁的家?"

杨勤说:"不管是谁的家,但不是你的家。"

杨敏说:"那是我二哥的家,是我二嫂的家,是我侄女宝儿的家,你利用爸妈对你的溺爱将她们孤儿寡母逼走了,你觉得你住在那个家里踏实吗?"

杨勤说:"我踏实不踏实不需要你管!"

杨敏说:"你不怕晚上做噩梦吗?"

杨勤说:"不要你管!"

杨敏说:"你没梦见我二哥吗?"

杨勤怒不可遏地说:"你给我闭嘴!"

杨敏不闭嘴,她继续说道:"大哥你知道吗,在我二哥的书桌右边的那个抽屉里,有一个小袋子,袋子里装着的是我二哥的头盖骨,医生让留个纪念。"

杨勤还是觉得杨敏疯了,他说:"你这个两面三刀的东西,你翻脸不认人。"

杨敏说:"那也是大哥无情在前。"

杨勤质问杨敏:"我哪里得罪你了?"

杨敏说:"三年前,你买股票借了我五千,借了我二哥五千,我二哥死了,你赖账了,我还活着,你居然也赖账了!"

杨勤说:"我什么赖账了,我有钱了自然就会还你,你需要了我自然就会还你。"

杨敏说:"我买房子不需要钱吗?你还了吗?我支气管里长了一个东西,正在住院,花了好几万,我二嫂硬是跟她的姐姐借了一万块钱给我。你做了什么?你告诉我,'你别问我要钱啊,我现在一分钱都没有。'你那个时候真没有钱吗？你买波司登的羽绒服，我大嫂买欧莱雅的化妆品，你们没有房贷，爸妈辛苦了一辈子给你买了房子，孩子爸妈给你带着，你日子过得多舒服，你把钱借给你小舅子做生意，你都不还我的钱！你的心可真够狠的！"

杨勤没有想到一向温顺的杨敏，一向言听计从的杨敏居然会指责他，他一气之下就去踢门，由于用力过猛，他踢疼了自己的脚，而门却纹丝不动。

眼看着天就要黑了，杨勤无奈，只好拖着包裹下了楼，将包裹塞到车里，他发现车牌居然被盗了，气得他咬牙切齿。

带着气，杨勤就把车开得很快，刚到小区门口，就撞到了一辆越野。

车主倒是镇定，他慢慢地打开车门，慢慢地下了车，不慌不忙地查看了一下被撞的情况，然后抱着胳膊问杨勤："你说怎么办吧？"

杨勤看车主近五十岁的样子，体型高大威猛，一身说不出来的霸气，在这种霸气的威慑之下，杨勤只好乖乖地说："我赔！"

越野车主说："好，你看看我的车，这个标识你认识吧？这是路虎，一百多万，你觉得赔多少合适呢？"

杨勤想了想，嗫嚅地伸出一根手指说："一千。"

越野车主好像听到了一个很好笑的笑话，他哈哈大笑着对围观过来的人说："你们听到了吗？他说的是一千？被撞了屁股一片地方，想一千块钱就搞定？打发叫花子呢？"

人群里有人说："看被撞的这情况，别说一千，就是一万都不行。"

人群里有个人上前摸了摸越野车的伤疤说："钣金、烤漆做下来，是得不少钱，关键是可能还得留下痕迹，恢复到被撞之前的状态可能性不大的。"

人群里还有人说："不能只赔车的损失啊，把车撞了，车主的精神也因此受到了伤害呀，起码也应该赔偿点精神损失费对不对？"

人群骚动着，虽然赔偿再少的或者再多的钱都与他们没有丝毫的干系，但是，他们仍愿意看到一个倒霉鬼更倒霉。

杨勤死的心都有了，别说一千，就是一百，他都不一定能凑得够，何况一万。他摆出一副死猪不怕开水烫的样子，对越野车主说："你说怎么办就怎么办吧，谁让我倒霉呢。"

越野车主说:"拿出三万块钱,我什么都不说了,不然的话,我只好报警了。"

杨勤一听说报警,紧张起来,他打电话给杨敏,杨敏不接他的电话,他只好打电话给他的姐姐杨娜,杨娜一听说三万块钱,她几乎傻了眼,她说:"三千我还拿得出来,三万,这对我来说简直就是天文数字。"

一边杨娜的丈夫流露出了一脸的鄙夷,他几乎是从鼻孔里发出了一个:"哼!"然后他说:"我就是有三万,我都不借给他,当年我开店的时候,跟他张了几次口,一分钱没借,现在问我借钱来了?也真是好意思。"

杨勤看借钱无望,害怕坐牢的他,就动了开溜的主意,这辆面包车买的时候两万多,开了三年了,也差不多了,抵了算了,但是人家是开越野的,不会看得上他的面包车。

只是一次再普通不过的交通事件,并没有伤着任何人,怎么会坐牢,但是,杨勤是一个很胆小的人,他极怕事,特别是极怕官司上的事。

他佯装借钱成功,他对着电话里胡乱说了一通:"啊,带着钱来了,开车过来的呀,好好好,我在这里等着,什么?不知道在哪个路口啊,等下我去接你好了!"

杨勤的电话让杨娜莫名其名,挂了电话之后,她疑惑地对家人说:"也不知道杨勤在搞什么鬼,什么我带钱来了,我哪里有钱给他?他不会是想钱想疯了吧?"

杨勤对越野车主说:"我就是这个小区里的住户,在三十二楼三单元五楼西户,我跑不了的,我姐姐带钱过来了,我去接一下,我把车放这里,你放心好了,我跑了和尚跑不了庙!"

越野车主本不同意,但一想到将可能到手的三万块钱就对围观者说:"这怂货真怂。"

围观者大笑,杨勤起初怕引起怀疑还能保证正常的速度和姿势,走出不远,他就飞奔起来,到了公交车站,上了公交车就去汽车站。一路上,他的动作都呈现出奔跑的姿势,还时不时地扭回头观察有无跟踪。

坐到了开往老家的大巴车里,杨勤的衣衫早已湿透,像是掉到水里去了似的。想一想这段日子以来所遭遇的损失和磨难,杨勤难过地想抱着头恸哭一场，但是他只是抱住了头，并没有恸哭，当他吸溜着鼻子，红着眼圈抬起头来的时候，乘务员已经来到了他的跟前要求他买票。杨勤买了车票，为了好过一点，就给刘芳打电话庆幸地说："幸亏车牌被盗了，不然你老公就回不来了！"

刘芳被杨勤的这个行为气哭了，她说："你也不动脑子想一想，你一没有杀人，二没有放火，怎么可能会坐牢，就凭撞了一个百十万块的越野车？"

杨勤说："你不在场你不知道，当时那些围观的人个个都是势利眼，都向着那个开越野的说话，人家是一个小区的，人家在一起住了不知多少年了，我才去几天？我认识谁？再说，现在是什么社会，黑白颠倒的社会，有钱就有理，他真把我弄进去关几个月，也不能说没有这个可能啊，官商勾结，你一个妇女家家的你不懂……"

张玄梧带着文晓、大米和小米来到了茶园，车刚停下，就被孩子们围住了，他们仰着脸，开心地看着张玄梧把小米抱下车，把大米拉下车，开心地看着文晓下了车。其中，站在最前面的，笑得最开心的莫过于宝儿，她见大米下来，赶紧拉住她的手左一句姐姐又一句姐姐地叫。受了冷落的小米嘟囔着小嘴道："宝儿姐姐没有看到小米的花裙子吗？"

宝儿拉过小米的手，赞美道："小米的花裙子真漂亮，小米简直就像一个小仙女。"

小米很开心地笑了起来。

张玄梧揉了这个孩子的头，揉了那个孩子的头，温和地像他们的父亲。

加上文晓的两个女儿，茶园里一共十二个孩子。

每天早晨，十二个孩子梳洗、洒扫、念书，苏雨和文晓则准备早饭，然后她们又带领孩子们去种菜，去采药，去找野菜。特别是文晓，手捧着一本厚厚的配有彩图的《食疗本草》，一个一个对比，对上号的，就吩咐孩子们采摘下来，放进篮子里，对不上号的，她就摇头，孩子们则唏嘘着欢笑着猫着腰在草丛里继续寻找。

文晓是热爱中医的，但王鹏飞一直不支持，到了茶园，她把这些又捡了起来，弄了一个又一个的药方，哪一个发烧了，她用最简单、最迅速、最安全的方法解除；哪个肚子痛了，她又用最简单、最迅速、最安全的方法解除。

她给孩子们做艾灸，做刮痧，做推拿，把自己所会的也交给孩子们，其中最热衷这个的就属宝儿和小米，而她和苏雨则成为宝儿和小米的"患者"。

杨敏找了一家中介公司，很快就将苏雨的房子租了出去，她收到租房者预付的房租时就打电话给苏雨："嫂子，我把他们都弄回家了，我把房子给你租出去了，你给我一个账号，我把房租打给你。"

苏雨最初的希望就是这个样子，结果还是这个样子，只是中间出现了诸多的障碍而已。她就把账号通过手机短信发给了杨敏。

过了几天，当张玄梧又来茶园的时候，宝儿把张玄梧带到她们的菜园子里，宝儿一边寻找豆角、西红柿、茄子、黄瓜一边说："舅舅，你看我们随便种了一点，居然都吃不完，这些蔬菜们长的比我可是快多了。"

张玄梧走在宝儿后面，怀里已经有许多的瓜果蔬菜，可是宝儿还在采摘，他告诉宝儿："够了，我也吃不完的。"

宝儿说："你吃不完可以送人嘛，这可是纯天然的有机蔬菜，一滴农药都没有打，一粒化肥都没有撒，它们全都是吸收着日月精华长大的呢。"

张玄梧说："宝儿也是吸收着日月精华在长大。"

宝儿嘻嘻一笑，无比的天真，两人一个采摘，一个收取，配合得十分默契，张玄梧将怀里的一堆瓜果蔬菜堆放到草丛里，找来几节藤蔓将豆角、黄瓜、青菜等捆扎好之后放到了车里。

苏雨已经烧开了水，泡好了茶，张玄梧见屋子里没有文晓，也没有其他孩子，诧异地问："文晓又把他们带出去疯了？"

宝儿说："我大姨不是把他们带出去疯了，是采药去了，当然也会采摘一些野菜、野果子回来。"

张玄梧问宝儿："你怎么没有去呢？"

宝儿说："我娘说你会来，我就特意恭候你了。"

待苏雨出去的工夫，张玄梧从口袋里掏出一盒巧克力塞到宝儿手里，孩子气地将食指竖在唇边嘘了一下说："别让你妈知道，她敏感，又该怪我买垃圾食品给你吃了。"

苏雨回来，宝儿赶忙将巧克力藏了起来，苏雨什么都听见，也什么都看见了，她说："宝儿，给为娘尝一个。"

宝儿将巧克力拿出来给了苏雨一粒，苏雨说："偶尔吃一下也未尝不可，只要不上瘾。"

宝儿这才开心地吃了一粒，给了张玄梧一粒，然后放好，张玄梧说："既然你娘都准了，你就吃嘛，不必藏了。"

宝儿说："我大姨，还有我姐姐，还有我妹妹，他们都还没回来呢，我给他们留着。"

张玄梧要离开时，苏雨把一张活期银行卡郑重地交给了他，她说："我这里不方便，一切债务往来，烦请师兄代劳。"

张玄梧几乎有点受宠若惊了，他搓着手说："这么信任我，你就不怕我携款潜逃？"

苏雨说："自从哥哥离开之后，我看错了很多人，做错了很多事，受到了很多的损伤，唯一让我感到欣慰的就是我没有看错你。所以，我不只是信得过你，我更信得过自己。"

张玄梧带着苏雨的银行卡在ATM机里一查，果然有一笔进账。

当张玄梧把这个消息告诉苏雨的时候，她让张玄梧再帮她一个忙，张玄梧很乐意能为苏雨做点什么，他说："只要别让我上刀山下火海，别的事情我都在所不辞。"

苏雨说："不让你上刀山，也不让你下火海，我等下给你一个收件人和地址，记得每月往那里邮寄上二百块钱。"

张玄梧继续将手机捂在耳朵上赶忙穿过马路，回到自己的店里，找出纸和笔，然后让苏雨说收件人和地址。

苏雨说，张玄梧记，完了之后，他拿着那张写有收件人姓名和地址的纸说："杨百顺，这个是你的什么人，公公？"

苏雨并不隐瞒什么，她说："杨百顺正是哥哥的父亲，我苏雨的公公。"

张玄梧不解了，他说："你为什么要寄钱给他，而且是每月都寄，哥哥不在了，他们又把你从家里逼走了，你已经不是他们的儿媳妇，他们是穷是富跟你都没有任何的关系，法律上没有规定你有赡养他们的义务，道义上也没有规定你有赡养他们的责任。何况，他们还有好几个儿女，你这心操得太多了吧？"

虽然张玄梧说的有道理，但是，苏雨还是坚持要这么做，她说："尽管他们对我不怎么样，尽管他们还有别的儿女，我都必须这样做。"

张玄梧说："看在他们是宝儿的爷爷奶奶的份上？"

苏雨说："不是，看在他们是哥哥的父母的份上。"

张玄梧还是竭力地说服苏雨取消这个决定，他说："可是你已经把老家的那套房子送给他们了，你做的够好了，不会有人再说你什么了。"

苏雨说："老家的房子他们不会舍得卖，他们也卖不掉，因为杨勤已经霸占了过去，而杨勤的人品，我是很清楚的，他一贯自私，不管父母他能做得出的。"

张玄梧还是不能认同苏雨的这个决定，他急于让她改变主意，他说："你问问文晓，问问你师父，他们会支持你这样做吗？这些日子以来，你吃亏上当，被别人逼得无路可走，不就是因为你心太软吗？"

苏雨说："我之所以能得到你、文晓和师父的帮助，不也是因为我的心太软吗？"

张玄梧无话可说了，他想起第一次到西安，他因为时间紧张而没能去碑林一观，深感遗憾，为了他的这个遗憾，苏雨不但带着相机从各个角度把碑林拍了一个遍，还花了好几百块买了金刚经与达摩面壁图的拓片装裱好快递给他。他抬头看到殿里悬挂着的四米多长的金刚经笑了说："是啊，你寄给我的精裱过的金刚经和达摩面壁图都在店里挂着呢，还有你几次寄给我的那些书，虽然一直没有时间看，但是看到那些书，都倍觉温暖。这个事，既然你是认定了的，那么就交给我吧，每个月的月底，我从你的卡上取出二百块钱，给杨百顺同志邮寄过去。"

不几天，邮递员从村子里绕了一圈，然后将汇款单交到了村委会，村委会主任就拿着汇款单进行了一次广播："杨百顺，杨百顺，听到广播后，速到村委会来一趟，速到村委会来一趟，有你二百块钱的汇款单。"

比之前更加苍老的公公正在吃午饭，午饭是手擀面，里面只有几片青菜，面前一盘青椒炒豆豉，听到广播后很诧异，他对婆婆说："刚才广播里是叫我？"

婆婆没好气地说："当然是叫你，村子里还有第二个杨百顺？"

公公高兴地说："真是命好，几个月我都没有钱买肉吃了，口里淡得厉害,杨勤不给,杨娜不给,陈建设又把杨敏管得那么严,我又不好意思开口跟他们任何人要,他们也就当没有我们这两个老不死的了。这下好了,有肉吃了,只是,谁寄的呢?"

婆婆也诧异,她一边吃饭一边说:"不管是谁寄的,反正不会是杨勤寄的,我知道他没钱。"

公公上了火,他头一拧,瞪着眼睛说:"他没钱?他给他媳妇买几百块一条的小裙子都有钱?他给他两个孩子一顿吃几十块钱的肯德基都有钱?他给他老丈人看病都有钱,他到了他亲爹亲妈面前就没钱了?这个儿子,一直都不及我杨逸。杨逸活着,他没给我们一分钱,杨逸死了,他把我们推给苏雨,苏雨走了,他就不管我们了,前辈子欠了他的吗?"

婆婆还是向着杨勤说话,她说:"好了,我们的日子不是还能过吗,如果我们吃了上顿没下顿,你看杨勤管不管?"

公公不再说什么,瞪了婆婆一眼就出了门。

公公到了村委会,村委会主任捏着汇款单说:"是杨逸媳妇给你寄的,你还天天说人家坏话,这下看你还怎么说。"

公公起初还很倔强,他说:"她就是良心发现,寄了这一回,恐怕是再没有下回了,没良心的东西,居然把我孙女带走了。"

村委会主任说:"孩子有妈当然要跟着妈,难道还跟着你们不成,她真要是不管孩子,就凭你们老两口能把孩子管得了吗?不要得了便宜还卖乖了,都活这么大岁数了,该看开的就得看开,该放下的就得放下……"

连续几个月都有收到汇款的公公,改变了对苏雨的看法,他哭着对婆婆说:"这几个孩子中间,一心想着我们老两口的还是杨逸,他死了还让他媳妇替他来赡养我们……"

为了表达自己心中的愧疚,他买了一些纸钱,与婆婆一起到杨逸坟头烧了,他坐在杨逸的坟前,哭着说:"爸妈对不起你啊……"

杨勤没有大钱,但是有小钱,只是他从小被父母宠爱惯了,一个被宠爱惯了的人,往往认为父母所做的一切都是理所当然。从西安回去之后,他花了五千块钱买了一辆二手面包车,又干起了拉货送人的买卖,平均一天下来也有一百多块钱的收入,刘芳又重新找了一家酒店,想做服务员，人家嫌她年纪大，只好做保洁，打扫一下房间，洗洗床单被罩什么的，包一日三餐，一个月也有一千多块的收入。何况，杨勤还有一笔收入，尽管每月只有三百六十块，但几乎不需要花费任何的成本，那就是婆婆为宝儿弄下来的低保。

苏雨带着宝儿离开时，将低保的折子留给了公公婆婆，作为他们的生活费用，但是婆婆心疼杨勤，她在拿到低保存折的时候，就给了杨勤。

又到了每个月的月底，月底有三天是比较特殊的日子，杨勤生怕杨敏忘记了，所以总是打电话提醒杨敏："别忘了明天去社区义务劳动！以后不要再让我提醒了，每个月的最后三天都要到社区义务劳动，你也知道，社区又没有什么可劳动的，无非是打扫一下卫生。"

这几个月来，每逢月底，杨敏都要去社区做三天的义务劳动，这让杨敏不厌其烦，她的腿脚由于前不久骨折了一次，虽然能下床走动，但上楼下楼的实在不方便，她不想再去了，确切地说，她从来就没心甘情愿地想去过，自从她骨折问杨勤借钱而被拒绝之后，她对杨勤的态度发生了一个彻底的转变，只是她之所以去了这些日子，完全是为了父母。她说："如果赶上周末还好，如果赶不到周末，我就得跟单位请假，请假一天扣除六十块，三天就得扣除一百八十块，为了三百六十块钱的低保划算吗？"

杨勤认为很划算，他说："怎么不划算，很划算的，你看啊，就按照你请三天假来算，三百六十块去掉一百八十块，还剩下一半呢，这一百八十块还不是白得的？"

杨敏没有想到杨勤会这样跟她算账，她说："你真会算账啊大哥，为了让你得到三百六十块，就要损失我的一百八十块，你把我当傻子呢？爸妈把你培养成一个会计，你就算计自家人是不是？"

杨勤自然要为自己辩解一番，他说："你又不是为了我，你是为了爸妈，我也是为了爸妈，你到社区义务劳动，我呢，取出来送回去，我回去一趟不要给车加油啊？"

杨敏很是怀疑地问："不要说得这么好听，你真把宝儿低保上的钱取出来给爸妈了吗？"

杨勤支支吾吾地说："哦，最近忙，忙，没顾上回去呢，等我明天回去我一定取了给他们。"

杨敏不得已又去了社区，义务劳动不过是象征性的，早上做一个多小时，就可以走了，赶到单位只算一个迟到，扣十块钱而已，如果是工作日，也就损失三十块钱。她没有钱给父母，一想到父母因此还能得到几百块钱，她觉得这点损失不算什么。

但是，后来她打电话回去，公公说他几个月都没有吃肉了，杨敏知道杨勤并没有把宝儿低保上的钱交给父母，她打电话不客气地对杨勤说："你如果不把钱给爸妈一点的话，我下个月绝对不会再去社区义务劳动，你是知道的，三次不参加义务劳动，低保就会自动取消。"

杨勤不相信杨敏会这么狠心，但为了万无一失，他在回去拿米拿面的时候，还是丢了一百块钱给父母，临走时说："杨敏再打电话来，不要说我没给你们钱啊。"

杨敏再打电话的时候，婆婆果然照杨勤的吩咐做了，她说："你大哥把钱给我了，三百六十块，一分都不少的。"

取得了杨敏的信任之后，杨勤就不再给父母钱了，而杨敏知道后，不管杨勤怎么打电话提醒，她都不再去社区参加义务劳动。她打电话告诉父母："如果这钱你们得不到，我也不会让我大哥得到，他太过分了！"

婆婆好一番劝慰："好不容易得到的，丢了怪可惜的，这钱，谁花不是花啊，再说，他又不是外人，他可是你大哥，你们抱一个奶长大的，你作为妹妹，应该听他的……"

杨敏说："他配做大哥吗？天天想着占别人的便宜。"

婆婆难过地留下泪水。

第二十三章

　　整个茶园的人，不管是舒展也好，宝儿也好，大米也好，小米也好，还是其他的孩子也好，几乎都在学以致用，这一点，尤其以文晓最为明显。她细心地照顾着茶园里每一个大人和每一个孩子的身体，每个人都被她照顾得很好，她膨胀的爱心无处播撒，就打起了香客以及出家人的主意。

　　每次，文晓去寺院上香礼拜，就会仔细观察每一位香客和每一位师父的脸色，见气色不是很好的，她就推断一番，然后去找他们验证，得知他们哪里不舒服之后，她就开始翻她的书，配制出一个又一个的方子，不但有方子，连同药材等一并送去。

　　某天，苏雨和文晓去寺院给一个患病的小沙弥做艾灸，当她们做完艾灸走出来，苏雨发现了一个熟悉的面孔。

　　苏雨站住，笑，有点恍惚。

　　文晓拉住她说："走吧，孩子们还等着我们呢。"

　　苏雨没有理会文晓，而是冲着那个熟悉的，越走越近的面孔叫了一句："师父。"

　　师父也看到了苏雨，他听到这一声熟悉的"师父"，内心充满了欢喜，他在苏雨和文晓面前站定问苏雨："这位就是拥有你灵魂的另一个身体了？"

　　苏雨把文晓拉过来介绍说："是我师父就是你师父，见过师父。"

　　文晓忙合十鞠躬："见过师父。"

　　说完，文晓以不放心孩子们就跟苏雨和师父告了别。

师父将苏雨引到客堂坐下说:"见到师父,不见你有惊喜?难道知道师父来?"

苏雨说:"苏雨不知道师父来,但苏雨知道师父会来。"

师父不解地问道:"这么确信?"

苏雨说:"因为师父没有找到师父教导苏雨,师父只好来亲自教导苏雨了。"

师父说:"说得像绕口令一样。不过,师父是来向你学习的!"

这下轮到苏雨不解了,她诧异地说:"师父倒是谦虚,我能教授师父什么呢?"

师父说:"你的勇气,你的决心,你的放下,你的拿起,很多都是值得师父学习的。"

苏雨不好意思地说:"在师父眼里,每个人都有那么多的优点。"

师父说:"我是昨天刚到的。"

苏雨说:"师父来也不说一声,我可以让朋友把你送过来的。"

师父说:"正是你的朋友张玄梧把我送过来的。"

苏雨惊讶:"你们怎么认识的?"

师父说:"你记性真是不够好,你离开时发短信告诉我的,你说,你会关机,我找不到就找张玄梧,他知道你的情况。于是我就找来了。"

苏雨说:"师兄从来没有跟我说起这事。"

师父说:"是我不让他说的,本想给你一个惊喜,没想到你如此淡定,就凭这一点,师父都得以你为师。"

苏雨说:"以天为师,以经为师,以人为师,师父放下高的选择低的,放下优的选择劣的,可见需要进步哦。"

师父当然不只是请苏雨喝茶、叙旧,他详细地询问了苏雨这边的情况,苏雨详细地汇报,师父频频点头。问到孩子们所学的课程,师父开心地要去看看。

师父看着舒展亲自起草的"自主学习内容设计",其中列举了一些国学经典书目,和国外的一些经典书目,他说:"如果孩子们有兴趣的话,我倒可以担任茶道的老师。"

孩子们个个欢快地围着师父道:"我想学!"

师父果然教授孩子们茶道，苏雨可算得是其中最虔诚的一位学生了。

后来，又有一些孤儿被张玄梧送来，他们很快就融入到孩子们中间，当然，张玄梧不只是送来孤儿，还送来了一些供养，还带来了他的一个朋友。

苏雨见到张玄梧的这个朋友，不好意思地叫了一句："魏师兄好啊。"

魏炜赶忙合十问询了苏雨，他告诉苏雨一个重大的消息，他说："我和张玄梧都把酒戒了。"

苏雨赞叹了一番。

魏师兄见到文晓，多看了文晓几眼，然后对苏雨说："这位是你姐姐吧，长得跟你真的很像。"

文晓很得意地对魏炜说："你眼神倒还好，好些人都认为我和苏雨是亲姐妹，但是我们一点血缘关系都没有的，我们就是一个灵魂长出来的两个身体。我想，可能是前世或者前前世，我们是姐妹吧。"

魏炜说："对对对，你们在前世或者前前世姐妹一场，然后觉得不过瘾，于是你又都投胎过来，成了好朋友。"

文晓被魏炜的话逗乐了，她把刚刚采摘下来的西红柿挑了一个大而红的扔过去说："大老远的来了，没什么好招待的，尝尝鲜吧。"

张玄梧见文晓只给魏炜西红柿，却没有给自己，吃起醋来，他说："我的呢？"

文晓从篮子里挑了一个小的，不太红的扔给张玄梧说："接着，你的！"

张玄梧看着手里又小又不够红的西红柿，对魏炜说："都怪你，抢了我的风头。"

文晓与魏炜聊得甚欢，孩子们也与魏炜聊得甚欢，特别是小米，她居然跑到魏炜面前说："叔叔你说，我是不是比姐姐们都漂亮？"

魏炜说："你是很漂亮，但是姐姐们也很漂亮，你的漂亮是你的漂亮，姐姐们的漂亮是姐姐们的漂亮，就是说，你们各有各的漂亮，这个是不好比较的。"

小米说："我不管了，只要我是漂亮的就行了。"

魏炜说:"那当然!不过,只是漂亮还不够!"

小米就被魏炜的这句话吸引住了,她忽闪着眼睛问:"还缺什么?"

魏炜戳了一下小米的脑门说:"这里面得有东西啊。"

小米说:"我脑袋里面有东西呢。"

魏炜就逗她:"告诉叔叔,你脑袋里都有什么东西啊?"

小米说:"有头发!头发们不停地从脑袋里长出来。"

所有的人都被小米的话逗乐了。

自此,魏炜就时常过来了,有时候跟张玄梧一起,大部分时候都是自己来,他给孩子们带学习用品,带来衣服鞋袜,甚至还有女孩子扎头发的皮筋、发卡。

魏炜还给文晓带来了好多的书,文晓很开心,拍打着魏炜的肩膀说:"太感谢师兄了。"

魏炜对文晓的这句师兄表现平淡,他给文晓提出了一个建议,他说:"别师兄来师兄去的了,玄梧在的话,我都不知道你到底在叫谁,我想,你还是换一个称谓吧,比如,叫我哥哥怎么样?"

作为老大的文晓,作为四个妹妹的姐姐的文晓,做梦都希望自己有个哥哥,但是却没有一个人值得她叫哥哥,之前,她倒是叫了陈小河几天的哥哥,但是后来她发现他不配,自从苏雨与陈小河断绝了来往,她便与陈小河也断绝了来往。她最羡慕苏雨的,不是苏雨有了房子,不是苏雨有了车子,不是杨逸是记者,不是苏雨与杨逸志同道合,而是苏雨可以肆无忌惮地当着任何人的面叫杨逸哥哥。

一向爱说爱笑的文晓,此刻却因为魏炜的这句话感动得流下了眼泪,她说:"真好啊,我也有哥哥了!"

魏炜让文晓叫哥哥,文晓声音低低地叫了一句,魏炜看了看四周,孩子们都跑到远处玩去了,他说:"我没有听见!"

文晓声音又大了一点,魏炜还是说没有听见。

文晓的声音再大了一点,魏炜还是说没有听见。

文晓知道魏炜是故意的,她终于有勇气把自己放开了,她将双手遮挡在嘴边,用了很大的声音冲魏炜叫喊道:"哥——哥——"

茶园太安静,文晓的这一声哥哥传出很远,坐在湖边看湖的苏雨听到了,不远处湖岸上散步的师父听到了。

师父远远地看见苏雨将头埋在了双膝之间,很久才抬起来。他走到苏雨身边两三米远的地方,坐下来,望着被夕阳映照的金灿灿的湖面说:"想念哥哥了吧?"

苏雨的泪水倏地就流了下来,她说:"不只是因为哥哥一人,我对整个人类都充满了深深的悲悯之情,就这样生了死了,然后葬掉了,留下了什么?又带走了什么?"

师父远望着湖水,夕阳正渐渐地沉落,黑暗正悄悄地降临,他指着正在沉落的夕阳说:"你看啊,太阳落下去,会升起来,升起来,会落下去,人也是如此。回去吧。"

苏雨的忧伤被师父的这句话一扫而光。

在渐渐浓重的暮色当中,师父往寺院走去,苏雨往茶园的小屋走去。

到了月底,杨勤再去银行,居然没有取到钱,这让他很愤怒,好像丢了三百六十块钱似的。他在银行柜台前就打电话给杨敏,责问她:"你怎么回事?是不是没有去社区义务劳动?"

杨敏当然是愤愤不平的,她说:"我凭什么义务劳动?我对谁有这个义务?"

杨勤愤怒地说:"我把存折给爸妈行不行?"

杨敏不相信杨勤会这么做,她说:"早干吗去了,现在不行了。"

杨勤的胸中充满了怒火,他从没有想过杨敏会背叛她,但是她却一次又一次地背叛了他,他气呼呼地走出了银行,被银行的旋转门地碰了额头,他捂着脑袋骂骂咧咧地过马路,被一辆飞速而来的电动车撞出很远,而电动车却扬长而去。

杨勤被送到了医院,得了轻微脑震荡,脚踝骨折,两只胳膊也有不同程度的伤。

公公婆婆听说后,为了给杨勤筹钱看病,就把杨逸留在老家的房子卖了。

杨敏虽然对杨勤有意见,但是她还是回了老家一趟,还是看望了他,还是拿出了三千块钱给他看病。不只如此,她还与杨勤谈了一次,她十分诚挚地问杨勤:"你有没有发现,自从我二哥去世之后,你的日子也很不顺?"

杨勤想了想自从杨逸去世之后自己的生活,他认真地点了点头。

杨敏说:"自从我二哥去世之后,我的日子也很不顺,小的不顺就不说了,我骨折花了两万多块,虽然治愈了,但是,每到阴天下雨不是疼就是痒,走起路来很慢,而且根本没有办法跑啊跳啊,总之对我的影响非常大。之前我认为是你造成的,如果你不气我,我不会摔门而去,我不摔门而去,就不踏空,我不踏空就不会是这个样子。但是我最近想了又想,我发现,不是老天爷对我不公,一切都是我自己造成的。"

杨勤不解地问:"你自己造成的?"

杨敏说:"是我自己造成的,我二嫂说得不错,你所做的一切事情最终都会回到你自己的身上,你对别人好,就是对自己好,你对别人不好,就是对自己不好。这是对我的报应。"

杨勤若有所思地问:"那,我躺在这里,也是对我的报应?"

杨敏说:"你自己想去!自从我二哥去世之后,你都做了什么?你千方百计地阻挠我二嫂不让她卖老家的房子还贷款,结果你把房子霸占了;你把爸妈送到西安让他们看守着我二嫂和她们的房子;你知道爸有高血压,有风湿病,你知道妈有晕眩症,你不想管他们,你把他们推给我二嫂;你让我二嫂做放弃宝儿抚养权的公证;我二嫂把宝儿的低保留给爸妈,也被你霸占了……我什么都知道,只是我当时糊涂,我想着你是我大哥,我们身上流着共同的血液,而我二嫂是外人,她会再嫁人,她嫁人之后,跟我们便没有任何的关系,所以,我才狠下心来……说真的,我很后悔。"

杨勤没有再说什么,他只是保持了一个长久的沉默……